中國古典小說選讀

邱鎮京 編著

文津出版社印行

編輯說明

一、本書依時代先後為序，將中國古典小說區分為六大類。每類篇前都有一較為詳細的導讀，說明該類小說產生的背景、體制特色、對後代文學的影響，以便讀者對此類小說先有一基本的認識。

二、全書共選錄作品四十五篇，篇幅不拘長短，概以下列原則為編選的依據：

㈠在該類作品中具有代表性。

㈡便於課堂教學，又能激發學生的閱讀興趣。

㈢有助於提升學生的語文能力及人格成長。

三、本書編寫體例依序是：課文之後，白話「注釋」，再「提示」作者生平、內容特色、寫作技巧及該篇小說在文學史上的地位或影響。為便於理解，除話本及章回小說外，篇後並附「語譯」供自學之參考。

四、本書適合下列用途：

㈠大專院校通識教材。

㈡高中以上學生課外讀物。

㈢一般民眾自我進修。

神話　無意識（小說の萌芽期）

↓

通俗性

vs

小說　有意識（故事·情節·感染力）

中國古典小說選讀 目錄

壹、古代神話與先秦寓言

神話和寓言是我國小說體文學醞釀和萌生階段的產物。

神話產生於遠古蒙昧時期。在那個時期，人類的意識才開始發展，思維能力極為簡單。面對林林總總的天地萬物和變化多端的自然現象，人們感到神奇莫測，不能理解。諸如天地開闢、人類起源、日月運行、風雲雷電等等問題和現象，都使人們迷惑驚異。自然界的無窮威力甚至使人們恐懼不已。於是產生了對自然力量的崇拜，出現了冥冥之中有著支配自然力量的模糊觀念。人們憑借自身狹隘的生活體驗，通過想像和幻想，創造出人格化的神的形象；按照人們幼稚的思考，造作出神的故事，以解釋自然現象，征服和支配自然力。這些故事在古代人民的口頭代代流傳，後世稱之為神話。

中國神話的產生淵源很早，但用文字記錄下來則較晚，而且沒有系統地記載神話的專門典籍，不過，有幾本後人纂著的書籍，卻頗值得留意。其中，《山海經》堪稱我國古代神話的淵藪，原書本為三十二篇，題為夏禹、伯益作，當是後人假託之著，西漢劉秀等校定為十八篇，今本十三篇，凡三萬一千餘言。內容由三大部分組成：《大荒經》四篇和《海內經》一篇，大約成書於戰國初年到中年；《五藏山經》五篇和《海外經》四篇，大約成書於戰國中年以後；成書最遲的是《海內經》四篇，大約在漢代初年。《山海經》的「經」，並非「經典」之意，而是「經歷」的意思。亦即「記載經歷山海所見所聞的地理、奇鳥、怪獸、奇魚等異物」。帶有地理博物的性質，其中《海經》部分，有許多精彩的神話，《山經》中雖無神話故事和較完整的神話形象，但所載許多奇魚怪獸的形態，對後世志怪、傳奇乃至神魔小說怪異形象的塑造，卻有著深刻影響。如《西山經》中記神英招「其狀馬身而人面，虎文而鳥翼，徇于四海，其音如榴」，很容易便使人聯想起《西遊記》、《封神榜》中牛魔王、雷震子等似人似怪的奇異形象。尤其難能可貴的是：《山海經》中記載了我們的祖先如何與大自然搏鬥，如何在改造大自然的爭鬥中拯救人類的神話故事，如〈夸父逐日〉的豪邁氣概，縱然「道渴而死」，他的手杖還「化為鄧林」遺惠後人；〈精衛填海〉、〈刑天與帝爭神〉的神話，表現了被壓迫者至死不渝的反抗精神；〈鯀禹治水〉的神話傳說，鯀因竊取天帝息壤防堵洪水而被殺，他的兒子禹仍繼承父志，終於「布土以定九州」。這種前仆後繼、百折不撓的精神，給予後人無比的啟迪和鼓舞，難怪袁珂《山海經校注》序中說：「《山海經》非特史地之權輿，乃亦神話之淵府」。

其次，是紀傳史體裁的《穆天子傳》，共有六卷，似起居注，而多神話。前五卷記周穆王駕八駿西征之事，後一卷記盛姬病死於途中以至返葬過程。結構完整，想像新穎豐富，已大體具備了神話小說的要素。六卷中寫得最富於藝術魅力的是第三卷〈周穆王賓于西王母〉。文中西王母形象，已不同於《山海經．西山經》中所寫「其狀如人，豹尾虎齒而善嘯，蓬髮戴勝」，而是一個善於吟和應酬、含情脈脈的女神。它對六朝志怪小說乃至《西遊記》中神魔世界的創造，影響至深。其他如《楚辭》、《淮南子》、《列子》等古籍中也保存了一些片斷，雖不夠系統、完整，內容卻很有特點。

現存中國古代神話，按其內容之不同，主要有兩大類：一為反映人類與大自然抗爭的故事，像前述〈夸父逐日〉、〈精衛填海〉、〈鯀禹治水〉等就是，又如最早流傳的〈女媧補天〉，說的是很早很早以前，頂天的柱子倒塌了，大地也四分五裂，天不能覆蓋住大地，地也不能讓人們安寧地居住。火焰到處燃燒，大水四處橫流，兇猛的禽獸攫食老弱的人們。女媧於是煉五色石以補蒼天，把巨鰲的四肢截斷立於天的四極作頂天柱，又殺死黑龍使中原大地安寧太平，用蘆灰把四溢的洪水堵住，於是，天地恢復了原來的正位，洪水也乾涸了，毒蛇猛獸被消滅，人們才又得以過上安寧的日子。這個神話傳說，既優美動人，又充滿了大膽的想像，反映了當時的人們渴望戰勝自然災害的強烈願望。

第二類為反映人類社會鬥爭的故事，如〈黃帝戰蚩尤〉的故事，傳說中的蚩尤是一個非常兇惡的部族首領。他有兄弟八十一人，銅頭鐵額，都是吃沙礫和石子的邪惡之徒，還能製造兵器，任意殘殺無辜。他們本來都是炎帝的屬下，卻反過來對炎帝開戰。炎帝不能降伏他們，就派人向黃帝求救。黃帝驅「熊、羆、貔、貅」等向蚩尤進攻。蚩尤興兵攻打黃帝，黃帝派應龍去迎戰。應龍蓄水，蚩尤就請風伯、雨師來幫助他興風雨。黃帝於是命一個叫「魃」（旱神）的天女下來，同蚩尤對陣，風雨被制服了，黃帝隨即擒殺了蚩尤。

這些神話，除了故事具有永恆的魅力外，在藝術上，都具有鮮明的浪漫主義色彩，對我國文學創作中浪漫主義傳統的形成有哺育與滋潤的作用。

「寓言」一詞最早見於《莊子》。「寓」就是寄託的意思。寓言，是用生動的小故事做比喻，說明和寄託作者所要表述的某種思想、所要闡述的某種哲理的一種文學體裁。最早是以口頭文學的形式在民間流傳的。

先秦散文中的寓言，形式上一般具有短小精悍，通俗易懂，以小見大的特點。它是經過作者對社會生活的體驗選擇、提煉、加工、改造而創作出來的藝術品。它需要借助於想像和虛構，選用特定的藝術手段來塑造寓言形象。寓言的語言精煉犀利，但敘述的並非真人真事，即使一些由歷史故事轉化而來的寓言，或許有其真實背景，但由於形象本身所提供的客觀意義已被擴大，因而也就和真人真事有所不同。因此，寓言不是生活的直接摹寫，而是生活中經過折射而變形的影像，它通常採取借此喻彼、借遠喻近、借小喻大的手法，寓深刻哲理於簡單的故事之中。它的哲理或教訓意義往往即是通過對生活事件的具體描繪，直接引申出來。

寓言在藝術上有三項特點：一是善於採用擬人化的手法。例如《戰國策・楚策一》〈狐假虎威〉，作者將狡猾的狐狸、及兇惡而愚蠢的老虎屬性，通過二者擬人化的對話，及其行為所產生的客觀效果，形象、生動深刻地揭露出那種憑藉權豪之勢恫嚇和欺壓別人的壞人。

其次是誇張的表現方式。如《莊子・逍遙遊》〈鯤鵬之變〉，描寫鯤鵬之大：「有魚焉，其廣數千里，未有知其修者，其名為鯤；有鳥焉，其名為鵬，背若泰山，翼若垂天之雲，摶扶搖羊角而上者九萬里，絕雲氣，負青天，然後圖南，且適南冥也。」鯤和由它變化而成的鵬，如此龐然大物，可謂極盡誇張之能事。

第三，寓言故事為突出主題，往往在結尾處發議論，以起畫龍點睛的作用，例如《戰國策・齊策二》〈畫蛇添足〉，講的是以先畫成蛇者得飲酒，有一個先畫成的，偏要給蛇畫上腳，終於被人奪去酒杯，結尾寫道：「為蛇足者，終亡其酒。」點明自作聰明，多此一舉者，往往會敗事這一主題。又如《孟子・離婁下》〈齊人有一妻一妾〉章，寫良人出必饜酒肉而後反的真相被發現後，妻妾相泣於中庭，良人不知，竟還施施從外來，驕其妻妾。作者接著寫道：「由君子觀之，則人之所以求富貴利達者，其妻妾不羞也，而不相泣者幾希矣。」點明這個寓言故事所包含的諷刺意義。

先秦寓言主要保存在《孟子》、《莊子》、《韓非子》、《列子》、《戰國策》等書中，它是社會歷史不斷發展、人類對自然界和社會形態的認識逐漸成熟以後的產物，較之上古神話的富於浪漫色彩外，更實現了現實主義的特色，對後代小說的創作，具有下列重要的借鑒意義：

第一，寓言開啟了自覺虛構故事的先例，而且形成許多膾炙人口的格言成語，對唐人傳奇及後來的小說，產生了積極的推動作用。

第二，言近旨遠的含蓄風格，擬人化、誇張、對比等藝術表現技法的運用，為後世小說，特別是神魔小說的創作所繼承。至於唐代柳宗元獨立成篇的寓言文學，像〈黔之驢〉、〈三戒〉、〈種樹郭槖駝傳〉等更是先秦寓言的具體擴充表現。

第三，許多寓言故事的題材，為後世小說作者所汲取，並推陳出新，表現出不同的面貌。如六朝文言小說中以奇異虛幻為特色的志怪小說，及以傳神寫照見長的志人小說，實際上都發端於先秦寓言。流風餘韻所及，至《聊齋誌異》更放異彩。例如《聊齋誌異》中陸判為朱爾旦換心的故事，顯然便是從《列子．湯問》「扁鵲為魯公扈、趙齊嬰易心」的故事，所啟發而創作出來的。

總之，寓言本身足以稱為小說的地方不多，但其藝術成就，形象思維的方式，影響以後小說的發展卻很大。

1 女媧補天

淮南子

往古之時，四極廢❶，九州裂❷；天不兼覆❸，地不周載❹。火爁焱❺而不火，水浩洋而不息。猛獸食顓民❻，鷙鳥攫❼老弱。於是女媧❽煉五色石以補蒼天，斷鼇❾足以立四極，殺黑龍以濟冀州❿，積蘆灰以止淫水⓫。蒼天補，四極正，淫水涸，冀州平⓬，狡蟲⓭死，顓民生。

❶四極廢：極，屋樑。廢，壞。指倒塌。上古人認為天的四方有樑柱支撐，樑柱壞了，天就塌下來了。

❷九州裂：九州，古時天下分為九州，即冀、兗、青、徐、揚、荊、豫、梁、雍等，即指中國的版圖。裂，崩裂坍塌。

❸兼覆：普遍地覆蓋。兼，盡。覆，遮蓋。

❹周載：周，遍及。遍載萬物。

❺爁炎：爁（ㄌㄢˋ），延燒。炎（ㄧㄢˋ），火焰。火勢蔓延燃燒的樣子。

❻顓民：善良的人民。顓（ㄓㄨㄢ），善良。

❼攫（ㄐㄩㄝˊ）：用爪抓取。

❽女媧（ㄨㄚ）：古神話中的女神名。傳說在開天闢地時女媧捏黃土做人，創造了人類，成為人類的始祖。

❾鰲（ㄠˊ）：傳說中的海中大龜，一說大鱉。

❿冀州：位於九州之中，以代表四海之內的土地。

⓫淫水：平地出水叫淫水。

⓬平：平安。

⓭狡蟲：指惡禽猛獸。

提示

一、本篇選自西漢淮南王劉安及其門客所作的雜家著作《淮南子．覽冥訓》。劉安是漢高祖的孫子，文帝時襲封父親劉長的爵位。劉安好文學，招致賓客方術之士數千人，集體編寫《鴻烈》一書，即今所傳的《淮南子》。《漢書．藝文志》著錄內二十一篇，外三十三篇。現只存內二十一篇。

二、這篇神話是我國古代神話中最奇偉瑰麗，動人心魄的神話之一。它反映了古代時常遭受自然災害襲擊的人民，渴望控制自然、征服自然而發展生產的願望和幻想。女媧的本領，反映了女系氏族社會中婦女的地位和力量。

三、文中塑造了一位救民於水火的女英雄——女媧的形象。她煉五色的石頭修補蒼天，斬下龜足支撐天空，殺死了興風作浪的黑龍，並燒草成灰阻塞洪水，最終使人們恢復了正常的生活。這是一則解民於倒懸，充滿女性之美的神話。

語譯

遠古的時候，天的四邊倒塌下來，九州大地崩裂，天不能普遍地覆蓋萬物。地不能全面地容載萬物。熊熊烈火燃燒蔓延而不熄滅，大水四處橫流泛濫而不止息。猛獸吃善良的人們，猛禽抓取老弱的人。於是女媧煉五色石來補蒼天，斷鰲的腿用來支撐天的四邊，殺黑龍以拯救冀州，積蓄蘆灰來阻擋洪水。蒼天補上了，天的四邊撐正了，洪水乾了，冀州平安了，猛獸猛禽死了，善良的人民能夠生存了。

女媧補天

2 后羿射日

淮南子

逮至堯之時，十日並出，焦禾稼，殺草木，而民無所食。猰貐[1]、鑿齒[2]、九嬰[3]、大風[4]、封豨[5]、脩蛇[6]，皆為民害。堯乃使羿[7]誅鑿齒於疇華[8]之野，殺九嬰於凶水[9]之上，繳[10]大風於青邱[11]之澤，上射十日而下殺猰貐，斷脩蛇於洞庭，擒封豨於桑[12]林。萬民皆喜，置[13]堯以為天子。

❶猰貐（一ㄚˋ ㄩˇ）：古代傳說中一種可怕的食人凶獸。
❷鑿齒：古代傳說中的怪獸，牙長三尺，能操使戈盾等武器。
❸九嬰：古代傳說中一種有九個頭的怪獸，能噴水吐火。
❹大風：古代傳說中一種大鳥，飛時有大風伴隨。
❺封豨（ㄒㄧ）：大野豬。
❻脩蛇：長蛇，即吞象的巴蛇。
❼羿（ㄧˋ）：后羿，傳說羿是唐堯時善射的勇士，十個太陽被他射下九個。
❽疇華：南方的水澤名。
❾凶水：北方的水澤名。
❿繳（ㄓㄨㄛˊ）：射鳥時繫在箭上的生絲繩，這裡用作動詞，指用箭射。
⓫青邱：東方水澤名。
⓬桑林：地名，不知為何地。
⓭置：設置。這裡是「擁立」的意思。

提示

一、本篇神話選自《淮南子．本經訓》，是有關后羿神話中，記載最詳細的一篇。

二、本篇塑造了一個可歌可泣的英雄形象──后羿，他有著射箭的本領，身強力壯，更有一種為民除害、造福人民的信念，因而成了一位民族英雄。全文沒有一句對后羿的品格敘述，但通過后羿一系列行動的描寫，一個為民除害的英雄形象已經躍然紙上。

在這則神話中，作者以神奇的想像把弓箭和太陽聯繫到一起。原始社會生產力極低，勞動工具十分簡陋，在他們看來，有了弓箭，便具有無比的神力，只要掌握了它，就可以戰勝自然。於是弓箭，射手與太陽這些在現實中永遠無法統一到一起的事物，在神話的藝術想像中被統一起來，成為解決生活中災害問題的工具。這是我們今天的人類無法想像的。這正是本篇神話及其他所有神話「永久力」之所在。

語譯

到了唐堯的時候，十個太陽同時出現在天空，曬枯了莊稼，曬死了草木，人民沒有東西吃，兇猛的猰貐、長齒的鑿齒，有九個頭的九嬰，兇惡的大風鳥、大野豬、大蛇，都是人們的禍害。唐堯遣后羿在南方的水澤（疇華）殺死了鑿齒，在北方的水澤（凶水）殺死了九嬰，在東方的水澤（青邱）用帶繩子的箭殺死了大風鳥，向天上射十個太陽（射落九個），在地上殺死了猰貐，在洞庭湖上斬殺了大蛇，在桑林捉住了大野豬。全國人民都很歡喜，擁護唐堯做了皇帝。

3 精衛填海

山海經

發鳩之山❶，其上多柘木。有鳥焉，其狀如烏，文首❷，白喙❸，赤足，名曰精衛，其鳴自詨❹，是炎帝❺之少女，名曰女娃。女娃游於東海，溺而不返，故為精衛，常銜西山之木石，以堙❻於東海。

❶發鳩之山：山名，在今山西省長子縣西。
❷文首：頭上有花紋。
❸喙（ㄏㄨㄟˋ）：鳥嘴。
❹其鳴自詨：詨（ㄒㄧㄠˋ），與呼、叫同義。精衛本是這種鳥的叫聲。
❺炎帝：相傳即神農氏。
❻堙（ㄧㄣ）：填塞。

提示

一、這篇神話出自《山海經・北山經》。《山海經》是我國古代一部重要典籍，包含了古代地理、歷史、民族、物產、醫藥、宗教、民俗等多方面的內容，保存了不少遠古的神話傳說，奇麗瑰偉，可稱是後世志怪小說之源。

二、本篇講述了一個悲壯動人的故事。炎帝的小女兒女娃在東海遊玩，不幸淹死在東海。她的靈魂化作叫「精衛」的小鳥，常銜著西山的小石子或小樹枝飛到東海，把小小的石子和樹枝投入浩瀚無邊的大海，準備把這奪去她生命、並且將吞噬千千萬萬生命的大海填平。

這個遠古的神話故事可能產生於沿海的原始部落中，無情的大海不斷奪去人們的生命，對人們的生存構成了巨大的威脅，於是人們便產生了填平大海的願望。這小小的精衛鳥就是遠古人們理想的寄託，反映了遠古人民征服自然的願望及與自然搏鬥的百折不回的堅韌精神。

全篇不滿百字，但讀罷卻使人產生一種悲壯的讚美之情。陶淵明在〈讀《山海經》〉詩中說：「精衛銜微木，將以填滄海。」就是這份感情與願望的表現。小鳥和滄海的對比太鮮明了：在波濤洶湧、浩瀚無邊的海面上，在高高的天空中，飛翔著一隻小鳥，這隻小鳥投入大海的是微木，是小石，而這小石、微木是用來填平大海的，這是多麼悲壯的畫面，多麼強烈的對比。人們也許會武斷地說這是永遠不可能的，但這隻小鳥卻毫不畏懼，去而復來、成年累月，千秋萬歲，永不間斷的去從事這艱巨的報仇雪恨、造福人類的工作。這是何等堅毅偉大的精神表現！

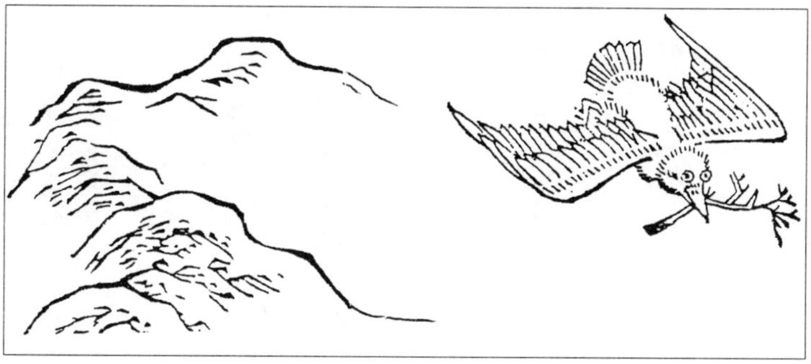

三、本篇神話全篇籠罩著一種悲壯的氣氛，但文中也不乏優美的描寫。文中描述精衛鳥稱：「文首、白喙、赤足」，僅僅幾筆，一隻可愛的小鳥的形象就浮現在人們的眼前。這種形象描寫與後來小說的形象描寫相比，當然顯得微不足道。但如果我們記起這是人類遠古時代的作品，我們就會感到難能可貴了。

語譯

發鳩山，上面生長著許多柘樹。山上有一種鳥，它的形狀好像烏鴉，頭上有花紋，白色的嘴巴，紅色的腳，這種鳥的名字叫精衛。它的叫聲像自己呼叫自己。這是炎帝的少女，名字叫女娃，女娃到東海裡游泳，淹死在海中而沒能回去，所以變成了精衛鳥。它經常銜著西山上的樹枝石頭，用來填塞東海。

4 夸父逐日

山海經

夸父❶與日逐走❷，入日❸，渴，欲得飲❹，飲於河、渭❺；河、渭不足，北飲大澤❻，未至，道渴而死。棄其杖，化為鄧林❼。

❶夸（ㄎㄨㄚ）父：人名。《山海經》上記載的一個神人。

❷逐走：互相競賽，追逐而走。逐，競賽。走，跑。

❸入日：進入太陽的光輪中。

❹飲：這個「飲」是動詞作名詞用，指喝的飲料。下一個「飲」是動詞，喝。

❺河、渭：黃河與渭水。案：「河」字在古代皆指黃河。

❻大澤：大湖。

❼鄧林：地名，今大別山附近。「鄧」與「桃」古音同，鄧林即桃林。

提示

一、本篇神話選自《山海經．海外北經》。

二、夸父的壯舉體現的，是遠古人們在幾乎不可戰勝的自然力量面前，所表現的大無畏的精神力量。它在描寫夸父這個英雄時，以誇張的描寫，有力的突出了逐日巨人的非凡形象，使這則神話氣勢磅礴，神采瑰麗。特別是他那勇往邁進、凌厲無前的精神，及臨死前棄其杖、化為桃林，為後來的光明和真理的尋求者及與大自然競勝者解除口渴的大無畏表現，最是令人敬佩鼓舞。

語譯

夸父和太陽賽跑，到了太陽的熱力圈中，他口渴，想得到飲料，到黃河、渭水裡去喝水；黃河、渭水的水不夠喝，又向北準備到大湖裡去喝，還沒有走到，在半路上就渴死了。丟下他的手杖，變成了鄧林。

夸父逐日

5 齊人有一妻一妾

孟子

齊人有一妻一妾而處室者，其良人❶出，則必饜❷酒肉而後反。其妻問所與飲食者，則盡富貴也。其妻告其妾曰：「良人出，則必饜酒肉而後反；問其與飲食者，盡富貴也，而未嘗有顯者來，吾將瞷❸良人之所之❹也。」蚤❺

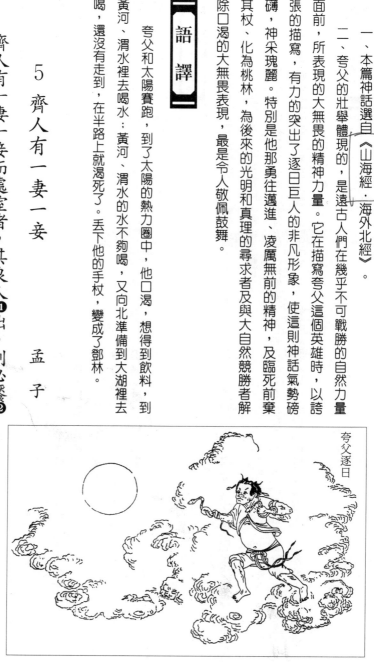

起，施❻從良人之所之，遍國中無與立談者。卒之東郭墦間❼，之祭者，乞其餘；不足，又顧而之他。此其為饜足之道也。其妻歸，告其妾，曰：「良人者，所仰望而終身者也，今若此。」與其妾訕❽其良人，而相泣於中庭，而良人未之知也，施施❾從外來，驕❿其妻妾。

❶良人：古時妻妾對丈夫的尊稱。
❷饜（一ㄢˋ）：吃飽。
❸瞯（ㄐ一ㄢˋ）：探望、查看。
❹之：往。
❺蚤：同「早」。
❻施（一ˊ）：通「迤」，斜曲著走。
❼東郭墦間：東城門外的亂墳地。郭，外城。墦，墳墓。
❽訕（ㄕㄢˋ）：咒罵。
❾施施（ㄕ ㄕ）：洋洋自得的樣子。
❿驕：擺出傲慢的架勢。

提示

一、本篇選自《孟子·離婁》篇。孟子，戰國時鄒（今山東鄒縣）人。是繼孔子之後儒家學派最重要的代表人物。他曾遊說諸侯，不被重用，後退居講學。

二、本篇是一則高超絕倫的諷刺故事。這個齊人背著他的妻妾搖尾乞憐，討吃殘羹剩飯，在她們面前卻擺出一副驕矜輕蔑的神氣，兩相比較，產生了入木三分的諷刺效果。通過這個反面典型，可以幫助人們進一步認識社會上許多媚上欺下者的醜惡面目。

語譯

齊國有一個人，家裡有一個大老婆、一個小老婆。那丈夫每次外出，一定吃得飽飽的，喝得醉醺醺的回家。大老婆問他在一起吃喝的都是些什麼人，他說，全都是一些有錢有勢的。大老婆便告訴小老婆，說：「丈夫外出，總是飯飽酒醉而後回來；問他同些什麼人吃喝，他說全都是一些有錢有勢的，但是，我從來沒有見過什麼顯貴人物到我們家來，我準備偷偷地打探看他究竟到了些什麼地方。」

第二天清早起來，她便尾隨在丈夫後面，走遍城中，沒有一個站住同她丈夫說話的人。最後一直走到東郊外的墓地，才又走向祭掃墳墓的人，討些殘菜剩飯；不夠，又東張西望地跑到別處去乞討——這便是他吃飽喝醉的辦法。

大老婆回到家裡，便把這情況告訴小老婆，並且說：「丈夫，是我們仰賴而倚靠終身的人，現在他竟這樣！」倆人便在庭中一起咒罵著，哭泣著。丈夫還不知道，依舊洋洋得意地從外面回來，向他的倆個女人擺出傲慢的架勢。

6 醜女效顰

莊子

西施病心而顰其里❶，其里之醜人見之而美之，歸亦捧心而顰其里。其里之富人見之，堅閉門而不出；貧人見之，挈❷妻子而去走。彼知顰美而不知顰之所以美。惜乎！

❶西施：春秋時越國著名的美女。病心：害心痛病。顰（ㄆㄧㄣˊ）：皺眉頭。

❷挈（ㄑㄧㄝˋ）：攜帶。

提示

一、本篇選自《莊子．天運》篇。《莊子》一書，原有五十二篇，現存三十三篇。其中又分內篇（七篇）、外篇（十五篇）、雜篇（十一篇）。據歷來學者考證，內篇出自莊子之手，外篇、雜篇是其弟子及其後學所著。莊子，名周，戰國中期蒙邑（今河南商邱市）人，大約和孟子同時或稍後。曾做過漆園吏，是繼老子之後先秦道家學派的主要代表人物。

二、這則故事諷刺社會上一些低能的模仿者。醜女之可笑，在於她不加分析，盲目模仿。她雖有愛美之心，卻不懂得一個人的美與不美，是由其本質決定的。西施本是個美人兒，捧心蹙眉仍不失其美。醜女本來就醜，模仿捧心蹙眉終不能遮掩其醜。更何況西施捧心而顰，出於自然，真中見美。醜女效顰，忸怩作態，假中見醜。難怪衆人不堪入目，紛紛躲避。

三、這個故事啓示人們要從實際出發，不可盲目模仿他人。也是「東施效顰」成語的來源。

語譯

西施害了心痛病，在村裡皺著眉頭，鄰里的醜女看到了，覺得很美，回去後也在村裡捧著心皺眉。村裡的富人看見了，緊閉著門不出來；窮人看見了，帶著妻子走開。她知道皺眉頭的美，卻不知道皺眉頭為什麼美。可惜呀！

7 和氏之璧

韓非子

楚人和氏得玉璞楚山中❶，奉而獻之厲王❷。厲王使玉人相之，玉人曰：「石也。」王以和為誑❸，而刖❹其左足。及厲王薨❺，武王即位，和又奉其璞而獻之武王。武王使玉人相之，又曰：「石也。」王又以和為誑，而刖其右足。武王薨，文王即位，和乃抱其璞而哭於楚山之下，三日三夜，泣❻盡而繼之以血。王聞之，使人問其故，曰：「天下之刖者多矣，子奚哭之悲也？」和曰：「吾非悲刖也，悲夫寶玉而題❼之以石，貞士❽而名之以誑，此吾所以悲也。」王乃使玉人理❾其璞而得寶焉，遂命曰：「和氏之璧。」

❶和氏：姓和的人，又作卞和。璞：含著玉未經加工的石塊。
❷厲王：據《史記．楚世家》記載，楚武王前的君王不是厲王，應是假託的說法。
❸誑（ㄎㄨㄤˊ）：欺騙。
❹刖（ㄩㄝˋ）：斷足的刑罰。
❺薨：古代稱諸侯、王公之死叫薨。
❻泣：眼淚。
❼題：品評。
❽貞士：正直的人。
❾理：治理。指去掉玉外的石質。

提示

一、本篇選自《韓非子．和氏》篇。作者韓非（約前二八〇—前二三三），韓國人，為韓國貴族，荀子的學生。曾多次上書韓王變法圖強，未被採納，發奮著書，後來得秦始皇的賞識入秦，惜未被任用，反遭李斯等人讒毀，死於獄中。他是法家思想的集大成者，著《韓非子》五十五篇流傳於世。

二、這則故事說明了三點：一是識寶難，識人更難。和氏真心獻璞，一獻再獻，砍斷雙腳，淚盡血繼，身蒙惡名，很久不得識者。二是一件事或一個人的本質常常隱藏在深處，要確實瞭解的話，千萬不可只看表面。

和氏之璞，兩次叫玉人鑑定，他們未加深究，便說是「石頭」。第三次叫玉人治理，才得寶玉。可見寶玉的本質，常隱藏於粗糙的石塊之中，不是一眼就能識別的。三是去粗取精、治璞得寶，是一個艱辛的過程，實非輕易之事。

語譯

楚國人卞和在楚山中得到一塊璞玉，捧著進獻給楚厲王。厲王派治玉的工匠去鑑別，工匠說：「這是石頭。」厲王認為卞和欺騙他，砍掉了他的左腳。厲王死後，武王繼位，卞和又捧著那塊璞玉獻給武王。武王派治玉的工匠去鑑別，工匠又說：「這是石頭。」武王也認為卞和欺騙他，又把他的右腳砍去了。武王死後，文王繼位，卞和就抱著那塊玉璞在楚山下哭了起來，連續三天三夜，眼淚都哭乾了，流出了血。文王知道了這件事，派人去了解他哭的緣故，問道：「天下受斷足刑罰的人很多，為什麼只有你哭得這麼悲傷？」卞和說：「我悲傷的不是腳被砍掉，悲傷的是寶玉被認作是石頭，誠實的人卻被認作是騙子，這才是我悲傷的原因呀！」文王就派治玉的工匠去琢磨這塊玉璞，果然得到了寶玉，於是就命名為「和氏之璧」。

8 南轅北轍

戰國策

魏王欲攻邯鄲❶，季梁❷聞之，中道而反❸，衣焦不申❹，頭塵不去，往見王曰：「今者臣來，見人於大行❺，方北面❻，而持其駕❼告臣曰：『我欲之❽楚。』臣曰：『君之楚，將奚為北面？』曰：『吾馬良。』臣曰：『馬雖良，此非楚之路也！』曰：

『吾用❾多。』臣曰：『用雖多，此非楚之路也！』曰：『吾御者善。』此數者愈善，而離楚愈遠耳，今王動欲成霸王，舉欲信❿於天下，恃王國之大，兵之精銳，而攻邯鄲，以廣地尊名⓫，王之動愈數⓬，而離王⓭愈遠耳，猶至楚而北行也。」

❶邯鄲（ㄏㄢˊ ㄉㄢ）：趙國的都城。在今河北省邯鄲縣西南。
❷季梁：魏國臣子。
❸中道而反：言半途折回。
❹衣焦不申：焦，縐。申，同「伸」，舒展。
❺大行：即太行山。
❻方北面：方，正在。北面，即向著北方。
❼駕：把車套在牲口身上準備出行。套好的馬車也叫「駕」或「車駕」，即連車帶馬的總稱。
❽之：往、去。
❾用：資用，即路費。
❿信：與「伸」通用。伸張勢力。
⓫廣地尊名：擴大領地，抬高名望。
⓬數（ㄕㄨㄛˋ）：多，次數多。
⓭王：指建立王業，稱王於天下，也就是成為天下的領袖。

提示

一、本文選自《戰國策．魏策》。題目是後加的。《戰國策》所記敘的史實起於戰國初，止於六國滅亡。全書分東周、西周、秦、齊、楚、趙、魏、韓、燕、宋、衛、中山十二策。其基本內容是戰國時代策士遊說的言論，特別是某些謀臣策士的外交辭令。全書共三十三篇，原作者不可考。現在流行的本子是西漢學者劉向根據有關戰國的史料重新編校，並定名為《戰國策》的，它不僅保存了戰國時許多歷史資料，富有歷史價值；而且許多篇章具有豐富的思想性和藝術性，不少寓言故事說明了抽象道理，又富有文學價值。

二、本篇寫魏國的大臣季梁巧妙地用寓言去諷諫魏王攻趙的故事。開頭簡括地交待了故事發生的背景，季梁進諫的原因。繼而以閒談的方式向魏王講述了途中見聞：一個蠢人，倚仗自己雄厚的物力和人力，不顧客觀實際，任意妄行，說向南去，卻偏往北走，方向錯了，趕路的勁頭越大，離開目的地就越遠，最後必然大相逕庭。這則見聞，實為婉言的諷諭。最後點出魏王欲成霸業而攻邯鄲的舉動與南其轅而北其轍一樣，將會適得其反。這則寓言隱喻貼切，具有很強的說服力。

語譯

魏王想要攻打邯鄲。季梁聽說了這件事情，顧不得出使任務，從半路折回，衣服皺褶也來不及燙平，滿頭塵土也來不及洗掉，急忙去見魏王說：「這次我從外面回來，碰見一個人在太行山，正向北拉著他的車駕，告訴我說：『我要去楚國。』我說：『您去楚國，為什麼面向北走呢？』他說：『我的馬好。』我說：『馬雖然好，這不是去楚國的道路啊。』他說：『我的路費多。』我說：『路費雖然多，這不是去楚國的道路啊。』他說：『我的駕車的人本領高。』他不知道錯了方向，這幾個條件越好，那就距離楚國越遠了啊。現在大王您動不動就想稱霸成王，一來就想取得天下人的信任，倚仗著您國家大，軍隊精銳，而攻打邯鄲來擴展領地抬高聲望；殊不知您的活動越多，距離統一天下為王的可能就越遠了，正像去楚國而面向北走一樣哩。」

9 愚公移山

列　子

太形❶、王屋❷二山，方❸七百里，高萬仞❹，本在冀州❺之南，河陽❻之北。北山愚公者，年且❼九十，面山❽而居，懲❾山北之塞❿，出入之迂⓫也，聚室而謀曰：「吾與汝畢力平險⑫，指通⑬豫⑭南，達於漢陰⑮，可乎？」雜然相許⑯。其妻獻疑⑰曰：「以君之力，曾⑱不能損魁父⑲之丘，如太行、王屋何？且焉⑳置土石？」雜曰：「投諸㉑渤海之尾，隱土之北。」遂率子孫荷㉒擔者三夫㉓，叩石墾壤㉔，箕畚㉕運於渤海之尾。

鄰人京城氏之孀妻，有遺男㉖，始齔㉗，跳往助之，寒暑易節始一反焉。

河曲智叟笑而止之曰：「甚矣！汝之不惠㉘，以殘年餘力，曾不能毀山之一毛，其如土石何？」北山愚公長息㉙曰：「汝心之固㉚，固不可徹㉛，曾不若孀妻弱子，雖我之死，有子存焉，子又生孫，孫又生子，子又有子，子又有孫，子子孫孫，無窮匱㉜也，而山不加增，何苦而不平？」河曲智叟亡㉝以應。

操蛇之神㉞聞之，懼其不已㉟也，告之於帝㊱，帝感其誠，命夸蛾氏㊲二子負二山，一厝㊳朔東㊴，一厝雍㊵南，自此，冀之南，漢之陰，無隴斷㊶焉。

❶太形：即太行山，在山西和河北、河南的邊界上。
❷王屋：在山西省陽城縣西南。
❸方：方圓。周圍。
❹仞（ㄖㄣˋ）：古以周尺八尺為一仞。
❺冀州：包括今河北、山西兩省和遼寧、河南兩省的一部分。
❻河陽：有人指今河南省孟縣，黃河北岸。山南水北叫「陽」。
❼且：將近。
❽面山：對著山。
❾懲（ㄔㄥˇ）：苦於。
❿塞：阻塞、阻擋。
⓫迂（ㄩ）：迂迴繞路。

⑫畢力平險：盡力鏟除險峻的大山。
⑬指通：直通。
⑭豫：豫州，今河南省。
⑮漢陰：漢水南岸。山北水南叫「陰」。
⑯雜然相許：紛紛表示贊成。
⑰獻疑：提出疑問。
⑱曾（ㄘㄥˊ）：尚、還。
⑲魁父：山名，在今河南省陳留縣界。
⑳焉：安，哪裡。
㉑諸：「之於」二字的合音。
㉒荷（ㄏㄜˋ）：肩挑。
㉓夫：男子之稱。
㉔叩石墾壤：敲石墾土。
㉕箕畚（ㄅㄣˇ）：運土的器具。
㉖遺男：孤兒。
㉗齔（ㄔㄣˋ）：換牙。男八月生齒，八歲而齔；女七月生齒，七歲而齔，此處用為童年之稱。
㉘不惠：惠，與「慧」通用。不惠，不聰明。
㉙長息：長嘆。
㉚固：頑固，執一不變。
㉛徹：通。
㉜窮匱：匱（ㄎㄨㄟˋ），乏。窮匱，窮盡缺乏。
㉝亡（ㄨˊ）：無。
㉞操蛇之神：神話中手裡拿著蛇的山神。
㉟已：停止。
㊱帝：天帝。
㊲夸蛾氏：神話中的大力神。
㊳厝（ㄘㄨㄛˋ）：安放。
㊴朔東：朔方以東，指山西省東部。
㊵雍：雍州，今陝西、甘肅一帶的地方。
㊶隴（ㄌㄨㄥˇ）斷：高地。

提示

一、本篇選自《列子．湯問》篇。《列子》作者列子，相傳為戰國時鄭人，名列禦寇。生平不詳。原書早已亡佚。《漢書．藝文志》著錄《列子》八篇，列入道家。今存《列子》是東晉張湛輯注的，共八篇。張湛序，自稱是西晉末永嘉亂後，根據各種版本集錄而成。該書多取先秦諸子及漢代人的言論，並雜有兩晉的佛教思想和佛教神話。也有人懷疑為魏時人託名偽作。

二、本文通過愚公移山的故事，表現了人類征服自然的決心和毅力，寄寓了「人定勝天」的道理。在巍峨的高山面前，愚公不懼自身的渺小，敢於征服它，這是一種不畏艱巨、吃苦耐勞的偉大精神，因此，最後終於感動了天帝，「命夸蛾氏二子負山」，為子孫後代解除了阻隔之苦。

三、本文在寫法上主要運用了對比手法，襯托人物思想性格。如用愚公的年邁與二山的高大作對比，襯托出愚公敢於藐視困難，為子孫後代造福的雄心壯志；通過兩個虛擬人物愚公和智叟的語言行動所表現的遠見卓識與目光短淺作對比，襯托出愚公的堅定信心，偉大精神；又如以當時的勞動條件、自然條件等困難作對比，襯托出愚公及衆人的決心與毅力。故事用神話結尾，更富於想像，愚公的誠心終於感動了天帝，天帝派兩個神仙下凡，揹走了兩座山。這說明自然力終於被人類征服，這樣的神話結尾既反映了人們對愚公精神的讚頌，又加深了故事的寓意。

語譯

太行和王屋兩座山，方圓七百里，高萬丈，本來在冀州的南部，河陽的北邊。北山愚公年紀將近九十歲了，面對著這兩座山居住。因為苦於大山的阻塞，出入繞道，就召集全家商量說：「我跟你們竭盡全力鏟平險峻的大山，通向豫州南部，到達漢水南岸，行嗎？」（大家）紛紛表示贊成。他的妻子提出疑問說：「憑您的力氣，還不能削低魁父這座小山，能把太行、王屋怎麼樣？況且，要將泥土、石頭堆放到什麼地方呢？」大家紛紛說：「扔到渤海的邊上，隱土的北邊。」於是，愚公率領子孫中能挑擔的三個人，鑿石頭，挖土塊，用畚箕運往渤海的邊上。

鄰居京城氏的寡婦有個遺腹子，剛開始換牙，蹦蹦跳跳地跑來幫助他們。從冬天到夏天，才往返一趟。

河曲智叟用譏笑的口吻來阻攔他說：「你太不聰明了。看你這年老力衰的樣子，恐怕連山上的一根草也拔不掉，還能把泥土、石頭怎麼樣呢？」北山愚公長嘆了一口氣說：「你的思想太頑固，頑固到不可改變的地步，還不如寡婦和小孩子。即使我死了，還有兒子在；兒子又會有孫子，孫子又會有兒子；兒子又會有兒子，兒子又會有孫子。子子孫孫是無窮無盡的，然而山不會再增高，還愁什麼挖不平呢？」河曲智叟無話可答。

山神聽到這番話，害怕他不停地幹下去，就把這件事告訴了天帝。天帝被愚公的誠心感動了，就命令夸娥氏的兩個兒子揹起這兩座山，一座放在塑方的東部，一座放在雍州的南部。從此以後，冀州的南部，漢水的兩岸，再沒有山崗高地的阻隔了。

10 兩小兒辯日

列 子

孔子東遊，見兩小兒辯鬥❶。問其故。

一兒曰：「我以❷日始出時去❸人近，而日中時遠也。」一兒以日初出遠，而日中時近也。

一兒曰：「日初出大如車蓋❹，及日中則如盤盂❺，此不為遠者小而近者大乎？」

一兒曰：「日初出滄滄涼涼❻，及其日中如探湯❼，此不為近者熱而遠者涼乎？」

孔子不能決也。

兩小兒笑曰：「孰為❽汝多知乎！」

❶辯鬥：爭論勝負。辯，爭辯、爭論。
❷以：在這裡是「認為」的意思。
❸去：離開，距離。
❹蓋：傘蓋。

❺盤盂：碗盤。

❻滄滄涼涼：形容清涼的感覺。

❼探湯：手往開水裡伸。湯，開水、熱水。

❽孰為：誰說。孰，誰。為，有「說」的意思。有人認為是「謂」的假借字。

提示

一、本篇選自《列子．湯問》篇。故事寫孔子路遇兩小兒辯日之遠近，各持己見，爭論不休，博學多知的孔子也無法判斷是非，受到小兒嘲諷。

二、從這則故事，我們受到的啓示是宇宙無限，知識無窮，即使聖人也會有所不知，尤其是科學的問題，更是不可無知妄說，夸夸其談，強不知以為知，像孔子這種在小兒面前也實事求是便是正確的態度。

三、本文運用人物對話表現人物思想個性，描繪出兩小兒天真無邪，為探索大自然的奧秘，堅持己見，認真論辯的神態，以及他們直言不諱的性格，形象鮮明而且真實。此外還運用比喻說明事物情態，喻日之大如車蓋，日之小如盤盂；日之涼為滄滄涼涼，日之熱為探湯，比喻貼切，給人以感性認識。

語譯

孔子往東旅行，碰到兩個小孩子正在爭論，要爭個輸贏，於是問他們爭論的原因。

一個小孩說：「我認為太陽剛出來時離人近，到中午就離人遠了。」另一個小孩子卻認為太陽剛出來時離人遠，到日午時離人近。

一個小孩說：「太陽剛出來時，大得像馬車上的遮陽傘，到中午卻像碗盤了。這不是因為離人遠時小，離人近時大嗎！」

一個小孩說：「太陽剛出來時，天是清清涼涼的；可是到了中午，就像手伸到熱水裡那麼熱。這不是因為離人近就熱，離人遠時就讓人覺得涼快嗎？」

孔子聽了以後沒有辦法解決這個問題。

兩個小孩笑道：「誰說你的學問大呢！」

貳、漢魏六朝志怪與志人小說

魏晉南北朝時期的小說大體上可以分為兩類：一類是專談神仙鬼怪的「志怪小說」；另一類是記錄軼聞瑣事的「志人小說」。

魏晉南北朝時期，社會動盪，戰爭頻仍。其時由巫術方士發展成的道教和從印度傳入的佛教都開始興盛起來。於是文人，或從道術中追求永世享樂、羽化登仙；或在佛經中尋求精神的寄託。而一般人民也往往借助於鬼神故事，把對黑暗社會的不滿，對理想世界的追求曲折地表達出來。於是在社會上侈談鬼神、稱道靈異成風。在這種情況下，就產生了大量「志怪小說」。其內容，大致可劃分為五個方面：

㈠批判統治者的兇惡殘暴，表現人民反抗鬥爭的，如《搜神記》中的〈干將莫邪〉、〈韓憑夫婦〉等。

㈡反映一般百姓在戰亂中的不幸遭遇，表達他們對美好生活嚮往之情的，如《搜神後記》中的〈白水素女〉、《幽明錄》中的〈劉晨阮肇〉等。

㈢批判古代婚姻制度對青年男女的摧殘，反映他們的反抗精神和對愛情生死不渝的追求的，如《搜神記》中的〈吳王小女〉（紫玉韓重）、《續齊諧記》中的〈清溪廟神〉等。

㈣反映人們對鬼怪迷信的批判和與妖魔搏鬥的，如《列異傳》中的〈宗定伯賣鬼〉、《搜神記》中的〈李寄〉等。

㈤對歷代神話故事和歷史傳說的保存，如《博物志》中的〈牽牛渚〉、《拾遺記》中的〈廟碑〉等。

在眾多的志怪小說中，《搜神記》、《搜神後記》及《幽明錄》是現存比較完整的代表作。

《搜神記》是東晉干寶搜集、整理、改寫而成的。干寶（約二八五—三六〇）字令升，新蔡（今河南省新蔡縣）人，官至散騎常侍。還著有《晉紀》二十卷。

《搜神記》內容多是神怪靈異故事。作者在〈自序〉中就明確說過，寫此書的原意是要「發明神道之不誣」，意思是要證明世上真有鬼神的存在，因而書中宣傳宗教迷信的成份不少。但其中也保存了許多優美動人的民間傳說故事，反映了人民的願望，這是本書的精華。

《搜神後記》舊題陶潛作，陶潛，字淵明，晉潯陽柴桑人，曾任江州祭酒、鎮軍參軍、彭澤令等職，著有《陶淵明集》。《搜神後記》共十卷，內容和形式基本上與《搜神記》相同，不過偏重於寫神仙。也是志怪小說當中比較優秀的作品。

另外，署名劉義慶編著的《幽明錄》三十卷，一作二十卷，內容多記神仙怪異、人物靈異的事蹟，原書已佚，目前僅遺有二百六十六條，收入魯迅《古小說鉤沉》中，也有不少精彩的作品。

志怪小說與古代神話有著繼承的關係，是我國小說的雛形。古代神話大多數作品還只是「粗陳梗概」，語言簡樸，不重藻飾。志怪則大都已有了比較完整的結構、曲折的情節，並能通過細節的描繪，襯托人物性格，有的還能抓住形象的特徵，刻劃人物內心世界。可以說，這些作品已初具了小說的規模，對後世唐宋傳奇小說的出現和發展有極大的影響。

志人小說的產生，乃因魏晉時期，文人士大夫尚清談、講究言行舉止、品評人物的風氣日益熾盛，於是有人把一些知名人士的言行、軼事匯編起來，這就產生了專門記錄社會人物軼聞瑣事的志人小說。

志人小說作品主要有三國．魏邯鄲淳的《笑林》、東晉葛洪的《西京雜記》、裴啟的《語林》、郭澄之的《郭子》、梁沈約的《俗說》、殷芸的《小說》等，成就最高的是劉義慶的《世新語》。劉義慶（四○三—四四四），彭城（今江蘇省徐州市）人，是南朝劉宋的宗室，宋武帝劉裕之侄，襲封臨川王。史稱其「為性簡素，寡嗜欲，愛好文義」（《宋書．劉道規傳》）。《世說新語》這部書自「德行」至「仇隙」共分三十六篇，記錄了大量漢末至東晉士大夫階層人物的軼聞瑣事。從內容上看，《世說新語》是當時士大夫階層生活和思想的真實寫照。其中有大量的篇幅記載魏晉「名士」放誕不羈的所謂「風度」，如〈任誕〉中寫劉伶「縱酒放達，或脫衣裸形在屋中，人見譏之，伶曰：『我以天地為棟宇，屋宇為褌衣（內衣），諸君何為入我褌中？』」也有表現愛國之士的愛國思想和優秀人物的優秀品質的，如〈語言〉中的〈過江諸人〉、〈德行〉中的〈管寧割席〉等。此外，還暴露了魏晉統治者的兇殘和貴族豪門的驕奢淫逸，如〈尤悔〉中敘述曹丕用毒棗害死親弟弟曹彪、〈汰侈〉中石崇與王愷鬥富等。

在藝術上，《世說新語》具有短小精悍、簡潔深刻的特點。編撰者開始注意勾勒人物，描摹情態，善於即事見人，通過人物的典型言行展示人物性格特徵，如〈儉嗇〉寫王戎「有好李，賣之恐人得其種，恒鑽其核」，三言兩語就抓住了本質，表現了王戎貪婪、狡黠的本性。語言精煉含蓄，雋永清麗，言簡意賅。不少故事已濃縮為成語、典故，流傳至今，如「約法三章」、「鶴立雞群」、「雲蒸霞蔚」等。明朝學者胡應麟曾讚揚《世說新語》：「讀其語言，晉人面目氣韻恍然生動，而簡約玄淡，真致不窮，古今絕唱也。」（《少室山房筆叢》）《世說新語》對後世文學發展影響很大，是後世蓬勃興起、迅速發展的筆記小說、小品文章的先導。

總之，魏晉南北朝志怪、志人小說是對古代神話和先秦寓言等孕育中小說的繼承與發展。只可惜這兩種小說雖粗具了小說的雛形，但還沒有完全具備小說的各種要素。

全性保真。

11 盤瓠

搜神記

高辛氏❶，有老婦人，居於王宮，得耳疾。歷時，醫為挑治，出頂蟲❷，大如繭。婦人去後，置以瓠籬❸，覆之以盤。俄爾頂蟲乃化為犬，其文五色，因名盤瓠。遂畜之。時戎吳❹強盛，數侵邊境，遣將征討，不能擒勝。乃募❺天下有能得戎吳將軍首者，贈金千斤，封邑萬戶，又賜以少女。

後盤瓠銜得一頭，將造王闕，王診視之，即是戎吳❻。為之奈何？羣臣皆曰：「盤瓠是畜，不可官秩❼，又不可妻，雖有功，無施也❽。」少女聞之，啟王曰：「大王既以我許天下❾矣，盤瓠銜首而來，為國除害，此天命使然，豈狗之智力哉。王者重言，伯者❿重信，不可以女子微軀，而負明約於天下，國之禍也。」王懼而從之，令少女從盤瓠。

盤瓠將女上南山，草木茂盛，無人行跡。於是女解去衣裳，為僕豎之結，著獨力之衣⓫，隨盤瓠升山，入谷，止於石室之中。王悲思之，遣往覓視⓬，天輒風雨，嶺震，雲晦，往者莫至。蓋經三年，產六男、六女。盤瓠死，後自相配偶，因為夫婦。織績木皮⓭，染以草實，好五色衣服，裁製皆有尾形。後母歸，以語王，王遣使迎諸男女，天不復雨。衣服褊褳⓮，言語侏㒧⓯，飲食蹲踞⓰，好山惡都。王順其意，賜以名山廣澤，號曰「蠻夷」。

❶高辛氏：即帝嚳，上古傳說中的帝王。
❷頂蟲：蟲名，未詳。
❸瓠（ㄏㄨˋ）籬：瓠，葫蘆類的一種，供食用，果皮乾燥後可為容器。瓠籬，大約就是用半邊葫蘆鑽孔作的瓢類器具。
❹戎吳：犬戎族吳將軍。犬戎是西部的少數民族。
❺募：廣泛徵求。
❻「將造」三句：「將造王闕」，奉送到王宮。將（ㄐㄧㄤ），帶。造，至、到。王闕，王宮，古時天子所居叫闕。診視，察看。戎吳，指戎吳將軍。
❼官秩：官位。
❽無施也：沒有用，沒有辦法給賞。施，用、給予。
❾以我許天下：意思是昭示天下將我應允給取得戎吳首級的人。
❿伯者：霸者。伯，通「霸」。
⓫僕豎之結，獨力之衣：打上僕人工作時的衣帶結，穿上便於做粗活的衣服。
⓬遣往覓視：派人前去探尋。
⓭織績木皮：用樹皮紡線織布。
⓮褊褳（ㄅㄧㄢˇ ㄌㄧㄢˊ）：衣服狹小。《後漢書．南蠻傳》作「斑蘭」，義同「斑斕」，色彩錯雜的樣子。
⓯侏儷（ㄓㄨ ㄌㄧˊ）：形容語音難辨。
⓰蹲踞：或蹲或踞，此處代指行動起居。

提示

一、本篇選自干寶《搜神記》卷十四。干寶（約二八五—三六〇），字令升，東晉新蔡（今屬河南）人。勤學博覽，並好陰陽術數，著有《晉紀》二十三卷（已佚）、《搜神記》三十卷。

二、這是一個民族追溯其先祖的神話。在這個神話中塑造了兩個英雄的形象：一個是盤瓠，另一個是高辛帝的少女。

盤瓠是一隻「其文五色」的狗，在強敵壓境，「遣將征討，不能擒勝」的時候，應募奮往殺敵，解除了民族淪亡的危機，表現了與「人類」無別，甚至勝過人類的英勇。

高辛氏少女則在高辛氏還在那裡猶豫徘徊、不準備實踐諾言時，挺身而出，請求高辛氏為了國家的利益，一定要昭大信於天下，不僅自請匹配盤瓠，而且當盤瓠負她上南山時，馬上「解去衣裳，為僕豎之結，著獨力之衣」，親身操作，適應山居生活的新環境。證明了她是一個識大體、顧大局，不同尋常的婦女，不愧為一個民族所歌頌的英雄母親的形象。

三、本篇神話在內容上已經具備了人（高辛氏、盤瓠、少女、戎吳將軍）、地（高辛國、犬戎國）、時（高辛氏時代）、事（戰爭、招募勇士、人犬婚配等）四大要素，故事相當完整。在寫作技巧方面，不僅故事情節完整，敘述簡潔生動，而且前後呼應，首尾連貫。如首段寫盤瓠「其文五色」，末段寫其子孫「好五色衣服」；末段先是「遣往覓視，天輒風雨」，其後「遣使迎諸男女，天不復雨」，就是照顧到首尾呼應的地方。其次刻劃的兩個主角：盤瓠和高辛氏少女，都寫得形象鮮明，極為動人。

語譯

高辛氏的時候，有個老婦人住在王宮裡，得了耳病，已有一段時間。醫生為她挖治，取出一隻頂蟲，像蠶繭那樣大小。老婦離開以後，就把頂蟲放在瓢裡，用盤子蓋上。一會兒，頂蟲竟然變成一條狗，身上有五色花紋。於是，人們稱它為「盤瓠」，把它養了起來。

當時犬戎族吳將軍很強大，屢次入侵邊境。高辛氏派將士征討，未能捕獲得勝。就招募天下，有誰能取得犬戎吳將軍首級的人，賞黃金千斤，封邑一萬戶，還要將小女兒賜嫁給他。

後來，盤瓠銜著一顆人頭，帶到王宮。高辛王仔細一看，正是犬戎吳將軍的腦袋。怎麼辦呢？群臣都說：「盤瓠是個畜生，不能封官授祿，又不能娶人為妻。雖然有功勞，卻沒辦法給以封賞。」小女兒聽到以後，對高辛王說：「大王已經昭告天下將我許給了取得戎吳首級的英雄。現在盤瓠銜來了犬戎吳將軍的首級，為國家除了大害，這是天命使牠成功，哪裡是靠狗的智慧和力量。帝王要以諾言為重，霸主要以信譽為重，不可以為了一個女孩的微薄身軀，而違背對於全國的誓約。否則，那將會給國家招致大禍。」高辛王害怕了，就聽從她的話，讓小女兒跟了盤瓠在一起。

盤瓠帶著她上了南山，山上草木茂盛，杳無人跡。於是，公主脫去華美的衣服，打上僕人們打的衣帶結，穿上幹活人的衣裳，跟隨盤瓠上高山下深谷，住在石洞裡。高辛王思念女兒，十分悲傷，但派人前去看望、尋找，天氣就風雨不斷、山嶺震動，雲霧昏暗，去的人無法到達盤瓠住的地方。大約過了三年，他們生了六男六女。盤瓠死後，孩子們就互相配對，結為夫婦。他們用樹皮紡線織布，然後用草籽染色。他們喜歡色彩繽紛的衣服，裁製起來都帶有一個尾巴形狀的東西。後來，孩子們的母親回到王宮，把情況告訴了高辛王。高辛王派使者迎接這些男男女女，天也不再下雨了。這些人的衣裳色彩錯雜，說話難懂，吃飯蹲在地上，喜歡荒山野嶺，討厭大都市。高辛王順著他們的意願，將名山大澤賞給他們居住，稱之為「蠻夷」。

12 干將莫邪

搜神記

楚干將、莫邪❶為楚王作劍，三年乃成。王怒，欲殺之。劍有雌雄。其妻重身❷當產，夫語妻曰：「吾為王作劍，三年乃成。王怒，往必殺我。汝若生子是男，大，告之曰：『出戶望南山，松生石上，劍在其背。』」於是即將雌劍往見楚王。王大怒，使相

❸之：「劍有二，一雄一雌。雌來雄不來。」王怒，即殺之。

莫邪子名赤比❹，後壯，乃問其母曰：「吾父所在？」母曰：「汝父為楚王作劍，三年乃成。王怒，殺之。去時囑我：『語汝子：出戶望南山，松生石上，劍在其背。』」於是子出戶南望，不見有山，但睹堂前松柱下，石砥之上❺，即以斧破其背，得劍。日夜思欲報楚王❻。

王夢見一兒，眉間廣尺，言欲報仇。王即購之千金❼。兒聞之，亡去，入山行歌。客有逢者，謂：「子年少，何哭之甚悲耶？」曰：「吾干將、莫邪子也。楚王殺吾父，吾欲報之！」客曰：「聞王購子頭千金，將子頭與劍來，為子報之。」兒曰：「幸甚！」即自刎，兩手捧頭及劍奉之，立僵❽。客曰：「不負子也。」於是屍乃仆。

客持頭往見楚王，王大喜。客曰：「此乃勇士頭也，當於湯鑊❾煮之。」王如其言。煮頭三日三夕，不爛。頭踔❿出湯中，瞋目⓫大怒。客曰：「此兒頭不爛，願王自往臨視之⓬，是必爛也。」王即臨之。客以劍擬⓭王，王頭隨墮湯中。客亦自擬己頭，頭復墮湯中。三首俱爛，不可識別。乃分其湯肉葬之，故通名「三王墓」。今在汝南北宜春縣界⓮。

❶干將、莫邪：春秋時人，古代著名鑄劍工匠。《吳越春秋》：「莫邪，干將之妻也。」

❷重身：身中有身，指懷孕。
❸相：察看、鑑定。
❹赤比：魯迅《古小說鉤沉》輯《列異傳》作赤鼻。《太平御覽》卷三六四引《吳越春秋》作「眉間尺」。
❺石砥之上：指柱下基石的地方。
❻報楚王：向楚王報仇。
❼購之千金：懸賞千金捉拿他。
❽立僵：屍體直立不倒。僵，僵直。
❾湯鑊：古代酷刑，將人投入滾水中煮死。鑊，無腳的大鼎。
❿踔（ㄓㄨㄛˊ）：跳躍。
⓫瞋目：睜大眼睛。
⓬自往臨視之：親自到鑊前監看。
⓭擬：度量。這裡是看準了即用劍砍的意思。
⓮宜春縣：故城在今河南省汝南縣西南。

提示

一、本篇選自《搜神記》卷十一。內容寫春秋時鑄劍名匠干將為楚王所殺，其子赤比替父報仇的故事。

二、本篇故事結構完整、內容緊湊，以「復仇」為主線，依次寫了莫邪鑄劍、藏劍、赤比尋劍、託頭自刎、客殺楚王等事件，使文章環環相扣，層次井然。全篇格調悲壯，愛憎分明，呈現濃重的傳奇色彩，人物描寫生動有致。

山中客

語譯

楚國的干將、莫邪為楚王鑄造寶劍，三年才完成。楚王大怒，想殺死鑄劍的人。這劍有雌雄兩把。干將的妻子當時正懷孕即將臨產，丈夫告訴妻子說：「我為楚王鑄寶劍，三年才鑄成。楚王正在發怒，我這次去，他一定會殺我。你如果生的是男孩，等他長大之後，告訴他：『出門遙望南山，有一棵松樹生在石頭上，寶劍就在樹的背後。』」於是干將就帶著雌劍去見楚王。楚王非常生氣，命人察看那把劍。看後報告說：「這劍應該有兩把，一雄一雌。現在雌劍拿來了，雄劍卻沒拿來。」楚王大怒，立即殺了干將。

莫邪的兒子名叫赤比，後來長大成人，問他的母親說：「我的父親在什麼地方？」母親答道：「你父親為楚王鑄劍，花了三年工夫才完成。楚王暴怒，殺了你父親。你父親臨去時囑咐我：『告訴你兒子，出門望南山，一棵松樹生在石上，劍在樹的背後。』」於是赤比出門朝南望，並沒有看見山，只見堂前的松木柱子下，有一塊露在地面上的石墩，他就用斧劈開柱子的背面，取得了雄劍。於是日日夜夜尋思著向楚王報仇。

楚王也夢見一個孩子，雙眉間寬有一尺，說他想要報仇。楚王立即懸賞千金捉拿這個孩子。赤比聽到消息，只得逃到外面去。他進入深山，邊走邊唱著悲歌。一個俠客遇見他，問道：「你還年輕，為什麼哭得如此悲傷呢？」赤比說：「我是干將、莫邪的兒子，楚王殺了我父親，我想報仇。」客人說：「聽說楚王懸賞千金買你的頭，把你的頭和劍給我，我就替你報仇。」赤比說：「太好了！」隨即用寶劍自殺，兩手捧著頭和寶劍獻給這個人，身體仍僵硬地站立著。俠客說：「我不會辜負你的。」屍體這才倒下。

俠客拿著赤比的頭去見楚王，楚王十分高興。俠客說：「這是勇士的頭，應該用大湯鍋來煮它。」楚王聽從了他的話。赤比的頭被煮了三天三夜，仍舊不爛。那頭還不時躍出水面，怒睜著雙眼。俠客說：「這孩子的頭煮不爛，請大王親自來湯鍋旁監督一下，就一定會爛了。」楚王就走近鼎邊。俠客趁機對準楚王一劍砍去，楚王的頭隨即落入沸騰的湯裡。俠客又用劍砍下自己的頭，這頭也落進湯裡。三個頭都煮爛了，無法分辨誰是誰。楚王手下的人只得將湯裡的肉分為三份埋葬了事。所以人們把這墓統稱為三王墓，就在現在的汝南以北宜春縣境內。

13 紫玉韓重

搜神記

吳王夫差❶小女，名曰紫玉，年十八，才貌俱美。童子韓重，年十九，有道術❷。女悅之，私交信問❸，許為之妻。重學於齊魯❹之間，臨去，屬❺其父母，使求婚。王怒，不與女。玉結氣❻死，葬閶門❼之外。三年，重歸，詰❽其父母，父母曰：「王大怒，玉結氣死，已葬矣。」重哭泣哀慟，具牲幣❾，往弔於墓前。玉魂從墓出，見重，流涕謂曰：「昔爾行之後，令二親從王相求，度必克從❿大願。不圖別後，遭命⓫奈何！」玉乃左顧宛頸⓬而歌曰：「南山有烏⓭，北山張羅⓮。烏既高飛，羅將奈何！意欲從君，讒言孔⓯多。悲結生疾，沒命黃壚⓰。命之不造⓱，冤如之何！羽族⓲之長，名為鳳凰。一日失雄，三年感傷。雖有眾鳥，不為匹雙⓳。故見鄙姿⓴，逢君輝光。身遠心近，何嘗㉑暫忘。」歌畢，歔欷㉒流涕，要㉓重還塚。重曰：「死生異路，懼有尤愆㉔，不敢承命㉕。」玉曰：「死生異路，吾亦知之。然今一別，永無後期。子將畏我為鬼而禍子乎？欲誠所奉㉖，寧㉗不相信？」重感其言，送之還塚。

玉與之飲宴，留三日三夜，盡夫婦之禮。臨出，取徑寸明珠以送重，曰：「既毀其名，又絕其願，復何言哉！時節自愛㉘。若至吾家，致敬大王。」重既出，遂詣㉙王，自說其事。王大怒曰：「吾女既死，而重造訛言㉚，以玷穢亡靈㉛。此不過發塚取物，託㉜

以鬼神。」趣㉝收重。重走脫，至玉墓所訴之。玉曰：「無憂。今歸白王。」王妝梳㉞，忽見玉，驚愕悲喜，問曰：「爾緣何㉟生？」玉跪而言曰：「昔諸生㊱韓重，來求玉，大王不許，玉名毀義絕㊲，自致身亡。重從遠還，聞玉已死，故齎㊳牲幣，詣塚弔唁。感其篤終㊴，輒㊵與相見，因以珠遺㊶之。不為發塚，願勿推治㊷。」夫人㊸聞之，出而抱之，玉如煙然㊹。

❶夫差：（？—前四七三），春秋末年吳國國君。
❷道術：道德學術。
❸交：互通。信問：書信，音信。
❹齊魯：春秋時兩個諸侯名。齊在今山東省北部，魯在今山東省南部。
❺屬：通「囑」，交待、託付。
❻結氣：氣惱鬱積。
❼閶門：吳國首都姑蘇（今蘇州市）的城門。
❽詰：問。
❾具：備辦。牲幣：祭祀用的物品。牲，家畜。幣，指玉、帛、圭、璧等祭品。
❿度：估計。克：能夠。從：順從。
⓫遭命：遭遇不好的命運。
⓬顧：看。宛頸：扭動脖子。
⓭烏：烏鴉。
⓮羅：捕鳥的網。
⓯孔：大，很。
⓰黃壚：指黃泉、地下。壚，土壤。
⓱命之不造：沒交上好運。造，到。
⓲羽族：鳥類。
⓳匹雙：配偶。
⓴見：現。鄙：自謙之詞。姿：容貌。
㉑何當：何時。
㉒歔欷：哭泣時抽噎、哽咽。
㉓要：同「邀」，請。
㉔尤愆：罪過。
㉕承命：聽從命令。
㉖誠：動詞，誠心表述。所奉：所要奉告的話。
㉗寧：難道。
㉘時節：指節氣變化時。自愛：自己保重身體。

㉙詣：前往。
㉚訛言：假話。
㉛玷穢亡靈：玷穢，玷污、污辱。亡靈，指死者。
㉜託：假託。
㉝趣：催促。收，逮捕。
㉞妝：穿衣打扮。梳：梳頭。
㉟爾：你。緣何：因為什麼。
㊱諸生：在學讀書的生員。
㊲名毀義絕：身敗名裂，情義斷絕。
㊳齎（ㄐㄧ）：送上。
㊴篤終：情意深摯，始終不渝。
㊵輒：就。
㊶遺：贈送。
㊷推治：追究治罪。
㊸夫人：指夫差的妻子。
㊹煙然：如煙般消失。

提示

一、本篇選自《搜神記》卷十六。寫吳王夫差的女兒紫玉與書生韓重的愛情悲劇，反映了古代封建婚姻制度下青年男女所受的摧殘。

二、故事的主要線索是一個「情」字，因此，不論在人物的塑造、情節的開展中，還是在人物的動作、語言上，都滲透著人間的至情。當韓重得知紫玉死去的消息後，哀泣慟哭，他準備了祭品來到紫玉的墓前。那哀婉的哭聲，驚動了紫玉的魂靈，她從墓中出來，流著眼淚訴說自己的不幸，用歌聲控訴社會對她的無情迫害：「南山有烏，北山張羅」，雖然「烏既高飛，羅將奈何」，然而「意欲從君，讒言孔多」，那陰冷可怕的社會所織成的禮教網羅逼得她只有悲結而死。三年之間，她不但只有埋怨命運不濟，而且「雖有衆鳥，不為匹雙」，保持自己情懷的高潔，雖然幽冥異路，「身遠心近，何當暫忘！」那一汩汩的「情」的暖流，既是對生不能為夫妻的愛情悲劇的哀嘆，又是對愛情堅貞不渝的追求，使人讀之禁不住淒然淚下。

三、全篇故事充滿淒美苦澀的氣氛，結尾尤其耐人尋味，具有很強的感染力。當吳王夫人聽見女兒紫玉的聲音，趕緊出來抱住她時，她竟化作一縷青煙消逝了。從作品中可以看出吳王夫婦是愛女兒的，但他們作為舊社會的代表，容不得女兒私訂終身，以致釀成悲劇，真是令人遺憾。

語譯

吳王夫差的小女兒，名叫紫玉，十八歲，才貌雙全。少年韓重，十九歲，德學兼備。紫玉很喜歡他，他們就私下互通音信。紫玉答應做他的妻子。韓重到齊國、魯國一帶去求學，臨走時，託付父母，請他們去求婚。吳王大怒，不嫁女兒給韓重。紫玉抑鬱而死，安葬在閶門外邊。三年後，韓重回來了，向父母詢問紫玉，父母說：「吳王很生氣，紫玉抑鬱而死，已經安葬了。」韓重痛哭流涕，哀傷欲絕，準備了牲畜繒帛等祭品，前往墓地祭奠。紫玉的魂從墓中飄了出來，看見韓重，一邊落淚一邊說：「昔日你走之後，二老到大王那裡求婚，原以為大王一定能順從我們的願望。不料離別之後，遭遇到這樣悲慘的命運，有什麼辦法呢！」於是，紫玉把臉轉向左邊唱道：「南山上有隻烏鴉，北山上張著羅網。烏鴉已經遠走高飛，羅網卻是無可奈何！我想跟從您的左右，但人們的壞話實在太多。悲痛鬱積心中引起疾病，終於葬身黃土之下。命中沒有交上好運，心中怨恨又將奈何！鳥類之王，名叫鳳凰。一旦失去了雄鳳，雌凰就要多年感傷。雖然有眾多的鳥類，也不與它們結伴成雙。我今天有意顯現平凡的姿容，為的是迎接您的輝光。雖然身體遠離，我們的心卻十分接近，什麼時候也不會彼此相忘。」唱畢，紫玉哽咽落淚，邀請韓重與她一起回到墳墓裡去。韓重說：「死人活人不同路，恐怕這樣會招來災禍，所以不敢聽從你的話。」紫玉說：「死人活人不同路，我也知道。但是今朝一別，我們以後就再也沒有相會之期了。您怕我是鬼會害您嗎？我只是想真誠地表達我的心意，您難道不相信？」韓重被她的話感動了，送她回到墓中。

紫玉和他一起飲酒吃飯，留了三天三夜，完成了夫婦之間的禮儀。韓重臨走時，紫玉取出直徑一寸的明珠送給他，說：「我的名聲已經毀壞了，願望也絕滅了，還有什麼可說的呢！請您隨時保重身體。如果去我家，請向大王致禮。」韓重出來以後，就到吳王那裡，主動說明了這件事。吳王大怒道：「我女兒已經死了，韓重竟敢編造謊言，以污辱死者。這明珠不過是偷挖墳墓盜取的東西，卻假託什麼神鬼送的。」便下令叫人快快捉拿韓重。韓重逃脫了，來到紫玉墓地訴說自己的遭遇。紫玉說：「不必擔心。我現在就回去告訴大王。」吳王正在穿衣梳頭，忽然看見了紫玉，驚奇之餘，又悲又喜。吳王問道：「你怎麼又活了？」紫玉跪著答道：「過去那個書生韓重曾來請求娶我，大王不答應，結果我身敗名裂，情義斷絕，以致失去了生命。韓重從遠方歸來，聽說我已死去，特地帶著祭品，到墓地弔唁。我有感於他始終不渝的深厚情意，就和他相見了。於是贈送他一顆明珠。這不是他偷挖墳墓，請不要追究治罪。」吳王夫人聽見聲音，出來抱住女兒，但紫玉卻像一股輕煙般消失了。

14 李寄斬蛇

搜神記

東越閩中❶，有庸嶺，高數十里。其西北隙❷中，有大蛇，長七八丈，大十餘圍❸，土俗常懼。東冶都尉及屬城長吏❹，多有死者。祭以牛羊，故不得禍。或與人夢❺，或下諭巫祝❻，欲得啖❼童女年十二三者。都尉令長❽，並共患之。然氣厲❾不息。共請求人家生婢子❿，兼有罪家女養之。至八月朝⓫祭，送蛇穴口，蛇出，吞嚙⓬之。累年如此，已用九女。

爾時預復募索⓭，未得其女。將樂縣⓮李誕家，有六女，無男。其小女名寄，應募欲行，父母不聽。寄曰：「父母無相⓯，惟生六女，無有一男，雖有如無。女無緹縈⓰濟父母之功，既不能供養，徒費衣食。生無所益，不如早死。賣寄之身，可得少錢，以供父母，豈不善耶？」父母慈憐，終不聽去。寄自潛行，不可禁止。

寄乃告請好劍及咋蛇犬⑰。至八月朝，便詣⑱廟中坐。懷劍，將犬⑲。先將數石米糍⑳，用蜜麨灌之㉑，以置穴口。蛇便出，頭大如囷㉒，目如二尺鏡。聞糍香氣，先啖食之。寄便放犬，犬就嚙咋，寄從後斫得數創㉓。瘡㉔痛急，蛇因踴㉕出，至庭而死。寄入視穴，得其九女髑髏㉖，悉舉出，咤㉗言曰：「汝曹怯弱，為蛇所食，甚可哀愍㉘。」於是寄女㉙緩步而歸。

越王聞之，聘寄女為后，拜㉚其父為將樂令，母及姊皆有賞賜。自是，東冶無復妖邪之物。其歌謠至今存焉。

❶東越：漢代小國，在今浙江、福建一帶。閩中：指今福建省地。
❷隙：山洞。
❸圍：雙手的拇指與食指對合起來為一圍。
❹東冶：東越國都城，在今福州市。都尉：管理軍事的官名。屬城長吏：所屬各城的長官。
❺或與人夢：有時託夢給人。或，有時。
❻諭：曉示，指示。巫祝：巫師，以神鬼迷信騙人的術士。
❼啖（ㄉㄢˋ）：吃。
❽令長：縣官。秦朝萬戶以上的縣官稱令，不足萬戶的稱長。
❾氣厲：毒氣疾癘。厲，通「癘」。
❿家生婢子：古代奴婢的後代仍要做奴婢，男的稱作家生奴，女的稱作家生婢。
⓫朝：初一。

⑫嚙（ㄋㄧㄝˋ）：指動物用牙啃咬。
⑬爾時：這個時候。預復募索：預先又招買女孩。
⑭將樂縣：在今福建省南平縣南。
⑮無相：沒有福相。過去人們重男輕女，沒有男孩就說無福。
⑯緹縈：西漢太倉令淳于意的幼女。曾經上書漢文帝，請求做公家的奴婢，以贖父親的罪過。文帝因此赦免淳于意，並廢除肉刑。緹縈姊妹五個，無兄弟。
⑰告請：向官府申請領取。咋（ㄗㄜˊ）：咬。
⑱詣：到。
⑲將：帶著。
⑳米糍（ㄘˊ）：用糯米蒸製的食物。
㉑麨（ㄔㄠˇ）：炒麥粉。
㉒囷（ㄐㄩㄣ）：圓形穀倉。
㉓斫（ㄓㄨㄛˊ）：砍。創：傷口。
㉔瘡：通「創」，外傷。
㉕踴：往上跳。
㉖髑髏（ㄉㄨˊ ㄌㄡˊ）：死人的頭骨。
㉗咤（ㄓㄚˋ）：嘆氣聲。
㉘哀愍：哀憐。
㉙寄女：李寄姑娘。
㉚拜：授予官職。

提示

一、本篇選自《搜神記》卷十九。描寫少女李寄英勇剷除惡蛇的故事。內容讚美李寄，實際上則說明了對一切危害人民的事物，只要冷靜處理、奮勇抗拒，就能戰勝它。反之，如果像故事中的都尉令長昏庸無能、怯弱畏縮，便只有任憑宰割了。

二、本文小說情節雖然簡單，但結構完整。主要人物形象鮮明，足使頑廉懦立。尤其篇末寫李寄殺死惡蛇後，「緩步而歸」。這四個字把李寄的從容、自信情態，表現得異常傳神。

語譯

東越國閩中一帶，有個庸嶺，山高好幾十里。庸嶺西北的山洞裡，有一條大蛇，七八丈長，十幾圍粗，當地老百姓常感到畏懼。東冶城的武官以及所屬各城的長官們，有不少已被蛇害死。後來用牛羊去祭祀大蛇，人們才不被禍害。大蛇有時託夢給人，有時指示巫師，想要吃十二三歲的女孩。都尉和縣官們都為此很擔憂。而疾癘災疫一直沒有停息，大家只好共同徵求一些奴婢生的女兒和犯罪人家的女兒，把她們養到八月初一祭祀的時候，送到蛇洞口，讓蛇出來，將她們吞吃掉。年年如此，已經用了九個女孩了。

這時又要預先招買女孩了，但還沒有買到。將樂縣李誕家有六個女兒，沒有男孩。他的小女兒叫李寄，想要應招前去，父母不允許。李寄說：「父母二老沒有福相，只生了六個女兒，沒有一個兒子。雖然有了後代，也和沒有一樣。女兒我沒有緹縈那樣救父母的功勞，既不能供養二老，又白費衣食，活著沒有什麼好處，還不如早點死去。李寄賣了我的身體，可以得到一點錢，拿來供養父母，豈不很好嗎？」李寄的父母很慈愛，無論如何也不許她去。李寄便自己悄悄走了，誰也阻止不住。

於是李寄向官府要了利劍以及咬蛇的狗。到了八月初一，就來到廟裡坐下。抱著寶劍，帶著狗。她先把用蜂蜜炒麵做餡的幾石糯米糰子放在洞口。蛇就爬出洞來，牠的頭像穀倉一樣大，眼睛和兩尺大的鏡子一樣明亮。蛇聞到糯米糰子的香氣，先在那裡吞吃。李寄就把狗放了出去，狗衝上去撕咬大蛇，李寄就繞到後面用劍把蛇砍了幾道傷口。因為傷口劇痛，大蛇便從廟中竄出來，爬到廟的院子裡就死了。李寄鑽進洞裡觀察，找到了九個女孩的頭骨，把它們都取了出來，感嘆道：「你們太膽怯，太軟弱了，結果被蛇吃了。多麼可憐啊！」然後，李寄姑娘緩緩地走回家去。

東越國王聽說了這件事，就娶李寄為王后，封李寄的父親為將樂縣令，連她的母親和姊姊們也都有賞賜。從此以後，東冶城再也沒有出現妖異怪物。歌唱李寄斬蛇的歌謠到現在還在那裡流傳。

15 白水素女

搜神後記

晉安帝時侯官人謝端❶，少喪父母，無有親屬，為鄰人所養。至年十七八，恭謹自守，不履非法。始出居❷，未有妻，鄰人共愍念之。規❸為娶婦，未得。

端夜臥早起，躬耕力作，不舍晝夜。後於邑下得一大螺，如三升壺，以為異物，取以歸，貯甕中。畜之十數日。端每早至野，還，見其戶中有飯飲湯火，如有人為者，端為鄰人為之惠❹也。數日如此，便往謝鄰人。鄰人曰：「吾初不❺為是，何見謝也？」端又以鄰人不喻其意❻。然數爾如此，後更實問，鄰人笑曰：「卿已自娶婦，密著室中炊爨❼，而言我為之炊耶？」端默然心疑，不知其故。

後以雞鳴出去，平旦潛歸，於籬外竊窺其家中，見一少女從甕中出，至灶下燃火。端便入門，徑至甕所視螺，但見殼，乃到灶下，問之曰：「新婦從何所來，而相為炊？」女大惶惑，欲還甕中，不能得去，答曰：「我天漢❽中白水素女也。天帝哀卿少孤，恭慎自守，故使我權為守舍炊烹。十年之中，使卿居富得婦，自當還去。而卿無故竊相窺掩❾，吾形已現，不宜復留，當相委去❿。雖然，爾後自當少差⓫，勤於田作，漁采治生。留此殼去，以貯米穀，常可不乏。」端請留，終不肯。時天忽風雨，翕然而去⓬。

端為立神座，時節祭祀。居常饒足⓭，不致大富耳，於是鄉人以女妻之。後仕至令長云。今道中素女祠是也。

❶晉安帝：東晉末期皇帝，名司馬德宗。侯官：縣名，治所在今福建省福州市。
❷出居：離開鄰里，單獨生活。
❸規：規劃、打算。
❹惠：賜、幫助。
❺初不：從不，本來沒有。
❻不喻其意：不了解自己的意思。
❼炊爨：燒火做飯。爨（ㄘㄨㄢˋ），灶。指燒火做飯。
❽天漢：銀河。
❾掩：乘人不備而襲之。指謝端突然出現。
❿委：丟下。
⓫少差：稍好。差，通「瘥」，病愈，指好轉。
⓬翕（ㄒㄧˋ）：迅疾的樣子。
⓭饒足：豐饒富足。

提示

一、本篇選自題為陶潛作的《搜神後記》。陶潛（三六五—四二七），字淵明，晉潯陽柴桑人。曾任州祭酒、鎮軍參軍、建威參軍。後出任彭澤令，僅八十餘日，辭官歸隱。有《陶淵明集》行世。

二、本篇小說的內容首見於西晉束晳的《發蒙記》，但其事甚簡，語焉不詳，經陶氏的加工、創造，成為一個瑰麗動人的故事。內容則類似於《搜神記》中董永和織女的傳奇故事，都是人們所喜聞樂道、經千載不磨、奕世不廢的神話。故事採取幻想的形式，具有濃厚的浪漫色彩。說明了人們對美好生活的渴盼、對理想的嚮往與追求。

語譯

晉安帝的時候，侯官縣有一個叫謝端的人，很小就喪失了父母，又沒有親戚，幸虧好心的鄰居收養了他。到了十七八歲，他謙遜謹慎守規矩，從不做違法的事。當他不再依靠鄰居撫養，開始獨立生活的時候，還沒有妻室，鄰居們都很憐憫他，打算給他娶個妻子，但一時還沒有找到。

謝端晚睡早起，不分晝夜地辛勤耕作。後來，他在城鎮的附近得到一個大田螺，有裝三升東西的壺那麼大。他覺得這是個奇異的東西，就拿回家來，養在水缸裡。養了十幾天之後，謝端每天早晨到田裡幹活，回來的時候，看到家裡已準備好了飯菜湯水，好像是有人預先做好的。開始，他以為這是鄰居的好意。但是，接連幾天都是這樣，他就去感謝鄰居。鄰居卻說：「我本來沒有做這樣的事，為什麼要感謝我呢？」謝端又以為鄰居不明白他的意思，然而天天都是這樣，後來他只好如實地跟鄰居說了。鄰居笑著說：「你已經自己娶了妻子，秘密地藏在家裡燒火做飯，怎麼反過來說我幫你做飯呢？」謝端無話可說，心裡更加疑惑，不知道是怎麼回事。

後來，謝端在雞叫的時候就出門，天剛亮悄悄地回來，藏在籬笆外面往自己家裡偷偷地察看。他看見一個少女，從水缸裡出來，到灶下去燒火。謝端就進門去，直接走到水缸去看那大田螺，結果只看見一個螺殼。他這才到灶下去問那少女：「新娘子妳是從什麼地方來的，怎麼幫我做飯？」少女十分驚惶不安，想要回到水缸裡去，卻又回去不成了，她只好如實地回答說：「我是銀河中的白水素女。天帝哀憐你很小就死了父母，為人又謙遜謹慎守規矩，因此派我暫時為你看家做飯。十年之內，使你家庭富足娶上媳婦，到那時，我就應當回去了。然而你卻無故地私下偷看，並趁我不備突然闖進來盤問我。現在，我的真相已經顯露，不適合再留下來，應當離開這裡了。雖然這樣，你今後的生活自然會稍好一些。你要辛勤耕作，兼以打漁採摘來謀生。我留下這個螺殼走了，你用它來貯藏糧食，就能經常不缺糧了。」謝端求她留下來，她始終不答應。這時，老天忽然刮風下雨，一瞬間她就不見了。

謝端為她立了個神位，按時節祭祀她。從此，謝端生活富足，但也不是非常富有。於是鄉親中有人把女兒嫁給了他。後來，謝端當了官，做了縣令。現今侯官縣還有素女祠。

16 義犬救主

搜神後記

晉太和❶中，廣陵❷人楊生養一狗，甚愛憐之，行止與俱。後生飲酒醉，行大澤草中，眠，不能動。時方冬月燎原❸，風勢極盛。狗乃周章❹號喚，生醉不覺。前有一坑水，狗便走往水中，還，以身灑生左右草上。如此數次，周旋跬步❺，草皆沾濕。火至，免焚。生醒，方見之。

爾後，生因暗行❻，墮於空井中。狗呻吟徹曉。有人經過，怪此狗向井號，往視見生。生曰：「君可出我，當有厚報。」人曰：「以此狗見與❼，便當相出。」生曰：「此狗曾活我已死❽，不得相與。餘即無惜。」人曰：「若爾❾，便不相出。」狗因下頭目井。生知其意，乃語路人云：「以狗相與。」人即出之，繫之而去。卻後五日，狗夜走歸。

❶太和：東晉廢帝司馬奕的年號。
❷廣陵：今江蘇省揚州市。
❸燎原：放火燒草原。
❹周章：繞圈奔跳，倉惶驚恐的動作。
❺跬（ㄎㄨㄟˇ）：古人稱前舉一足為跬，再一足為步。
❻暗行：夜間摸黑走路。
❼見與：給我。
❽活我已死：從死裡救活我。
❾若爾：若如此。爾，如此。

提示

本篇選自陶潛《搜神後記》卷九。敘述義犬兩度救主的故事。這隻義犬，不僅忠義護主，而且智慧過人，第一次以身體沾水灑草，使主人免遭火焚；第二次呻吟示警，引來路人注意，並「下頭目井」，使主人同意「以狗相與」，五日後再度走歸。值得注意的是：主人臨難時，仍存感恩相惜之心，告訴路人「此狗曾活我已死，不得相與，餘即無惜」的回話，說明主人也是一位重義輕利的君子，不像時下忘恩負義之徒，只顧自己，輕賤生畜。這是發人深省的地方。

語譯

東晉廢帝太和年間，廣陵郡人楊生養了一條狗。他非常喜歡這條狗，和牠形影不離，總在一起。後來，楊生喝醉了酒，走到一個大沼澤地的草叢中，醉倒在地上，不能動彈了。當時，正是冬月火燒原野，風勢又非常猛。狗急得驚恐呼叫，但是楊生仍然沉醉不醒。正好前面有一坑水，狗就跑進水裡，再跑回來，把身上的水灑在楊生周圍的草上。這樣來回跑了多次，楊生周圍一步遠的距離內，草都打濕了。因此，火燒來時才沒有被燒死。楊生酒醒之後，才看到剛才發生的事情。

此後，楊生又因為夜晚走路，掉進了枯井裡，這條狗呻吟叫喚了一整夜。天亮後，有人路過那裡，看到這條狗向井裡號叫，感到很奇怪，走近一看，看見了楊生。楊生說：「你如果能救我出去，我一定會重重地報答你。」路人說：「把這條狗送給我，就一定救你出來。」楊生說：「這條狗曾經從死亡中救過我的命，實在不能送給你。除此之外，任何東西我都毫不吝惜。」路人說：「如果是這樣，就不救你出來。」這時，狗就低下頭望著井裡。楊生領會了狗的意思，就對路人說：「把狗送給你。」路人立即救出了楊生，拴著狗走了。過了五天，這條狗夜晚又跑回來了。

17 劉晨阮肇

幽明錄

漢明帝永平五年❶，剡縣❷劉晨、阮肇共入天台山❸取穀皮，迷不得返。經十三日，糧食乏盡，飢餒殆死。遙望山上，有一桃樹，大有子實；而絕巖邃澗❹，永無登路。攀援藤葛，乃得至上。各啖❺數枚，而飢止體充。復下山，持杯取水，欲盥漱❻。見蕪菁葉從山腹流出，甚鮮新，復一杯流出，有胡麻飯糝❼。相謂曰：「此必去人徑不遠。」便共沒水，逆流二三里，得度山，出一大溪。溪邊有二女子，姿質妙絕，見二人持杯出，便笑曰：「劉阮二郎，捉向所失流杯來❽。」晨、肇既不識之，緣二女便呼其姓，如似有舊❾，乃相見欣喜。問：「來何晚耶？」因邀還家。其家筒瓦❿屋。南壁及東壁下各有一大牀，皆施絳羅帳，帳角懸鈴，金銀交錯。牀頭各有十侍婢。敕云：「劉阮二郎，經涉山岨⓫，向雖得瓊實⓬，猶尚虛弊⓭，可速作食。」食胡麻飯，山羊脯⓮、牛肉，甚甘美。食畢，行酒。有一羣女來，各持五三桃子，笑而言：「賀汝壻來。」酒酣作樂，劉阮欣怖交併。至暮，令各就一帳宿，女往就之，言聲清婉，令人忘憂。

十日後，欲求還去，女云：「君已來是，宿福所牽，何復欲還耶？」遂停半年。氣候草木是春時，百鳥啼鳴，更懷悲思，求歸甚苦。女曰：「罪牽君當可如何⓯？」遂呼前來女子，有三四十人，集會奏樂，共送劉阮，指示還路。

既出，親舊零落，邑屋改異，無復相識。問訊得七世孫，傳聞上世入山，迷不得歸。至晉太元八年⓰，忽復去，不知何所。

❶永平五年：西元六二年。
❷剡（ㄕㄢˋ）縣：地名，在今浙江省嵊（ㄕㄥˋ）縣西南。
❸天台山：在浙江省天台縣北。
❹絕巖邃澗：險峻的山崖，極深的溪澗。
❺啖（ㄉㄢˋ）：吃。
❻盥漱（ㄍㄨㄢˋ ㄙㄡˋ）：洗手、漱口。
❼胡麻：芝麻。糝（ㄙㄢˇ）：飯粒。
❽捉向所失流杯來：拿了剛才流失在水中的杯子來了。捉，拿。（晉宋人的口語）。向，從前、上次。
❾有舊：曾經相識。
❿筒瓦：剖竹做成的瓦。
⓫山岨（ㄗㄨˇ）：山區險阻之地。
⓬瓊實：指上文劉阮啖的桃子。瓊，是一種美玉，瓊實，比喻仙桃像美玉般珍貴稀有。
⓭虛弊：飢餓疲乏。
⓮脯（ㄈㄨˇ）：肉乾。
⓯罪牽君當可如何：罪孽牽纏著你（定要回到塵世間去），有什麼辦法呢？
⓰太元：晉孝武帝年號。八年：西元三八三年。

提示

一、本篇選自劉義慶《幽明錄》。劉義慶（四〇三—四四四），彭城（今江蘇徐州）人。是南朝劉宋的宗室，宋武帝劉裕之侄，襲封臨川王。《世說新語》是劉義慶任江州刺史時，召集文士，廣蒐資料，合編而成。

二、本篇是六朝志怪小說中比較富有文采，且可讀性較強的作品。內容講的是一個人仙相愛的故事。整篇作品情節完整，想像浪漫，結尾的「七世說」，大有「山中方七日，世上已千年」的悵惘之感，為整個愛情故事染上了淡淡的哀愁色彩。今天「劉阮上天台」這個典故，不但屢為詩人所引用，後世小說家、戲曲家以此為題材的作品也不在少數。詞牌中《阮郎歸》即導源於此。

語譯

漢明帝永平五年，剡縣的劉晨和阮肇一同進山採榖樹皮，在山裡迷了路，回不了家。過了十三天，他們帶的糧食全部吃光了，餓得快要死去。這時他們看到遠遠的山頂上有一棵桃樹，結著很多果實，但隔著險峻的懸崖和極深的溪澗，完全沒有上山的路。他倆拖著藤子和葛條攀登，才上到了山頂。兩人各吃了幾個桃子之後，便感到飢餓消除，體力充沛。接著他們又下了山，拿出碗來打水，想要洗漱一番。突然他們發現有蕪菁菜葉從山腰裡的溪澗中流出來，顏色很新鮮，接著又有一隻碗流出，碗裡裝著芝麻米飯。兩人相互說：「這裡離人的住處一定不遠了。」於是一同走下小溪，沿著水流來的方向走了兩三里路，才轉過一座山，看到一條大溪，溪邊站著兩位姑娘，

姿態和容貌都美得無人可比，看見他倆拿著碗走來，便笑著說：「劉、阮兩位郎君，把剛才沖走的碗送來了。」劉晨和阮肇本來不認識她們，由於她們一下子就叫出他倆的姓氏，像早就相識一般，便非常高興地和她們相見。兩位姑娘問道：「你們為什麼來得這樣遲呢？」於是邀請他倆一同回家。她們的家是竹筒瓦蓋的屋，南牆和東牆下面各安了一張大床，都掛著深紅色的羅帳，羅帳的四周吊著小鈴鐺，金的銀的交錯編在一起。兩張床頭各站著十個侍候的丫鬟。兩位姑娘吩咐丫鬟說：「劉阮兩位郎君，翻山越嶺地歷經險阻走來，剛才雖然吃了幾個桃子，仍然是又餓又累的，你們要快點做飯來。」不久，他倆吃到了芝麻飯、山羊肉乾和牛肉，味道很香美。吃完飯，斟上了酒。這時，有一群姑娘來了，她們每個人都拿著三五個桃子，嬉笑著對這兩位姑娘說：「祝賀你們的郎君光臨。」酒足之後，又奏起了音樂，劉晨和阮肇又高興又害怕，到了夜晚，兩位姑娘讓劉阮各到一張床上安歇，她們分別前往陪伴他們，她們的語言清麗婉轉，使劉晨和阮肇忘掉了一切憂愁。

過了十天，劉晨和阮肇想要回家，兩位姑娘說：「你們既已來到這裡，就是前世的福分把我們連在一起了，為什麼又要回去呢？」就這樣，他倆在山中停留了半年。到了春天，草木繁茂，百鳥啼鳴，劉晨和阮肇更加愁思滿懷，回家的要求更是強烈。這兩位姑娘說：「罪孽纏著要你們回去，又有什麼辦法呢？」於是她們請來上次來過的姑娘，一共有三四十人，聚在一起吹彈、演唱，共同和劉晨和阮肇送行，還給他倆指明了回家的道路。

離開深山，回到家中以後，發現親戚朋友都已經死了，村落和房屋也改變了原來的樣子，再也見不到過去熟悉的樣子。經過打聽才找到第七代孫兒，孫兒說：聽別人講，我的上代祖先進山以後，迷了路沒能回來。到了東晉太元八年，劉晨和阮肇又忽然離家遠去，不知道他們到了什麼地方。

18 清溪廟神

續齊諧記

會稽❶趙文韶，為東宮扶侍❷。住清溪❸中橋，與尚書王叔卿家隔一巷，相去二百步許。秋夜嘉月，悵然思歸，倚門唱《西烏夜飛》❹，其聲甚哀怨。忽有青衣❺婢年十五六，前曰：「王家娘子白扶侍，聞君歌聲，逐月遊戲，遣相聞耳。」時未息，文韶不之疑，委曲❻答之，亟邀相過❼。

須臾女到，年十八九，容步顏色可憐，猶將兩婢自隨。問家在何處。舉手指王尚書宅曰：「是。聞君歌聲，故來相詣，豈能為一曲耶？」文韶即為歌《草生磐石》❽。音韻清暢，又深會❾女心。乃曰：「但令有瓶，何患不得水❿？」顧謂婢子：「還取箜篌⓫，為扶侍鼓之。」須臾至，女為酌兩三彈，泠泠更增楚絕⓬。乃令婢子歌《繁霜》⓭，自解裙帶繫箜篌腰，叩之以倚歌⓮。歌曰：「日暮風吹，葉落依枝。丹心寸意，愁君未知。歌繁霜，侵曉夢，何意空相守，坐待繁霜落！」歌闋⓯，夜已久，遂相佇燕寢⓰。竟四更別去，脫金簪以贈文韶，文韶亦答以銀碗、白琉璃匕⓱各一枚。

既明，文韶出，偶至清溪廟，歇廟座上，見碗甚疑，而悉委之。屏風後⓲，則琉璃匕在焉，箜篌縛帶如故。祠廟中惟女姑神像，青衣婢立在前，細視之，皆夜所見者。於是遂絕。當宋元嘉五年⓳也。

❶會稽：地名。在今江蘇省。
❷東宮扶侍：皇太子的屬官。
❸清溪：即青溪，在今南京市東北。
❹《西烏夜飛》：樂府歌曲名。
❺青衣：漢以後以青為卑賤者服色，故稱婢女為青衣。
❻委曲：宛轉。
❼過：走訪。
❽《草生磐石》：歌曲名。
❾會：合。
❿但令有瓶何患不得水：疑趙文韶所唱《草生磐石》的歌詞中用有瓶不得水比喻男女有情而不得配合，所以女子借以發揮。
⓫箜篌（ㄎㄨㄥ ㄏㄡˊ）：弦樂器。
⓬泠泠（ㄌㄧㄥˊ）：形容聲音清脆。楚絕：淒楚之極。
⓭《繁霜》：歌曲名。
⓮倚歌：配合歌的節奏。
⓯闋（ㄑㄩㄝˋ）：曲終叫闋。
⓰相佇：佇（ㄓㄨˋ），是「久立」的意思。相佇，此指停留。燕寢：安寢。
⓱匕（ㄅㄧˇ）：匙，勺子。
⓲而悉委之屏風後：疑原文有誤，現據上下文意譯出。
⓳宋元嘉五年：即西元四二八年。元嘉是劉宋文帝劉義隆的年號。

提示

一、本篇選自吳均《續齊諧記》。吳均（四六九—五二〇），字叔庠，吳興故障（今浙江安吉）人。詩文「清拔有古氣」，號稱「吳均體」。著有《齊春秋》三十卷、《廟記》十卷、《十二州記》十六卷、《文集》二十卷、《錢唐先賢傳》五卷。《續齊諧記》係繼東陽无疑《齊諧記》之後而著，故名。

二、本篇寫趙文韶邂逅清溪廟女神的故事。文中的女神聽歌聲動情，借箜篌傳情，文辭清雅，故事怡人，讓神仙的戀愛也充滿了人情味。

三、本篇故事的表現手法，有三點值得留意的地方：一是敘述委婉曲折，先寫趙文韶思鄉而歌，由歌而引出女子，繼而由歌曲互答展開情節，最後寫天明入廟，才點出女子是何人。這種使情節步步發展，層層深入變化的安排，大為豐富了故事的完整。其次是揉進了歌曲的描寫。樂曲和歌詞的穿插，有力地烘托出人物情緒的波動。表面上寫的是歌是曲，實際是寫人，寫人的心理活動，文章因而顯得搖曳生姿，清麗動人。第三是人物對話的描寫。通過人物對話，展示人物的心理活動。譬如當趙文韶唱完《草生盤石》歌時，女子即說出：「但令有瓶，何患不得水？」不難看出，一定是《草生盤石》歌中，有如瓶和水隱喻兩情相愛的話，才使女子說出這種語意雙關的話作答。話雖短，但女子內心的愛慕已曲折、委婉地表達出來。這比起作者用自己的話直接敘述，更能傳達人物的情貌。

語譯

會稽人趙文韶，擔任東宮扶侍。住在清溪中橋，與尚書王叔卿的家只隔著一條巷子，相距二百來步。在一個秋天的夜晚，趙文韶仰望明月，心中生起思鄉的愁情，他斜靠在門框上唱起《西烏夜飛》這首歌，聲音非常哀怨。忽然看見一個年約十五六歲的小丫鬟，向前走來對他說：「王家小娘子讓我告訴您：我們正在月下追逐遊戲，聽到您的歌聲，特地派我前來問候。」當時四處的人聲還沒有靜下來，趙文韶對來人毫不驚疑，溫和委婉地答禮，並極力邀請丫鬟的主人到來相聚。

不一會，王家娘子到來了，她十八九歲年紀，姿態容貌都很可愛，隨身還帶著兩個丫鬟。趙文韶問她家住在哪裡，她舉手指著王尚書的房屋說：「就在這裡。因為聽到您的歌聲，所以前來拜訪，能不能為我唱一首曲子呢？」趙文韶立即又為她唱了一曲《草生磐石》，歌聲清亮流暢，深合這姑娘的心意。她於是說：「只要有瓶子，哪愁沒有水呢？」並回頭對丫鬟說：「回去拿箜篌來，為扶侍彈幾首。」沒多久箜篌拿來了，這姑娘在弦上撥動了兩三下，聲音清脆悅耳，淒楚異常，她又吩咐丫鬟唱《繁霜》，自己解開裙帶把箜篌攔腰繫著，彈著弦伴唱。《繁霜》

歌中唱道：「黃昏風瀟瀟，落葉戀枝條，心中愛慕意，恐你未知曉。繁霜侵羅帳，為何守空房？明朝繁霜落，相隔兩茫茫！」一曲唱完，夜已經很深了，姑娘就留下來安歇。四更過後，這姑娘才離去，臨行時，她摘下金簪送給趙文韶，趙文韶也把一隻銀碗和一枚琉璃匙回贈給她。

天亮以後，趙文韶到外面散步，偶然來到清溪廟裡，坐在神像前休息，看見自己的銀碗在神座上，非常吃驚，轉身走到神像後，又見琉璃匙也在那裡，箜篌上的裙帶原封不動地繫著。清溪廟中只有一尊女子神像，小丫鬟站在女神跟前，趙文韶仔細辨識，發現她倆都是夜間見到過的。從這天起，清溪廟裡的神像便不知去向。此事發生在宋元嘉五年。

19 嵇中散

靈鬼志

嵇中散❶神情高邁❷，任心遊憩。嘗行西南遊，去洛數十里，有亭名華陽，投宿。夜了無人，獨在亭中。此亭由來殺人，宿者多凶；中散心神蕭散❸，了無懼意。至一更中操琴，先作諸弄❹，雅聲逸奏，空中稱善。中散撫琴而呼之：「君是何人？」答云：「身❺是故人❻，幽沒於此數千年矣。聞君彈琴，音曲清和，昔所好，故來聽耳。身不幸非理就終❼，形體殘毀，不宜接見君子；然愛君之琴，要當相見，君勿怪惡之。君可更作數曲。」中散復為撫琴，擊節❽曰：「夜已久，何不來也？形骸之間，復何足計。」乃手挈其頭❾曰：「聞君奏琴，不覺心開神悟，恍若暫生。」遂與共論音聲之趣，辭甚清辯。

謂中散曰：「君試以琴見與。」於是中散以琴授之。既彈眾曲，亦不出常❿；唯《廣陵散》⓫聲調絕倫。中散纔⓬從受之，半夕悉得。先所受引⓭殊不及。與中散誓，不得教人，又不得言其姓。天明，語中散：「相與雖一遇於今夕，可以還同千載；於此長夕，能不悵然！」

❶嵇中散：名康，字叔夜，銍人，曾任魏中散大夫。博學能文，善於彈琴，著〈琴賦〉，後來被司馬昭殺害。
❷神情高邁：志趣高尚，性情豪放。
❸蕭散：閑散。
❹弄：曲子。
❺身：魏晉人自稱「身」，等於說「我」。
❻故人：這裡作「已死的人」講。
❼非理就終：死得不合理，即遭橫禍而死。
❽節，樂器中的「拊」，用來打節拍；擊節，正像現在說「打拍子」，常用來表示嘆賞。
❾手挈其頭：用手提著頭。挈（ㄑㄧㄝˋ），提繫。
❿不出常：不超出平常的水準。常，常態。
⓫《廣陵散》：琴曲名，嵇康最善於彈這一曲。《晉書》本傳：「康將刑東市，顧視日影，索琴彈之，曰：『昔袁孝尼（名準）嘗從吾學《廣陵散》，吾每靳固（吝惜不肯教）之；《廣陵散》於今絕矣。』」
⓬纔：初、始。
⓭引：琴曲。

提示

一、本篇選自荀氏《靈鬼志》。荀氏，名號里居都無可考。《隋書．經籍志》把這部書列在干寶《搜神記》之後，祖台之《志怪》之前，而且在《世說注》中已經引用它，可見荀氏是晉朝人。

二、據《晉書．嵇康傳》等書記載，嵇康學會彈《廣陵散》以後，恪守對傳授者立下的誓言，終生不轉教他人。後來他遭受誣陷被殺害，臨刑時纔要來一張琴彈奏這首曲子，並且非常惋惜地說：「《廣陵散》於今絕矣！」這故事後代廣為流傳，「廣陵散」也就成為滅絕事物的代名詞。

語譯

嵇康的性情豪放、志趣高尚，常常隨心所欲地遊覽休息。有一次到西南方遊玩，在離洛陽幾十里遠的地方，有一座驛亭名叫「華陽」，他便前往投宿。夜裡四周完全沒有人跡，只有嵇康一人在驛亭中。這驛亭裡一貫有妖怪殺人，住宿的人都凶多吉少。嵇康心神放達閑散，一點也不感到害怕。

到了一更時分，嵇康彈起琴來，先彈了幾首小調，樂聲高雅脫俗，空中有人叫好。嵇康按著琴問道：「您是什麼人？」回答說：「我是個已死的人，埋在這裡已經有幾千年了。聽到您彈琴，曲調清越和婉，音樂是我過去的愛好，所以來聽聽。我不幸死於非命，身體被毀壞了，不適合同您相見。但因愛好您的琴聲，又覺得應當見見您，請您不要驚異厭惡。您可要再彈幾首啊！」嵇康便又重新為他彈琴、打拍子，彈完之後對他說：「夜已經很深了，為什麼不出來呢？外表的身體形骸，又有什麼值得計較的？」那人便用手提著自己的頭來到嵇康面前，說：「聽到您彈琴，我的心神不禁豁然開朗，彷彿突然活過來般。」於是同嵇康一同談論起音律樂理來，他的言詞非常清晰明辯。

後來他對嵇康說：「請您把琴給我試試。」嵇康就把琴遞給了他。這人彈了好些曲子，也都沒超出一般的水準。唯有《廣陵散》的曲調無與倫比。嵇康這才向他學習，半個晚上就全部學會了，而原先學到的樂曲都遠遠不及《廣陵散》彈得好。這人要嵇康起誓，不得把《廣陵散》教給別人，也不得對別人說出他的姓氏。黎明時他對嵇康說：「我們雖然只是在今晚見一次面，彼此間的友誼卻與千古厚交相同，從此永別了，叫人怎麼不惆悵呢！」

20 晉明帝

世說新語

晉明帝❶年數歲，坐元帝❷膝上。有人從長安❸來，元帝問洛下❹消息，潸然流涕。明帝問：「何以致泣❺？」具以東渡意告之❻，因問明帝：「汝意謂長安何如日遠❼？」答曰：「日遠。不聞人從日邊來，居然❽可知。」元帝異之。明日，集羣臣宴會，告以此意，更重問之。乃答曰：「日近。」元帝失色❾曰：「爾何故異昨日之言邪？」答曰：「舉目見日，不見長安。」

❶晉明帝：司馬紹，元帝之子，在位三年。
❷元帝：司馬睿，在位五年。
❸長安：西漢都長安。故後代多以長安為首都代稱。此處代指洛陽。
❹洛下：即洛陽，西晉故都。
❺致泣：使你哭泣。
❻具以東渡意告之：把東渡的心情詳細告訴他。具，都、全、詳盡。意，心思。
❼長安何如日遠：長安與日相較遠近何如？
❽居然：猶言顯然。
❾失色：猶言變色。

提示

一、本篇選自《世說新語．夙慧》篇。劉義慶（四〇三—四四四），彭城（今江蘇徐州）人，是南朝劉宋的宗室。宋武帝劉裕之侄，襲封臨川王。性簡素，愛好文學。任江州刺史時，召集文士，廣蒐資料，合編成《世說新書》，後人改稱「新語」。

二、所謂「夙慧」就是「早慧」，從小聰明。明帝幼兒時便顯現了過人的聰明，同一問題，不同場合有不同答案，而且說出令人折服的道理，可見其聰穎及口才了。

語譯

晉明帝才幾歲的時候，坐在元帝膝蓋上，恰好有人從故都來，元帝探問洛陽的消息後，不覺傷心流淚。明帝問：「什麼原因使您哭泣呢？」元帝就把從洛陽東渡長江的心情詳細告訴他。接著問明帝說：「你覺得洛陽和太陽哪一個遠？」明帝答道：「太陽遠，從沒聽說有人從太陽那邊來，顯然可知。」元帝覺得很驚奇。第二天，召宴群臣，把明帝前一天所說的話，告訴大家，同時又重新問明帝。明帝卻回答說：「太陽近。」元帝變了臉色說：「你為什麼和昨天說的話不一樣了呢？」答道：「抬頭能看見太陽，卻看不見洛陽。」

21 周處除三害

世說新語

周處❶年少時，兇彊俠氣❷，為鄉里所患❸。又義興水中有蛟❹，山中有邅跡虎❺，並皆暴犯❻百姓，義興人謂為「三橫」❼，而處尤劇。或說❽處殺虎斬蛟，實冀三橫唯餘其一。處即刺殺虎，又入水擊蛟。蛟或浮或沒，行數十里，處與之俱。經三日三夜，鄉里皆謂已死，更相慶。竟殺蛟而出，聞里人相慶，始知為人情所患，有自改意。乃自吳尋二陸❾。平原不在，正見清河❿，具以情告⓫，並云：「欲自修改，而年已蹉跎⓬，終無所成。」清河曰：「古人貴朝聞夕死⓭，況君前途尚可⓮。且人患志之不立，亦何憂令名不彰邪⑮？」處遂⑯改勵⑰，終為忠臣孝子。

❶周處，字子隱，吳郡陽羨（今江蘇省宜興縣）人，吳將周魴之子，後任御史中丞。在一次戰鬥中，英勇戰死。

❷兇彊俠氣：彊，同「強」。俠氣，猶「霸氣」。這句說周處年少時為人兇狠而霸道。

❸為鄉里所患：鄉里，猶言家鄉、地方上。這句說地方上人憎恨他認為他是禍害。

❹蛟：古代傳說是能發洪水的一種龍。或許是鱷魚一類動物，被人誤為蛟。

❺邅跡虎：邅（ㄓㄢ），邅迴，行難貌。跡，足跡。「邅跡虎」一作「白額虎」。

❻暴犯：危害。

❼「義興」句：橫（ㄏㄥˋ），橫逆、暴虐。三橫，《晉書》作「三害」。這句說：義興人將蛟、虎和周處合稱為「三橫」，而其中又以周處為害最甚。

❽或說：有人勸說。

❾乃自吳尋二陸：乃，於是。自，從。吳，吳郡，郡治在今江蘇省蘇州市。二陸，陸機、陸雲二兄弟，都是吳大將陸抗的兒子，並有文名，時稱二陸。

❿「平原」二句：平原，謂陸機。陸機後仕晉，作過平原內史。清河，謂陸雲。陸雲仕晉為清河內史。古時常以官名或所治地名稱其人。這二句是說陸機不在家，只見到陸雲。

⓫具以情告：具，同「俱」，皆、都。這句說把事情經過全部告訴了陸雲。

⓬蹉跎：失時，虛廢光陰。

⓭朝聞夕死：《論語．里仁》：「子曰：『朝聞道，夕死可矣。』」謂若能在早上聽到聖賢之道，即使晚上死掉也不虛度此生。

⓮前途尚可：說周處尚有前途，可作一番事業。

⓯亦何憂令名不彰邪：令名，美名。彰，顯揚。邪，同「耶」，語助詞，表示疑問或感嘆。這句說不必為美名不揚而擔憂。

⓰遂：於是。

⓱改勵：改過自勉。

提示

一、本篇選自《世說新語．自新》篇。敘述周處痛改前非的故事。

二、本篇全文以不足二百字的篇幅，刻劃了一個魯莽、強悍、且自我意識極強的鮮明形象，描述了一個個性完善的過程。可以說已經簡潔到無法再少的地步了，這是本文的第一個特點。其次，本篇小說梗概性很強，細節不詳述。即使是打虎之後，最引人入勝的殺蛟片段，也只是「或沉或沒……經三日三夜」不足二十個字。從這段文字可看出，這篇小說採取的是，只敘述而不描寫的寫作手法，主人公的心理活動及行為表現等一概不提。給讀者留下了馳騁想像的空間。讀者順其性格的發展變化，不難填充自己個人心目中周處的相貌、思想和言行的全部細節，而完成多個栩栩如生的周處形象。

語譯

周處年輕時為人兇狠而霸道，被家鄉的人所憎恨。另外，義興水中有蛟龍，山中有邅跡虎，都兇暴危害百姓。義興人把他們叫做「三害」，其中周處為害更烈。有人勸周處去殺虎斬蛟，實際上是想讓「三害」只剩下其中一害。周處聽後就殺了老虎，又入水擊殺蛟龍。蛟龍載浮載沉游了好幾十里，周處始終和牠在一起，追著不放。經過了三天三夜，鄉里人都認為他已經死了，就互相慶賀。沒想到周處最後卻殺了蛟龍從水中出來，聽到鄉里人相互慶賀，才知道自己被人們所厭惡，於是有了改過的意念。就前往吳郡去拜訪陸機和陸雲。陸機不在，只見到陸雲，便把事情經過都告訴他，並且說：「想要改正自己的錯誤，但已虛度了許多光陰，恐怕最後一無所成。」陸雲說：「古人重聞道，輕生死（認為早上懂得了道理，晚上就是死去，一樣可貴），何況你的前途尚有可為。再說，人只怕不能立志，又何必擔憂美名不揚呢？」周處就改過自勉，終於成為忠臣孝子。

22 劉伶病酒

世說新語

劉伶❶病酒❷，渴甚，從婦求酒。婦捐❸酒毀器，涕泣諫曰：「君飲太過，非攝生之道❹，必宜斷❺之！」伶曰：「甚善。我不能自禁，唯當祝❻鬼神自誓斷之耳。便可具酒肉。」婦曰：「敬聞命❼。」供酒肉於神前，請伶祝誓。伶跪而祝曰：「天生劉伶，以酒為名，一飲一斛❽，五斗解酲❾。婦人之言，慎不可聽！」便引酒進肉，隤然❿已醉矣。

❶劉伶：字伯倫，沛國人。性好酒，曾作《酒德頌》。竹林七賢之一。
❷病酒：酒癮發作。
❸捐：倒掉。
❹攝生之道：養生之法。攝，養。
❺斷：斷絕、戒除。
❻祝：禱告。
❼聞命：聽從吩咐。
❽斛：古時以十斗為一斛。
❾解酲（ㄔㄥˊ）：解除酒病。
❿隤然：就是「頹然」，醉倒的樣子。

提示

一、本篇選自劉義慶《世說新語・任誕》篇。寫「竹林七賢」中的劉伶日常縱酒的情景，生動地刻劃出劉伶的性格，反映了魏晉文人名士風流的一個側面。

二、本篇在現代小說的意義上，它只能算小說的一個情節。但作者僅僅通過這樣一個情節，就顯示了高超的寫作技巧。它幾乎通篇用對話，用對話來塑造人物性格，頗見作者敘事寫人的本領。尤其是劉伶的祝詞，是表現人物性格的神來之筆。作者行文簡潔，於平鋪直敘中蘊跌宕起伏，劉伶的誓詞既出人意外又在情理之中，有非常強烈的藝術效果。

語譯

劉伶酒癮發作，很想喝酒，便向太太要酒。太太倒掉酒，打碎酒具，哭著勸告他說：「你喝得太厲害了，這不是保養身體的方法，一定要戒掉它。」劉伶說：「很好。但我無法自己戒酒，應該向鬼神發誓，才能戒掉它。妳就替我準備（敬神的）酒肉吧。」太太說：「遵命。」便供酒肉在神案前，請劉伶來禱告、發誓。劉伶跪下禱告說：「天生劉伶，好酒成名。一飲一斛，五斛解癮，婦人的話，千萬不可聽信。」就喝酒吃肉，一會兒也就醉了。

參、唐宋傳奇與筆記體小說

自覺虛構，第一人稱の敘事

唐代以後的文言小說，一般分為兩種文體：一種是筆記體，一種是傳奇體。筆記體的特點是：篇幅短小，內容龐雜。著名的有薛用弱的《集異記》、段成式的《酉陽雜俎》、孟棨的《本事詩》、王定保的《唐摭言》、王仁裕的《玉堂閑話》等。但真正代表唐代小說的則是後世統稱為「傳奇」的傳奇體小說。所以用這個名稱，是由於晚唐時期裴鉶寫了一部小說集，叫《傳奇》，後來就以這個書名作為這一類小說的統稱。

唐代傳奇是在六朝志怪小說的基礎上發展、演變、進化而來的。「傳奇」與「志怪」相比，無論是題材範圍、思想內容，還是創作精神、藝術方法都有極大的改變與進步。

首先，傳奇改變了六朝以前中國小說長期流連在神怪世界裡的現象，使它更接近了現實生活，具有了比較豐富的社會內容；其次，小說中的主要人物也由神怪變為現實生活中的人。同時，唐代傳奇小說也大大提高了小說的創作藝術，無論是在結構、語言、情節以及人物塑造上都有不少新的創造和發展，形成了情致婉曲、文采華茂的創作特色。六朝人志怪，是把怪異當作事實來記載，他們並不是有意識地寫小說。唐人傳奇才開始有意識地從事小說的創作。唐傳奇的出現是中國小說史上的一大進步，象徵著中國小說進入了成熟的階段。

唐代傳奇小說所以如此興盛的原因，一是中國古代小說在長期發展過程中不斷積累起來的創作經驗，特別是漢魏六朝志怪小說所提供的創作成果，為唐代傳奇小說的發展準備了基礎；二是唐代社會生產力的發展，造成城市經濟的繁榮，當時像長安、洛陽、揚州、成都等地，已成為富商巨賈、中小商人、城市手工業者、其他職業者和一般市民的密集點，這些人除了物質生活條件遠比農民高之外，對文化生活的需要也日趨增大，這種情勢有力地推動了小說的迅速發展。第三，唐代古文運動也促進了傳奇的發展。所謂「古文」，其實是由習用已久的駢體文改變為比較接近當時的口語、句法，適宜於自由表達思想的一種散文。這種生動流利更能夠表現現實的自由散文體，無疑給傳奇小說的創作提供了極有利的條件。古文運動興於唐初，至中唐時代達到了發展的高潮階段。這一時期，正是傳奇由興起到全盛的時期。再看古文中的重要作家如韓愈、柳宗元，他們的個別作品如〈毛穎傳〉、〈河間傳〉等，就是為一般評論家認為十分接近傳奇體的古文。這些，都說明了兩者之間的聯繫。第四，唐代進士科的取士制度和「溫卷」的風氣，在某種程度上也刺激了傳奇文學的發展。唐代重視科舉，應試的舉子為了獲得文壇上有聲譽、有地位權力者的賞識，增加中舉的機會，便先期把自己的文章送給他們去看（第一次送，叫「行卷」；以後再送，叫「溫卷」）。當時這種風氣很盛，「公卿之門，卷軸填委（彼時文章書籍，都是寫成的紙卷子，捲成軸狀）」，而這些「卷軸」，據宋人趙彥衛記載，往往就是傳奇作品。依趙彥衛的分析，舉子們所以送這種作品，是由於「此等文備眾體，可見史才、詩筆、議論」（見《雲麓漫鈔》）。因此，傳奇作品中間常常插有詩句，在篇後並出現一段議論，發揮見解，或進行說教，就是這個緣故。

至於唐代傳奇的興起和發展，大致可以分為三個階段：初唐時期是由六朝志怪向唐代傳奇的過渡時期，這時期的作品留有《古鏡記》、《補江總白猿傳》、《遊仙窟》三篇。它們剛剛脫胎於志怪，從內容到形式都還未擺脫志怪的影響，但，描寫已漸趨細緻，情節也已較多變化。

天寶以後至大中、咸通間的中唐時期，是傳奇最興盛的時代。這個期間，在歷史上正是「安史之亂」後，朝廷政局混亂，貧富日益懸殊，社會秩序遭受破壞，傳統的倫理道德，日趨動搖，許許多多的社會問題都顯露了。這給傳奇創作提供了最好的題材資料。另一方面，由於當時知識分子的奢侈享樂、放縱荒淫，教坊妓院成為士人熱衷交際往來的場所，許多複雜社會問題因而時有產生，傳聞遠近。這些，也在在豐富了傳奇創作的材料。這一時期，名家輩出，佳作如林，是名副其實的傳奇黃金時代。如《離魂記》、《柳毅傳》、《霍小玉傳》、《李娃傳》、《鶯鶯傳》、《南柯太守傳》、《長恨歌傳》等等膾炙人口的名篇，就都是這時期的作品。

唐代到晚期，戰亂四起，社會極度不安，朝廷和地方勢力形成對立，全國陷於一片混亂之中，當時地方勢力多蓄刺客，藉以「自衛」，社會上興起了「游俠」之風。於是英雄俠義的故事就到處傳佈著。至於老百姓，處在水深火熱之中，對現實絕望了，許多人把希望寄託在具有「神出鬼沒」的非常本領的俠客身上，希望他們能行俠仗義、除暴安良，拯救被壓迫、被欺凌者。這種幻想反映到傳奇文學中，就產生了若干多少帶有神秘色彩的豪俠故事，因而成為這時期傳奇作品的特色。如《紅線》、《聶隱娘》、《崑崙奴》、《虬髯客》等，就是這類作品中的佼佼者。

唐代傳奇在中國文學史上的影響很大。許多傳奇作品成為元、明、清戲劇重要的題材來源。從《鶯鶯傳》到董解元的《諸宮調西廂記》、王實甫《西廂記》、以及《南西廂》、《翻西廂》、《繼西廂》等形成一個承傳系列，其影響便可略見一斑。其他如《李娃傳》、《柳毅傳》、《長恨歌傳》等，也都有一個承傳系列。唐傳奇對後世小說發展的影響也很明顯，宋傳奇是唐傳奇的直接承傳，後世文言小說如蒲松齡的《聊齋誌異》等，也都從唐傳奇中吸取了營養。宋元話本、明代擬話本中不少作品的題材也來自傳奇。如李公佐的《謝小娥傳》，就是《初刻拍案驚奇》中《李公佐巧解夢中言，謝小娥智擒船上盜》的題材來源。白行簡的《三夢記》，便是《醒世恒言》中《獨孤生歸途雨夢》的題材來源。這說明白話小說也深受傳奇影響。至於有的傳奇作品早已遠傳國外，又說明它已成為全世界人民的精神財富了。

宋代筆記小說基本上保持了唐代的格局，但在作品的數量和類別上都超過了唐代，僅就《宋史．藝文志》所錄，就達數百部之多。記述典章制度和人物事件的占其多數，如孫光憲的《北夢瑣言》，歐陽修的《歸田錄》，司馬光的《涑水紀聞》，莊綽的《雞肋編》，陸游的《老學庵筆記》，葉紹翁的《四朝聞見錄》，葉夢得的《石林燕語》等。這些作品，屬於北宋時期的常敘及五代遺事及朝臣嘉言懿行；南渡之後的，則多緬懷北宋時期的舊事，故常有黍離麥秀之感。還有些作品是記述神鬼仙俠術士的，如徐鉉的《稽神錄》、吳淑的《江淮異人錄》、洪邁的《夷堅志》等。另外則是記述科學知識的，如沈括的《夢溪筆談》等。

至於宋代傳奇小說，緊接在唐傳奇之後，立足於元明清文言小說與戲曲之前，不論題材或技巧，均充分表現了承先與啟後的作用與業績，但就如宋詩不如唐詩一樣，宋人傳奇卻遠不如唐人傳奇之輝煌顯赫，並非宋人作品不足觀，實因兩宋文學，在韻文方面，詩被詞的光芒所掩蓋；小說方面，傳奇被話本的地位所取代罷了。

宋代傳奇與唐代傳奇相比，不同之處，主要是：㈠內容上大都由現實轉入了歷史題材，如樂史的《綠珠傳》、《楊太真外傳》，無名氏的《梅妃傳》、《煬帝開河記》，秦醇的《趙飛燕別傳》等，主要寫歷史人物的故事；當然也有少量的作品取材於現實生活及本朝的人和事，如無名氏的《蘇小卿》、《李師師外傳》等。㈡語言上，受話本的影響，變得通俗淺顯，平實而少文采，頗有文不甚深、白不甚俗，近似後來《三國演義》的語言風格。㈢藝術形式上出現了韻散結合的格局，像《梅妃傳》、《王幼玉記》、《越娘記》、《蘇小卿》等：以散文敘事，韻文抒情，而且韻文中，詩、詞、駢文都有，內容大體上與散文所敘述的情節一致，有點染人物、補充細節和調節氣氛、緩和敘述節奏的作用。這是說話人慣用的手法，同是受唐代變文影響的表現。㈣小說的篇幅逐漸加長了。

23 補江總白猿傳

佚名

梁大同❶末，遣平南將軍藺欽❷南征，至桂林❸，破李師古陳徹❹。別將歐陽紇❺略地至長樂❻，悉平諸洞，深入險阻。紇妻纖白，甚美。其部人❼曰：「將軍何為挈❽麗人經此？地有神，善竊少女，而美者尤所難免，宜謹護之。」紇甚疑懼，夜勒兵環其廬，匿婦密室中，謹閉甚固，而以女奴十餘伺守之。是夕陰風晦黑，至五更，寂然無聞。守者怠而假寐，忽若有物驚寤❾者，即已失妻矣。關扃❿如故，莫知所出。出門山險，咫尺迷悶，不可尋逐。迨明，絕無其跡。紇大憤痛，誓不徒還。因辭疾，駐其軍，日往四遐⓫，即深陵險以索之。

既逾月，忽於百里之外叢篠⓬上，得其妻繡履一隻，雖為雨浸濡，猶可辨識。紇尤悽悼，求之益堅。選壯士三十人，持兵負糧，巖棲野食⓭。又旬餘，遠所舍約二百里，南望一山，葱秀迥出。至其下，有深溪環之，乃編木以度。絕巖翠竹之間，時見紅綵，聞笑語音。捫蘿引絙⓮，而陟其上，則嘉樹列植，間以名花，其下綠蕪，豐軟如毯。清迥岑寂，杳然殊境。東向石門，有婦人數十，帔服鮮澤⓯，嬉遊歌笑，出入其中。見人皆慢視遲立，至則問曰：「何因來此？」紇具以對。相視嘆曰：「賢妻至此月餘矣。今病在牀，宜遣視之。」入其門，以木為扉。中寬闢若堂者三。四壁設牀，悉施錦薦⓰。

其妻臥石榻上，重茵累席⑰，珍食盈前。紇就視之。回眸一睇⑱，即疾揮手令去。諸婦人曰：「我等與公之妻，比來久者十年。此神物所居，力能殺人，雖百夫操兵，不可制也。幸其未返，宜速避之。但求美酒兩斛，食犬十頭，麻數十斤，當相與謀殺之。其來必以正午，後慎勿太早。以十日為期。」因促之去。紇亦遽退。

❶大同：梁武帝（蕭衍）年號（五三五—五四五）。

❷蘭欽：字休明。初授東宮直閣。從征北魏，屢著戰功。歷衡州刺史，進號平南將軍，封曲江縣公。後改授廣州刺史，到任後為人毒害。

❸桂林：南朝時郡名，在今廣西省桂林一帶。

❹李師古陳徹：未詳。按《梁書・蘭欽傳》有「……經廣州，因破俚帥陳文徹兄弟，並擒之」之語，則陳徹當係陳文徹之誤。

❺歐陽紇：字奉聖。陳武帝時襲封陽山郡公，都督交廣等十九州諸軍事、廣州刺史，進號輕車將軍。及宣帝立，以紇久在南服，疑之，徵為左衛將軍，紇遂舉兵反，攻衡州。兵敗被誅。（文中謂紇被武帝所誅，實誤，應為陳宣帝）。

❻長樂：洞名，在今廣西境內。

❼部人：即部下。

❽挈（ㄑㄧㄝˋ）：攜帶。

❾驚寤（ㄨˋ）：驚醒，睡醒。

❿扃（ㄐㄩㄥ）：門戶。

⓫遐（ㄒㄧㄚˊ）：遠方。

⓬篠（ㄒㄧㄠˇ）：細竹。

⓭巖棲野食：宿在山巖下，吃野菜野果過日。

⓮捫蘿引絙：牽著藤蘿，拉著繩子。絙（ㄍㄥ），大索。

⓯帔服鮮澤：衣著光鮮亮麗。帔（ㄆㄟˋ），披肩。

⓰錦薦：錦繡的墊席。比喻華貴。

⓱重茵累席：重重的墊褥。茵，褥席。

⓲睇（ㄉㄧˋ）：稍微看了一下。

遂求醇醪⑲與麻犬，如期而往。婦人曰：「彼好酒，往往致醉。醉必騁力，俾吾等以綵練縛手足於牀，一踊皆斷。嘗紉三幅⑳，則力盡不解。今麻隱帛中束之，度不能矣。遍體皆如鐵，唯臍下數寸，常護蔽之，此必不能禦兵刃。」指其旁一巖曰：「此其食廩。當隱於是，靜而伺之。酒置花下，犬散林中，待吾計成，招之即出。」如其言，屏氣以俟。日晡㉑，有物如匹練㉒，自他山下，透至若飛，徑入洞中。少選，有美髯丈夫長六尺餘，白衣曳杖，擁諸婦人而出。見犬驚視，騰身執之，披裂吮咀㉓，食之致飽。婦人競以玉盃進酒，諧笑甚歡。既飲數斗，則扶之而去。又聞嬉笑之音。良久，婦人出招之，乃持兵而入。見大白猿，縛四足於牀頭，顧人蹙縮㉔，求脫不得，目光如電。競兵之㉕，如中鐵石。刺其臍下，即飲刃，血射如注。乃大嘆咤曰：「此天殺我，豈爾之能。然爾婦已孕，勿殺其子，將逢聖帝，必大其宗。」言絕乃死。搜其藏，寶器豐積，珍羞㉖盈品，羅列几案。凡人世所珍，靡不充備，名香數斛，寶劍一雙。婦人三十輩，皆絕色。久者至十年。云：色衰必被提去，莫知所置。又採補唯止其身，更無黨類。旦盥洗，著帽，加白袷㉗，被素羅衣，不知寒暑。遍身白毛，長數寸。所居常讀木簡，字若符篆，了不可識；已，則置石磴㉘下。晴晝或舞雙劍，環身電飛，光圓若月。其飲食無常，喜啗果栗，尤嗜犬，咀而飲其血。日始逾午，即歘然㉙而逝。半晝往返數千里，及晚必歸，此其常也。所須無不立得。夜就諸牀嬲戲㉚，一夕皆周，未嘗寢寐。言語淹詳，華旨會利㉛。然其狀，即猳玃㉜類也。今歲木落之初，忽愴然曰：「吾為山神所訴，將得死罪。亦求護之於眾靈，庶幾可免。」前月哉生魄㉝，石磴生火，焚其簡書。悵然自失曰：「吾已千歲，而無子。今有子，死期至矣。」因顧諸女，汍瀾㉞者久之，且曰：「此山峻絕，未嘗有人至。上高而望，絕不見樵者。下多虎狼怪獸。今能至者，非天假之，何耶？」紇即取寶玉珍麗及諸婦人以歸，猶有知其家者。

紇妻周歲生一子，厥狀肖焉。後紇為陳武帝㉟所誅。素與江總㊱善，愛其子聰悟絕人，常留養之，故免於難。及長，果文學善書。知名於時。

⑲醇醪（ㄔㄨㄣˊ ㄌㄠˊ）：味醲的美酒。

⑳紉三幅：用三條帶子綁住。紉（ㄖㄣˋ），搓繩，此處作綑綁解。

㉑日晡（ㄅㄨ）：下午以後。

㉒匹練：一匹白絹。

㉓披裂吮咀：撕裂開來，吸牠的血，吃牠的肉。吮（ㄕㄨㄣˇ），吸取。咀（ㄐㄩˇ），嚼碎。

㉔蹙縮：掙扎萎縮。蹙（ㄘㄨˋ），收縮。

㉕兵之：用兵器砍殺牠。

㉖珍羞：珍美的食品。

㉗白袷（ㄐㄧㄚˊ）：白色夾衣。

㉘石磴：石階。

㉙欻（ㄏㄨ）然：忽然。

㉚嬲（ㄋㄧㄠˇ）：戲鬧。

㉛華旨會利：旨趣高妙合乎利害關係。會，合乎。

㉜猳玃（ㄐㄧㄚ ㄐㄩㄝˊ）：大猴子。

㉝哉生魄：即農曆月之十六日，言月魄始生。哉，通「才」。魄，月黑無光部分。

㉞汍瀾（ㄨㄢˊ ㄌㄢˊ）：哭泣時涕淚橫流的樣子。

㉟陳武帝：姓陳，名霸先，梁末封陳王，受禪登位三年。

㊱江總：考城人，字總持，梁時歷太子中舍人；入陳為太子詹事。後主即位，擢僕射尚書令，世稱江令。

提示

一、本篇名《補江總白猿傳》，意思是《白猿傳》本為江總所作，後人補寫出來，故稱之。江總，字總持，六朝時人，陳滅入隋，官拜上開府。與歐陽紇交誼甚厚。紇死後，其子由江總撫養成人。之所以託言江總所作，目的在表示是有根據的，但據宋陳振孫《直齋書錄題解》所記，應是無名氏之作。因為歷來研究這篇作品的人，都認為是和歐陽詢不睦的人故意用來嘲謔他的作品。歐陽詢是唐初著名書法家，相貌醜陋，有點像猴子，有人疑其為異類所生，他的同代人編造這個傳說來戲弄他是可能的，可見這篇傳奇的產生時代應該是初唐時候。但不論《白猿傳》是否是對私人的嘲弄，它本身卻是一個很動人的故事；這故事也可以找出它的來源，晉代張華的《博物志》中，便已經有山猿盜女的傳說，只是還沒有像這篇《白猿傳》如此完整和細緻而已。

二、這篇故事，值得留意的是作者通過對歐陽紇之妻的一盜一奪，寫出了人類與異類的鬥爭，高揚了人的精神、智慧和力量。白猿雖被土人奉為神祉，縱有千般手段，亦不能攜眾美婦遠離人間凡境，最後還是讓歐陽紇（人類）發現其行蹤；牠雖身懷絕技，力敵千鈞，但終不敵人間的美酒佳釀，亦掙不斷藏於綿帛之中的束麻；牠以武力凌加於眾美婦，但終得不到一顆忠誠之心，而這些婦人仍舊成了牠滅亡的關鍵。歐陽紇雖為人間凡胎，但他靠著對愛妻的真情、尋妻的堅定意志、不畏艱險的精神，在眾婦人的協助之下，手刃白猿，奪回了愛妻，並救出眾婦人，從而表現了對人的力量的頌揚，對人的智慧的肯定及對人本身的崇拜。儘管白猿臨死前「大嘆咤曰：『此天殺我，豈爾之能。』」然而作品中歐陽紇殺白猿，奪愛妻之舉，並沒有一絲一毫的上天旨意和幫助。說明了人類還是最偉大的萬物之靈。

三、這篇小說對後代影響很大，如宋元話本有《陳巡檢梅嶺失妻記》，便受其啓發；而《大唐三藏取經詩話》中的猴行者，以及《西遊記》裡孫悟空的形象，乃至後人小說中的猿猴故事，都多多少少受有《白猿傳》

的啓示。

語譯

梁朝大同末年，平南將軍蘭欽被派往南方遠征，到達廣西桂林，滅了李師古陳徹。蘭欽部下有個將軍叫歐陽紇，他帶著部隊，深入險阻，一直打到長樂坡，把叛亂的蠻洞都平定了。歐陽紇的太太長得又白又嫩，很漂亮。歐陽紇的部下對他說：「將軍為什麼把漂亮的女人帶到這裡來？這地方有個神靈，最會偷捉少女，美麗出衆的更難倖免。您得小心點，好好看住您的妻子。」歐陽紇十分害怕，夜裡佈署士兵將住所團團圍住，並把太太藏在密室中，小心的關好門，上了鎖；屋子外頭還派了十幾個女奴看守著。當天晚上，夜風寒冷，天色漆黑，一直到五更，安安靜靜地，沒有異常的動靜。看守的人疲倦了，就都閉上眼睛假寐了，忽然間，覺得好像有什麼東西似的，驚醒了大家，一看，歐陽紇的妻子已經不見了；房門各處都還關得緊緊的，不知道是從什麼地方出去的。大夥兒出門去找，可是山勢奇險，才幾步路就會迷途，無從追起。到得天明，一點蹤跡也沒有。歐陽紇非常憤恨，發誓沒找到妻子絕不回去。因此，便推託有病，把部隊駐紮在原地。然後每天帶著部下前往各處，深入險境去搜索。

過了一個多月，這批搜索隊在離長樂坡百里之遙的竹叢上，發現了歐陽紇妻子的一隻繡花鞋。雖然被雨浸得濕透，還是可以辨認出來。歐陽紇看到妻子的鞋子，傷心極了，尋找妻子的意念更為堅定。便從部下中選了三十個有勇略的人，帶著兵器和糧食，夜宿山洞，野外就食，繼續找下去。又過了十幾天，在離駐地大約二百里的地方，看到南邊一座山特別青綠突出。到了山下時，發現有條深溪環繞著，就編好木筏渡了過去。只見斷崖翠竹間，不時有紅色綵帶閃現，又聽到有人說話和嘻笑的聲音。他們便攀著藤蘿拉著繩索爬上去。到得斷崖上頭，看到排列成行的大樹中間，點綴插著許多有名的花，地上綠草如茵，又厚又軟，像毯子一般；清靜悠然，與尋常景色大不相同。山的東邊有個石門，幾十個婦人都穿著鮮艷的衣服，歌笑嬉遊，往來其中。看到有人走來，都停住了腳步，望了望。

等歐陽紇等人走到面前，才問說：「為什麼到這裡來？」歐陽紇把詳情說了一遍。這些婦人聽了，都相對嘆息著說：「您的妻子被抓到這裡來，已經有一個多月了；現在正生病躺在床上，帶您去看看吧！」歐陽紇等跟著婦人們走進洞。洞門是用木頭做的；洞內寬敞，有三間廳堂那麼大；四邊靠牆的地方都是床，鋪設了錦墊。歐陽紇的妻子躺在石床上，墊的東西很厚，床前擺了一大堆好吃的食物。歐陽紇上前去看她，她只翻了翻眼看了一下，就揮手叫歐陽紇趕快離開。其他的婦人說：「我們和您的妻子到這裡來，最久的有十年了。這裡是神物所住的地方，他的力量大得足以殺人；即使人帶著兵器，也制服不了他。幸虧他還沒回來，你們得趕快避開。如果想制住他的話，請帶來兩斛好酒，十條狗，幾十斤麻繩，我們自會幫你們殺掉他。他一定會在正午時候來，下次你們不可太早來。就約定十天後吧。」說完，就催他們快快離去。歐陽紇等人也就匆匆退回。

於是準備了美酒、狗和麻繩等，按約定的日期前往。婦人們說：「這個神物喜歡喝酒，一喝往往不醉不停。醉了後就會逞強使力。讓我們用綵帶把他綁在石床上，他用勁一拉就斷了。有一次用三條綵綢揉成繩索綁住他，才使他用盡力氣都掙不開。現在把麻繩放在布條裡綑住他，相信他是掙不開了。還有他全身都像鋼鐵一般，只有肚臍下數寸的地方，常常保護著，大概這裡不能抵禦兵刃。」又指著洞旁一個石窟，說：「這是他的糧倉，你們都躲到裡頭去，靜靜的等候信息。你們把酒擺在花下，把狗放在樹林中，等我們的計謀實現後，叫你們時就出來。」歐陽紇一班人依言都藏到糧倉裡，屏住氣息等候著。到得下午時分，有一個白絹布匹般的東西自他山而來，動作如飛，直接進入洞中。沒多久，有一個長著漂亮鬍子的男子，約有六尺多高，穿著白色衣服，拖著手杖；擁著婦人們走出洞外。看到了狗，極為吃驚興奮，飛起身子，就把狗抓來活活的撕開，喝血吃肉，吃到飽為止。婦人們爭著用玉杯斟酒給他喝，大家嘻嘻哈哈，樂做一團。喝了數斗酒以後，便把他扶進洞中去。又聽到洞裡面一片嘻笑聲。好久好久，婦人們才出來招手叫歐陽紇。歐陽紇等都帶著兵器，進入洞中。只見一隻大白猿四隻手腳被綑綁在石床上，看到有人進來，縮了下身子，掙扎著想起來，卻動彈不得。眼光銳利，如電光一般。歐陽紇等競相以兵器去砍刺他，卻像打在鐵石上一般。刺他的肚臍下方，這才刺得進去，頓時鮮血直噴。白猿大大的嘆了一口氣，說：「這真是天意要殺我，那裡是你的本領！只是你的太太已經有了身孕，請不要殺了孩子，將來遇到聖明天子，必能光大你的門楣。」說完便死了。歐陽紇搜索白猿所藏的東西，只見各種寶器堆積如山，珍美食品羅列滿桌，凡是人間的珍奇寶物無所不備。還有數斛名香，一雙寶劍。婦人三十來個，都是天姿國色；來得最久的已經有十年了，都說：「假如衰老不中看了，一定被帶走，不知棄置到那兒去。他平日擄掠婦女都單獨行動，也沒有其他同伴。早上爬起來就去梳洗，然後戴上帽子，穿上白色夾衣，外罩白色細質羅袍，冬夏都一樣。全身都是好幾寸長的白毛。平日常讀木簡書，字好像篆書和符籙一般，我們都不認識；讀完了，便放在石階下。天氣好的話，有時候會帶著雙劍到外頭舞弄一會；舞起來劍光閃閃，快如閃電，圍繞周身，就像月亮光圈一般。飲食沒有定規，喜歡吃果栗，尤其喜歡吃狗肉，吃了狗肉還喝狗血。平常只要正午一過，就離開了。半天之內可以往返數千里，到了天黑一定會回來，這是他的慣例。他所要的東西沒有不能馬上得到的。晚上和婦人們戲耍，一夜之間要淫遍每一個女子，從來沒睡過。言語周詳，旨趣高妙。可是他的樣子卻像大猴子一般。今年初秋的時候，忽然很悲傷的說：『我被山神告了一狀，大概會被判死罪。我曾請求其他神靈保佑，希望能倖免。』上個月十六日，石階忽然起火，把他讀的簡書都燒光了，他懊惱的說：『我已活了一千年，卻都沒有兒子，現在有了兒子，死期卻到了。』回頭看了看婦人們，哭泣了好久，又說：『這座山高峻危險，從來沒有人到過。爬到高處去看，也看不到一個樵夫。山下又有虎狼怪獸。現在能上來的人，不是老天幫忙，那又會是什麼呢？』」歐陽紇就把白猿所有的珍寶和婦女們都帶回來。婦人中還有些記得自己家的便各自回去了。

歐陽紇的妻子一年後生下一個男孩子，樣子長得很像白猿。歐陽紇後來被陳武帝所殺。而歐陽紇一向和江總很要好，江總很喜歡歐陽紇的兒子聰明，常常把他留在自己家中，因此才倖免於難。這孩子長大後，果然精通文學，擅長書法，在當時很有名氣。

24 南柯太守傳

李公佐

東平淳于棼，吳、楚游俠之士❶。嗜酒使氣❷，不守細行。累巨產，養豪客。曾以武藝補淮南軍裨將❸，因使酒❹忤帥，斥逐落魄❺，縱誕❻，飲酒為事。家住廣陵郡東十里。所居宅南有大古槐一株，枝幹修密，清陰❼數畝。淳于生日與羣豪，大飲其下。

貞元七年九月，因沈醉致疾。時二友人於坐扶生歸家，臥於堂東廡❽之下。二友謂生曰：「子其寢矣！余將秣馬❾濯足，俟子小愈而去。」生解巾就枕，昏然忽忽❿，髣髴若夢。見二紫衣使者，跪拜生曰：「槐安國王遣小臣致命奉邀。」生不覺下榻整衣，隨二使至門。見青油小車，駕以四牡⓫，左右從者七八，扶生上車，出大戶，指古槐穴而去。使者即驅入穴中。生意頗甚異之，不敢致問。忽見山川、風候⓬、草木、道路，與人世甚殊⓭。前行數十里，有郛郭城堞⓮。車輿人物，不絕於路。生左右傳車者⓯傳呼⓰甚嚴，行者亦爭避於左右。又入大城，朱門重樓，樓上有金書，題曰「大槐安國」。執門者⓱趨拜奔走。旋有一騎傳呼曰：「王以駙馬遠降，令且息東華館。」因前導而去。俄見一門洞開，生降車而入。彩檻雕楹，華木珍果，列植於庭下；几案茵褥，簾幃餚膳，陳設於庭上。生心甚自悅。復有呼曰：「右相且至。」生降階祗奉。有一人紫衣象簡⓲前趨，賓主之儀敬盡焉。右相曰：「寡君不以弊⓳國遠僻，奉迎君子，託以姻親。」

生曰：「某以賤劣之軀，豈敢是望。」右相因請生同詣其所。行可百步，入朱門。矛戟斧鉞，布列左右，軍吏數百，辟易道側。生有平生酒徒周弁者，亦趨其中。生私心悅之，不敢前問。右相引生升廣殿，御衛嚴肅，若至尊⓴之所。見一人長大端嚴，居正位，衣素練服，簪㉑朱華冠。生戰慄，不敢仰視。左右侍者令生拜。王曰：「前奉

❶游俠之士：指一種愛交朋友、仗義行俠的人。
❷使氣：指感情衝動時，不顧後果地任性而為。
❸補淮南軍裨將：補，補充官員缺額的專稱。淮南軍，指淮南節度使所屬的軍隊。裨將，副將。
❹使酒：倚仗著酒意亂說亂動，發酒瘋。
❺落魄：流落失意。
❻縱誕：放浪不拘，隨隨便便的樣子。
❼陰（ㄧㄣˋ）：遮蔽。
❽廡（ㄨˇ）：走廊。
❾秣馬：餵馬。秣（ㄇㄛˋ），同「秼」，草料。此作動詞「餵食」解。
❿昏然忽忽：形容昏昏沉沉、糊裡糊塗的樣子。
⓫四牡：四匹馬。牡，公馬，這裡泛指馬匹。
⓬風候：風俗和氣候。
⓭甚殊：大為不同。下文「蟻聚何殊」，何殊，有什麼不同。
⓮郛郭城堞：郛郭，城外築為保衛之用的外城。堞（ㄉㄧㄝˊ），女牆，就是城上有射孔的小牆。
⓯傳車者：古代官員出行，由公家供給驛馬；每三十里設一驛站，供休息和換馬之用，叫做「乘傳」。最早時不用馬而用車，稱為「傳車」。傳車者，指這一類供應車馬、隨從照料的人。
⓰傳呼：喝道。古代大官出行時，由侍衛在前面喝道，以使行人避讓的一種「威儀」。
⓱執門者：看門的人。
⓲紫衣象簡：穿紫衣，持象牙朝笏。紫衣，唐代三品以上大官的服裝。象簡，象牙製成的手板。
⓳弊：同「敝」字。
⓴至尊：國君。
㉑簪：作動詞解，戴。

賢尊㉒命，不棄小國，許令次女瑤芳，奉事㉓君子。」生但俯伏而已，不敢致詞。王曰：「且就賓宇㉔，續造儀式㉕。」有旨，右相亦與生偕還館舍。生思念之，意以為父在邊將，因歿㉖虜中，不知存亡。將謂父北蕃交通㉗，而致茲事。心甚迷惑，不知其由。

是夕，羔鴈幣帛㉘，威容儀度，妓樂絲竹，餚膳燈燭，車騎禮物之用，無不咸備。有羣女，或稱華陽姑，或稱青溪姑，或稱上仙子，或稱下仙子，若是者數輩。皆侍從數十，冠㉙翠鳳冠，衣金霞帔，綵碧金鈿，目不可視。遨遊戲樂，往來其門，爭以淳于郎為戲弄。風態妖麗，言詞巧艶，生莫能對。復有一女謂生曰：「昨上巳日㉚，吾從靈芝夫人過禪智寺，於天竺院觀石延舞《婆羅門》㉛。吾與諸女坐北牖㉜石榻上，時君少年，亦解騎來看。君獨強來親洽，言調笑謔。吾與瓊英妹結絳巾，掛於竹枝上，君獨不憶念之乎？又七月十六日，吾於孝感寺侍上真子，聽契玄法師講《觀音經》。吾於講㉝下捨㉞金鳳釵兩隻，上真子捨水犀合子一枚。時君亦講筵中於師處請釵合視之。賞嘆再三，嗟異良久。顧余輩曰：『人之與物，皆非世間所有。』或問吾氏，或訪吾里。吾亦不答。情意戀戀，矚盼不捨。君豈不思念之乎？」生曰：「中心藏之，何日忘之。」羣女曰：「不意今日與君為眷屬。」

復有三人，冠帶甚偉，前拜生曰：「奉命為駙馬相者㉟。」中一人與生且故㊱。生指曰：「子非馮翊㊲田子華乎？」田曰：「然。」生前，執手敘舊久之。生謂曰：「子何以居此？」子華曰：「吾放遊㊳，獲受知於右相武成侯段公，因以棲託㊴。」生復問曰：「周弁在此，知之乎？」子華曰：「周生，貴人也。職為司隸㊵，權勢甚盛。吾數蒙庇護。」言笑甚歡。俄傳聲曰：「駙馬可進矣。」三子取劍佩冕服，更衣之。子華曰：「不意今日獲覩盛禮，無以相忘也。」有仙姬數十，奏諸異樂，婉轉清亮，曲調悽悲，

㉒賢尊：對他人父親的尊稱。
㉓奉事：服侍、伺候的意思，引申作「嫁給」。
㉔且就賓宇：暫時到賓館裡去。
㉕續造儀式：下一步就辦理結婚的儀式。造，舉行、辦理。儀式，指婚禮。
㉖歿：同「沒」字，指陷沒。
㉗北蕃交通：指和北方少數民族往來。
㉘羔鴈幣帛：婚禮上用的禮物。羔，小羊。幣帛，指玉、馬、皮革、絲織品一類的東西。羔鴈幣帛，都是古人見面或結婚時贈送的禮物。
㉙冠（ㄍㄨㄢˋ）：戴，作動詞用。
㉚上巳日：陰曆三月上旬的巳日，後來以三月初三日為「上巳」，這一天要到郊外遊玩洗濯。
㉛石延舞《婆羅門》：唐代西域石國人住在長安的很多，他們多以「石」為姓，擅長舞蹈。「石延」，大約是當時石國有名的舞蹈家。舞《婆羅門》，指當時婆羅門國的舞蹈，據說可以倒行用腳來舞蹈，也可以一人伏著伸出手來，由另外兩人踏在上面，旋轉不已。
㉜牖（ㄧㄡˇ）：窗戶。
㉝講：講座、講席，就是下文的「講筵」，也稱「俗講」，指和尚講佛經故事。
㉞捨：佈施。
㉟相者：導引賓客、贊助行禮的人。
㊱故：老朋友。
㊲馮翊：郡名，也稱同州，在今陝西長安西。
㊳放遊：浪遊、任意出遊。
㊴因以棲託：因此獲得存身的地方。
㊵司隸：古代負巡察京畿治安、緝捕盜賊的官員。

非人間之所聞聽。有執燭引導者，亦數十。左右見金翠步障㊶，彩碧玲瓏，不斷數里。生端坐車中，心意恍惚，甚不自安。田子華數言笑以解之。向者羣女姑姊，各乘鳳翼輦㊷，亦往來其間。至一門，號「修儀宮」。羣仙姑姊亦紛然在側，令生降車輦拜，揖讓升降，一如人間。徹障去扇㊸，見一女子，云號「金枝公主」，年可十四五，儼若神仙。交歡之禮，頗亦明顯。

生自爾情義日洽，榮曜日盛。出入車服，遊宴賓御，次於王者。王命生與羣寮備武衛，大獵於國西靈龜山。山阜峻秀，川澤廣遠，林樹豐茂，飛禽走獸，無不蓄之。師徒大獲，竟夕而還。

生因他日，啟王曰：「臣頃㊹結好之日，大王云奉臣父之命。臣父頃佐邊將，用兵失利，陷沒胡中。爾來絕書信十七八歲矣。王既知所在，臣請一往拜覲。」王遽謂曰：「親家翁職守北土，信問不絕。卿但具書狀知聞㊺，未用便去。」遂命妻致饋賀之禮，一㊻以遺之。數夕還答。生驗書本意，皆父平生之跡。書中憶念教誨，情意委曲，皆如昔年。復問生親戚存亡，閭里興廢。復言路道乖遠，風煙阻絕。詞意悲苦，言語哀傷。又不令生來覲，云：「歲在丁丑，當與女相見。」生捧書悲咽，情不自堪。

他日，妻謂生曰：「子豈不思為政㊼乎？」生曰：「我放蕩不習政事。」妻曰：「卿但為之，余當奉贊㊽。」妻遂白於王。累日，謂生曰：「吾南柯政事不理，太守黜廢。欲藉卿才，可曲屈㊾之。便與小女同行。」生敦授教命㊿。王遂勅有司備太守行李。因出金玉、錦繡、箱奩、僕妾、車馬，列於廣衢(51)，以餞公主之行。生少游俠，曾不敢有望，至是甚悅。因上表曰：「臣將門餘子，素無藝術(52)，猥當大任(53)，必敗朝章(54)。自悲負乘，坐致覆餗(55)。今欲廣求賢哲，以贊不逮(56)。伏見司隸潁川(57)周弁，忠亮剛直，守法不回，有毗佐之器(58)。處士(59)馮翊田子華，清慎通變，達政化之源。二人與臣有十年之

㊶步障：古代大官或貴族出行時，用以擋風寒、遮塵土的屏風。

㊷輦（ㄋㄧㄢˇ）：皇帝乘的車子叫做「輦」，這裡泛指貴族的車子。

㊸扇：紗扇，結婚時新婦用來披在頭上的紗巾。

㊹頃：前不久。

㊺具書狀知聞：可以寫信去告知的意思。

㊻一：專。

㊼為政：做官。

㊽奉贊：猶如說給你幫忙。

㊾曲屈：委屈擔任。

㊿敦授教命：接受國王以政事相託付的命令。敦，投擲、迫促，引申作擲付、委託解釋。

(51)廣衢：大街。

(52)藝術：指學術和行政經驗。

(53)猥當大任：指沒有才具而勉強負擔重要的職務。猥（ㄨㄟˇ），有胡亂地、馬馬虎虎地一類的含義。

(54)必敗朝章：一定會壞了國家的政事。

(55)覆餗：打翻鼎裡的食物，比喻由於力不勝任而弄糟了事情。餗（ㄙㄨˋ），鼎裡煮的食物。

(56)以贊不逮：以幫助我照料顧不到的地方。

(57)潁川：唐郡名，也稱許州。州治在今許昌縣。

(58)有毗佐之器：具有佐理政務的才具。毗佐，輔佐的意思。

(59)處（ㄔㄨˇ）士：品學俱優而隱居不做官的人稱「處士」。

舊，備知才用，可託政事。周請署[60]南柯司憲[61]，田請署司農[62]。庶使臣政績有聞，憲章不紊也。」王並依表以遣之。

其夕，王與夫人餞於國南。王謂生曰：「南柯，國之大郡，土地豐壤[63]，人物豪盛，非惠政不能以治之。況有周、田二贊[64]。卿其勉之，以副國念[65]。」夫人戒公主曰：「淳于郎性剛好酒，加之少年。為婦之道，貴乎柔順。爾善事之，吾無憂矣。南柯雖封境[66]不遙，晨昏有間[67]。今日睽別，寧不沾巾。」生與妻拜首[68]南去，登車擁騎，言笑甚歡。累夕達郡。郡有官吏、僧道、耆老[69]、音樂、車轝、武衛、鑾鈴[70]，爭來迎奉。人物闐咽[71]，鐘鼓喧譁，不絕十數里。見雉堞台觀，佳氣鬱鬱[72]。入大城門——門亦有大榜，題以金字，曰「南柯郡城」。——見朱軒棨戶[73]，森然[74]深邃。生下車，省風俗，療病苦，政事委以周、田，郡中大理。自守郡二十載，風化廣被[75]，百姓歌謠，建功德碑，立生祠宇。王甚重之。賜食邑[76]，錫爵位，居台輔。周、田皆以政治著聞，遞遷大位。生有五男二女。男以門蔭[77]授官，女亦娉[78]於王族。榮耀顯赫，一時之盛，代莫比之。

是歲，有檀蘿國者，來伐是郡。王命生練將訓師以征之。乃表周弁將兵三萬，以拒賊之眾於瑤台城。弁剛勇輕敵，師徒敗績。弁單騎裸身潛遁，夜歸城。賊亦收輜重鎧甲[79]而還。生因囚弁以請罪。王並捨之。是月，司憲周弁疽[80]發背，卒。生妻公主遘疾[81]，旬日又薨。生因請罷郡[82]，護喪赴國[83]。王許之。便以司農田子華行[84]南柯太守事。生哀

60 署：任官含有試用性質的稱「署」。

61 司憲：掌管司法的官員，這裡指郡的司法參軍一類官職。

62 司農：掌管錢穀的官員，這裡指郡的司倉參軍一類官職。

63 土地豐壤：土地肥沃的意思。壤，穰字之誤，穀物有好收成叫做「豐穰」。

64 贊：輔佐官。

65 以副國念：以體念、滿足國家的期望。副，符合。

66 封境：疆界。

67 晨昏有間（ㄐㄧㄢˋ）：和父母隔離了的意思。晨昏，「昏定晨省」的省詞。古禮：兒女每天晚上要為父母鋪陳臥具，早上要向父母問安，叫做「昏定晨省」。

68 拜首：磕頭。

69 耆老：六十歲的老人為「耆」；耆老，泛指年高有德的人。

70 鑾鈴：皇帝乘的車子，前面飾有鸞鳥的形狀，口中銜鈴，叫做「鑾鈴」，也稱「青鸞」。一說是在駕車的馬勒頭旁繫鈴，響聲有如鸞鳴，所以叫做「鑾鈴」。鑾，通「鸞」字，這裡指太守乘的車馬。

71 人物闐咽：人多氣盛，聲音雜亂。闐（ㄊㄧㄢˊ）咽，充滿。

72 佳氣鬱鬱：佳氣，吉祥的氣象。鬱鬱，形容旺盛。下文「鬱鬱不樂」：鬱鬱，是心裡煩悶的樣子。

73 棨戶：棨（ㄑㄧˇ），棨戟，也叫「門戟」，一種木製無刃的戟，把它架在宮殿、官署門前，用以表示威嚴的儀仗。棨戶，指這一類的門第。

74 森然：形容威嚴整肅的樣子。

75 風化廣被：移風易俗的教令普遍推行。

76 食邑：也叫「采地」。古代帝王把某一地方若干戶封給功臣或貴族，准許他們向封地人民徵收租稅，作為生活的開支，叫做「食邑」。

77 門蔭：唐代制度，貴族和大官的親戚或子孫，可以按等授給官位；把這種資格叫做「門蔭」。

78 娉：同「聘」，訂婚。

79 輜重鎧甲：軍隊裡的器械、糧草以及各種材料，統稱「輜重」。鎧甲，古時戰士披在身上以禦敵人武器的一種戎衣。鐵製的稱「鎧」，皮製的稱「甲」。

80 疽（ㄐㄩ）：一種有很多瘡口的毒瘡，多生背上。

81 遘疾：害病。

82 罷郡：解除太守的職務。

83 護喪赴國：護送公主的靈柩到京城。國，指京城。

84 行：兼理。

慟發引[85]，威儀在途，男女叫號，人吏奠饌，攀轅遮道[86]者不可勝數。遂達於國。王與夫人素衣哭於郊，候靈轝之至。諡[87]公主曰：「順儀公主。」備儀仗羽葆鼓吹[88]，葬於國東十里盤龍岡。是月，故司憲子榮信，亦護喪赴國。

生久鎮外藩[89]，結好中國，貴門豪族，靡不是洽[90]。自罷郡還國，出入無恆，交遊賓從，威福日盛。王意疑憚之。時有國人上表云：「玄象謫見[91]，國有大恐[92]。都邑遷徙，宗廟崩壞。釁起他族，事在蕭牆[93]。」時議以生侈僭[94]之應也。遂奪生侍衛，禁生遊從，處之私弟。生自恃守郡多年，曾無敗政[95]，流言怨悖[96]，鬱鬱不樂。王亦知之。因命生曰：「姻親二十餘年，不幸小女夭枉[97]，不得與君子偕老，良用痛傷。」夫人因留孫自鞠育[98]之。又謂生曰：「卿離家多時，可暫歸本里，一見親族。諸孫留此，無以為念。後三年，當令迎卿。」生曰：「此乃家矣，何更歸焉？」王笑曰：「卿本人間，家非在此。」生忽若惛[99]睡，瞢然[100]久之，方乃發悟前事，遂流涕請還。王顧[101]左右以送生。生再拜而去，復見前二紫衣使者從焉。至大戶外，見所乘車甚劣，左右親使御僕，遂無一人，心甚嘆異。生上車，行可數里，復出大城。宛是昔年東來之途，山川原野，依然如舊。所送二使者，甚無威勢，生逾怏怏[102]。生問使者曰：「廣陵郡何時可到？」二使謳歌自若，久乃答曰：「少頃即至。」

俄出一穴，見本里閭巷，不改往日，潸然自悲，不覺流涕。二使者引生下車，入其

門，升其階，己身臥於堂東廡之下。生甚驚畏，不敢前近。二使因大呼生之姓名數聲，

85 發引：出殯。棺材前面牽引的繩索叫做「引」。

86 攀轅遮道：轅，車底連著軸、外出向前，左右各一的駕車之木。古時人民不願較為賢明的官員乘車離任，就拉住他的車轅，遮住車道，表示挽留。後來因以「攀轅遮道」為挽留官員去職的代詞。

87 謚（ㄕˋ）：大官貴族或較有社會地位的人死後，由政府或親友根據他一生的事跡，為他立一個稱號，以示表揚或批評，叫做「謚」。

88 羽葆鼓吹：羽葆，綢製、用鳥毛飾成，像傘一樣的華蓋，是官員出行時的儀仗之一。鼓吹（ㄔㄨㄟˋ），各種吹打樂器的合奏隊。

89 久鎮外藩：長久為鎮守一方的大員。古時有封地的侯王稱為「外藩」。

90 靡不是洽：沒有不和他要好的。

91 玄象謫見：玄象，天象。謫見，指日月星辰等天象的變動。謫，譴責的意思。古人認為人世間發生某種不好的事情，例如皇帝失政或有危難，天象就有了感應，現出一些變異，是上天藉以表示譴責或警告的。

92 大恐：猶如說大災難。

93 事在蕭牆：蕭牆，作為內部屏障的當門小牆。臣僚朝見皇帝時，到了蕭牆下就要特別嚴肅恭敬，因為這裡是距離皇帝很近的地方。蕭，是肅敬的意思，所以稱為「蕭牆」。孔子說過「季孫之憂」在「蕭牆之內」（見《論語・季氏》），意指憂患在內不在外。後來就稱禍患從內部發生的為「禍起蕭牆」。「事在蕭牆」，義同。

94 侈僭：奢侈僭越。僭（ㄐㄧㄢˋ），指超過本身所應有的享受和作為。

95 敗政：不良的政績。

96 流言怨悖：惑於流言而加以歧視。流言，沒有根據的話。

97 夭枉：少年死亡。

98 鞠育：撫養。

99 惛：同「惽」字，昏昏沉沉的樣子。

100 瞢然：眼睛看不清楚的樣子，引申作神志不清解。瞢（ㄇㄥˊ），同「懵」字。

101 顧：迴視，引申作招呼、命令解釋。

102 生逾怏怏：淳于生心裡更加不痛快、不高興。

生遂發寤如初。見家之僮僕擁篲[103]於庭，二客濯足於榻，斜日未隱於西垣，餘樽尚湛於東牖[104]。夢中倏忽，若度一世矣。

生感念嗟嘆，遂呼二客而語之。驚駭，因與生出外，尋槐下穴。生指曰：「此即夢中所經入處。」二客將謂狐狸木媚[105]之所為祟。遂命僕夫荷斤斧[106]，斷擁腫[107]，折查枿[108]，尋穴究源。旁可袤丈[109]，有大穴，洞然[110]明朗，可容一榻。根上有積土壤，以為城郭台殿之狀。有蟻數斛，隱聚其中。中有小台，其色若丹。二大蟻處之，素翼朱首，長可三寸；左右大蟻數十輔之，諸蟻不敢近：此其王矣。即槐安國都也。又窮[111]一穴，直上南枝，可四丈，宛轉方中[112]，亦有土城小樓，羣蟻亦處其中，即生所領南柯郡也。又一穴：西去二丈，磅礴空圬[113]，嵌窞[114]異狀。中有一腐龜殼，大如斗。積雨浸潤，小草叢生，繁茂翳薈[115]，掩映振殼[116]，即生所獵靈龜山也。又窮一穴：東去丈餘，古根盤屈，若龍虺[117]之狀。中有小土壤，高尺餘，即生所葬妻盤龍岡之墓也。追想前事，感嘆於懷，披閱窮跡，皆符所夢。不欲二客壞之，遽令掩塞如舊。

是夕，風雨暴發。旦視其穴，遂失羣蟻，莫知所去。故先言「國有大恐，都邑遷徙」，此其驗矣。復念檀蘿征伐之事，又請二客訪跡於外。宅東一里有古涸澗，側有大檀樹一株，藤蘿擁織[118]，上不見日。旁有小穴，亦有羣蟻隱聚其間。檀蘿之國，豈非此耶。嗟乎！蟻之靈異，猶不可窮，況山藏木伏之大者所變化乎？時生酒徒周弁、田子華並居六合縣，不與生過從旬日矣。生遽遣家僮疾往候之。周生暴疾已逝，田子華亦寢疾於牀。生感南柯之浮虛，悟人世之倏忽，遂棲心道門[119]，絕棄酒色。後三年，歲在丁丑，亦終於家。時年四十七，將符宿契之限[120]矣。

公佐貞元十八年秋八月，自吳之洛，暫泊淮浦，偶覿[121]淳于生兒楚，詢訪遺跡，翻覆再三，事皆摭實[122]，輒編錄成傳，以資好事[123]。雖稽神語怪，事涉非經[124]，而竊位著生

[103] 擁篲：拿著掃帚。篲（ㄏㄨㄟˋ），掃帚。

[104] 餘樽尚湛於東牖：酒杯裡還有喝剩下來的酒在那裡發清光。湛（ㄓㄢˋ），澄清的意思。

[105] 木媚：樹妖。

[106] 斤斧：砍木用的斧頭。

[107] 擁腫：指長得卷曲而不平直的樹木。

[108] 查枿（ㄜˋ）：砍伐後又長出來的樹枝。

[109] 袤丈：丈把長。袤（ㄇㄠˋ），指長度。

[110] 洞然：空空洞洞的樣子。

[111] 窮：窮究、追尋到底。

[112] 宛轉方中：曲曲折折地通到方正的中間。

[113] 磅礴空圬：廣大中空，四面像塗過的牆一樣。磅礴（ㄆㄤˊ ㄅㄛˊ），廣大無邊的樣子。空圬（ㄨ），空空洞洞的，四面塗抹了泥土。

[114] 嵌窞：形容有些地方凸出來，有些地方凹進去。嵌（ㄑㄧㄢ），像山一樣地開展。窞（ㄉㄢˋ），深凹進去的洞。

[115] 繁茂翳薈：為茂盛的草木所遮掩。翳（ㄧˋ），覆蔽。薈（ㄏㄨㄟˋ），叢生。

[116] 掩映振殼：指小草遮掩飄拂而觸到龜殼。

[117] 虺（ㄏㄨㄟˇ）：一種兩尺多長、土色無文的毒蛇。

[118] 擁織：糾纏在一起。

[119] 棲心道門：把心放在道門上，就是一心學道。棲，止息的意思。

[120] 符宿契之限：符合從前約定的期限，指上文槐安國王所說「後三年當令迎卿」那句話。

[121] 覿（ㄉㄧˊ）：見到。

[122] 翻覆再三，事皆摭實：經過再三調查研究，對淳于棼夢中的故事，都取得了確證。摭（ㄓˊ），

(125)，冀將為戒。後之君子，幸以南柯為偶然，無以名位驕於天壤間云。

前華州參軍李肇贊(126)曰：貴極祿位(127)，權傾國都(128)，達人(129)視此，蟻聚何殊。

拾取。

(123)以資好（ㄏㄠˋ）事：供愛管閑事的人作為閱讀、談論材料的意思。

(124)事涉非經：事情不合於常理。

(125)竊位著生：沒有才能而做了大官，猶如偷竊得來的一般。位，官位。著生，藉以維持生活。

(126)李肇贊：李肇，元和中任翰林學士、中書舍人，著有《唐國史補》、《翰林志》。贊，題贊、論贊，舊文體的一種。在字畫或文章上面題幾句有關的話，或在某人的傳記後面附加一段評論，表示欣賞、讚揚或發抒感慨，叫做「贊」。

(127)貴極祿位：做了最大的官的意思。

(128)權傾國都：權勢壓倒都城裡所有的人。

(129)達人：達觀、對一切事情都能看得開的人。

提示

一、本篇「南柯一夢」成語來源的故事是唐代李公佐的名著。公佐，字顓蒙，隴西（今甘肅隴西縣一帶）人。生卒年不詳，大約貞元（七八五—八〇四）、元和（八〇六—八二〇）年間在世。舉進士，憲宗元和年間為江南西道觀察使判官；會昌初任揚州錄事參軍，大中年間，據說「曲附權臣」，被削兩任官。著有《廬江馮媼傳》、《古岳瀆經》、《謝小娥傳》及本篇《南柯太守傳》。

二、這篇故事以其簡鍊樸質的文筆，借一個螞蟻國的夢境，巧妙地把現實和夢幻結合在一起，主角淳于棼由得寵而被遣，寫出官場盛衰無常的現象，用古槐蟻穴影射朝廷，所謂「幸以南柯為偶然，無以名位驕於天壤間」，這無疑是對腐敗的封建上層社會的大膽嘲弄，指斥那些「爭名於朝」的豪門貴族，不過是一群在南柯上稱王稱霸的緣槐螞蟻而已，篇後引李肇的「貴極祿位，權傾國都，達人視此，蟻聚何殊。」更進一步點明了作者對追求名利之徒的鄙視。

三、從寫作技巧來說，構思奇特、幻想大膽及注重人物心理描寫是本文的三大藝術特色：

㈠小說中處處匯聚著令人難以置信的奇跡和最為純粹的現實生活。淳于棼幾十年大起大落的宦海生涯，在雙眼開闔的瞬息之間而逝，這是令人不可思議的！然而其得娶金枝玉葉之貴、悲喜交迭之事等等，又恍如親見，不僅如此，就是夢中的通俗講話、婚娶之儀亦與當世無爽，人們無法疑其為夢，真是真假難辨，虛實難證！然而猝然夢醒，卻見「家之僮僕擁篲於庭，二客濯足於榻，斜陽未隱於西垣，餘樽尚湛於東牖」，方恍然大悟，知實乃為一夢。真是多麼荒誕離奇之至！表面上看，作者是假幻證實，借夢境寫人生，但淳于棼夢醒以後，命僕發穴，悉符前夢，可見作者並非假幻證實，實在是假實證幻，或乾脆說假實證實，即虛幻之境不虛也。這就是作者奇妙的構思所在。

㈡作者完全打破了人與異類的界限，別出心裁地設計了一個異國他邦——蟻國，讓群蟻化為人形，串演人間之事，當淳于棼與二紫衣使行道於途中時，「棼左右傳車者傳呼甚嚴，行者爭避於左右」，儼然是人間達官顯貴招搖過市。這種細節的逼真，使人們不禁要問：此為異域，還是人間？作者讓人類到動物王國去體驗人間生活的新奇大膽的幻想，非平庸之輩所能。

㈢小說中對淳于棼在不同的境遇下所表現出的不同神態和心理描寫十分精彩。如淳于棼入夢後，二使者「驅入穴中」，「生意頗異之，不敢致問」，一種惶恐、好奇的神情畢肖；入穴後，王宮廷上廷下陳設豪華，「生心甚自悅」，一種暗暗慶幸愉悅的心理真切自然；生見蟻王，「戰驚不敢仰視」，出任南柯郡時，生「至是甚悅」，公主死時，「生哀慟發引」，受讒失寵後，生「鬱鬱不樂」，等等一系列細膩的心理描寫，加強了人物的生動性、形象性。

四、這篇《南柯太守傳》結構嚴整，脈絡清晰，故事波瀾起伏，情節繁複曲折而又層次分明，確是一篇可讀性高而又具有諷刺性的佳作。它對後代戲曲有很大的影響，明朝戲劇家湯顯祖依據這個故事，寫成他的「臨川四夢」之一的《南柯記》。今天人們則以「南柯一夢」的成語，用來諷刺那些追逐名利而做不切實際幻想的人。

語譯

東平人淳于棼，是吳楚一帶行俠仗義的人。喜歡喝酒，常使性子，不拘小節，積蓄有大量財產，收養了一些豪俠之士。曾經以武藝任淮南軍副將，因為喝醉酒冒犯長官，被革職，失業無依，放浪不拘，以喝酒解悶度日。他家住在廣陵郡東邊十里。住宅南邊有一棵老槐樹，枝幹又高又密，樹蔭遮蓋了好幾畝地。淳于生每天跟那些豪客，在樹下縱情狂飲。

貞元七年九月，因為大醉得病。當時座上有兩位朋友，就扶他回家，讓他躺在廳堂東邊的走廊下。兩位朋友對他說：「您睡睡吧！我們去餵馬、洗腳，等您好點兒了

再走。」他解開頭巾靠在枕頭上睡下，便昏昏沉沉地，好像作起夢來。看見兩個紫衣使者向他跪拜說：「槐安國王派遣小臣送信邀您。」他不知不覺就下了床，整理衣服，隨著兩位使臣到門口，看見青油小車，套著四匹馬；左右跟著七八個侍從，扶他上車，走出大門，向老槐樹洞穴奔去。使臣就把馬車馳入洞裡。他心裡覺得很奇怪，不敢問什麼。忽然看見山河、風俗和氣候、草木、道路，跟人間大為不同。向前走幾十里，看見外城、城牆、垛口，車輛人物，在路上來往不斷。他身邊趕車的人，很威風地喝道，行人忙不迭地向兩旁躲閃。進了大城，紅門高樓，樓上有金字匾，題著「大槐安國」四個字。看門的人見了連忙跑來拜見。一會兒有一個騎馬的人來傳令說：「大王因為駙馬遠道光臨，吩咐暫且在東華館休息。」說完就在前面引導。不久看見一道大門敞開，他下車進去。只見彩色的欄杆，雕刻的柱子，院裡長著美麗的樹，珍貴的果樹；桌子、舖蓋、簾子、帳子、菜餚，陳設在庭上。他心裡很高興。接著又有人喊道：「右丞相就要來了。」他趕緊走下台階敬候。便有一位穿紫色衣裳、拿著象牙笏板的向前來，賓主行了禮。右丞相說：「寡君不自量敝國邊遠荒僻，奉迎先生，結為親戚。」他回答說：「我微賤愚劣，怎能高攀！」右丞相於是請他一同到一個地方去；大約走了一百步，進入紅門。左右陳列著矛、戟、斧、鉞等儀仗；幾百個軍官退立在路邊。他一位叫周弁的多年酒友也在裡面。他心裡很高興，但不敢上前說話。右丞相又領他走上大殿，只見侍衛森嚴，似乎是皇帝的住所。一個高大威嚴的人坐在正面，穿著白色綢衣，戴著紅色華麗的王冠。他嚇得渾身發抖，不敢抬頭。左右侍者叫他下拜。國王說：「前次接到令尊的信，不嫌小國，同意讓我的次女瑤芳嫁給你。」他只趴著，不敢說話。國王道：「先暫且住到賓館裡，再舉行儀式。」就傳下旨意，由右丞相陪他回賓館。他想起了父親帶兵守邊，因為陷入敵手，生死不明，也許是他跟北蕃有來往，才促成這件事。心裡迷惑著，不明白究竟怎麼回事。

當晚，羊、雁、錢幣、布帛等聘禮，歌妓音樂，酒筵燈燭，以及車騎禮物等應有盡有。還有一群婦女：有的叫華陽姑，有的叫青溪姑，有的叫上仙子，有的叫下仙子，像這樣的姑娘很多，都帶著侍女幾十位，戴著翠鳳帽，穿著金霞披肩，五綵碧綠的金花首飾，光彩眩眼。在他賓館裡嬉遊尋樂，來來往往，爭著和他開玩笑。風韻儀態妖媚美麗，言詞機智巧慧，使他根本回答不來。又有一個女子，對他說：「前回上巳日，我跟著靈芝夫人經過神智寺，在天竺院看石延跳《婆羅門》舞。我跟女伴們坐在北窗口的石床上，那時您還年輕，也下馬來看。還獨自湊過來硬要和我們親近，調笑戲謔，我跟瓊英妹把紅巾打了結，掛在竹枝上，您不記得嗎？還有七月十六日，我在孝感寺伺候上真子，聽契玄法師講《觀音經》。我在講座下，施捨了兩隻金鳳釵，上真子施捨了一個犀角盒子。那時您也在聽講，向法師要鳳釵盒子看，再三讚賞，驚奇了好久。回頭向我們說：『這人和東西，都不是世間所有的。』又問我名字，又問我住在哪裡，我沒有回答。心裡戀戀不捨，一直望著不肯離開。您不記得了嗎？」他回道：「我藏在心裡，哪有一天忘記！」女客們說：「想不到現在跟您結成親戚。」

又有三個人，穿戴得很體面，上前向他拜揖行禮說：「奉命來當駙馬儐相。」裡邊一個跟他認識。他指著問：「您不是馮翊田子華嗎？」回答說：「是。」他便上前拉著他的手談了好一陣舊情。並問：「您怎麼會在這裡？」子華說：「我到處漫遊，後來得到右丞相武成侯段公的賞識，便在這裡棲身了。」他又問：「周弁在這裡，您知道嗎？」子華說：「周生是顯要的人！當司隸，權勢很大。常常照顧我。」兩人談笑得很高興。不久傳來聲音說：「駙馬可以進去了。」三個人便拿出玉珮寶劍和冕服，給他換上。子華說：「想不到今天能參加這個盛典，以後不要忘記我呀！」這時有幾十名仙女，奏起奇妙的音樂，聲音宛轉清亮，曲調淒切悲涼，不是人間所能聽得到的。又有幾十位美女拿蠟燭在前面引路。兩旁都是金翠步障，碧綠透明，綿延數里不斷。他端坐在車裡，心裡恍恍惚惚，很覺不安。田子華幾次說笑話給他解悶。剛才那群女孩也同她們的姑姊，分別乘鳳翼車，來往於步障間。到了一個名叫修儀宮的門前。仙女姑姊們都擁到他身邊，教他下車拜見，作揖禮讓，走上走下，全跟人間一樣。撤開障幕，移去紗扇，看到一個女子，說是金枝公主，大約十四五歲，相貌彷彿神仙一般。洞房交拜的禮儀，也很排場。

從那時候起，他跟公主的情義越來越融洽，榮耀越來越盛。進出時的車馬服飾，遊玩宴會時排場，只比國王稍差一些。有一次國王命令他跟同事們備好武器與侍衛，到京城西邊的靈龜山去打獵。那座山高峻秀麗，水澤寬闊深遠，樹木繁茂，飛禽走獸，樣樣都有。大家都捕獲了很多獵物，直到晚上才回來。

有一天，他啓奏國王道：「臣下結婚那天，大王說奉家父的命令。家父以前帶兵守邊，打仗失利，陷沒在胡人手裡，已經十七八年沒音訊了。大王既然知道他的下落，請讓臣去拜見他吧。」國王連忙說：「親家翁職守北邊，音信不斷。你只要寫信告訴他就行了，不用急著去。」就命令他的妻子打點好禮物，與家信一道送去。過了幾天得到回信。他看信裡的內容，都和父親的事蹟相合。又有思念教誨的話，情意深切婉轉，和從前一樣；還問到親戚存亡情形，鄉里盛衰變化；又說路途遙遠，音訊不通。詞意悲苦，有無限哀傷。卻不讓他去見面，只說：「到丁丑年，就會跟你相見。」他捧著信悲傷嗚咽，難過得很。

後來有一天，公主對他說：「您不想做官嗎？」他說：「我放蕩不懂政治。」公主說：「您儘管去做，我可以幫助您。」公主就向國王報告。過了幾天，國王對他說：「南柯郡治理得不好，太守已革職，我想借重你的才幹，希望你屈就。跟小女一塊兒去吧！」他接受了命令。國王就命令有關人員為太守準備行李。發給金玉、錦繡、箱奩、男女佣人、車馬，擺在大街上，送公主起行。他少年時候只知行俠仗義，從沒什麼大願望，這時非常高興。就上表說：「我是將門的子弟，素來沒有什麼本領才學，現在竟然擔當大任，恐怕會敗壞國家的政事。擔心不稱職，遺誤公事。現在想多找人才，來彌補我不足的地方。我看潁川人司隸周弁，忠亮剛直，執法無私，有佐理政務的才幹；馮翊郡的處士田子華，清廉謹慎能應變，瞭解政治教化的根本。兩位都跟我有十年的交情，深知他們的才能可以託付政事。擬請試派周弁當南柯郡司憲，田子華當司農。希望這樣可以使我的政績有點兒表現，法制也不致紊亂。」國王准了他的奏章，將兩人派給了他。

那天晚上，國王和夫人在國都南邊為他餞別。國王對他說：「南柯是本國的大郡，土地肥沃收成多，人物繁盛，沒有好政治不能治理。現在有周、田兩位輔助你，你要好好努力，以符合國家的期望！」夫人訓誡公主說：

「淳于郎性情剛強，喜歡喝酒，而且年輕；做媳婦的道理，要緊的是柔順；妳能好好侍候他，我就放心了。南柯雖然地方不遠，但是早晚不能相見；今天離別，怎麼不教人掉淚呢！」他和公主雙雙磕頭拜別，就向南去了。坐著車，帶著護衛，說說笑笑，很是高興。

幾天以後到了郡城，那裡的大小官吏、和尚道士、父老士紳、樂隊、車輛、侍衛、鑾車儀仗等，爭著來迎接事奉。人群擁擠，聲音雜亂，鐘鼓聲吵吵鬧鬧，綿延了十幾里。只見城牆垛口、台榭，雄偉壯觀。進了城門，上邊有塊大匾，題著「南柯郡城」四個金字。衙門則是朱紅大門，門前插著各種兵器儀仗，顯得威嚴深遠。他下車到任後，觀察風俗，改善人民的痛苦；行政事務則交給周、田二人辦理；將南柯郡治理得很好。當了二十年郡守，教令普遍推行；百姓們歌頌他，替他立功德碑，建長生祠。國王也很器重他，賜給他封地、爵位，有如宰相般貴重。周、田二人也都因政績卓著，屢次升官。他生了五男二女。男的以門蔭任官職，女的也許聘王族。榮耀顯赫，極一時之盛，當時沒有人比得上他。

可是就在這一年，有個檀蘿國的來侵略南柯郡。國王命令他選將練兵去討伐入侵者。他於是上表保奏周弁統兵三萬，到瑤台城抵抗敵人。周弁剛勇輕敵，結果打了敗仗。周弁單人獨馬、丟盔卸甲，乘著夜色偷偷逃回城中。敵軍搶了輜重鎧甲撤回。他就把周弁囚起來，向國王請罪。國王赦免了他們二人。這月，司憲周弁背上長了毒瘡死了。公主也染了病，只過了十天就去世了。他就請求辭去郡守職務，護送靈柩回京；國王准許了他。就委任司農田子華代理太守職務。自己哀痛地護送靈車起行，一路上儀仗威嚴；男男女女痛哭呼號，百姓官吏設案祭奠，攀著車轅、擋住去路依戀不捨的不計其數，終於到了國都。國王和夫人穿著白衣服在郊外哭泣，等候靈車到來。賜公主諡號叫順儀公主。預備了儀仗隊、羽毛華蓋、鼓吹，把公主葬在京城東邊十里的盤龍岡。這月，已故司憲的兒子榮信，也護送周弁的靈車回到國都。

他雖然長久鎮守外藩，但跟都裡人士結好，豪門顯貴，沒有不跟他交好的。自辭郡守回到京城，出入很隨便，交遊賓客隨從，威福越來越高。國王心裡猜疑，有點怕他。當時有人上表說：「天象現出譴責的徵象，國家將有大災難。都城會遷徙，宗廟會崩壞。禍端是起於異族，事情卻出自內部。」當時議論認為是他奢侈越分，才應了這個天象。國王就撤消了他的侍衛，禁止跟外界交遊，將他軟禁在家裡。他自己以為當郡守多年，沒有失職的地方，卻遭受這種流言傷害，因此心中悶悶不樂。國王也知道了，就命令他說：「結親二十多年，不幸小女夭折，不能跟你白頭到老，實在令人痛心！」夫人便將外孫留下自己撫養。國王又對他說：「你離家很長時間了，可以暫時回鄉，探望一下親戚。外孫們留在這裡，不必掛念。三年以後，當派人接你。」他說：「這就是家了，還要回到哪兒去呢？」國王笑一笑說：「你本是在世間的人，家並不在這裡。」這時他忽然覺得自己好像在昏睡中，迷迷糊糊了很久才醒悟起往事，就流著眼淚請求回鄉。國王命令左右送走他，他拜了兩拜就離開了。又看見從前那兩個穿紫衣裳的使者跟在他身後。到了大門外，發現坐車簡陋，左右親近隨從僕人，一個也沒有，心裡覺得很奇怪。上車大約走了幾里，就又出了大城。恰像往年東來時走過的路，山川原野，還是跟從前一樣。送行的兩位使者，一點威儀也沒有，心中更加不愉快。他問使者說：「廣陵郡什麼時候可以到？」兩位使者只管自己唱著歌，過了許久才回答說：「一會兒就到了。」不久出了洞穴，看到故鄉的街道跟過去一樣，不覺悲傷流下淚來。兩位使者領他下車，進了家門，走上台階，看見自己正躺在廳堂東邊的走廊下。他很害怕，不敢走近。兩位使者大喊了幾聲他的姓名，他才醒悟過來；看見家裡的僕人拿著掃帚在院裡掃地，兩位客人坐在床邊洗腳，太陽還沒從西牆落下，杯中的剩酒還在東窗下泛著清光。夢中一會兒時間，竟好像已過了一輩子。

他感慨嘆息，就把經過告訴兩位客人。兩位客人大吃一驚，就跟他走到門外尋找槐樹下的洞穴。他指著說：「這就是夢裡進去的地方。」兩位客人以為是狐狸樹妖作怪，就命令僕人拿了刀斧，砍掉樹根上的疙瘩腫塊，折斷樹枝，探尋洞穴的根源。發現旁邊約一丈寬處，有一個大穴，空洞洞的很明亮，擺得下一張床。上面有堆積的泥土，呈現出城郭台階宮殿的樣子。有無數的螞蟻，聚集藏在裡面。中間有個小台，有如丹砂的顏色。兩隻大螞蟻住在上面，白翅膀，紅腦袋，約三寸長。左右有幾十隻大螞蟻護衛著他，其他螞蟻不敢靠近，牠就是國王。這裡就是槐安國的都城。又找到一個洞穴：直通向南方的枝幹，大約四丈遠，周圍曲曲折折，中間方方正正，也有土城小樓，也有許多螞蟻聚集在裡面，這就是他所管領的南柯郡哪！還有一個洞穴：在西邊兩丈左右，廣大空虛，四面塗了泥土，凹凸高低，形狀怪奇。中間有一個腐爛的龜殼，像斗那麼大，被雨水浸潤，小草叢生，茂盛得遮蔽了全殼，這就是他打獵的靈龜山哪！又探尋一個洞：在東面一丈多，老樹根彎彎曲曲，像龍蛇的形狀。中間有個小土堆，一尺多高，就是他埋葬妻子的盤龍岡墓穴。回想以前的事，心裡有無限的感慨。查看尋見的遺跡，都跟夢境符合。便不想讓兩位客人毀壞它，立刻叫他們照舊掩埋。這天晚上，忽然起了暴風雨。第二天早晨再看那些洞穴，蟻群已失蹤，不知道跑到哪裡去了。先前夢中所聽說的「國家將有大災難，都城要遷徙」，這時應驗了。他又想起和檀蘿國戰爭的事，再請兩位客人到外面去尋訪蹤跡。住宅東邊一里遠處有條古老乾涸的溪澗，旁邊有一棵大檀樹，藤蘿糾纏，遮蔽得看不見太陽。旁邊有個小洞，也有螞蟻聚集藏在裡面。檀蘿國，不就是這個嗎？唉！連螞蟻的靈怪，還無法理解，何況潛藏在深山樹林裡的大動物，又怎麼能知道他們的靈異變化呢？當時他的酒友周弁、田子華，都住在六合縣，已經有十來天沒跟他來往了，他立刻派佣人趕快去問候。才知道周生已經得急病去世，田子華也臥病在床，他感到南柯夢境的虛幻，覺悟人世的短暫，就誠心皈依道門，戒絕酒色。過了三年，正是丁丑歲，壽終在家，享年四十七，正符合從前夢中他父親和國王夫人所定的期限。

貞元十八年八月，我（李公佐）從吳郡到洛陽，暫時在淮河邊停靠，偶然見到淳于棼的兒子楚，詢問遺跡，考察再三，發現都是實情，就編錄成傳記，給好事的人閱讀參考。雖然談論神奇鬼怪，不合乎常理，但是可以給佔據高位的人作個警戒。希望以後的君子，把南柯夢中的一場富貴當做偶然僥倖，不要以一時的名位傲視天地間的人。

前華州參軍李肇作贊說：「就算貴極人臣，權力壓倒京師。明達的人看起來，和螞蟻的聚集，又有什麼兩樣呢？」

25 鶯鶯傳

元稹

貞元❶中，有張生者，性溫茂❷，美風容❸，內秉堅孤，非禮不可入❹。或朋從遊宴，擾雜其間，他人皆洶洶拳拳，若將不及❺，張生容順❻而已，終不能亂。以是年二十三，未嘗近女色。知者詰之。謝而言曰：「登徒子❼非好色者，是有凶行❽；余真好色者，而適不我值。何以言之？大凡物之尤者❾，未嘗不留連於心，是知其非忘情者也。」詰者識之❿。

無幾何，張生遊於蒲。蒲之東十餘里，有僧舍曰普救寺，張生寓焉。適有崔氏孀婦，將歸長安，路出於蒲，亦止茲寺。崔氏婦，鄭女也。張出於鄭⓫，緒其親⓬，乃異派之從母⓭。

❶貞元：唐德宗年號，自西元七八五—八〇四年。
❷性溫茂：性格溫和而富於感情。
❸風容：風姿面貌。
❹內秉堅孤，非禮不可入：秉性堅毅孤傲，凡不合禮的事情，都不能打動他。
❺洶洶拳拳，若將不及：吵鬧無休，唯恐不及別人。
❻容順：表面隨和敷衍。
❼登徒子：戰國時，楚人宋玉作〈登徒子好色賦〉，說登徒子的妻子貌醜，登徒子卻很喜歡她，和她生了五個孩子。後來就以「登徒子」為好色者的代稱。
❽凶行：惡行。
❾物之尤者：人物之中最為特出的，指美女。
❿識之：以為他有識見。
⓫張出於鄭：張生的母親也是鄭姓的女兒。
⓬緒其親：論起親戚來。
⓭異派之從母：另一支派的姨母。

是歲，渾瑊⑭薨於蒲。有中人⑮丁文雅，不善於軍⑯，軍人因喪而擾，大掠⑰蒲人。崔氏之家，財產甚厚，多奴僕。旅寓惶駭，不知所托。先是，張與蒲將之黨有善，請吏護之，遂不及於難。十餘日，廉使⑱杜確將⑲天子命以總戎節⑳，令於軍，軍由是戢㉑。

鄭厚張之德甚㉒，因飾饌以命張㉓，中堂宴之。復謂張曰：「姨之孤嫠未亡㉔，提攜幼稚。不幸屬師徒大潰㉕，實不保其身。弱子幼女，猶君之生㉖，豈可比常恩哉！今俾以仁兄禮奉見，冀所以報恩也。」命其子，曰歡郎，可十餘歲，容甚溫美。次命女：「出拜爾兄，爾兄活爾。」久之，辭疾㉗。鄭怒曰：「張兄保爾之命，不然，爾且擄矣。能復遠嫌㉘乎？」久之，乃至。常服睟容㉙，不加新飾，垂鬟接黛㉚，雙臉銷紅㉛而已。顏色艷異，光輝動人。張驚，為之禮。因坐鄭旁。以鄭之抑而見㉜也，凝睇怨絕，若不勝其體者㉝。問其年紀。鄭曰：「今天子甲子歲之七月，終於貞元庚辰，生年十七矣㉞。」張生稍以詞導之㉟，不對。終席而罷。

張自是惑之，願致其情，無由得也。崔之婢曰紅娘。生私為之禮者數四，乘間遂道其衷㊱。婢果驚沮㊲，腆然㊳而奔。張生悔之。翌日，婢復至。張生乃羞而謝之，不復云所求矣。婢因謂張曰：「郎㊴之言，所不敢言，亦不敢泄。然而崔之姻族，君所詳也。何不因其德㊵而求娶焉？」張曰：「余始自孩提，性不苟合。或時紈綺閑居㊶，曾莫流盼。不為當年，終有所蔽㊷。昨日一席間，幾不自持㊸。數日來，行忘止，食忘飽，恐不能逾旦暮㊹，

⑭渾瑊（ㄓㄣ）：唐將，西域鐵勒九姓的渾部人。肅宗時屢立戰功，做到兵馬副元帥。後來死在絳州節度使任內。

⑮中人：指監軍的宦官。

⑯不善於軍：不會帶兵、和軍隊感情不好。

⑰掠：搶劫。

⑱廉使：刺史的美稱。

⑲將（ㄐㄧㄤ）：秉奉。

⑳總戎節：主持軍務。

㉑軍由是戢：軍隊從此就安定下來。戢（ㄐㄧˊ），收斂。

㉒厚張之德甚：非常感激張生的恩德。

㉓飾饌以命張：整頓酒菜來款待張生。

㉔孤嫠未亡：寡婦，未亡人。孤，孤獨。嫠（ㄌㄧˊ），守寡。

㉕不幸屬師徒大潰：屬（ㄓㄨˇ），作適值解。師徒，軍隊。潰，亂。

㉖猶君之生：如同你給他們活的命。

㉗辭疾：推說有病。

㉘遠嫌：遠離以避免嫌疑的意思。

㉙晬（ㄙㄨㄟˋ）容：豐潤的面孔。

㉚垂鬟接黛：兩鬟垂在眉旁，是少女的髮式。黛，婦女用來畫眉毛的青黑顏色，後來就作為婦女眉毛的代詞。

㉛雙臉銷紅：兩頰飛紅的樣子。銷，散佈的意思。

㉜抑而見：強迫出見。

㉝若不勝其體者：身體好像支持不住似的。

㉞「今天子……十七矣」句：今天子甲子歲，指唐德宗興元元年（七八四）。貞元庚辰，指貞元十六年（八〇〇）。這三句是說：鶯鶯生於興元元年七月，到現在貞元十六年，已經十七歲了。

㉟導之：引她說話。

㊱道其衷：說出自己的心事。

㊲驚沮（ㄐㄩˇ）：嚇壞了。

㊳腆（ㄊㄧㄢˇ）然：害羞的樣子。

㊴郎：古時奴僕對主人的稱呼。

㊵德：指救護崔氏一家免於兵亂的功勞而言。

㊶紈綺閑居：和婦女們在一起。紈綺，女子穿的美麗絲織品。此處用為婦女的代詞。

㊷不為當年，終有所蔽：從前所不做的事情（指追求女人），如今到底被迷惑住了。

㊸不自持：自己不能克制。

㊹恐不能逾旦暮：恐怕不能過早晚之間，意思是快要因相思而死了。

若因媒氏而娶，納采問名[45]，則三數月間，索我於枯魚之肆[46]矣。爾其謂我何[47]？」婢曰：「崔之貞慎自保，雖所尊不可以非語[48]犯之。下人之謀，固難入矣。然而善屬文，往往沉吟章句[49]，怨慕[50]者久之。君試為喻情詩以亂之[51]，不然，則無由也。」張大喜，立綴[52]春詞[53]二首以授之。是夕，紅娘復至，持彩箋以授張，曰：「崔所命也。」題其篇曰《明月三五夜》。其詞曰：「待月西廂下，迎風戶半開。拂牆花影動，疑是玉人[54]來。」張亦微喻其旨。是夕，歲二月旬有四日[55]矣。

崔之東有杏花一株，攀援可踰。既望[56]之夕，張因梯[57]其樹而踰焉。達於西廂，則戶半開矣。紅娘寢於床上，因驚之。紅娘駭曰：「郎何以至？」張因紿[58]之曰：「崔氏之箋召我也。爾為我告之。」無幾，紅娘復來，連曰：「至矣！至矣！」張生且喜且駭，必謂獲濟[59]。及崔至，則端服嚴容，大數[60]張曰：「兄之恩，活我之家，厚矣。是以慈母以弱子幼女見託。奈何因不令[61]之婢，致淫逸之詞？始以護人之亂為義，而終掠亂[62]以求之，是以亂易亂，其去幾何？誠欲寢其詞[63]，則保人之奸，不義；明之於母，則背人之惠，不祥；將寄於婢僕[64]，又懼不得發其真誠：是用託短章，願自陳啟。猶懼兄之見難[65]，是用鄙靡之詞，以求其必至。非禮之動，能不愧心？特願以禮自持，毋及於亂！」言畢，翻然而逝。張自失者久之。復踰而出，於是絕望。

數夕，張生臨軒獨寢，忽有人覺之[66]。驚駭而起，則紅娘斂衾攜枕而至，撫張曰：

「至矣！至矣！睡何為哉！」並枕重衾而去。張生拭目危坐[67]久之，猶疑夢寐；然而修謹以俟[68]。俄而紅娘捧崔氏而至。至，則嬌羞融洽[69]，力不能運支[70]體，曩時端莊，不復

[45] 納采問名：古時訂婚的手續。納采，用雁為禮物送給女方。問名，問女方的姓名，去卜一卜吉凶，以決定婚事能否進行。

[46] 索我於枯魚之肆：比喻遠水不能救近火，無濟於事。《莊子・外物》裡的寓言：莊子在路上看見車道裡有一條鯽魚，牠叫住莊子，請弄一點水來救活牠。莊子答應到吳越去引西江的水來救牠。牠說：我只要一點點水就可以活命，等你遠道去引西江水來，那只好到賣乾魚的店鋪去找我罷了。

[47] 爾其謂我何：你說我該怎麼辦。

[48] 非語：不合理、不正經的話。

[49] 沉吟章句：指研究詩文作法。沉吟，本是遲疑不決的意思，這裡作思考、推敲解釋。

[50] 怨慕：怨恨思慕。此處用來形容鶯鶯在閨中沉吟詩文的情形。

[51] 亂之：打動她、勾引她。

[52] 綴：作。

[53] 春詞：談情說愛的詩詞。

[54] 玉人：美女。

[55] 旬有四日：十四日。有，同「又」字。

[56] 望：農曆每月的第十五日，就是月圓的日子。

[57] 梯：爬。

[58] 紿（ㄉㄞˋ）：欺騙。

[59] 必謂獲濟：以為一定會成功。

[60] 數（ㄕㄨˇ）：列舉事實來責備。

[61] 不令：不好、不懂事。

[62] 掠亂：乘危要挾。

[63] 寢其詞：不說破、不理會你寫的詩句。寢，停止進行。

[64] 寄於婢僕：叫婢僕轉告的意思。

[65] 見難：有顧慮。

[66] 覺（ㄐㄧㄠˋ）之：喚醒他。

[67] 危坐：端坐、挺身而坐。

[68] 修謹以俟：打扮得整整齊齊，恭恭敬敬地等待著。修，修飾。謹，恭謹。

[69] 融洽：冶艷、妖媚。

[70] 支：同「肢」字。

同矣。是夕，旬有八日也。斜月晶瑩，幽輝半床。張生飄飄然，且疑神仙之徒，不謂從人間至矣。有頃，寺鐘鳴，天將曉。紅娘促去。崔氏嬌啼宛轉，紅娘又捧之而去，終夕無一言。張生辨色而興，自疑曰：「豈其夢邪？」及明，睹妝在臂，香在衣，淚光熒熒然[71]，猶瑩於茵席而已。

是後又十餘日，杳不復知。張生賦會真[72]詩三十韻[73]，未畢，而紅娘適至，因授之，以貽崔氏。自是復容之。朝隱而出，暮隱而入，同安於曩所謂西廂者，幾一月矣。張生常詰鄭氏之情。則曰：「我不可奈何矣。」因欲就成之。無何，張生將之長安，先以情諭之。崔氏宛無難詞，然而愁怨之容動人矣。將行之再夕，不復可見，而張生遂西下。

數月，復遊於蒲，會於崔氏者又累月。崔氏甚工刀札[74]，善屬文。求索再三，終不可見。往往張生自以文挑，亦不甚睹覽。大略崔之出人[75]者，藝必窮極，而貌若不知；言則敏辯，而寡於酬對。待張之意甚厚，然未嘗以詞繼之。時愁艷幽邃，恒若不識，喜慍之容，亦罕形見。異時[76]獨夜操琴，愁弄悽惻。張竊聽之。求之，則終不復鼓矣。以是愈惑之。張生俄以文調及期[77]，又當西去。當去之夕，不復自言其情，愁嘆於崔氏之側。崔已陰知將訣矣，恭貌怡聲，徐謂張曰：「始亂之，終棄之，固其宜矣。愚不敢恨。必也君亂之，君終之，君之惠也。則沒身之誓，其有終矣，又何必深感於此行[78]？然而君既不懌，無以奉寧[79]。君常謂我善鼓琴，向時羞顏，所不能及。今且往矣，既君此誠80。」因命拂琴，鼓《霓裳羽衣》序81，不數聲，哀音怨亂，不復知曲也。左右皆歔欷。崔亦遽止之，投琴，泣下流連，趨歸鄭所，遂不復至。明旦而張行。

明年，文戰不勝82，張遂止於京。因贈書於崔，以廣其意83。崔氏緘報之詞，粗載於此，曰：「捧覽來問，撫愛過深。兒女之情，悲喜交集。兼惠花勝84一合、口脂五寸，致耀首膏唇85之飾。雖荷殊恩，誰復為容？睹物增懷，但積悲嘆耳。伏承使於京中就業，進修之道，固在便安86。但恨僻陋之人，永以遐棄。命也如此，知復何言！自去秋

71 熒熒然：微弱光亮的樣子。
72 會真：遇見神仙的意思。
73 三十韻：舊詩兩句一押韻；「三十韻」，就是作詩六十句。
74 工刀札：字寫得好。工，巧妙、精善。札，書簡。古時沒有紙，把字寫在竹簡上；寫錯了，就用刀削除，叫做「刀札」。
75 出人：超越。
76 異時：有這麼一天。
77 文調及期：考試的日子到了。
78 「則沒身…深感於此行」句：沒身，終身。終，結局。這三句的意思是說：那麼，我們所發的終生在一起的盟誓，就會有一個結局，你這一次的離去只是短期的，也就不必戀戀不捨了。
79 君既不懌，無以奉寧：你既然不高興，我也沒有什麼可以安慰你的。懌（ㄧˋ），快樂。
80 既君此誠：滿足你的願望。
81 序：指樂曲的開始部分。
82 文戰不勝：落第，沒有考上。
83 以廣其意：讓她把事情看開一些。
84 花勝：古時婦女戴在髮髻上、「剪綵為之」的一種裝飾品，大約如今日絨花一類的東西。
85 耀首膏唇：耀首，指花勝。膏唇，指口脂。
86 便安：安靜。便（ㄆㄧㄢˊ），也是安的意思。

已來，常忽忽如有所失。於喧嘩之下，或勉為語笑，閑宵自處，無不淚零。乃至夢寐之間，亦多感咽離憂之思。綢繆繾綣87，暫若尋常，幽會未終，驚魂已斷。雖半衾如暖，而思之甚遙。一昨拜辭，倏逾舊歲。長安行樂之地，觸緒牽情。何幸不忘幽微，眷念無斁88。鄙薄之志，無以奉酬。至於終始之盟，則固不忒89。鄙昔中表相因，或同宴處。婢僕見誘，遂致私誠。兒女之心，不能自固90。君子有援琴之挑91，鄙人無投梭之拒92。及薦寢席，義盛意深。愚陋之情，永謂終托。豈期既見君子，而不能定情93，致有自獻之羞，不復明侍巾幘。沒身永恨，含嘆何言！倘仁人用心，俯遂幽眇94，雖死之日，猶生之年。如或達士略情95，捨小從大，以先配為醜行，以要盟96為可欺，則當骨化形銷，丹誠不泯97，因風委露98，猶托清塵99。存沒之誠，言盡於此。臨紙嗚咽，情不能申。千萬珍重，珍重千萬！玉環一枚，是兒100嬰年所弄，寄充君子下體所佩。玉取其堅潤不渝，環取其終始不絕。兼亂絲一絢101、文竹茶碾子102一枚。此數物不足見珍，意者欲君子如玉之真，弊志如環不解。淚痕在竹，愁緒縈絲，因物達情，永以為好耳。心邇身遐，拜會無期。幽憤所鍾，千里神合。千萬珍重！春風多厲，強飯為嘉。慎言自保，無以鄙為深念。」張生發其書於所知，由是時人多聞之。……

稹特與張厚，因徵其詞103。張曰：「大凡天之所命尤物也，不妖104其身，必妖於人。使崔氏子遇合富貴，乘寵嬌，不為雲、為雨，則為蛟、為螭105，吾不知其變化矣。昔殷之辛、周之幽106，據百萬之國107，其勢甚厚。然而一女子敗之，潰其眾，屠其身，至今為天下僇笑108。予之德不足以勝妖孽，是用忍情。」於時坐者皆為深嘆。

87 綢繆繾綣：情意纏綿，恩愛不忍分離。
88 眷念無斁：時刻記掛著的意思。無斁（ㄧˋ），不厭。
89 不忒：不變。
90 不能自固：自己無法堅持、掌握不住的意思。
91 援琴之挑：漢代司馬相如彈琴作歌來挑引富人卓王孫之女卓文君，後來卓文君就隨他逃走了。故事見《史記．司馬相如列傳》。
92 投梭之拒：晉代謝鯤調戲鄰家的女兒，鄰女用織布的梭投擲他，打掉他兩隻牙齒。故事見《晉書．謝鯤傳》。
93 定情：指訂婚。
94 俯遂幽眇：意思是體貼自己內心的苦衷，因而委屈地成全婚事。遂，成全、使之如願的意思。幽眇，指隱微的心事。
95 達士略情：達觀的人，把一切事情都看得很隨便。
96 要（ㄧㄠ）盟：用脅迫手段訂的盟約。
97 丹誠不泯：丹誠，赤心、忠誠的心。不泯（ㄇㄧㄣˇ），不滅。
98 委露：指落花委謝於露草之中，用以自喻。
99 猶托清塵：本意是還要在你的身邊，但客氣的說和你腳下的塵土在一起。清塵，對人的敬詞。塵，指人腳下的塵土。
100 兒：唐、宋時婦女的自稱。
101 一絇（ㄒㄩㄢˋ）：一縷、一絞。
102 文竹茶碾子：竹製的茶磨。文竹，刻有花紋的竹子。茶碾（ㄋㄧㄢˇ）子，古時一種內圓外方、有槽有輪的碾茶葉的器具，也稱茶磨，通常為銀、鐵或木製。
103 徵其詞：問他有什麼可說的。
104 妖：禍害的意思。
105 螭（ㄔ）：舊說：一種像龍而無角的動物。
106 殷之辛、周之幽：指殷紂王和周幽王。紂王寵愛妲己，幽王寵愛褒姒，後來都亡了國。古代帝王荒淫無道，歷史家往往把責任推在女人身上，認為是「禍水」，這是不公平的。
107 據百萬之國：擁有百萬戶口的國家。
108 僇（ㄌㄨˋ）笑：恥笑。

後歲餘，崔已委身⑩⑨於人，張亦有所娶。適經所居，乃因其夫言於崔，求以外兄⑪⓪見。夫語之，而崔終不為出。張怨念之誠，動於顏色。崔知之，潛賦一章，詞曰：「自從消瘦減容光，萬轉千廻懶下床。不為旁人羞不起，為郎憔悴卻羞郎。」竟不之見。後數日，張生將行，又賦一章以謝絕云：「棄置今何道，當時且自親⑪①。還將舊時意，憐取眼前人。」自是，絕不復知矣。時人多許張為善補過者。予嘗於朋會之中，往往及此意者，夫使知者不為，為之者不惑。貞元歲九月，執事李公垂⑪②宿於予靖安里第，語及於是。公垂卓然⑪③稱異，遂為鶯鶯歌以傳之。崔氏小名鶯鶯，公垂以命篇。

⑩⑨委身：出嫁。

⑪⓪外兄：表兄。

⑪①棄置今何道，當時且自親：你已經遺棄我了，現在還有什麼可說的；可是從前是你自己要來親近、追求我的。

⑪②執事李公垂：執事，本是供使令的人，這裡指友人。李公垂，即唐詩人李紳，公垂是他的字，曾任尚書右僕射、門下侍郎等官職。他和元稹、白居易等友誼很深，時相唱和。

⑪③卓然：形容高超特殊的樣子。

提示

一、本篇又名《會真記》，是與白居易齊名的詩人元稹的著作。元稹，字微之，洛陽人，元和元年進士，曾任中書舍人、翰林學士、中書門下平章事等職。著有《元氏長慶集》六十卷，補遺六卷。

二、本篇記敘張生與崔鶯鶯「始亂終棄」的愛情故事。在藝術上有很高的成就。首先，它塑造了傳統禮教叛逆者崔鶯鶯的深刻複雜的人物形象。在鶯鶯身上，有明顯的雙重性格。一方面，她作為一個大家閨秀，從小薰染著正統的禮法教育，這種教育，壓抑了她的天性，使她的一舉一動都習慣性地要符合禮教，切合大家閨秀的風範。當崔母款待張生，命鶯鶯出來拜見時，她「久之，辭疾」，在崔母的怒責下，才「久之，乃至。常服睟容，不加新飾，垂鬟接黛，雙臉銷紅而已。」並且終席不接一言。「男女授受不親」「以禮自持」的大家小姐模樣。然而她畢竟又是一個正當思春妙齡的女孩子，她的內心深處，也時時蕩漾著春情。感情與禮教的衝突在她內心時時產生磨擦，在表面的常態之下，她能竭力保持一個端莊賢淑的女子風範，然而一旦有外力的誘惑，她的內心就失去了平衡。故事中極為生動地表現了她的心理矛盾衝突。與張生初次見面時，她矜持自重，雖然張生「以詞導之」，她卻「終席而罷」，不交一言。然而當張生以《春詞》二首贈之時，她卻馬上回詩《明月三五夜》，詞中明確暗示張生幽會的時間地點。可是當張生如期而至時，卻遭到她一番「義正辭嚴」的斥責，說得張生「自失久之」，「於是絕望」。誰料想數夕之後，鶯鶯卻自己來到了張生房中，「自薦枕席」，以至「朝隱而出，暮隱而入」，同居近一月。表面看，鶯鶯幾經反覆，自相矛盾，其實，這正是她內心中情與理相衝突的結果。作為大家小姐，她的心理負擔極為沉重，作為一個思春少女，她的情慾之火又不可遏制。她對張生所說的：「我不可奈何矣。」真實生動地洩露了她內心的全部秘密。作者準確地把握住她大家小姐追求愛情的特定心理，寫出了她的猶豫徘徊、動搖不定、顧慮重重。正因為她揹負著沉重的心理負擔，在張生拋棄了她以後，她甚至仍認為私相結合是不合法的，有「自獻之羞」。理性的鶯鶯又一次壓倒了感情的鶯鶯。作者就是這樣，在不斷的情感衝突中，生動地再現了鶯鶯的形象。

故事中張生的形象則是另一副面目，他是士大夫階層中的典型的一員，雖然號稱「內秉堅孤，非禮不可入」，卻正如他所說的是「真好色者」，只不過是美貌女子「適不我值」而已。當他看到鶯鶯時，為她的美麗而吃驚，立刻愛上了她，千方百計通過紅娘得到了鶯鶯，然而，一旦分別，卻輕易地把她加以拋棄，並用「尤物」、「妖孽」等字眼來形容鶯鶯。鶯鶯付出如此大的犧牲所追求的純真的愛情，在張生那裡不過是一場有情有趣的豔遇而已。鶯鶯寫給他的情意綿綿的情書，他不但不為所動，反而將它公諸友人，並用一番大道理遮掩自己，把責任統統推到鶯鶯身上。這種行為，不僅薄倖殘酷，而且卑鄙無恥，這正表現了古代士大夫階層的某些本質，作者稱張生為「善補過者」，簡直是一派胡言，荒唐至極。

除了男女主角之外，故事中另一個成功的人物形象是婢女紅娘。她是張生、鶯鶯之間往來穿梭、牽線搭橋的關鍵人物。她對自己的小姐瞭如指掌，既知道鶯鶯有「貞慎自保，雖所尊不可以非禮犯之」的一面，又知道她往往內心春情撩動，「沉吟章句，怨慕者久之」。所以紅娘給張生出主意，讓他「為喻情詩以亂之」。這是一個聰明伶俐、心地善良的婢女，她的肯於幫張生的忙，是看出二人是彼此匹配的情侶，要有意成全他們。書中對她的描寫雖著墨不多，卻使我們鮮明地看出了她活潑、純真、善良的個性。紅娘成為後世專門稱呼那些熱心助人、積極成人之美、促成美滿婚姻的人的代名詞，正可見這個形象的成功。

三、據考證，故事中的主角張生，就是作者元稹本人，因此，後人也常引元遺山〈論詩絕句〉中評潘岳的「心畫心聲總失真，文章寧復見為人，高情萬古閒居賦，爭信安仁拜路塵」的句子，指責元稹是個與潘岳一樣表裡不一的小人。不過，這篇故事，卻是唐傳奇中，流傳最廣，影響最大的作品。後世根據這篇小說改編的雜劇傳奇甚多，最著名的有金人董解元的《弦索西廂》、元人王實甫的《西廂記》。

語譯

貞元年間，有一位姓張的讀書人，性情溫和多情，風姿俊美，可是秉性堅毅孤傲，絕不稍涉非禮。有時同朋友們飲宴，大家亂嘈嘈擠在一道，別人都吵吵鬧鬧，唯恐輸了人家；張生卻只是表面隨和敷衍，始終不跟著人家胡鬧。因此年紀到了二十三歲，還不曾接近過女人。知道的朋友問他，他說：「登徒子並不是真好色，只是淫亂罷了。我才是真正好色的人，然而卻偏偏碰不上對象。為什麼這樣說呢？因為凡是絕世美人，我從沒不放在心裡思念不已的，可見我並不是一個沒有情的人啊！」朋友覺得他很有道理。

不久，張生到蒲州旅行。蒲州城東十幾里路，有一座佛寺叫普救寺，張生就寄住在那裡。恰巧有一位崔姓寡婦，要回長安去，經過蒲州，也暫住在這座佛寺裡。寡婦的娘家姓鄭，張生的母親也姓鄭，敘起親來，崔老夫人原來是張生遠房的姨母。

這年，節度使渾瑊死在蒲州。有一位監軍的宦官丁文雅，不善於軍事，軍人便乘著渾瑊的喪事譁變了，對蒲州人民大肆劫掠。崔老夫人家裡，財產豐厚，奴僕眾多，在旅居中非常驚慌害怕，不知道依靠誰才好。起初，張生與蒲州將領的朋友要好，這時便請他們設法，派兵來保護，崔家才沒有遭遇禍害。十幾天後，刺史杜確奉天子命令，總攬軍務，號令全軍，騷亂才平息下來。

鄭氏很感激張生，就預備了酒席請張生，在中堂宴請他。對張生說：「我是一個孤寡無助的未亡人，帶著小孩子，不幸碰上這次兵變，自己實在沒法子保全。現在我這弱小的兒子和年幼的女兒，都多虧了您給他們活命，這種大恩，哪能和尋常的小惠相比呢？現在我叫他們出來，以拜見兄長的禮來見您，希望藉此報答您的恩惠。」就叫她的兒子歡郎出來，大約十幾歲，長得非常溫文俊秀。又叫女兒：「出來拜見妳兄長，是妳兄長救了妳的命。」過了許久，回說有病不能出來。鄭氏怒道：「張家兄長保全了妳的命，不是他，妳早就給亂軍搶走了，哪能再避男女之嫌啊！」又過了許久才出來。穿著家常衣服，容貌豐潤光澤，沒有刻意修飾：前面的頭髮垂到眉邊，兩頰飛紅。容貌出奇的美艷，臉上光輝動人。張生很驚訝，趕忙起來和她見禮。於是她便坐在鄭氏旁邊。因為是鄭氏強迫她出來見的，所以她直瞪著眼不轉瞬，含著萬分怨嗔，好像支持不住身體似的。問她多大年紀，鄭氏說：「是當今天子甲子年七月出生，到如今貞元庚辰，已經十七歲了。」張生試著用一些話來引她開口，她沒有回答。一直到吃完飯才散了。

張生從此就迷上了她，很想向她表達一下自己的愛慕之情，卻沒有機會。崔家有一位婢女，名叫紅娘，張生私下裡曾好幾次向她恭敬施禮，順便把他的心事告訴了她。這婢女一聽就嚇壞了，羞得馬上逃掉。張生因此非常後悔。第二天，婢女又來了，張生也覺得害臊，便向她賠不是，不敢再說央求她的話了。婢女對張生說：「您那天說的話，我實在不敢告訴小姐，也不敢洩漏給別人。不過，崔家的姻族，您是知道的，為什麼不藉著您這次救她一家人的性命，託人來向她求婚呢？」張生答道：「我從小孩的時候起，個性就不願意隨便和人接近，有時候，遇見穿著華麗衣服的姑娘們，我也沒看過她們一眼；想不到我從前所不做的事情，如今竟被迷惑住了。昨兒個在酒席上，就幾乎神魂顛倒，無法支持；這幾天，簡直弄得走起路來忘了停，吃起飯來也忘了飽，這樣下去，恐怕一天也活不下去。假使再請媒人來求婚，按照納采、問名這些繁縟的禮節，就得耽擱三兩個月，我怕便要到乾魚舖裡找我了！你說怎麼辦呢？」婢女說：「小姐性格堅貞，一向生活嚴肅，就是尊親長輩也不敢拿不應該說的向她說：底下人有什麼意見就更難跟她說了。不過，她很會作詩寫文章，常常低聲吟詠章句，隨著詩文哀怨、思慕不已。您不妨試試寫些表達愛情的詩挑逗她；否則恐怕是沒有辦法的。」張生一聽大喜，馬上作了兩首情詩交給她。這天晚上，紅娘又來了，拿著一張彩綢的信牋交給張生，說：「小姐叫我送來的。」看上面的題目是《明月三五夜》，詩句是：「待月西廂下，迎風戶半開。拂牆花影動，疑是玉人來。」張生對詩裡含著的意思，也隱約體會了一點。這天晚上，就是二月十四日了。

崔氏住的東牆外，有一棵杏樹，可以爬到樹上翻過牆內。十五日晚上，張生便從杏樹上翻過了牆；到達西廂房，那門已經半開了。這時看見紅娘正睡在床上，張生一進去把她驚醒了。紅娘吃驚地說：「您怎麼來了？」張生騙她：「是小姐那封信約我來的，你替我去告訴她。」不久，紅娘回來，連說：「來了！來了！」張生又喜又怕，心想一定是成功了。等到小姐來到，卻是衣著端莊，面容嚴肅，毫不留情地數落張生道：「兄長救活了我們全家，這恩惠實在厚重，因此母親才把她的兒女託付給您。可是您怎麼可以利用這個可惡的婢女，送來淫逸的詩句。起初以救人於亂中為義，最後卻又利用禍亂來向人家要挾；這正是以亂易亂，你和那些亂軍又有什麼不同！我如果隱瞞那些詩句，置之不理，等於姑息養奸，是不應該的；如果告訴母親，又覺得辜負了人家的救命之恩，也是不妥；想叫婢女去轉達，又怕說不清我真正的心意。所以才寫了那首小詩，希望親自對您說明；還怕您有顧慮不來，所以故意用曖昧輕浮的詞句，使您一定來。非禮的舉動，心裡能不覺得有愧嗎？很希望您自己能好好遵守禮法，不要做出非禮的事來！」說完翩然轉身就走了。張生失魂落魄地站了好久，才又爬牆出去，從此斷了念頭。

幾天後的一個晚上，張生正獨自睡在房間的窗戶邊，忽然被人喚醒，吃驚地坐了起來，看見紅娘抱著被子枕頭站在面前，她拍著張生說：「來了！來了！還睡什麼覺！」說著把被子鋪上，枕頭並排放好，就匆匆走了。張生揉了揉眼睛，端坐了許久，心裡懷疑是不是在做夢。但仍舊修飾了一番，小心謹慎地等候著。一會兒，紅娘扶著小姐真的來了，只見一派嬌羞婉媚的樣子，柔弱的似乎沒有力氣移動手腳般，和從前端正嚴肅的樣子，已經大不相同了。這天晚上，是十八日，斜月晶瑩高掛，清幽的光輝，灑滿了半床。張生飄飄然地，納悶著仙人應該是住在天上的，想不到卻從人間來了。過了好久，佛寺的鐘聲響起，天就快要亮了，紅娘催促著回去。小姐嬌羞宛轉地哭啼著，紅娘又扶著她走了，整夜不曾說一句話。張生藉著曙光起了身，心裡仍自猜疑道：「難道是在做夢嗎？」到了天

明，看見臂上脂粉印痕，聞到襟上幽香，點點晶瑩的淚珠，還在席榻上閃耀。

此後又隔了十幾天，一直沒有消息。一天，張生正在作《會真詩》三十韻，還沒作完，恰巧紅娘來了，便叫她送給小姐。這才去和他幽會。清晨偷偷地出來，夜晚悄悄地進去，這樣相安無事地住在從前詩中所稱的西廂房中，將近一個月之久。張生常詢問鄭氏的反應，小姐說：「我已無可奈何了。」便想藉此成全了婚事。不久，張生要到長安去，先向小姐表達了依戀之情。小姐表面上並沒有說什麼留難的話，可是很明顯的露出哀愁幽怨的神色。行前有兩個晚上，沒能再和小姐見面，張生便起程西行了。

幾個月後，張生又回到蒲州，和小姐繼續幽會了幾個月。小姐字寫得很好，文筆不錯，張生屢次向她求索，但是她始終不肯給。張生自己寫了詩文挑引她，她也不大看。大概她的超人出衆的地方，就在她藝術造詣很深，外表卻像不懂；言辭敏辯，卻很少開口應酬；對待張生的情義很厚，可是從來不在文詞上表達。有時那張極艷麗的臉上帶有深沉的憂愁，彼此相見時卻像從沒認識過一樣；是喜歡，是惱怒，也很少從臉上看得出。有一次，夜間獨自個兒彈琴，曲調哀愁淒涼，張生偷聽到了；就求她再彈，誰知這麼一來，她卻永遠不肯再彈了，因此張生越發迷戀起來。不久，張生考試的日期到了，又得往長安去。臨別的前夕，沒有再向她細訴情意，只是在她身旁唉聲嘆氣。她已經明白是要訣別了，便和顏悅聲地慢慢對張生道：「起初不正常的就發生關係，結果終被遺棄，這本來就沒有什麼可說的，您如那麼辦，我也絕不敢抱怨。不過您如果認為起初既然胡亂和我發生了關係，日後就要負責到底，和我結為正式夫妻，那就是您格外的恩惠了。假使那樣的話，永偕終身的海誓山盟，就能實現了。又何必對這次的離別感到遺憾呢？可是您既然這樣不快樂，我也沒有別的好辦法使您高興；您曾經說我彈琴彈得好，從前因為害羞，不敢獻醜，如今您要走了，那就藉此向您表示一下我的誠心吧！」於是就叫人把琴擦拭乾淨，彈奏《霓裳羽衣》的序曲，還沒有彈到幾下，琴音已經變得哀怨紊亂，再也聽不出彈的那一支曲子了。旁邊的人都傷心嘆息，她也驟然停止了彈奏，放下了琴，眼淚涔涔地流下，急忙跑回她母親的房間，再也沒有出來。天明以後，張生就出發了。

第二年，考試失利，張生遂留在京師。寫了一封信給小姐，寬慰她的心。小姐也回了信，現在將其大略錄在這裡，信裡說：「捧讀來信，承您這樣愛撫，足見兒女情長，不禁又悲又喜。承贈首飾一盒、唇膏五寸，讓我裝飾髮髻、點染雙唇。雖然很感激您的恩寵，但是現在還打扮給誰看呢？看到這些東西，越發增添了懷念，只有更加悲嘆罷了！多謝您告訴我在京裡就業的事，為前途進修打算，在京城本就比較便利安適；只恨像我這樣鄙陋的人，便永遠被遠遠地拋棄了。命既然這樣，知道也就算了，還有什麼話說！自從去年秋天以來，我經常神情恍惚，像是失掉了什麼似的。在熱鬧的場合裡，有時也勉強說說笑笑；可是每逢晚上自個兒閒著的時候，便沒有一次不流淚的。甚至在夢裡，也多半傷感哭泣，思念離別的愁苦；夢裡的纏綿恩愛，也像素常一樣那麼短暫。幽會還沒有終了，夢魂已被驚斷；雖然那半個被窩像是溫暖的，可是一想，已經離開得很遠很遠。就像昨天剛剛分別的一般，誰知倏忽之間已經過了一年。長安是行樂的地方，容易使人牽引情思，真慶幸您並沒有忘掉我這微末渺小的人，仍然毫不厭倦地眷念著她。只是這顆鄙薄的心，沒有可以報答您的。至於我們白頭偕老的誓願，我一定堅守不變。從前因為和您是姨表兄妹的關係，同席宴飲；後來婢女引誘，便向您表明了我的心意。兒女之情，使我無法把持。您有意用琴挑逗求愛，我沒有投梭向您拒絕。及至同床共枕，感到您的情深義重，在我愚笨的心裡，總認為終身有託了。卻沒想到和您屢次幽會，都不能先行訂婚，以致蒙了自己把貞操獻上的羞恥，不能公開地做您的妻子。這是我到死也去不掉的永恨，除了忍住悲哀，還有什麼話說！如果您心存忠厚，俯就我幽微的願望，那麼我就是死去，也跟活著一樣快活。如果你認為曠達的人可以輕忽愛情，把你我的過去看做微不足道的事，一心去追求遠大的前程，以未婚先合為醜行，口頭上的婚約，可以否認而不遵守，那麼，我就是骨頭化了，形體消失了，那一顆赤誠的心也一定不會泯滅，將隨風附露跟在你的身邊。無論生或死，我的心永不改變，話到這裡已經完全說盡。臨了，不禁哭出聲來，心中酸楚，無法盡訴。望您千萬珍重！珍重千萬！附上玉環一枚，這是我小時候拿著玩的，寄給您佩在您腰上！玉取其堅固、純潔不變，環取其從頭到尾永遠環繞不斷。再附上髮絲一束、文竹茶碾子一枚。這幾件都是不值得珍貴的東西，只希望您能像那玉一般的堅貞，我的心會像那環一般永遠不斷，文竹上有淚痕，髮絲上縈繞著愁緒，藉著這幾件東西，表達我的心情，願意永遠相愛罷了。心已經跑到您那裡，只是身體隔得很遠，見面恐怕是遙遙無期的了。只要情思怨意凝聚，縱然隔絕千里，靈魂也能合到一起。願您千萬珍重！春風冷峭，您要努力加餐飯。說話要謹慎，好好保重自己，不要掛念我。」張生把這封信，拿給他的朋友們看過，因此當時人們大多知道這件事。……

元稹因為特別和張生有深交，便問他為什麼跟她訣絕，張生說：「大凡上天所生的尤物，若不害了自己，也必定加害別人的。如果那位崔姓女郎配上大富大貴的丈夫，藉著嬌媚得到的恩寵，不興雲作雨，便是變蛟變螭，我實在不知道她會有何變化能耐。從前殷朝的紂王，周朝的幽王，都是萬乘的天子，威勢雄厚震赫，然而一個女子就使他們失敗了，軍隊被殲滅，本身被屠殺，至今還為天下人恥笑。我的才德不足以勝過妖孽，所以只得忍心犧牲了愛情。」當時在座的人都深深為他嘆息。

一年多以後，崔女已經嫁了人，張生也娶了妻子。有一回張生恰巧經過她住的地方，便以表兄的名義請她丈夫轉告求見。丈夫告訴了她，然而她卻始終不肯出來。張生怨念的心情，都表現在臉上。她知道了，便秘密地作了一首詩給他，那詩是：「自從消瘦減容光，萬轉千迴懶下床。不為旁人羞不起，為郎憔悴卻羞郎。」（自從離別後我便憔悴得失去了光彩，翻來覆去懶得下床。不是因為別人而含羞不起，全是因為你而憔悴卻又羞於再見你這薄情郎。）終究沒有見張生。過了幾天以後，張生要走了，她又作了一首詩謝絕他說：「棄置今何道，當時且自親。還將舊時意，憐取眼前人。」（你已經遺棄了我，現在還說什麼？從前是你自己主動來追求我的。如今你還是將從前對待我的情意，好好珍愛你身邊的人吧！）從此，就斷絕了消息。當時人們大多稱許張生是善於補過的。我在朋友集會的場合，常常談到張生這個道理，為的是使懂得這些道理的人不要再做，做了這事的人不要沉迷不拔。貞元某年九月，李公垂先生到我靖安里的住宅來住宿，我們談到這事。公垂覺得很不尋常，遂寫了一篇〈鶯鶯歌〉，使它流傳。崔氏的小名叫鶯鶯，公垂就用它做了篇名。

26 長恨歌傳

陳鴻

開元❶中，泰階平❷，四海無事。玄宗在位歲久，勌❸於旰食宵衣❹，政無大小，始委於右丞相❺，稍深居遊宴，以聲色自娛。先是元獻皇后、武淑妃❻皆有寵，相次即世❼。宮中雖良家子❽數千，無可悅目者，上心忽忽不樂。

時每歲十月，駕幸華清宮❾，內外命婦❿，熠燿景從⓫，浴日餘波⓬，賜以湯沐。春風靈液，澹蕩⓭其間，上心油然⓮，若有所遇。顧左右前後，粉色如土。詔高力士潛搜外

❶開元：唐玄宗年號。

❷泰階平：即天下太平。泰階，星名，又稱三台星座。上階代表天子，中階代表公卿大夫，下階代表百姓。

❸勌：同「倦」。

❹旰食宵衣：比喻勤於政事。旰（ㄍㄢˋ）食，很晚才吃飯。宵衣，天未明就起床。

❺右丞相：指李林甫。

❻元獻皇后：玄宗妃，肅宗的生母。武惠妃：玄宗妃，恆安王武攸止之女。

❼相次即世：一個接一個去世。

❽良家子：出身清白之女子。

❾華清宮：在今陝西省臨潼縣，唐玄宗改驪山的溫泉宮為華清宮。

❿內外命婦：受詔封的婦女稱為「命婦」。皇帝嬪妃及太子良娣以下為內命婦，公主及王妃以下為外命婦。

⓫燿燿景從：指內外命婦都服飾鮮明地隨天子前往。燿燿，光明。景，同「影」。

⓬浴日餘波，賜以湯沐：皇帝洗完澡後，也賜給她們沐浴。日，喻皇帝。

⓭澹蕩：蕩漾。

宮，得弘農楊玄琰女於壽邸⑮，既笄⑯矣，鬒髮膩理⑰，纖穠中度⑱，舉止閑冶⑲，如漢武帝李夫人⑳。別疏㉑湯泉，詔賜藻瑩㉒。既出水，體弱力微，若不任羅綺，光彩煥發，轉動照人。上甚悅。進見之日，奏《霓裳羽衣曲》以導之，定情之夕，授金釵鈿合㉓以固之。又命戴步搖，垂金璫㉔。明年，冊為貴妃，半后服用。由是治其容，敏其詞，婉孌㉕萬態，以中㉖上意，上益嬖㉗焉。

時省風九州㉘，泥金五嶽㉙，驪山雪夜，上陽㉚春朝，與上行同輦，居同室，宴專席，寢專房。雖有三夫人、九嬪、二十七世婦、八十一御妻，曁後宮才人、樂府伎女，使天子無顧盼意。自是六宮無復進幸者。非徒殊艷尤態致是，蓋才智明慧，善巧便佞㉛，先意希旨㉜，有不可形容者。叔父昆弟，皆列位清貴，爵為通侯。姊妹封國夫人，富埒王室㉝，車服邸第與大長公主侔㉞矣。而恩澤勢力，則又過之。出入禁門不問，京師長吏為之側目。故當時謠詠有云：「生女勿悲酸，生男勿喜歡。」又曰：「男不封侯女作妃，看女卻為門上楣㉟。」其人心羨慕如此。

天寶末，兄國忠盜丞相位，愚弄國柄。及安祿山引兵嚮闕㊱，以討楊氏為詞。潼關不守，翠華㊲南幸㊳，出咸陽，道次㊴馬嵬亭。六軍徘徊，持戟不進。從官郎吏伏上馬前，請誅鼂錯㊵以謝天下。國忠奉氂纓盤水㊶，死於道周㊷。左右之意未快。上問之。當時敢言者，請以貴妃塞天下怨。上知不免，而不忍見其死，反袂掩面，使牽之而去。倉

⑭油然：悄然動心。

⑮得弘農楊玄琰女於壽邸：弘農，郡名。楊玄琰，楊貴妃玉環的父親。壽邸，玄宗兒子壽王李瑁的王府。楊貴妃原是壽王的妃子，玄宗看中她後，要她出家為道士，號太真，後又娶入宮中。

⑯笄：即及笄，古代女子十五歲梳頭插簪叫及笄。

⑰鬒髮膩理：頭髮烏亮，肌膚細潤。

⑱纖穠中度：瘦肥適度。中（ㄓㄨㄥˋ），合乎。

⑲舉止閑冶：舉動容態嫻雅艷麗。

⑳李夫人：漢武帝的寵妃，音樂家李延年的妹妹，美麗善歌舞。

㉑別疏：另外開闢。

㉒藻瑩：沐浴。藻，澡之借字。瑩，比喻肌膚光潔如玉。

㉓鈿合：嵌金花之盒。合，通「盒」。

㉔步搖：用金絲屈曲而成的一種首飾，上綴珠玉，插在髮髻上，行走時會微微搖動，所以叫「步搖」。金璫：金耳環。

㉕婉孌：美好的樣子。

㉖中（ㄓㄨㄥˋ）：迎合。

㉗嬖（ㄅㄧˋ）：寵幸。

㉘省風九州：巡視全國之風俗民情。省，視察。

㉙泥金五嶽：祭祀五嶽。泥金，祭告天地時，以水銀和金為泥，封緘玉牒於壇上方石中謂之。

㉚上陽：上陽宮，皇帝行宮，在東都洛陽。

㉛善巧便佞（ㄋㄧㄥˋ）：很會說甜言巧語。

㉜先意希旨：能揣度玄宗心意，不等他說就先迎合他。

㉝富埒王宮：家財豪富可與皇室匹敵。埒，相等。

㉞大長公主侔：與皇帝的姊妹相同。大長公主，皇帝的姊妹。侔，相同。

㉟門上楣：門上的橫樑。當時地位不同門楣裝飾也不同，顯貴人家門樑高大，後人常以門楣比喻地位。

㊱向闕：向朝廷進犯。

㊲翠華：本是皇帝出行的儀仗，旌旗上用翠羽為飾，此處代指皇帝。

㊳南幸：指玄宗奔蜀避難。天子出行叫幸。

㊴道次：途中駐留。

㊵請誅鼂錯：漢景帝時聽信御史大夫鼂錯的建議，削減諸侯封地，引起吳、楚等七國叛亂，要求殺鼂錯以謝天下。這裡是說軍隊請誅楊國忠。

㊶氂纓盤水：氂（ㄌㄧˊ）纓，用氂牛尾繫綴在冠帽上，表示待罪。盤水，以盤盛水，水上放一把劍，表示請公平處分。

㊷道周：道旁。

皇輾轉，竟就絕於尺組[43]之下。

既而玄宗巡狩成都[44]，肅宗受禪靈武[45]。明年，大赦改元[46]，大駕還都。尊玄宗為太上皇，就養南宮[47]。自南宮遷於西內[48]。時移事去，樂盡悲來。每至春之日，冬之夜，池蓮夏開，宮槐秋落，梨園弟子[49]，玉琯[50]發音，聞《霓裳羽衣》一聲，則天顏不怡，左右歔欷[51]。三載一意，其念不衰。求之夢魂，杳不能得。

適有道士自蜀來，知上皇心念楊妃如是，自言有李少君之術[52]。玄宗大喜，命致其神。方士乃竭其術以索之，不至。又能遊神馭氣[53]，出天界，沒地府以求之，不見。又旁求四虛上下，東極大海，跨蓬壺[54]，見最高仙山，上多樓闕。西廂下有洞戶，東嚮，闔其門，署曰：「玉妃太真院。」方士抽簪叩扉，有雙鬟童女，出應其門。方士造次[55]未及言，而雙鬟復入，俄有碧衣侍女又至，詰其所從。方士因稱唐天子使者，且致其命。碧衣云：「玉妃方寢，請少待之。」

於時雲海沉沉[56]，洞天日曉，瓊戶重闔，悄然無聲，方士屏息斂足[57]，拱手門下。久之，而碧衣延入，且曰：「玉妃出。」見一人，冠金蓮，披紫綃[58]，佩紅玉，曳鳳舄[59]，左右侍者七八人，揖方士，問「皇帝安否？」次問天寶十四載以還事，言訖憫然。指碧衣，取金釵鈿合，各折其半，授使者曰：「為我謝太上皇，謹獻是物，尋舊好也。」

方士受辭與信[60]將行，色有不足[61]。玉妃固徵其意，復前跪致詞：「請當時一事，不為他人聞者，驗於太上皇。不然，恐鈿合金釵，負新垣平之詐62也。」玉妃茫然退立，若有所思，徐而言曰：「昔天寶十載，侍輦避暑於驪山宮。秋七月，牽牛織女相見之夕，秦人風俗，是夜張錦繡，陳飲食，樹瓜果，焚香於庭，號為乞巧。宮掖間尤尚之。時夜殆半，休侍衛於東西廂，獨侍上。上凭肩而立，因仰天感牛女事，密相誓心，願世世為夫婦。言畢，執手各嗚咽。此獨君王知之耳。」因自悲曰：「由此一念，又不得居

43 尺組：上吊用的絲綢帶子。
44 巡狩成都：皇帝出巡叫巡狩。安史之亂，玄宗逃至成都，諱言逃奔，所以稱「巡狩」。
45 受禪靈武：天寶十五年（七五六），唐玄宗把皇位傳給太子李亨，在靈武（今寧夏省靈武縣）即位，即唐肅宗。
46 大赦改元：大赦天下，改換年號。
47 南宮：即興慶宮，位於太極宮和大明宮的東南。
48 西內：即西宮，指太極宮。
49 梨園弟子：指優伶。梨園，唐玄宗教授伶人之所。
50 玉琯：玉製樂器。琯，同「管」。
51 歔欷：悲泣抽息。
52 李少君之術：喻道士通法術。李少君，漢武帝時方士。
53 遊神馭氣：神遊空中，乘風而行。
54 蓬壺：亦作蓬萊，傳說中的仙山。
55 造次：倉猝。
56 沉沉：淡遠廣大的樣子。
57 屏息斂足：屏住氣息，收斂腳步。
58 紫綃：紫色綢衣。
59 鳳舄（ㄒㄧˋ）：繡鳳之鞋。
60 信：信物。
61 色有不足：神色出現不滿足的樣子。
62 負新垣平之詐：指恐怕擔上偽造金釵鈿盒之罪。新垣平，趙人，曾詐獻玉杯漢文帝，事覺被殺。

此，復墮下界，且結後緣。或為天，或為人㊸，決再相見，好合如舊。」因言：「太上皇亦不久人間，幸惟自安，無自苦耳。」使者還奏太上皇，皇心震悼，日日不豫㊹，其年夏四月，南宮晏駕㊺。

元和元年冬十二月，太原白樂天自校書郎尉於盩厔㊻，鴻與琅邪王質夫家於是邑，暇日相攜遊仙遊寺，話及此事，相與感歎。質夫舉酒於樂天前曰：「夫希代之事，非遇出世之才潤色之，則與時消沒，不聞於世。樂天，深於詩，多於情者也；試為歌之，如何？」樂天因為《長恨歌》。意者㊼不但感其事，亦欲懲尤物㊽，窒亂階㊾，垂誡於將來者也。歌既成，使鴻《傳》焉。世所不聞者，予非開元遺民，不得知；世所知者，有《玄宗本紀》在；今但傳《長恨歌》云爾。

㊸或為天，或為人：或在天上，或在人間。
㊹不豫：不樂。
㊺晏駕：宮車很晚不出來，暗示皇帝死了。
㊻尉於盩厔（ㄓㄡˋ ㄓˋ）：任盩厔縣（今陝西省盩厔縣）縣尉。
㊼意者：猜測、推想。
㊽懲尤物：以寵愛女色為戒。尤物，指絕色美人。
㊾窒亂階：阻止造成禍亂的階梯。

提示

一、本篇出自《太平廣記》卷四十六。作者陳鴻，字大亮。生卒年不詳。少學為史，志在編年。為唐代名小說家。德宗貞元二十一年（八〇五）登太常第，憲宗時官至尚書主客郎中。所著除《大統記》、《開元昇平源》二書外，本文及《東城老父傳》，皆負時譽。

二、唐玄宗和楊貴妃的故事，是中國歷史上許多愛情故事中最奇特又最著名的一個。奇特是因為它的內容：著名則因於白居易的《長恨歌》和這篇配合白居易作品而作的《長恨歌傳》。二篇都將故事分成前後兩部分：前半部分寫宮廷生活，意在諷喻，故採用了寫實的手法。後半部分為了強調玄宗和楊妃愛情的至「死」不渝，便運用浪漫主義的幻想手法，通過大膽，綺麗的藝術想像，揮灑飽醮詩情的筆墨，設計天上地下，人間仙境的範圍，突出表現李、楊之間「世世為夫婦」的純潔愛情，使作品長恨綿綿，情意淒淒。

三、作者在篇中使用的語言優美凝練，極富表現力，無論敘述事件、描摹人物、渲染環境，都能各臻其妙。如寫楊妃出浴後「體弱力微，若不勝羅綺，光彩煥發，轉動照人」。如寫道士為玄宗求楊妃，先是「竭其術以索之，不至」，繼而「出天界，沒地府以求之，不見」，最後「旁求四虛上下，東極大海，跨蓬壺」，始見仙山。寫玉妃太真院外「雲海沉沉，洞天日曉，瓊戶重闔，悄然無聲」。寫李、楊於七夕「仰天感牛女事，密相誓心，願世世為夫婦。言畢，執手各嗚咽」，將楊妃對玄宗的眷戀之情表現得淋漓盡致。

四、作者寫這篇傳奇的目的，自稱是為了「懲尤物，窒亂階，垂誡於將來」，依文義，如果是指警戒女子，視女子為禍水，是不公平的，我們只能說是從李、楊故事中引出教訓，警戒後人。不過，這個故事的後半段，寫得太浪漫、太傳神了，恐怕也徒增人歔欷之情而已。

五、《長恨歌傳》流傳廣泛，影響深遠。北宋人樂史曾根據此文及有關著述寫成了《楊太真外傳》，而元白樸的《梧桐雨》和清洪昇的《長生殿》則是以此為題材的戲劇。

語譯

開元年間，天下太平無事，玄宗做了多年的皇帝，開始倦怠於早起晚吃的生活，朝中政事不論大小，都託給了右丞相辦理，自己漸漸在深宮裡遊樂飲宴，陶醉在歌舞女色中。

起初，元獻皇后和武淑妃都很得寵愛，不幸倆人都已先後去世。宮裡雖有從民間選進的上千美女，卻沒有一個合皇上心意的，因此，皇上心裡悶悶不樂。

那個時候，每年十月，皇上要到華清宮洗澡。所有宮裡宮外的貴婦人們，都穿戴著鮮艷華麗的服飾跟隨著。皇帝洗過溫泉後，就賜她們去洗。那溫泉就像蕩漾在春風中的靈液，暖和舒適，皇帝觸景生情，忽然動了心，像是想到了什麼似的。看看左右前後，那些粉白黛綠的女子，容色卻像塵土一般，沒有中意的。於是便命令宦官高力士秘密查看外宮，結果在壽王家裡，發現弘農郡楊玄琰的女兒，已經成年了。頭髮烏黑亮麗，肌膚細膩光潔，身材不瘦不胖，舉止嫻靜艷麗，就像漢武帝時的李夫人一般。便另外換了溫泉，叫她沐浴。出浴後，嬌滴滴軟綿綿地柔弱得像連穿上羅綺的衣裳都支持不住一樣。光彩煥發，轉身舉步都耀人眼目，皇帝非常高興。進見的那一天，令人演奏《霓裳羽衣曲》引導她；定情的那夜，賜給她金釵鈿盒，作為堅定愛情的信物；又叫她戴上行起路來搖搖顫顫的珠花，佩上金璫耳環。第二年，冊封她為貴妃，一切服飾器用，比照皇后的一半。從此，她打扮得更加冶艷，談吐顯得更為伶俐，千嬌百媚惹人憐愛地迎合皇上的心意，皇上越發寵愛她了。

那時候，不論是皇上到全國各地巡視民情風俗，或到五嶽封禪祭祀，抑或夜裡在驪山賞雪，早晨在上陽宮迎春，沒有一次她不跟皇上在一起的，出外坐同一輛車子，夜晚住同一個房間，宴會只許她陪席，睡覺只許她陪宿。宮裡雖然有三位夫人，九位妃嬪，二十七個世婦，八十一位御妻，以及許多後宮的才人，樂府的歌妓等等，但是皇帝連對她們看一看的興趣都沒有。從此以後，六宮裡再沒有受到寵幸的妃子了。這不僅由於她容貌特別妖艷，體態特別優美的關係，實在也因為她智慧聰明，乖巧可愛，而且口才伶俐，會迎合人的心意，幾乎有無法形容的長處的緣故。叔父兄弟都做了清貴的官，封為侯爵，姊妹也都封為郡國夫人，家裡富得可以和王宮相比，車子衣服住宅，華麗得和皇姑的一樣，可是所受的恩典和權勢，卻又超過了皇姑。出入皇宮，沒人敢查問，京師裡的官吏都不敢正眼看他們。因此當時的歌謠說：「生了女兒不要悲酸，生了男孩不要喜歡。」又說：「男孩不能封侯，女孩子卻做了皇妃，看看這女孩子呀，想不到竟是家門的光輝。」那時候人心竟羨慕到這個地步。

天寶末年，楊貴妃的哥哥楊國忠竊據了宰相的官位，玩弄國家的政權。及至安祿山舉兵造反，進犯京師，以討伐楊國忠為藉口，攻陷潼關後，皇帝只好向南逃難，出了咸陽城，到了馬嵬亭的地方，護駕的軍隊觀望起來，拿著武器，不肯再前進。隨從的官員屬吏們，都跪在皇帝的馬前，請求依照漢景帝殺鼂錯的例子，誅殺肇事的負責人，向天下謝罪，於是楊國忠便被迫戴著罪犯的氂纓，捧著水盤向皇帝請罪後處死在路旁。侍衛們還不滿意。皇帝問他們，當時有敢說話的，就請求殺掉貴妃，以消除天下人的怨恨。皇上知道無法避免，但又不忍親眼看她死，便用衣袖遮著臉，叫人把她拉出去。倉卒忙亂中，她便被縊死了。

後來，玄宗逃到成都，肅宗在靈武即位。第二年，大赦天下，改換年號。收復了京城，聖駕回到了首都，尊玄宗為太上皇帝，奉養在南宮（興慶宮），又從南宮遷到西內（太極宮）。時代不同了，往事也過去了，接著是悲哀代替了歡樂。每逢春天的白日，冬天的夜裡，或夏季池塘盛開著蓮花，秋天宮裡槐葉飄落的時候，梨園的弟子吹起了玉笛，只要聽到一聲《霓裳羽衣曲》，太上皇臉上就表現得無限難過，左右侍奉的人也都跟著悲泣嘆息。三年的時間，只是一味相思，從沒忘懷。希望在夢裡相會，卻連一點影子都沒有。

恰好有位道士從四川來到京師，知道太上皇這樣想念楊貴妃，便來自薦稱他會李少君一般的法術。玄宗非常高興，就叫他作法招魂。道士便使出了所有的法術去尋找，卻找不來。他又駕馭雲氣，神遊體外，上達天界，下入地府去尋找，仍然沒見著。又找遍了天空四方和上下各處，東邊到了大海的盡頭，跨上蓬壺仙島，這才看見了一座最高的仙山，上面很多樓閣，在西廂下有一個洞府，朝東，門關著，上面題著「玉妃太真院」五個字。道士抽下髮簪敲了敲門，一個頭上梳著雙鬟髮髻的小女孩出來開門。道士匆忙中還沒來得及說話，那小女孩又進去了。不久，又有一位穿綠衣的侍女出來，問道士從哪裡來。道士自稱是唐朝天子的使臣，並表達了他的來意。綠衣侍女說：「玉妃正在睡覺，請稍候一會。」

這時候，雲霧茫茫，就像海一般深遠，洞府的天剛亮，玉門重又關上，靜悄悄地一點聲音也沒有。道士屏住呼吸，收斂起兩腳，動都不敢動地在門外拱手立著。過了許久，綠衣侍女才出來請他進去，並道：「玉妃出來了。」便見一個人戴著金蓮花冠，披著紫色綢衣，佩著紅玉寶石，腳下拖著鳳頭繡鞋，左右有七八位侍女，向道士見過禮，問皇帝的平安，接著又問天寶十四年以後的情形。道士回完了話，她不勝感傷。便叫綠衣侍女去取出金釵和鈿盒，各折成兩半，將一半交給道士說：「替我多謝太上皇，謹獻上這兩樣東西，藉以重溫舊好。」

道士聽完話，接了信物，準備走，但是臉上卻露出還有什麼話要說的樣子，玉妃再三問他，他才又跪下答道：「請妳說一件當時別人不知道的事情，好取信於太上皇。不然的話，恐怕這金釵和玉鈿盒會被認為是我偽造的，像從前的新垣平一樣擔上欺君的罪名哩。」玉妃茫茫然地往後退了幾步，像在思索什麼的樣子。過了一會兒說道：「從前天寶十年的時候，我侍奉皇上在驪山宮避暑，秋天七月，牽牛織女星相會的七夕晚上，陝西人的風俗，在那夜鋪上錦繡，陳設飲食，擺上瓜果，在庭院外燒香禱告，叫做乞巧。宮廷裡更崇尚這習俗。那時已將近半夜，所有侍衛都奉准在東西廂房休息，只有我陪著皇上，倚肩並立，抬頭看著天空，想到牛郎織女的故事，深受感動，便暗中互相說出心裡的話，發誓要世世結為夫婦。發完誓，兩人握著手都嗚咽起來。這件事只有君王自己知道。」接著又自己悲愁的說：「有了這一俗念，我又不能在這裡住下去了，還得墮落到下界，結來世的因緣。但，無論在天上為神仙，或在地上為凡人，決定再和太上皇相見，跟從前一樣合好結合。」並道：「太上皇也不久於人世了，希望他自己好好保重，不要太過苦惱折磨自己。」道士回來，把這些事情回奏太上皇，太上皇驚愕悲悼，從此天天愁悶不樂。那年夏天四月，便在南宮逝世了。

元和元年冬天十二月，太原人白樂天從校書郎調為盩厔縣尉，我和琅琊王質夫住在這縣裡，空閒的時候，三人相偕去仙遊寺遊玩，談到這件事情，大家都感慨嘆息。質夫舉起酒杯對樂天說：「這種曠代少有的事情，如果不是遇到絕頂才華的人去潤色描述的話，就會跟著時間消逝，無法流傳在世間。樂天你是善於寫詩，而且情感豐富的人，試作一首詩，歌詠這件事怎麼樣？」樂天於是作了《長恨歌》。用意不但在抒發對這件事的感慨，同時，也想藉這個沉溺美色的故事做為警戒，遏止致亂的來源，警惕後世的人們。詩作好了，叫我再寫一篇《傳》。世上沒聽過的事，我不是開元時的遺民，當然不知道；世上知道的，已有《玄宗本紀》在，現在我只是為《長恨歌》寫篇《傳》罷了。

27 崑崙奴

裴鉶

大曆❶中有崔生者，其父為顯僚，與蓋代❷之勳臣一品者熟。生是時為千牛❸，其父

❶大曆：唐代宗年號（七六六—七七九）。

❷蓋代：蓋過當世，無人能比的意思。

❸千牛：「千牛備身」的簡稱，唐時警衛宮殿的武官，屬左右千牛衛，多由貴族子弟充當。這種武官手執千牛刀，所以稱為「千牛」。千牛刀，意指刀鋒銳利，可以解剖千牛而不鈍。

使往省一品疾。生少年容貌如玉，性稟孤介[4]，舉止安詳，發言清雅。一品命妓軸簾[5]召生入室。生拜傳父命。一品忻然愛慕，命坐與語。

時三妓人，艷皆絕代，居前以金甌貯含桃[6]而擘之[7]，沃[8]以甘酪而進。一品遂命衣紅綃妓者，擎一甌與生食。生少年赧妓輩[9]，終不食。一品命紅綃妓以匙而進之，生不得已而食。妓哂之。遂告辭而去。一品曰：「郎君閑暇，必須一相訪，無間[10]老夫也。」命紅綃送出院。時生回顧，妓立三指，又反三掌[11]者，然後指胸前小鏡子，云：「記取。」餘更無言。

生歸達一品意，返學院[12]，神迷意奪，語減容沮[13]，怳然[14]凝思，日不暇食。但吟詩曰：「誤到蓬山頂上遊，明璫玉女動星眸[15]。朱扉半掩深宮月，應照瓊芝雪艷愁[16]。」左右莫能究其意。

時家中有崑崙奴[17]磨勒，顧瞻郎君曰：「心中有何事，如此抱恨不已？何不報[18]老奴？」生曰：「汝輩何知，而問我襟懷間事？」磨勒曰：「但言，當為郎君解釋[19]。遠近必能成之。」生駭其言異，遂具告知。磨勒曰：「此小事耳，何不早言之，而自苦耶？」生又白其隱語。勒曰：「有何難會。立三指者，一品宅中有十院歌姬，此乃第三院耳。返掌三者，數十五指，以應十五日之數。胸前小鏡子，十五夜月圓如鏡，令郎來耶？」生大喜，不自勝，謂磨勒曰：「何計而能導達我鬱結[20]？」磨勒笑曰：「後夜乃十五夜，請深青絹兩匹，為郎君製束身之衣。一品宅有猛犬守歌妓院門，非常人不得輒入，入必噬殺之。其警如神，其猛如虎。即曹州㉑孟海之犬也。世間非老奴不能斃此犬耳。今夕當為郎君撾殺之㉒。」遂宴犒以酒肉。至三更，攜鏈椎㉓而往，食頃㉔而回曰：「犬已斃訖，固無障塞㉕耳。」

❹孤介：孤高耿介，方正而不隨和。

❺軸簾：捲簾。

❻金甌貯含桃：用金盤裝著櫻桃。含桃，櫻桃的別名。

❼擘（ㄅㄛˋ）：剖開。此處指剝去皮。

❽沃：澆。浸沾。

❾赧（ㄋㄢˇ）妓輩：在歌妓們面前感到難為情。

❿無間（ㄐㄧㄢˋ）：不要疏遠。

⓫立三指，又反三掌：豎起三個指頭，又把手掌反覆三次。

⓬學院：書房。

⓭語減容沮：說的話少了，容貌沮喪了。

⓮怳（ㄏㄨㄤˇ）然：神魂顛倒、迷迷糊糊的樣子。

⓯「誤到蓬山……動星眸」句：這兩句的意思是說：在一品家中遇見了紅綃女。玉女，指紅綃女。動星眸，轉動明亮的眼睛。

⓰「朱扉半掩……雪艷愁」句：這兩句的意思是：想像紅綃女在幽閉中的苦悶之狀。蓬山，就是蓬萊，神仙居處。

⓱崑崙奴：唐時崑崙族，流亡到中國，賣身為人奴僕，叫做「崑崙奴」。

⓲報：告知。

⓳解釋：這裡是想辦法的意思。

⓴鬱結：積聚在心中難以發洩的愁悶。

㉑曹州：也稱濟陰郡，州治在今山東省曹縣。

㉒撾（ㄓㄨㄚ）殺：擊殺。

㉓鏈椎：有鏈條的槌。

㉔食頃：吃一頓飯的時間。

㉕障塞：阻礙。

是夜三更，與生衣青衣，遂負而逾十重垣，乃入歌妓院內，止第三門。繡戶不扃㉖，金釭㉗微明，惟聞妓長嘆而坐，若有所俟。翠環初墜，紅臉才舒㉘，玉恨無妍，珠愁轉瑩㉙。但吟詩曰：「深谷鶯啼恨阮郎，偷來花下解珠璫。碧雲飄斷音書絕，空倚玉簫愁鳳凰㉚。」侍衛皆寢，鄰近闃然㉛。生遂緩搴簾而入。良久，驗是生。姬躍下榻執生手曰：「知郎君穎悟，必能默識，所以手語㉜耳。又不知郎君有何神術，而能至此？」生具告磨勒之謀，負荷而至。姬曰：「磨勒何在？」曰：「簾外耳。」遂召入，以金甌酌酒而飲之。姬白生曰：「某家本富，居在朔方㉝。主人擁旄㉞，逼為姬僕。不能自死，尚且偷生。臉雖鉛華㉟，心頗鬱結。縱玉筯舉饌㊱，金爐泛香，雲屏㊲而每進綺羅，繡被而常眠珠翠，皆非所願，如在桎梏㊳。賢爪牙㊴既有神術，何妨為脫狴牢㊵？所願既申，雖死不悔。請為僕隸，願侍光容。又不知郎君高意如何？」生愀然不語。磨勒曰：「娘子既堅確如是，此亦小事耳。」姬甚喜。磨勒請先為姬負其囊橐妝奩㊶，如此三復㊷焉。然後曰：「恐遲明。」遂負生與姬而飛出峻垣十餘重。一品家之守禦，無有警者。遂歸學院而匿之。

及旦，一品家方覺。又見犬已斃。一品大駭曰：「我家門垣，從來邃密，扃鎖甚嚴，勢似飛騰，寂無形迹，此必俠士而挈之。無更聲聞㊸，徒為患禍耳。」

姬隱崔生家二載，因花時㊹駕小車而遊曲江㊺，為一品家人潛誌認。遂白一品。一品異之。召崔生而詰之。生懼而不敢隱，遂細言端由：皆因奴磨勒負荷而去。一品曰：「是姬大罪過。但郎君驅使逾年，即不能問是非。某須為天下人除害。」命甲士五十

㉖不扃：門沒有關。
㉗金釭（ㄍㄤ）：燈。
㉘翠環初墜，紅臉才舒：剛把耳環摘掉，洗去臉上脂粉，恢復本色，指卸妝不久。
㉙珠愁轉瑩：晶瑩的淚珠掉落下來。
㉚「深谷鶯啼…愁鳳凰」：這首詩前兩句的意思是說遇見了崔生。阮郎，本指東漢時阮肇，這裡借指崔生。偷來花下解珠璫，是一句象徵的話，意指崔生打動了自己的情懷。後兩句的意思是說：因為崔生沒有消息，感到愁悶。空倚玉簫愁鳳凰，用蕭史故事，說自己和崔生不能像蕭史和弄玉那樣吹簫相和，乘鳳飛去。
㉛闃（ㄑㄩˋ）然：寂靜。
㉜手語：打手勢示意。
㉝朔方：北方。
㉞擁旄：就是率領軍隊，為一方統帥的意思。旄（ㄇㄠˊ），旄節，皇帝給予將帥的一種符節。
㉟臉雖鉛華：臉上雖然搽著粉。
㊱玉筯舉饌：拿玉製的筷子，吃美食。
㊲雲屏：雲母（一種晶體透明成板狀的礦物）製成的屏風。
㊳如在桎梏：如同在監牢裡一樣。桎梏（ㄓˋ ㄍㄨˋ），腳鐐和手銬。
㊴賢爪牙：您的手下。
㊵狴牢：狴（ㄅㄧˋ），狴犴（ㄢˋ）。據《升庵外集》說：龍生九子，第四個叫做狴犴，形如虎，有威力。封建時代把牠的像畫在獄門上，表示「威嚴」。因稱監獄為「狴牢」。
㊶囊橐妝奩：指行囊和細軟。妝奩（ㄌㄧㄢˊ），盛東西的輕巧盒子。
㊷三復：來回三次。
㊸無更聲聞：不要再聲張、不要再把這件事傳播出去。
㊹花時：花季、開花時節。
㊺曲江：唐代長安的遊覽勝地。

人，嚴持兵仗，圍崔生院，使擒磨勒。磨勒遂持匕首飛出高垣，瞥若翅翎㊻，疾同鷹隼，攢矢㊼如雨，莫能中之。頃刻之間，不知所向。然崔家大驚愕。後一品悔懼，每夕多以家童持劍戟自衛。如此周歲方止。後十餘年，崔家有人見磨勒賣藥於洛陽市，容顏如舊耳。

㊻瞥若翅翎：像長了翅般沒看清就飛走了。瞥（ㄆㄧㄝ），過目很快。翎（ㄌㄧㄥˊ），鳥羽。

㊼攢矢：密集射箭。

提示

一、本篇出自裴鉶《傳奇》。裴鉶，唐末作家。籍貫及生卒年均不詳。僖宗乾符年間，曾以御史大夫為成都節度副使。著有《傳奇》三卷，多記神怪艷異的故事。其中本篇《崑崙奴》和《聶隱娘》與袁郊的《紅線》，歷來被稱為唐人傳奇中俠義小說的三大名篇。

二、本篇小說依次寫了四個人物：崔生、一品大官、紅綃歌妓、崑崙奴。但描寫中心卻是崑崙奴磨勒。他的特點是有超人的智慧與膽識，又能鋤強扶弱成人之美。崔生害了相思病，「左右莫究其意」，崑崙奴卻看出主人心事。紅綃用手勢打的那個啞謎，崔生不解，崑崙奴卻能破譯，這就是崑崙奴的智慧。當紅綃表示願同崔生結為夫妻：「所願既中，雖死不悔」，崔生卻「愀然不語」，顯然是顧慮一品宅第防衛嚴密，無法雙雙出走，又怕事後一品追究。但崑崙奴磨勒卻力促好事：「娘子堅確如是，此亦小事耳。」可見他的智慧與膽識遠遠高出崔生。崑崙奴雖然地位卑微，卻有特異本領，對一品家防衛情況瞭如指掌，他說：「一品宅第有猛犬守歌姬院門，非常人不得輒入，入必噬殺之，……世間非老奴不能斃此犬耳。」他把崔生揹進一品宅第，又把崔生、紅綃一起揹上「飛出峻垣十餘重，一品家之守禦無有警者。」這是何等神奇！當約會時，崔生才知道紅綃原來也有悲慘遭遇：「某家本富，居在朔方，主人擁旄，逼為姬僕。」這位大官「一品宅中有十院歌姬」；可見當時達官貴族魚肉人民到了何種程度！所以磨勒幫助崔生劫走紅綃是幫助被奴役的女子追求自由，是一種鋤強扶弱的正義行為，也是這個故事的精華之所在。

三、這篇小說因為情節精彩，語言精練，深受後人的喜愛，元朝無名氏的《崑崙奴盜紅綃》，明代戲曲家梁辰魚的《紅綃女手語情傳》雜劇，梅禹金的《崑崙奴》雜劇，都是根據這篇小說改編的。

語譯

唐代宗大曆年間，有一個姓崔的讀書人，父親是朝中非常顯赫的大官，和當代功蓋一世的一品大臣交情很好；當時崔生擔任皇宮禁衛軍的千牛衛。有一天，崔生的父親派他去探望這位一品大臣的病。這崔生長得像美玉般俊秀溫潤，性情又孤高方正，舉止安詳，談吐清雅。一品大臣見了他便命令歌妓捲起門簾，請他進內室。崔生下拜行禮，傳達了父親問安的意思；一品大臣看了非常歡喜，就讓他坐下來，跟他談話。

這時候房內有三個歌妓，長得都非常美艷，她們正在一品大臣的跟前，用纖巧的玉指剝開裝在金盤裡的櫻桃，再澆上甘酪，進獻給一品大臣吃。一品大臣就叫一個穿著紅綃衣裳的歌妓也拿一盤給崔生吃。崔生因為年輕怕羞，在歌妓面前紅著臉不好意思吃。一品大臣就叫穿紅衣的歌

崑崙奴

妓用湯匙舀給他吃，崔生不得已，只好吃了。歌妓看他忸怩對他笑了笑。崔生又羞又窘，趕緊告辭回家，一品大臣說：「有空閒的時候，一定要再來我這兒坐坐，可別疏遠了老夫啊！」又叫穿紅衣的歌妓送崔生出內院。崔生走到內院門口，偶一回頭，看到歌妓先伸出手來豎起三根手指，又把手掌翻了三次，然後指著胸前的小圓鏡，低聲說：「記住啊。」就沒有再說什麼了。

崔生回家傳達了一品大臣的謝意以後，就回到書房去了。從此神情迷惘，意志消沉，話也不講了，容貌沮喪，神魂顛倒，終日沉思，飯也不想吃了，只是時時的低吟著一首詩：

誤到蓬山頂上遊，不經意走到了蓬萊山上，

明璫玉女動星眸；戴著明珠耳環的仙女轉動著星眸注視我。

朱扉半掩深宮月，半掩著的朱門裡，

應照瓊芝雪艷愁。深宮月亮應該能照到玉樹一樣的美女在皎潔月色中露出的愁容。

左右僕人都弄不清他的心思。

當時崔家有個崑崙族的奴僕，名叫磨勒，看崔生這種樣子，就問：「公子心裡有什麼事情，這樣子抱恨不休的，何不告訴老奴？」崔生說：「你們這些人知道什麼，卻來問我心中的事？」磨勒說：「公子只管說好了，老奴一定能夠替你消憂解愁。不論遠近，一定能夠辦成的。」崔生聽到他不尋常的話，不由非常驚訝，就把事情的本末都說了出來。磨勒聽了，說：「這不過是一件小事情罷了，公子為什麼不早說，要這樣苦苦的折磨自己呢！」崔生又把當天女侍臨別做的手勢告訴他。磨勒說：「這有什麼難懂的？豎三個指頭的意思就是：這位一品大臣家中有十院歌妓，他是第三院的。手掌翻三下，共十五根手指，代表十五日的數目。指胸前的小鏡子，就是十五夜月圓如鏡時，請公子去相會！」崔生大喜，就又問磨勒說：「你有什麼辦法能解除我的愁悶呢？」磨勒笑著說：「後天晚上就是十五月圓之夜了，我想先拿深青色的絹布兩匹，替公子做好緊身衣。這一品大臣家中有猛犬守著歌妓院的大門，要不是熟人是不能夠隨便進去的，否則一定會被牠咬死。這些猛犬機警得像神靈，兇猛得又像餓虎，是天下聞名的曹州孟海的猛犬。這世上大概除了老奴我，再也沒有人能夠殺死牠了。晚上我就先去替公子殺了牠！」崔生大為高興，備了好酒好肉獎賞他。到了三更時分，磨勒帶著鐵鍊拴的錐子前往，過了一頓飯的時間就回來報告說：「猛犬已經全部殺死，應該沒有什麼阻礙了。」

到了那天晚上三更，磨勒替崔生穿上深青色緊身衣，揹起了崔生，跳過十重院牆，才進入歌妓院內，到了第三道門口停下來。看那香閨門也沒關好，裡面的燈還亮著，又聽到那紅衣歌妓坐在那裡長聲嘆息，像是在等什麼。剛剛卸下耳環，洗去臉上脂粉，顯出沒有光彩的愁容，含著淚水的眼睛格外晶瑩。低聲吟著詩句道：

深谷鶯啼恨阮郎，　在深山聽到黃鶯的哀啼就會怨恨阮郎，
偷來花下解珠璫；　我像漢水邊的神女動情地解下了珠璫。
碧雲飄斷音書絕，　如今碧雲飄散、音訊斷絕，
空倚玉簫愁鳳凰。　只能空倚著玉簫愁對鳳凰。

這時一品大臣家的衛士都已經入睡，附近一片寂靜。他便輕輕的掀開簾子走進去。好久，歌妓才看出來是崔生，頓時驚喜跳下床榻，上前握住了崔生的雙手，說：「我就知道郎君很聰明，一定能夠了解我的意思，所以才和你打手勢。只是不知道郎君有什麼神奇的本領，竟然能夠進到這深院來？」崔生就告訴她磨勒的智謀，自己是磨勒揹來的。歌妓忙問：「磨勒如今在哪裡？」答道：「就在簾子外面。」歌妓就請磨勒進來，又用金杯盛了美酒賞給他喝，表示謝意。然後告訴崔生說：「我本出身富有人家，家住在塑方郡。後來主人統率軍隊駐紮在那裡時，看上了我，就逼迫我做她的姬妾。我雖然不願意，又不敢自殺，只好苟且偷生。臉上雖然搽著脂粉，在人前強顏歡笑，但

是心中卻一直很憂悶。縱然享受很奢華，可以拿玉筷，吃美食，用金鑪來焚香，住的地方有雲母屏風，穿的衣服是綺羅華綢，晚上蓋的是繡花被，身上穿戴的都是珠玉翡翠，但是這些都不是我想要的，只覺得像是關在牢裡上了腳鐐手銬一樣，一點自由也沒有。您的手下既有這樣神奇的技藝，就請您救我脫離這監牢吧！只要我達成了心願，就是死也不會後悔的。我情願做您的奴僕，終身侍候您，不知郎君意下如何？」崔生只是憂愁不語。磨勒說：「姑娘既然下定決心要這樣做，這也只是一件小事罷了！」歌妓非常高興。於是磨勒就先替她搬運衣物、細軟等，一連來回了三次，然後說：「恐怕天就快要亮了。」就揹起了崔生和女侍，飛過十幾重高牆而去。一品大臣家的守衛，竟沒有一個人發覺，因此順利的回到了崔生的書房，讓這個歌妓藏在那裡。

天亮了以後，一品大臣家才發現，又看見守門的猛犬也被人擊斃。一品大臣大為恐慌，說：「我家門牆，向來緊密，防守也很嚴謹。看這情形，像是飛進來的，竟然一點痕跡也沒有留下來。這一定是那一個俠客進來把她帶走的，這種事情還是不要聲張出去的好，免得招來殺身之禍。」

歌妓在崔生家中一藏就是兩年，一次恰逢花季，她獨自坐了一輛小車子到長安附近的名勝曲江去賞花，不巧被一品大臣的家人暗中認出來，趕緊跑回去稟報。一品大臣覺得很奇怪，就派人召崔生來問。崔生因為害怕，不敢隱瞞，就一五一十的把事情的本末都說出來，說都是靠了崙崑奴磨勒的幫助揹出來的。一品大臣說：「這個歌妓犯了大罪。但是她既然侍候你兩年了，我也不想再去責問她的對錯。不過老夫卻要替天下人來除去磨勒這個大害！」就命令五十個衛士，全副武裝，拿著兵器，把崔生的書房團團圍住，要捉拿磨勒。磨勒拿著匕首一下就飛出了高牆，像長了翅膀，快得如鷹隼一樣。甲士們射去的箭就像雨點般密集，卻沒有一枝能射中他，一會兒，就再也看不到磨勒的身影了。崔生一家人都驚訝的不得了。

事後，一品大臣又悔又怕，每天晚上都叫了許多家人拿著兵器在自己身邊保護著，這樣子過了一年多才停止。又過了十幾年，崔家有人看到磨勒在洛陽市街上賣藥，容貌還是和從前一樣沒變。

28 王之渙

薛用弱

開元中詩人，王昌齡❶、高適❷、王之渙❸齊名，時風塵未偶❹，而遊處❺略同。一日，天寒微雪。三詩人共詣旗亭❻，貰酒❼小飲。忽有梨園伶官❽十數人，登樓會讌❾。三詩人因避席隈映❿，擁爐火以觀焉。俄有妙妓四輩，尋續而至，奢華艷曳⓫，都冶⓬頗極。旋則奏樂，皆當時之名部⓭也。

❶王昌齡：字少伯，其籍貫有江寧、京兆、太原諸說；據近人考證，以太原說較可靠。玄宗時曾任校書郎、丞、尉等官職，後被刺史閭丘曉殺害。著有詩集五卷。

❷高適：字達夫，唐渤海（今河北滄縣）人。玄宗時歷任刑部侍郎、西川節度使、散騎常侍等官職。著有《高常侍集》十卷。

❸王之渙：字季陵，唐并州人。少時以豪俠著稱，好使酒擊劍。曾任主簿、縣尉等官職。與王昌齡、高適同為盛唐時詩人，時相唱和。但作品多已散佚。

❹風塵未偶：風塵，指在社會裡經歷著艱辛困苦的樣子。未偶，沒有走運，指還沒有取得功名。

❺遊處：遊，指在外遊歷。處（ㄔㄨˇ），指在家居止。

❻旗亭：酒樓。古代酒樓外面都樹立旗幟，以資醒目，招引客人。故稱。

❼貰（ㄕˋ）酒：賒酒。

❽伶官：掌管樂曲的官員。

❾會讌（ㄧㄢˋ）：聚會飲酒。

❿避席隈映：躲在黑暗的角落裡。隈，角落裡。映，陰隱的意思。

⓫曳：形容行走時搖曳生姿的樣子。

⓬都冶：漂亮而妖媚。

⓭名部：指有名的樂曲、

昌齡等私相約曰：「我輩各擅詩名，每不自定其甲乙⓮，今者可以密觀諸伶所謳，若詩入歌詞之多者，則為優矣。」俄而一伶，拊節⓯而唱曰：「寒雨連江夜入吳，平明送客楚山孤。洛陽親友如相問，一片冰心在玉壺⓰。」昌齡則引手畫壁曰：「一絕句。」尋又一伶謳之曰：「開篋淚霑臆，見君前日書。夜台何寂寞，猶是子雲居⓱。」適則引手畫壁曰：「一絕句。」尋又一伶謳曰：「奉帚平明金殿開，強將團扇共徘徊。玉顏不及寒鴉色，猶帶昭陽日影來⓲。」昌齡則又引手畫壁曰：「二絕句。」之渙自以得名已久，因謂諸人曰：「此輩皆潦倒⓳樂官，所唱皆『巴人下里』之詞⓴耳，豈陽春白雪㉑之曲，俗物㉒敢近哉？」因指諸妓之中最佳者曰：「待此子所唱，如非我詩，吾即終身不敢與子爭衡㉓矣。脫是吾詩，子等當須列拜床㉔下，奉吾為師。」因歡笑而俟之。須臾次至㉕雙鬟發聲，則曰：「黃河遠上白雲間，一片孤城萬仞山。羌笛何須怨楊柳，春風不度玉門關㉖。」之渙即擨歈㉗二子曰：「田舍奴㉘，我豈妄哉！」因大諧笑。

諸伶不喻其故，皆起詣㉙曰：「不知諸郎君何此歡噱㉚？」昌齡等因話其事。諸伶競拜曰：「俗眼不識神仙，乞降清重㉛，俯就筵席。」三子從之，飲醉竟日。

⓮甲乙：等第高下。

⓯拊節：節，音樂中控制節奏之具，如拍板。拊節，就是打著拍子。

⓰王昌齡的七言絕句，題為〈芙蓉樓送辛漸〉。

⑰高適的一首題為〈哭單（ㄕㄢˋ）父梁九少府〉的五言古詩的頭四句，這裡摘引單作為一首詩，故稱為「絕句」。

⑱王昌齡的一首題為〈長信怨〉的樂府詩。

⑲潦倒：本是放蕩不羈的意思，這裡作倒霉、不如意解釋。

⑳「巴人下里」之詞：本作「下里巴人」。指俚俗的曲子。

㉑陽春白雪：指格調高古的作品。

㉒俗物：庸俗的人物。

㉓爭衡：猶如說較量輕重、比較高低。衡，秤桿，是秤量輕重的東西。

㉔床：坐榻，也就是座位。

㉕次至：輪到。

㉖王之渙題為〈出塞〉（一作〈涼州詞〉）的一首樂府詩。

㉗揶歈（ㄧㄝˊ ㄩˊ）：同「揶揄」，取笑。

㉘田舍奴：鄉下人。舊式社會裡，一般農民的知識水準甚低，因此，稱人「田舍奴」是鄙視的話。

㉙詣：到。

㉚噱（ㄐㄩㄝˊ）：大笑。

㉛降清重：清重，指清高貴重的身分。降清重，請清高貴重身分的人降臨，客氣話。

提示

一、本篇選自薛用弱《集異記》。薛用弱（約生活在西元八二〇年前後），字中勝，河東人。穆宗長慶間任光州刺史。著有《集異記》三卷。記隋唐間譎異奇詭之事十六則。皆雋永可觀。四庫總目提要認為其「頗有文采，勝他書之凡鄙。」

二、王之渙、王昌齡、高適都是盛唐時代名詩人。這篇「旗亭畫壁」記述伶官歌唱他們詩篇的故事，雖不一定真實，但這種情況可以看作當時詩人生活的一種反映。由此故事，更讓我們瞭解到：

㈠唐人的絕句小詩是可以歌唱的。詩與音樂結合，因而使詩的生命力更活潑且充實。

㈡由於詩歌成為朝野宴飲、大眾娛樂的歌曲，因此唐詩才更普遍地流傳成為一般人所喜愛的文學。

語譯

唐玄宗開元年間，有三位詩人，名叫王昌齡、高適、王之渙，三人名聲不相上下。因為都還在社會裡奔波，沒有功名，所以遊玩、居家都常在一起。

有一天，天空飄著小雪花，有點兒冷。三個詩人一起到旗亭來，賒酒小飲。忽然間，有十幾個梨園的樂師到樓上來宴會。三個人於是把位子換到黑暗的角落上，圍著火爐，一面喝酒，一面看他們的動靜。不久又陸續來了四位年輕的歌妓，打扮入時，漂亮妖媚極了。歌妓到場，樂師就開始演奏，所奏的都是當時著名的曲子。

王昌齡等看到這情形，私下便互相約定說：「我們三個人都以詩著名，可是彼此都定不出高下來，現在我們可以暗中的聽這些歌妓所唱的，誰的詩被唱得多，就是誰的詩好，怎麼樣？」過了一會兒，一位歌妓打著拍子唱道：「寒雨連江夜入吳，平明送客楚山孤。洛陽親友如相問，一片冰心在玉壺。」王昌齡一聽是自己（送客並請代為致意親友）的詩，就在壁上畫了一個記號，說：「一首絕句」。接著另外一位歌妓唱道：「開篋淚霑臆，見君前日書，夜台何寂寞，猶是子雲居。」高適聽到是自己（寫的一首婦人思念丈夫）的詩，也在壁上畫了一個記號，說道：「一首絕句。」接著又有一位歌妓唱道：「奉帚平明金殿開，強將團扇共徘徊；玉顏不及寒鴉色，猶帶昭陽日影來。」王昌齡一聽，又是自己（敘述美麗宮女不被皇帝寵愛）的詩，於是又舉起手來，在壁上再加上一記號說：「二首絕句了！」

王之渙因為自己有詩名也已經很久了，就對王、高二人說：「她們都是一些不得意的歌妓，所以唱的都是下里巴人不入流的詞句，那些「陽春白雪」般高尚的歌詞，豈是他們這些沒水準的人所敢唱的呢？」於是便指著歌妓中最漂亮的那一個說：「等到她唱時，如果不是我的詩，我就一輩子再也不敢和你們比高下了；可是假如是我的詩，你們得拜在我座下，奉我為師！」大家笑著答應了，等著看結果。不一會兒，輪到那頭結雙髻的歌妓發聲唱道：

「黃河遠上白雲間，一片孤城萬仞山：羌笛何須怨〈楊柳〉，春風不度玉門關。」王之渙聽到（正是自己描寫邊塞的涼州詞）就揶揄王、高二人說：「鄉巴佬，我說的沒錯吧！」三個人高興得笑成一團。

那些歌妓們不知道他們在笑什麼，都走過來問他們說：「不知各位什麼事高興得這個樣子？」王昌齡等便把剛才的事說了一回。那些歌妓們都爭相敬禮說：「俗眼不識神仙，原來三位都是當今的名詩人。是不是可以委曲一下，過來和我們一起喝酒？」三人答應了，盡歡終日而回。

29 崔護

孟棨

博陵❶崔護，資質甚美，而孤潔寡合❷。舉進士下第❸。清明日，獨遊都城南。得居人莊，一畝之宮❹，而花木叢萃❺，寂若無人。扣門久之。有女子自門隙窺之，問曰：「誰耶？」護以姓字對，曰：「尋春獨行，酒渴求飲。」女入，以盃水至；開門，設牀❻命坐；獨倚小桃斜柯❼佇立，而意屬殊厚，妖姿媚態，綽有餘妍。崔以言挑之，不對。

❶博陵：唐郡名，也稱定州，州治在今河北省定縣。
❷孤潔寡合：清高孤僻，不喜與人交往。
❸下第：科舉時代，考試中試者叫及第，落榜叫下第。
❹一畝之宮：有一畝地大小的宅院。宮，本指普通房屋，後來才作宮殿解釋，這裡仍是原義，泛指屋宇。
❺叢萃：叢生、聚集，即茂盛的意思。
❻牀：指坐榻。
❼柯：樹枝、枝幹。

彼此目注者久之。崔辭去，送至門，如不勝情而入。崔亦睠盼❽而歸。爾後絕不復至。及來歲清明日，忽思之，情不可抑❾，徑往尋之。門院如故，而已扃❿鎖之。崔因題詩於左扉曰：

去年今日此門中，人面桃花相映紅；
人面不知何處去，桃花依舊笑春風。

後數日，偶至都城南，復往尋之。聞其中有哭聲，扣門問之。有老父出曰：「君非崔護耶？」曰：「是也。」又哭曰：「君殺吾女！」崔驚怛⓫，莫知所答。老父曰：「吾女笄年⓬知書，未適人。自去年以來，常恍惚若有所失。比日⓭與之出，及歸，見左扉有字，讀之，入門而病，遂絕食數日而死。吾老矣，惟此一女，所以不嫁者，將求君子，以託吾身⓮。今不幸而殞，得非君殺之耶！」又持崔大哭。崔亦感慟，請入哭之。尚儼然⓯在牀。崔舉其首，枕其股⓰，哭而祝曰：「某在斯，某在斯⓱。」須臾開目，半日復活。老父大喜，遂以女歸之⓲。

❽睠盼：眷戀盼望。睠，同「眷」。
❾情不可抑：思念的心情，難以壓制。抑，止住。
❿扃（ㄐㄩㄥ）：關閉。
⓫驚怛（ㄉㄚˊ）：驚恐不安。
⓬笄年：古代女子十五歲加笄。笄（ㄐㄧ），髮簪。
⓭比日：近日。
⓮將求君子，以託吾身：打算找一個好女婿，好

讓我老來有靠。

⑮儼然：形容態度端莊如生的樣子。

⑯枕其股：讓死者的頭靠在自己大腿上。

⑰某在斯，某在斯：我在這裡，我在這裡。某，本指某人，這裡崔護卻是指自己。

⑱歸之：嫁給他。女子出嫁叫「歸」。

提示

一、本篇選自孟棨《本事詩・情感第一》。寫詩人崔護遊都城南邂逅女子的故事，是一篇筆記體小說。孟棨（八一〇？－八八六），字初中，約生於唐憲宗時，文宗開成（八三〇－八四〇）時曾在梧州為官。著有《本事詩》一卷。

二、這篇「人面桃花」的故事雖沒有複雜的情節，文字也僅寥寥四百多字，但具有情景交融、如詩如畫、餘韻悠遠的意境美，如寫春光：「一畝之宮，而花木叢萃。」寫少女容色：「妖姿媚態，綽有餘妍。」此外，再沒有任何具體的刻劃，但在寫情意時，卻僅淡淡一句「獨倚小桃斜柯佇立，而意屬殊厚。」便將一個情竇初開，純潔靦腆的情狀表現無遺。又如下文寫崔護第二次尋訪少女不遇時，用「人面不知何處去，桃花依舊笑春風」詩將記憶中的少女與現實中的桃花相互交融，營造出一種迷離恍惚的情境，很貼切地傳達出男主角悵惘失落之情，且饒有詩情畫意。這些都加深了故事的感染力，而且在文學史上產生了深遠的影響。

語譯

博陵人崔護，天資聰穎，長得一表人才，但性情清高孤僻，不愛與人交往。到京師裡考進士沒考上。清明這天，獨自一人前往京城南郊遊賞風景。到了一處人家，約有一畝地大小的宅院，花木茂盛，寂靜得像沒人住一般。他上前去扣門，許久，才有一位女子從門縫裡看了一下，問說：「誰啊？」崔護報過自己的姓名後，說道：「我獨自一人出來遊賞春天的景色，喝了點酒，有些口渴，想討杯水喝。」女子進去端了一杯水出來；又開門請他進去在榻上坐下。女郎獨自斜靠在一樹紅花盛開的桃樹前，殷勤而有情意，姿態美好嫵媚，十分美麗。崔護於是故意用言辭去挑逗她，她並不回答。兩人四目對視了許久，崔護這才道謝告辭。女郎送他出了門，依依不捨地進去了。崔護也情意動蕩，一路上回想不已地走回家。從此以後再也沒去過。

第二年的清明，忽然又想起女郎的姿影，壓抑不住思念之情，便立刻前往城南找尋。只見門院依舊，而門已深鎖，崔護便在左扇門上題詩道：

去年今日此門中，　去年今天的這扇門中，
人面桃花相映紅；　人臉和桃花相映而紅；
人面不知何處去，　如今人面不知去向何處？
桃花依舊笑春風。　只有桃花依舊在春風中展現笑容。

過了幾天，偶而又到了城南，於是又前往探訪。忽然聽到裡面有人哭泣的聲音，便扣門詢問。有一個老先生出來說：「公子可就是崔護嗎？」崔護答說：「是的。」老先生又哭叫著說：「公子害死我女兒了啊！」崔護心中大驚，正不知如何回答時，老先生又說：「我的女兒年方十五，知書達禮，還沒許配人。從去年以後，經常整天恍恍惚惚，失魂落魄。前幾天隨我出門，回來時，看見左扇門上有字，讀過後，進到屋裡就病倒了，幾天茶飯不思，絕食死了。我老了，只有這麼一個女兒，所以遲遲沒嫁，是打算找一個好女婿，好讓我老來有靠。現在不幸去世，這不正是你殺的嗎？」說罷，抱住崔護又大哭，崔護也感動得痛哭，請求進去哭悼。進去一看，只見女郎躺在床上，態度端莊還像活著的樣子。崔護抬起她的頭來，放在自己的腿上，邊哭邊禱告說：「我在這裡呀，我在這裡呀！」才一會兒，女郎就睜開雙眼，不到半天就又活過來了。老先生大為高興，就將女兒嫁給了崔護。

30 綠珠傳

樂史

綠珠者，姓梁，白州❶博白縣人也。州則南昌郡，古越地，秦象郡❷，漢合浦縣地。唐武德❸初，削平蕭銑❹，於此置南州，尋改為白州，取白江為名。州境有博白山、博白江、盤龍洞、房山、雙角山、大荒山。山上有池，池中有婢妾魚。綠珠生雙角山下，美而艷。越俗以珠為上寶，生女為珠娘，生男為珠兒。綠珠之字，由此而稱。

晉石崇❺為交趾❻采訪使❼，以真珠三斛❽致之。崇有別廬在河南金谷澗❾。澗中有金水，自太白❿源來。崇即川阜⓫置園館。綠珠能吹笛，又善舞「明君」⓬。明君者，漢妃也，漢元帝時，匈奴單于入朝，詔王嬙⓭配之，即昭君也。及將去，入辭，光彩射人，

❶白州：唐州名。故治在今廣西省博白縣。
❷象郡：秦朝所置，即廣東省西南部與廣西省南部西部及越南等地。
❸武德：唐高祖李淵年號（六一八—六二六）。
❹蕭銑：後梁宣帝曾孫，隋大業末自立稱梁王，不久僭稱皇帝，後為唐所滅。
❺石崇：晉南皮人，字季倫，累官荊州刺史，是當時最有名的富豪，與王愷等以奢靡相尚，置金谷園，富麗無比。
❻交趾：郡名，漢置。即今越南北部的東京州。
❼采訪史：官名，全名為采訪處置使。
❽斛（ㄏㄨˊ）：古時十斗為一斛。
❾金谷澗：在河南省洛陽縣西北。
❿太白：山名，在河南省淅川縣東南。
⓫阜（ㄈㄨˋ）：土山。
⓬明君：即昭君，因避晉文帝諱，改昭為明。
⓭王嬙：即昭君。這是她的姓名，昭君是她的字。

天子悔焉，重難改更，漢人憐其遠嫁，為作此歌。崇以此曲教之，而自製新歌曰：

> 我本良家子，將適單于⑭庭。辭別未及終，前驅已抗旌。
> 僕御流涕別，轅馬悲且鳴。哀鬱傷五內，涕泣霑珠纓。
> 行行日已遠，遂造匈奴城。延佇於穹廬，加我閼氏⑮名。
> 殊類非所安，雖貴非所榮。父子見陵辱，對之慚且驚。
> 殺身良不易，默默以苟生。苟生亦何聊，積思常憤盈。
> 願假飛鴻翼，乘之以遐征。飛鴻不我顧，佇立以屏營⑯。
> 昔爲匣中玉，今爲糞上英。朝華不足歡，甘與秋草并。
> 傳語後世人：遠嫁難爲情。

崇又製《懊惱曲》以贈綠珠。崇之美艷者千餘人，擇數十人，妝飾一等，使忽視之，不相分別。刻玉為倒龍佩，縈金為鳳凰釵，結袖繞楹而舞。欲有所召者，不呼姓名，悉聽佩聲，視釵色。佩聲輕者居前，釵色艷者居後，以為行次而進。

趙王倫⑰亂常，賊類孫秀使人求綠珠。崇方登涼⑱觀，臨清水，婦人侍側。使者以告，崇出侍婢數百人以示之，皆蘊蘭麝⑲而披羅縠⑳。曰：「任所擇。」使者曰：「君侯㉑服御，麗矣。然受命指索綠珠。不知孰是？」崇勃然曰：「吾所愛，不可得也。」秀因是譖㉒倫族之。收兵忽至，崇謂綠珠曰：「我今為爾獲罪。」綠珠泣曰：「願效死於君前。」崇因止之，於是墜樓而死。崇棄東市㉓。時人名其樓曰綠珠樓。

綠珠有弟子宋褘，有國色，善吹笛。後入晉明帝宮中。今白州有一派水，自雙角山出，合容州江，呼為綠珠江。亦猶歸州有昭君灘、昭君村、昭君場；吳有西施谷、脂粉塘，蓋取美人出處為名。又有綠珠井，在雙角山下。耆老傳云：「汲此井飲者，誕女必多美麗。里閭有識者以美色無益於時，因以巨石鎮之。爾後雖有產女端妍者，而七竅四肢多不完具。」異哉！山水之使然。

⑭單于（ㄔㄢˊ ㄩˊ）：匈奴君主的稱號。
⑮閼氏（ㄧㄢ ㄓ）：匈奴君長的正妻。
⑯屏營：惶恐失措。
⑰趙王倫：司馬炎死（西元二九〇年）後，昏庸且愚痴的晉惠帝登位，外戚楊駿輔政。賈后貪暴專橫，引進楚王瑋，殺楊駿，徵汝南王亮執政。賈后教瑋殺亮，又借瑋擅殺的罪名殺瑋，並殺太子司馬遹。趙王倫和東海王越等以討伐為名，乘機起兵，互相攻殺。史稱「八王之亂」。戰亂延續了十五年（二九一—三〇六），弄得民不聊生。
⑱涼：即清涼台，在金谷園中。
⑲蘭麝：即麝香。
⑳羅縠：綾羅綢緞。縠（ㄏㄨˊ）：縐紗。
㉑君侯：對高位者的稱呼。
㉒譖（ㄗㄣˋ）：說他人壞話加以陷害。
㉓棄東市：古代將罪犯在市上處死，叫棄市。棄東市，即處死在東市。

提示

一、本篇是北宋文學家樂史的作品，但略有刪節。樂史（九三〇—一〇〇七），字子正，撫州宜黃（今江西宜黃縣）人。初仕南唐，入宋舉進士，任史官。一生著述甚豐，擅傳奇小說，長於地理，著有《太平寰宇記》、《諸仙傳》等，其中《綠珠傳》及《楊太真外傳》流傳較廣。

二、本篇寫綠珠為晉石崇寵愛及因而召禍的故事。從中反映了當時石崇等一般大臣奢靡汰侈、淫佚享樂的現象。也表現了綠珠以死殉情的志節。

語譯

綠珠，姓梁，是白州（廣西省）博白縣人，白州在南昌郡，古代越國的地方，秦朝時為象郡，漢朝為合浦縣地。唐高祖武德年初，平定蕭銑時，在這裡設置南州，不久又以白江之名，改為白州。境內有博白山、博白江、盤龍洞、房山、雙角山、大荒山，山上有池，池中生產婢妾魚。綠珠生在雙角山下，長得十分美艷。當時廣東人習俗以珠為最寶貴的東西，生女兒便取名珠娘，生男兒便取名珠兒。綠珠的名字便是這樣來的。

晉朝人石崇，官拜交趾（在越南）採訪使，聽說綠珠的美艷，便用三斛真珠得到了她。崇有一個別墅在河南金谷澗，傳說這澗中有金水，是從河南的太白山流過來的。石崇便在這山水中建造了樓閣庭園。綠珠能吹笛，又善於舞《昭君曲》。昭君是漢元帝的妃子，起初元帝不知她的美貌，未受寵幸。匈奴單于入朝時，便下詔將王嬙——即昭君許配單于。到了將去匈奴異域時，入殿告別君王，美艷照人，光彩四射，元帝大為後悔，但事已無可更改。漢朝人可憐她遠嫁異國，因此作了《昭君曲》這首歌。石崇便以這首《昭君曲》教她。綠珠變更歌詞，自製新歌。歌詞說：

我本良家子，將適單于庭。我本是良家的女兒，卻將嫁給單于做妻子。

辭別未及終，前驅已抗旌。 入內辭別還沒有終了，引路的人已扛著旌旗待發。

僕御流涕別，轅馬悲且鳴。 男女僕人流著眼淚告別，駕車的馬兒在低首悲鳴。

哀鬱傷五內，涕泣霑珠纓。 內心的痛苦已達到極點，淚水沾濕了胸前的珠纓。

行行日已遠，遂造匈奴城。 走呀走的，已經越走越遠，不覺到達了匈奴的王庭。

延佇於穹廬，加我閼氏名。 從此永遠居住在氈帳裡，給我加上了閼氏的名稱。

殊類非所安，雖貴非所榮。 與異族相處總是感到不安，富貴豪華也沒有什麼光榮。

父子見陵辱，對之慚且驚。 我被他們父子二人這般陵辱，令人見了不禁慚愧吃驚。

殺身良不易，默默以苟生。 殺身成仁是多麼不容易呀！只有默默無聞苟且偷生，

苟生亦何聊，積思常憤盈。 這樣下去又有什麼意思？越想越使人義憤填膺。

願假飛鴻翼，乘之以遐征。 我願借著飛鴻的兩隻翅膀，奮力高飛萬里長征。

飛鴻不我顧，佇立以屏營。 飛鴻頭也不回來顧盼一下，弄得我直立在那裡惶恐失措。

昔為匣中玉，今為糞上英。 從前是寶匣中的美玉，如今卻像鮮花插在牛糞堆上。

朝華不足歡，甘與秋草并。 這樣的鮮花有什麼可貴，不如與秋天的草木一樣地凋零。

傳語後世人：遠嫁難為情。 沉痛地告訴後世的人們：遠嫁是多麼的使人傷心！

石崇又製作《懊惱曲》贈給綠珠。石崇的美艷歌伎多到千餘人，選擇其中最美的，有數十人，讓她們穿戴上同樣的服飾，乍然看去，還真分別不出來呢。於是用玉刻成倒龍佩，用金飾繞成鳳凰釵，袖連著袖，繞著畫棟歌舞。招呼她們時，不叫姓名，全聽佩飾的聲音，看鳳釵的顏色來區別。佩飾聲音輕的排在前面，鳳釵顏色艷麗的排在後面，依照這種行列次序行進。

後來趙王司馬倫敗亂綱常，他屬下一個奸佞小人孫秀趁機攬得大權。他聽說綠珠的美色，派人去向石崇索取。這時石崇正在清涼台上，觀賞景色，面臨清水；身旁陪侍著美豔女子。孫秀派的使者說明了來意，石崇便叫出數百個美麗的女婢，身上都穿著綾羅錦緞，遠遠便聞到一股麝香香味。石崇用手一指，說道：「任你選擇。」使者說道：「我們大人身旁服侍的女子，已經夠美豔了。我只奉命來此帶回綠珠，不知綠珠是那一位？」石崇一聽，不覺勃然大怒，斥道：「綠珠乃是我的愛妾，豈可送人！」孫秀於是在趙王倫面前說石崇的壞話，要殺掉他全家人。捕捉石崇的兵馬很快就到了。石崇對綠珠說道：「我如今為你竟遭到這等災禍。」綠珠哭著告別石崇說：「願一死以報答大人！」石崇阻止她，但已來不及了，綠珠終於墜樓殉情而死。石崇後來也被斬首於東市。後人因將這樓喚為「綠珠樓」。

綠珠有一個女弟子宋褘，長得也是天香國色，善於吹笛，後來入晉明帝宮中為妃嬪。現在白州這地方，有一條清澈的河水，發源於雙角山，後與容州江會合，稱做「綠珠江」，就像歸州有昭君灘、昭君村、昭君場；吳有西施谷、脂粉塘，都是以那地方所出的絕世美人為名。雙角山下有一口綠珠井，當地的父老曾經傳說：「汲這口井水飲用的人，生下的女兒必多美麗。地方上一些有才識的先生們，因為認為美色無益於世，便用一塊巨石壓在上面。從此，雖然有人家生下美麗異常的女兒，但七竅四肢多有殘缺。」奇怪啊！山水之氣竟然如此地影響人類呢！

肆、宋元話本與明人擬話本

話本是宋元說話人所用的故事底本。

宋代，隨著手工業發展，商業繁榮，都市發達，城市人口增多，在城市中出現了一些公共場所，稱作「瓦肆」（或「瓦舍」、「瓦子」）。在這些瓦肆中集結了表演游藝、雜耍、歌舞、戲劇和說故事的藝人，說故事的專業藝人稱作「說話人」。「話」的意思就是「故事」。「說話」就是講故事的意思，相當於現代的說書。

話本在說書人師徒相傳過程中，常常會因應客觀環境及力求改進下不斷修改補充，所以話本不是某個人的創作，而是集體創作，**作者是沒有留下姓名的無名氏**。

據宋人記載，當時的「說話」分為四個科目：小說、講史、說經和合生。㈠小說又名「銀字兒」，因演唱時用銀字笙、銀字篳篥伴奏而得名，專門演唱短篇故事；㈡講史主要講說歷朝興廢爭戰的故事，篇幅較長，又稱為「平話」，「平」就是評論歷史的意思，只說不唱；㈢說經是演說佛經故事，它是承襲唐代的「俗講」、「變文」而來；㈣「合生」是由兩人聯合演出，一人指物為題，一人應命成詠，有時伴以歌舞。在這「說話」的四大家數中，最主要和最受群眾歡迎的是短篇的小說和長篇的講史兩家，而小說的影響尤較講史為甚。

宋代話本的數目很多，據《醉翁談錄》、《也是園書目》、《寶文堂書目》的記載，僅小說一項，就有一百四十篇左右。可惜大都已經散佚。現在能看到的宋代小說話本，散見於《京本通俗小說》、《清平山堂話本》中；長篇講史話本，現存有《新編五代史平話》、《全相平話五種》（包括《武王伐紂平話》、《七國春秋平話》、《秦併六國平話》、《前漢書平話》、《三國志平話》）和《大宋宣和遺事》；至於說經話本，則僅存有《大唐三藏取經詩話》一種。

話本較之前代小說有許多進步與不同之處。首先，在內容上，話本題材廣闊，突破了志人、志怪及傳奇小說只限於寫社會上層或封建士子生活的狹窄範圍，反映了許多官場腐敗黑暗和青年男女追求愛情、婚姻自由及社會矛盾的現象。

在用語上，以前的志怪、志人和傳奇小說都是文言文，而話本則是白話文，這是中國小說語體上出現的根本性變革。文言文不便於說話人說話，不便於反映現實生活，只有用通俗的話語才能有更強的表現力。

在結構上，話本特具的體制是：㈠在故事之前，往往先用一首詩歌或一闋詞開頭，結尾時又引詩為證，藉以達到安定情緒和加深印象，勸戒聽眾的作用。㈡在進入主體故事之前，總是先用一段引子開場，名為「得勝頭迴」，也就是「入話」，內容與正文故事或者類似，或者略有關聯，或者相反，主要目的在作為相互引發，及等候遲到聽眾的作用。㈢在敘述故事的過程中，每逢美人、風景、戰爭、結婚等特殊場面，小說話本都要引證詩詞韻語，借以強調意蘊或渲染氣氛。㈣為了吸引聽眾以後再來聽講，往往選擇故事引人入勝處突然中止，因而出現了分「回」講述。這些特點，大多都為以後的章回小說所吸收和運用。

明人「擬話本」，是明代文人模仿話本的體制所創作的短篇小說，**它與話本的最大不同便是它有作者**。因此，它與話本雖一脈相承，但卻是文人的有意創作，所以，二者相較，擬話本不僅表現手法更加高明，塑造人物更加細膩，反映的生活面更加深廣，而且，也由於語言的運用更加標準化，文字的處理更加文雅化，以致原本供人說的口語文學，逐漸演變為供人閱讀的書面文學、案頭文學。

「擬話本」的名著是「三言」、「二拍」。「三言」是明代馮夢龍所編寫的《古今小說》（即《喻世明言》）、《警世通言》、《醒世恒言》三部小說集的總稱，其中有他的創作，也有經他潤飾與改訂的宋元話本；「二拍」是明代凌濛初所寫的《初刻拍案驚奇》、《二刻拍案驚奇》兩部小說集的總稱，全是一人創作，內有一篇雜劇。「二拍」的思想內容不及「三言」，有更多的糟粕。明代抱甕老人編的《今古奇觀》，是「三言」和「二拍」的精選。

話本和擬話本的產生與興盛，使得中國古代小說發生了根本性的轉變。這些轉變，歸納起來大約有四方面：一是從文言小說向白話小說轉變，雖然文言小說仍在繼續發展，但白話小說從此成為古代小說的主流。二是從短篇小說向長篇小說轉變。雖然文言短篇小說續有創作，但由話本發展起來的章回體小說，後來卻成為我國長篇小說的唯一形式，而且蔚為大觀，成為古代小說中的巨流主潮。三是小說題材從描寫上層社會文人生活，轉向對社會生活的全面描寫，原本不被重視的販夫走卒、城市平民有了躍居主人公的機會。四是小說由史傳體向說唱體發展。宋元以前的小說主要受到史傳文學的影響，自變文興起後，接續而來的話本，便開始了說唱體小說的新階段，不論形式或風格，都融進了說唱文學的新面貌。

31 馮玉梅團圓

京本通俗小說

簾捲水西樓，一曲新腔唱打油。宿雨眠雲年少夢，休謳，且盡生前酒一甌。
明日又登舟，卻指今宵是舊遊。同是他鄉淪落客，休愁，月子彎彎照幾州。

這首詞末句，乃是借用吳歌成語。吳歌云：

月子彎彎照幾州，幾家歡樂幾家愁。
幾家夫婦同羅帳，幾家飄散在他州。

此歌出自我宋建炎❶年間，述民間離亂之苦。只為宣和❷失政，奸佞專權，延至靖康❸，金虜❹凌城，擄了徽、欽二帝北去。康王泥馬渡江，棄了汴京❺，偏安一隅，改元建炎。其時東京一路百姓，懼怕韃虜❻，都跟隨車駕南渡，又被虜騎追趕；兵火之際，東逃西躲，不知拆散了幾多骨肉？往往父子夫妻，終身不復相見。其中又有幾個散而復合的，民間把作新聞傳說。正是：

劍氣分還合，荷珠碎復圓。萬般皆是命，半點盡由天。

話說陳州❼有一人，姓徐名信，自小學得一身好武藝。娶妻崔氏，頗有容色。家道豐裕，夫妻二人正好過活。卻被金兵入寇，二帝北遷，徐信共崔氏商議，此地安身不牢，收拾細軟家財，打做兩個包裹，夫妻各背了一個，隨著眾百姓，曉夜奔走。行至虞城❽，

❶建炎：南宋高宗年號（一一二七—一一三〇）。
❷宣和：北宋徽宗年號（一一一九—一一二四）。
❸靖康：北宋末帝欽宗年號（一一二六）。
❹金虜：宋代稱女真人叫金虜。
❺汴京：即汴梁，今河南開封，是宋代京城。
❻韃虜：宋代對蒙古人稱韃虜。
❼陳州：宋時河南的舊府名。
❽虞城：河南省的縣名。

只聽得背後喊聲震天，只道韃虜追來，卻原來是南朝殺敗的潰兵。只因武備久弛，軍無紀律，教他殺賊，一個個膽寒心駭，不戰自走；及至遇著平民，搶擄財帛子女，一般會揚威耀武。

徐信雖然有三分本事，那潰兵如山而至，寡不敵眾，捨命奔走。但聞四野號哭之聲，回頭不見了崔氏，亂軍中無處尋覓，只得前行。行了數日，嘆了口氣，沒奈何只索罷了。行到睢陽，肚中飢渴，上一個村居，買些酒飯。原來離亂之時，店中也不比往昔，沒有酒賣了；就是飯，也不過是粗糲之物。又怕眾人搶奪，交了足錢，方纔取出來與你充飢。

徐信正在數錢，猛聽得有婦女悲泣之聲。「事不關心，關心者亂。」徐信且不數錢，急走出店來看，果見一婦人，單衣蓬首，露坐於地上。雖不是自己的老婆，年貌也相彷彿。徐信動了個惻隱之心，以己度人道：「這婦人想也是遭難的。」不免上前問其來歷。婦人訴道：「奴家乃鄭州王氏，小字進奴，隨夫避兵，不意中途奔散。奴孤身被亂軍所掠，行了兩日一夜，到於此地，兩腳俱腫，寸步難移。賊徒剝取衣服，棄奴於此。衣單食缺，舉目無親，欲尋死路，故此悲泣耳。」徐信道：「我也在亂軍中不見了妻子，正是同病相憐了。身邊幸有盤纏，娘子不若權時在這店裡住幾日，將息貴體，等在下探問荊妻消息，就便訪取尊夫。不知娘子意下如何？」婦人收淚而謝道：「如此甚好。」徐信解開包裹，將幾件衣服與婦人穿了；同他在店中喫了些飲食，借半間房子做一塊兒安頓。徐信慇慇懃懃，每日送茶送飯。婦人感其美意，料道尋夫訪妻，也是難事。今日一鰥一寡，亦是天緣；熱肉相湊，不容人不成就了。

又過數日，婦人腳不痛了，徐信和他做了一對夫妻上路，直到建康❾。正值高宗天子南渡即位，改元建炎，出榜招軍。徐信去充了個軍校，就於建康城中居住。

日月如流，不覺是建炎二年。一日，徐信同妻城外訪親回來，天色已晚，婦人口渴，徐信引到一個茶肆中喫茶。那肆中先有一個漢子坐下，見婦人入來，便立在一邊偷看那婦人，目不轉睛。婦人低眉下眼，那個在意。徐信甚以為怪。少頃，喫了茶，還了茶錢出門，那漢又遠遠相隨。比及到家，那漢還站在門首，依依不去。徐信心頭火起，問道：「什麼人？如何窺覷❿人家婦女？」那漢拱手謝罪道：「尊兄休怒，某有一言奉詢。」徐信怒氣尚未息，答應道：「有什麼話就講罷！」那漢道：「尊兄倘不見責，權借一步，某有實情告訴。若還嗔怪，某不敢言。」

徐信果然相隨到一個僻靜巷裡。那漢臨欲開口，又似有難言之狀。徐信道：「我徐信也是個慷慨丈夫，有話不妨盡言。」那漢方纔敢問道：「適纔婦人是誰？」徐信道：

❾建康：今江蘇省江寧縣南。

❿窺覷（ㄑㄩˋ）：偷看。

「是荊妻。」那漢道：「娶過幾年了？」徐信道：「三年矣。」那漢道：「可是鄭州人，姓王小字進奴麼？」徐信大驚道：「足下何以知之？」那漢道：「此婦乃吾之妻也。因兵火失散，不意落於君手。」

徐信聞言，甚踧踖⓫不安，將自己虞城失妻，到睢陽村店遇見此婦始末，細細述了。「當時實是憐他孤身無倚，初不曉得是尊閫⓬，如之奈何？」那漢道：「足下休疑，我已別娶渾家，舊日伉儷之盟，不必再題。但倉忙拆開，未及一言分別；倘得暫會一面，敘述悲苦，死亦無恨。」徐信亦覺心中悽慘，說道：「大丈夫腹心相照，何處不可通情？明日在舍下相候。足下既然別娶，可攜新閫同來，做個親戚，庶於鄰里耳目不礙。」那漢歡喜拜謝。臨別，徐信問其姓名，那漢道：「吾乃鄭州劉俊卿是也。」

是夜，徐信先對王進奴述其緣由。進奴思想前夫恩義，暗暗偷淚，一夜不曾合眼。到天明，盥漱方畢，劉俊卿夫婦二人到了。徐信出門相迎，見了俊卿之妻，彼此驚駭，各各慟哭。原來俊卿之妻，卻是徐信的渾家崔氏。自虞城失散，尋丈夫不著，卻隨個老嫗同至建康，解下隨身簪珥，賃屋居住。三個月後，丈夫並無消息，老嫗說他終身不了，與他為媒，嫁與劉俊卿。

誰知今日一雙兩對，恰恰相逢，真個天緣湊巧！彼此各認舊日夫妻，相抱而哭。當下徐信遂與劉俊卿八拜為交，置酒相待。至晚，將妻子兌轉，各還其舊，從此通家往來不絕。有詩為證：

夫換妻來妻換夫，這場交易好糊塗。
相逢總是天公巧，一笑燈前認故吾。

此段話題做「交互姻緣」，乃建炎三年，建康城中故事。同時又有一事，叫做「雙鏡重圓」，說來雖沒有十分奇巧，論起夫義婦節，有關風化，倒還勝似幾倍。正是：

話須通俗方傳達，語必關風始動人。

話說高宗建炎四年，關西⓭一位官長，姓馮名忠翊，職授福州監稅。此時七閩⓮之地，尚然全盛，忠翊帶領家眷赴任，一來福州憑山負海，東南都會富庶之邦；二來中原多事，可以避難。於本年起程，到次年春間，打從建州⓯經過。《輿地志》說建州碧水丹山，為東閩之勝地。今日合著了古語兩句：

洛陽三月花如錦，偏我來時不遇春。

⓫跼蹐（ㄐㄩˊ ㄐㄧˊ）：恐懼的樣子。
⓬尊閫：即尊夫人。閫（ㄎㄨㄣˇ），女子所住的內室。
⓭關西：指函谷關以西的地方，今陝西、甘肅二省。
⓮七閩：是指浙江的溫、台兩府和福建全省的地方。
⓯建州：今福建省建甌縣地方。

自古「兵荒」二字相連，金虜渡河，兩浙都被殘破，閩地不遭兵火，也就見個荒年；此乃天數。

話中單說建州饑荒，斗米千錢，民不聊生。卻為國家正值用兵之際，糧餉要緊，官府只顧催征上供，顧不得民窮財盡。常言「巧媳婦煮不得沒米粥」，百姓既沒有錢糧交納，又被官府鞭笞逼勒，禁受不過，三三兩兩，逃入山間，相聚為盜。「蛇無頭而不行」，就有個草頭天子⑯出來。此人姓范名汝為，丈義執言，救民水火。羣盜從之如流，嘯聚至十餘萬，無非是：

風高放火，月黑殺人；無糧同餓，得肉均分。

官兵抵擋不住，連敗數陣，范汝為遂據了建州城，自稱元帥，分兵四出抄掠。范氏門中子弟，都受偽號，做領兵官將。汝為族中有個姪兒，名喚范希周，年二十三歲，自小習得一件本事，能識水性，伏得在水底三四晝夜，因此起個異名，喚做范鰍兒。原是讀書君子，功名未就，被范汝為所逼，凡族人不肯從他為亂者，先將斬首示眾，希周貪了性命，不得已而從之。雖在賊中，專以方便救人為務，不做劫掠勾當。賊黨見他凡事畏縮，就他鰍兒的外號改做范盲鰍，是笑他無用的意思。

再說馮忠翊有個女兒，小名玉梅，年方二八，生得容顏清麗，性情溫柔，隨著父母福州之任。來到這建州相近，正遇著范賊一支游兵，劫奪行李財帛，將人口追得三零四散。馮忠翊失散了女兒，無處尋覓，嗟嘆了一回，只索赴任去了。

單說玉梅腳小伶俜⑰，行走不動，被賊兵掠進建州城來。玉梅啼啼哭哭，范希周中途見而憐之，問其家門。玉梅自敘乃是官家之女。希周遂叱開軍士，親解其縛，留至家中，將好言撫慰，訴以衷情：「我本非反賊，被族人逼迫在此，他日受了朝廷招安⑱，仍做良民。小娘子若不棄卑末，結為眷屬，三生有幸。」玉梅本不願相從，落在其中，出於無奈，只得允許。

次日，希周稟知賊首范汝為，汝為亦甚喜。希周送玉梅於公館，擇吉納聘。希周有祖傳寶鏡，乃是兩鏡合扇的，清光照徹，可開可合，內鑄成「鴛鴦」二字，名為「鴛鴦寶鏡」；用為聘禮。遍請范氏宗族，花燭成婚。

> 一個是衣冠舊裔⑲，一個是閥閱名姝⑳。一個儒雅丰儀，一個溫柔性格。一個縱居賊黨，風雲之氣未衰；一個雖作囚俘，金玉之姿不改。綠林此日稱佳客，紅粉今宵配吉人。

⑯草頭天子：即「草頭大王」，盜群首領，僭稱王號的人。
⑰伶俜（ㄌㄧㄥˊ ㄆㄧㄥˊ）：走路不端正的樣子。
⑱招安：招降叛逆，加以安頓。
⑲衣冠舊裔：富貴人家或士紳後代。
⑳閥閱名姝：世家小姐。

自此夫妻和順，相敬如賓。自古道：「瓦罐不離井上破。」范汝為造下迷天大罪，不過乘朝廷有事，兵力不及。豈期名將張所、岳飛、張俊、張浚、吳玠、吳璘等屢敗金人，國家粗定，高宗卜鼎㉑臨安，改元紹興。是年冬，高宗命韓蘄王韓世忠的，統領大軍十萬，前來討捕。范汝為豈是韓公敵手，只得閉城自守。韓公築長圍以困之。原來韓公與馮忠翊先在東京有舊，今番韓公統兵征剿反賊，知馮公在福州為監稅官，必知閩中人情土俗。其時將帥專征的，都帶有空頭勅㉒，遇有地方人才，聽憑填勅委用。韓公遂用馮忠翊為軍中都提轄，同駐建州城下，指麾攻圍之事。城中日夜號哭，范汝為幾遍要奪門而去，都被官軍殺回，勢甚危急。玉梅向丈夫說道：「妾聞『忠臣不事二主，烈女不更二夫』，妾被賊軍所掠，自誓必死，蒙君救拔，遂為君家之婦，此身乃君之身也。大軍臨城，其勢必破。城既破，則君乃賊人之親黨，必不能免。妾願先君而死，不忍見君之就戮也。」引牀頭利劍，便欲自刎。希周慌忙抱住，奪去其刀，安慰道：「我陷在賊中，原非本意。今無計自明，玉石俱焚，已付之於命了。你是官家兒女，擄劫在此，與你何干？韓元帥部下將士，都是北人，你也是北人，言語相合，豈無鄉面之情？或有親舊相逢，宛轉聞知於令尊，骨肉團圓，尚不絕望。人命至重，豈可無益而就死地乎？」玉梅道：「妾倘有再生之日，妾誓不再嫁。便恐被軍校所擄，妾寧死於刀下，決無失節之理！」希周道：「承娘子志節自許，吾死亦瞑目。萬一為漏網之魚，苟延殘喘，亦誓願終身不娶，以答娘子今日之心。」玉梅道：鴛鴦寶鏡，乃是君家行聘之物，妾與君共分一面，牢藏在身。他日此鏡重圓，夫妻再合。」說罷，相對而泣。這是紹興元年冬十二月內說的話。

到紹興二年春正月，韓公將建州城攻破，范汝為情急放火，自焚而死。韓公豎黃旗招安餘黨，只有范氏一門不赦。范氏宗族，一半死於亂軍之中，一半被大軍擒獲，獻俘臨安。玉梅見勢頭不好，料道希周必死，慌忙奔入一間荒屋中，解下羅帕自縊。正是：

寧爲短命全貞鬼，不作偷生失節人。

也是陽壽未終，恰好都提轄馮忠翊領兵過去，見破屋中有人自縊，急喚軍校解下。近前觀之，正是女兒玉梅。那玉梅死去重甦，半晌㉓方能言語。父女重逢，且悲且喜。玉梅將賊兵打劫，及范希周救取成親之事，述了一遍。馮提轄默然無語。卻說韓元帥平了建州，安民已定，同馮提轄向臨安面君奏凱。天子論功升賞，自不必說。

一日，馮公與夫人商議，女兒青年無偶，終是不了之事，兩口雙雙的來勸女兒改嫁。玉梅述與丈夫交誓之言，堅意不肯。馮公又道：「好人家兒女嫁了反賊，一時無

㉑卜鼎：定都。

㉒空頭勅：一種隨時可以填寫發出的空白勅書。

㉓半晌：一段不算長的時間。晌（ㄕㄤˇ），是估計時間之辭。

奈。天幸死了，出脫了你，你還想他怎麼？」玉梅含淚而告道：「范家郎君，本是讀書君子，為族人所逼，實非得已。他雖在賊中，每行方便，不做傷天害理之事。倘若天公有眼，此人必脫虎口，大海浮萍，或有相逢之日。孩兒如今情願奉道㉔在家，侍養二親，便終身守寡，死而不怨。若必欲孩兒改嫁，不如容孩兒自盡，不失為完節之婦。」馮公見他說出一班道理，也不去逼他了。

光陰似箭，不覺已是紹興十二年。馮公累官至都統制，領兵在封州㉕鎮守。一日，廣州守將差指使賀承信，捧了公牒㉖，到封州將領司投遞。馮公延於廳上，問其地方之事，敘話良久方去。玉梅在後堂簾中竊窺，等馮公入衙，問道：「適纔賫公牒來的何人？」馮公道：「廣州指使賀承信也。」玉梅道：「奇怪！看他言語行步，好似建州范家郎君。」馮公大笑道：「建州城破，凡姓范的都不赦，只有枉死，那有枉活？廣州差官自姓賀，又是朝廷命官，並無分毫干惹，這也是你妄想了！侍妾聞知，豈不可笑？」玉梅被父親搶白了一場，滿面羞慚，不敢再說。正是：

只爲夫妻情愛重，致令父女語參差。

過了半年，賀承信又有軍牒奉差到馮公衙門。玉梅又從簾下窺視，心中懷疑不已，對父親說道：「孩兒今已離塵㉗奉道，豈復有兒女之情？但再三詳審，廣州姓賀的，酷似范郎。父親何不召至後堂，賜以酒食，從容叩之。范郎小名鰍兒，昔年在圍城中，情知必敗，有『鴛鴦鏡』各分一面，以為表記。父親呼其小名，以此鏡試之，必得其真情。」馮公應承了。

次日，賀承信又進衙領回文。馮公延至後堂，置酒相款。飲酒中間，馮公問其鄉貫出身，承信言語支吾，似有羞愧之色。馮公道：「鰍兒非足下別號乎？老夫已盡知矣，但說無妨也。」

承信求馮公屏去左右，即忙下跪，口稱：「死罪！」馮公用手攙扶道：「不須如此。」承信方敢吐膽傾心，告訴道：「小將建州人，實姓范。建炎四年，宗人范汝為煽誘飢民，據城為叛，小將陷於賊中，實非得已。後因大軍來討，攻破城池，賊之宗族，盡皆誅戮。小將因平昔好行方便，有人救護，遂改姓名為賀承信，出就招安。紹興五年，撥在岳少保㉘部下，隨征洞庭湖賊楊么㉙。岳家軍都是西北人，不習水戰。小將南人，幼通水性，能伏水三晝夜，所以有『范鰍兒』之號。岳少保親選小將為前鋒，每戰當先，遂平么賊。岳少保薦小將之功，得受軍職，累任至廣州指使。十年來，未曾洩之

㉔奉道：奉行道術，即修道。
㉕封州：今廣東省封川縣地方。
㉖公牒（ㄉㄧㄝˊ）：公家文書。
㉗離塵：隔絕俗念。
㉘岳少保：指宋將岳飛。
㉙楊么（ㄧㄠ）：是南宋時洞庭湖的水盜。

他人。今既承鈞問，不敢隱諱。」馮公又問道：「令孺人何姓？是結髮還是再娶？」承信道：「在賊中時，曾獲一官家女，納之為妻。踰年城破，夫妻各分散逃走，曾相約苟存性命，夫不再取，婦不再嫁。小將後來到信州，又尋得老母，至今母子相依，只留一粗婢炊爨，未曾娶妻。」馮公又問道：「足下與先孺人相約時，有何為記？」承信道：「有『鴛鴦寶鏡』，合之為一，分之為二，夫婦各留一面。」馮公道：「此鏡尚在否？」承信道：「此鏡朝夕隨身，不忍少離。」馮公道：「可借一觀。」承信揭開衣袂，在錦裹肚繫帶上，解下一個繡囊，囊中藏著寶鏡。馮公取觀，遂於袖中亦取一鏡合之，儼如生成。承信見二鏡符合，不覺悲泣失聲。馮公感其情義，亦不覺淚下道：「足下所娶，即吾女也！吾女現在衙中。」遂引承信至中堂，與女兒相見，各各大哭。馮公解勸了，且作慶賀筵席。是夜，即留承信於衙門歇宿。

過了數日，馮公將回文打發女婿起身，即令女兒相隨，到廣州任所同居。

後一年，承信任滿，將赴臨安，又領妻玉梅同過封州，拜別馮公。馮公備下千金妝奩，差官護送。承信到臨安，自諒前事年遠，無人推剝，不可使范氏無後，乃打通狀到禮部，復姓不復名，改名不改姓，叫做范承信。後累官至兩淮留守，夫妻偕老。其鴛鴦二鏡，子孫世傳為至寶云。

後人評論范鰍兒在逆黨中涅而不緇㉚，好行方便，救了許多人性命，今日死裡逃生，夫妻再合，乃陰德積善之報也。有詩為證：

十年分散天邊鳥，一旦團圓鏡裡鴛。
莫道浮萍偶然事，總由陰德感皇天。

㉚涅而不淄：居濁處不受污染。涅（ㄋㄧㄝˋ），黑色染料。淄（ㄗ），黑色。

提示

一、本篇選自明人編撰的《京本通俗小說》第十六卷。《京本通俗小說》是我國現存編成時間較早的話本小說集。它是繆荃孫在上海無意中發現的一個舊抄本，具有宋元坊刻的風格，大抵是明代中葉所編，內容大都是宋元時期一些無名的民間藝人創作出來的作品，文字流利通暢，可能已經過明人的潤色。

二、〈馮玉梅團圓〉是一篇較短的話本，從中可以看出話本的體制特色：

㈠篇首有詞一闋作「開頭」，篇尾有詩一首「為證」。

㈡篇中第一個較短的故事，敘徐信與妻崔氏、劉俊卿與妻王進奴的「交互姻緣」，名為「得勝頭迴」，也就是「入話」，是用來作為主體故事范希周與馮玉梅「雙鏡重圓」的「引子」的。目的在彼此相互引發並等候遲到聽眾之用。

㈢篇中引用了許多詩詞韻語，藉以強調意蘊與氣氛。

三、這篇故事與敘述徐德言和樂昌公主「破鏡重圓」的故事（見孟棨《本事詩．感情》）相似，都是敘述亂世夫妻離合的名篇。想必是受到啓發之作。

32 杜十娘怒沉百寶箱

馮夢龍

話中單表萬曆二十年間❶，日本國關白作亂❷，侵犯朝鮮。朝鮮國王上表告急，天朝發兵泛海往救。有戶部❸官奏准：目今兵興之際，糧餉未充，暫開納粟入監❹之例。原來納粟入監的，有幾般便宜：好❺讀書，好科舉，好中❻，結末來又有個小小前程結果❼。以此宦家公子，富室子弟，倒不願做秀才，都去援例做太學生。自開了這例，兩京❽太學生，各添至千人之外。內中有一人，姓李名甲，字幹先，浙江紹興府人氏。父親李布政❾所生三兒，惟甲居長。自幼讀書在庠❿，未得登科⓫，援例入於北雍⓬。因在京坐監⓭，與同鄉柳遇春監生同遊教坊司院內⓮，與一個名姬相遇。那名姬姓杜名媺，排行第十，院中都稱為杜十娘，生得：

渾身雅艷，遍體嬌香，兩彎眉畫遠山青，一對眼明秋水潤。臉如蓮萼，分明卓氏文君⓯，唇似櫻桃，何減白家樊素⓰。可憐一片無瑕玉，誤落風塵花柳⓱中。

那杜十娘自十三歲破瓜⓲，今一十九歲，七年之內，不知歷過了多少公子王孫，一個個情迷意蕩，破家蕩產而不惜。院中傳出四句口號⓳來，道是：

坐中若有杜十娘，斗筲⓴之量飲千觴，

院中若識杜老媺，千家粉面都如鬼。

❶話中：即話本中。話本是說話藝人所講故事的底本。「話中」是作者模擬說話人的口吻在敘述故事開頭時使用的習慣用語。萬曆：明神宗的年號。

❷關白作亂：指萬曆二十年（一五九二）豐臣秀吉入侵朝鮮事。關白，日本古代最高級大臣的官職名，相當於宰相。

❸戶部：中央機構六部之一，掌管戶口、田賦等事。

❹納粟入監：捐納粟米或銀子而進入國家最高學府國子監讀書。納粟入國子監後，即便不正式到國子監就學肄業，也算取得了監生的資格，就可以去考舉人。

❺好：容易。

❻中（ㄓㄨㄥˋ）：考試及格，被錄取。

❼前程結果：指將來有出路，能做官。

❽兩京：南京和北京。

❾布政：官名，即布政使。明朝分全國為十三個承宣布政司（相當於行省），每司設置布政使，為一省的行政長官。後改由巡撫主管省政，布政使降為巡撫屬下專管民政和財政的長官。

❿在庠（ㄒㄧㄤˊ）：在科舉時代的縣、府學校裡。庠，中國古代的學校。

⓫登科：封建時代參加科舉考試被錄取。

⓬北雍：北京的國子監。古代稱太學（國子監）為辟雍，簡稱雍。

⓭坐監：正式在國子監就學。

⓮監生：國子監生員的簡稱，即太學生。教坊司：古代教習音樂或舞蹈的機關。後來泛指妓院。

⓯卓氏文君：即卓文君。漢代臨邛（今四川省邛崍縣）人，卓王孫的女兒。有文才，通音樂。文君新寡，巧遇司馬相如在卓家飲酒，司馬相如彈琴挑逗文君，文君感而私奔相如。

⓰白家樊素：唐代著名詩人白居易的歌妓。白居易曾用「櫻桃樊素口」來形容樊素。

⓱風塵：指妓院。花柳：舊社會的娼妓。

⓲破瓜：女子破身的意思。

⓳口號：即順口溜。

⓴斗筲：斗，量器。筲（ㄕㄠ），竹器。兩者都是容量很小的容器，此處用來比喻酒量小。

卻說李公子，風流年少，未逢美色，自遇了杜十娘，喜出望外，把花柳情懷，一擔兒挑在他身上。那公子俊俏龐兒，溫存性兒，又是撒漫㉑的手兒，幫襯的勤兒㉒，與十娘一雙兩好，情投意合。十娘因見鴇兒㉓貪財無義，久有從良㉔之志；又見李公子忠厚志誠，甚有心向他。奈李公子懼怕老爺，不敢應承。雖則如此，兩下情好愈密，朝歡暮樂，終日相守，如夫婦一般，海誓山盟，各無他志。真個：

恩深似海恩無底，義重如山義更高。

再說杜媽媽女兒被李公子占住，別的富家巨室，聞名上門，求一見而不可得。初時李公子撒漫用錢，大差大使，媽媽脅肩諂笑㉕，奉承不暇。日往月來，不覺一年有餘，李公子囊篋㉖漸漸空虛，手不應心，媽媽也就怠慢了。老布政在家聞知兒子闝㉗院，幾遍寫字來喚他回去。他迷戀十娘顏色，終日延挨。後來聞知老爺在家發怒，越不敢回。古人云：「以利相交者，利盡而疏。」那杜十娘與李公子真情相好，見他手頭㉘愈短，心頭愈熱。媽媽也幾遍教女兒打發李甲出院，見女兒不統口㉙，又幾遍將言語觸突李公子，要激怒他起身。公子性本溫克㉚，詞氣愈和，媽媽沒奈何，日逐㉛只將十娘叱罵道：「我們行戶㉜人家，吃客穿客，前門送舊，後門迎新，門庭鬧如火，錢帛堆成垛。自從那李甲在此，混帳一年有餘，莫說新客，連舊主顧都斷了，分明接了個鍾馗老㉝，連小鬼也沒得上門。弄得老娘一家人家有氣無煙，成什麼模樣！」杜十娘被罵，耐性不住，便回答道：「那李公子不是空手上門的，也曾費過大錢來。」媽媽道：「彼一時，此一時，你只教他今日費些小錢兒，把與老娘辦些柴米，養你兩口也好。別人家養的女兒便是搖錢樹，千生萬活，偏我家晦氣，養了個退財白虎㉞，開了大門，七件事㉟，般般都在老身心上。倒替你這小賤人白白養著窮漢，教我衣食從何處來？你對那窮漢說：有本事出幾兩銀子與我，到得你跟了他去，我別討個丫頭過活卻不好？」十娘道：「媽媽，這話是真是假？」媽媽曉得李甲囊無一錢，衣衫都典盡了，料他沒處設法。便應道：「老娘從不說謊，當真哩。」十娘道：「娘，你要他許多少銀子？」媽媽道：「若是別人，

㉑撒漫：隨便花錢。
㉒幫襯：獻殷勤。勤兒：嫖客。
㉓鴇（ㄅㄠˇ）兒：年老的妓女。此指妓母。
㉔從良：古代妓女隸屬於樂籍，被視為賤業，沒有人身自由。妓女脫離樂籍，嫁作良家妻妾叫從良。
㉕脅肩諂笑：聳著肩膀作出媚笑的樣子去奉承人。
㉖囊篋：指腰包。囊，口袋。篋，小箱子。
㉗闝（ㄆㄧㄠˊ）：同「嫖」。
㉘手頭：指手中的錢。
㉙不統口：不開口，不吐口。「統」疑為「綻」字之誤。
㉚溫克：溫和，能忍讓。
㉛日逐：每天。
㉜行戶：指妓院。
㉝鍾馗（ㄎㄨㄟˊ）老：傳說為唐朝進士，死後成神，專門捉鬼。
㉞退財白虎：指不讓錢財進門的凶神，這是鴇母罵杜十娘的話。白虎，凶神。
㉟開了大門，七件事：指過日子必備的柴、米、油、鹽、醬、醋、茶七樣東西。

千把銀子也討了，可憐那窮漢出不起，只要他三百兩，我自去討一個粉頭㊱代替。只一件，須是三日內交付與我。左手交銀，右手交人。若三日沒有銀時，老身也不管三七二十一，公子不公子，一頓孤拐㊲，打那光棍出去。那時莫怪老身！」十娘道：「公子雖在客邊乏鈔，諒三百金還措辦得來。只是三日忒近，限他十日便好。」媽媽想道：「這窮漢一雙赤手，便限他一百日，他那裡來銀子。沒有銀子，便鐵皮包臉，料也無顏上門。那時重整家風。㜷兒也沒得話講。」答應道：「看你面，便寬到十日。第十日沒有銀子，不干老娘之事。」十娘道：「若十日內無銀，料他也無顏再見了。只怕有了三百兩銀子，媽媽又翻悔起來。」媽媽道：「老身年五十一歲了，又奉斗齋㊳，怎敢說謊？不信時與你拍掌為定。若翻悔時做豬做狗。」

從來海水斗難量，可笑虔婆㊴意不良；
料定窮儒囊底竭，故將財禮難嬌娘。

是夜，十娘與公子在枕邊，議及終身之事。公子道：「我非無此心。但教坊落籍㊵，其費甚多，非千金不可。我囊空如洗，如之奈何！」十娘道：「妾已與媽媽議定只要三百金，但須十日內措辦。郎君游資雖罄，然都中豈無親友，可以借貸？倘得如數，妾身遂為君之所有，省受虔婆之氣。」公子道：「親友中為我留戀行院㊶，都不相顧。

明日只做束裝起身，各家告辭，就開口假貸路費，湊聚將來，或可滿得此數。」起身梳洗，別了十娘出門。十娘道：「用心作速，專聽佳音。」公子道：「不須吩咐。」公子出了院門，來到三親四友處，假說起身告別，眾人到也歡喜。後來敘到路費欠缺，意欲借貸。常言道：「說著錢，便無緣。」親友們就不招架㊷。他們也見得是，道李公子是風流浪子，迷戀煙花，年許不歸，父親都為他氣壞在家。他今日抖然要回，未知真假。倘或說騙盤纏到手，又去還脂粉錢，父親知道，將好意翻成惡意，始終只是一怪，不如辭了乾淨。便回道：「目今正值空乏，不能相濟，慚愧！慚愧！」人人如此，個個皆然，並沒有個慷慨丈夫，肯統口許他一十二十兩。李公子一連奔走了三日，分毫無獲，又不敢回絕十娘，權且含糊答應。到第四日又沒想頭，就羞回院中。平日間有了杜家，連下處也沒有了，今日就無處投宿。只得往同鄉柳監生寓所借歇。柳遇春見公子愁容可掬，問其來歷。公子將杜十娘願嫁之情，備細說了。遇春搖首道：「未必，未必。那杜

㊱粉頭：青年妓女。
㊲孤拐：腳髁骨。這裡是打腳髁骨的意思。
㊳斗齋：古代的一種迷信儀式。俗傳斗母娘娘過生日奉斗齋，每月逢七吃素。
㊴虔婆：舊社會泛指兇惡的婦女，此指鴇母。罵人語。
㊵落籍：明代妓女都在樂籍列名，從良時，要在樂籍除名，稱落籍。
㊶行（ㄏㄤˊ）院：指妓院。
㊷招架：抵擋。這裡是接待、應酬的意思。

嫩曲中㊸第一名姬，要從良時，怕沒有十斛明珠，千金聘禮。那鴇兒如何只要三百兩？想鴇兒怪你無錢使用，白白占住她的女兒，設計打發你出門。那婦人與你相處已久，又礙卻面皮，不好明言。明知你手內空虛，故意將三百兩賣個人情，限你十日。若十日沒有，你也不好上門。便上門時，她會說你笑你，落得一場褻瀆㊹，自然安身不牢，此乃煙花逐客之計。足下三思，休被其惑。據弟愚意，不如早早開交㊺為上。」公子聽說，半晌無言，心中疑惑不定。遇春又道：「足下莫要錯了主意。你要真個還鄉，不多幾兩盤費，還有人搭救。若是要三百兩時，莫說十日，就是十個月也難。如今的世情，那肯顧緩急㊻二字的。那煙花也算定你沒處告債，故意設法難你。」公子道：「仁兄所見良是。」口裡雖如此說，心中割捨不下。依舊又往外邊東央西告，只是夜裡不進院門了。公子在柳監生寓中，一連住了三日，共是六日了。杜十娘連日不見公子進院，十分著緊，就教小廝四兒街上去尋。四兒尋到大街，恰好遇見公子。四兒叫道：「李姐夫，娘在家裡望你。」公子自覺無顏，回覆道：「今日不得功夫，明日來罷。」四兒奉了十娘之命，一把扯住，死也不放。道：「娘叫咱尋你。是必同去走一遭。」李公子心上也牽掛著婊子㊼，沒奈何，只得隨四兒進院。見了十娘，嘿嘿無言㊽。十娘問道：「所謀之事如何？」公子眼中流下淚來。十娘道：「莫非人情淡薄，不能足三百之數麼？」公子含淚而言，道出二句：「不信上山擒虎易，果然開口告人難。一連奔走六日，並無銖兩，一雙空手，羞見芳卿㊾，故此這幾日不敢進院。今日承命呼喚，忍恥而來，非某不用心，實是世情如此。」十娘道：「此言休使虔婆知道。郎君今夜且住，妾別有商議。」十娘自備酒肴與公子歡飲。睡至半夜，十娘對公子道：「郎君果不能辦一錢耶？妾終身之事，當如何也？」公子只是流涕，不能答一語。漸漸五更天曉。十娘道：「妾所臥絮褥內藏有碎銀一百五十兩，此妾私蓄，郎君可持去。三百金，妾任其半，郎君亦謀其半，庶易為力㊿。限只四日，萬勿遲誤。」十娘起身將褥付公子，公子驚喜過望，喚童兒持褥而去。徑到柳遇春寓中，又把夜來之情與遇春說了。將褥拆看時，絮中都裹著零碎銀子，取出兌時，果是一百五十兩。遇春大驚道：「此婦真有心人也。既係真情，不可相負。吾當代為足下謀之。」公子道：「倘得玉成，決不有負。」當下柳遇春留李公子在寓，自出頭各處去借貸。兩日之內，湊足一百五十兩交付公子道：「吾代為足下告債，非為足下，實憐杜十娘之情也。」李甲拿了三百兩銀子，喜從天降，笑逐顏開，欣欣然來見十娘，剛是第九日，還不足十日。十娘問道：「前日分毫難借，今日如何就有

㊸曲中：唐宋時妓女所居的地方稱坊曲。曲中就是妓院中。
㊹褻瀆（ㄒㄧㄝˋ ㄉㄨˊ）：輕慢、侮蔑的意思。
㊺開交：分開，斷絕關係。
㊻緩急：緩，舒緩。急，急迫、緊迫。這裡是急的意思。
㊼婊子：古代對妓女的稱呼。
㊽嘿（ㄇㄛˋ）：同「默」。
㊾芳卿：對親愛的女子的稱呼。
㊿庶易為力：才容易辦到。

一百五十兩？」公子將柳監生事情，又述了一遍。十娘以手加額道：「使吾二人得遂其願者，柳君之力也。」兩個歡天喜地，又在院中過了一晚。次日十娘早起，對李甲道：「此銀一交，便當隨郎君去矣。舟車之類，合當預備。妾昨日於姊妹中借得白銀二十兩，郎君可收下為行資也。」公子正愁路費無出，但不敢開口，得銀甚喜。說猶未了，鴇兒恰來敲門叫道：「媺兒，今日是第十日了。」公子聞叫，啟戶相延道：「承媽媽厚意，正欲相請。」便將銀三百兩放在桌上。鴇兒不料公子有銀，嘿然變色，似有悔意。十娘道：「兒在媽媽家中八年，所致金帛，不下數千金矣。今日從良美事，又媽媽親口所訂，三百金不欠分毫，又不曾過期。倘若媽媽失信不許，郎君持銀去，兒即刻自盡。恐那時人財兩失，悔之無及也。」鴇兒無詞以對。腹內籌畫了半晌，只得取天平兑準了銀子，說道：「事已如此，料留你不住了。只是你要去時，即今就去。平時穿戴衣飾之類，毫釐休想。」說罷，將公子和十娘推出房門，討鎖來就落了鎖。此時九月天氣。十娘才下床，尚未梳洗，隨身舊衣，就拜了媽媽兩拜。李公子也作了一揖。一夫一婦，離了虔婆大門。

鯉魚脫卻金鉤去，擺尾搖頭再不來。

公子教十娘且住片時：「我去喚個小轎抬你，權往柳榮卿寓所去，再作道理。」十娘道：「院中諸姊妹平昔相厚，理宜話別。況前日又承他借貸路費，不可不一謝也。」乃同公子到各姊妹處謝別。姊妹中惟謝月朗徐素素與杜家相近，尤與十娘親厚。十娘先到謝月朗家。月朗見十娘禿髻[51]舊衫，驚問其故。十娘備述來因。又引李甲相見。十娘指月朗道：「前日路資，是此位姐姐所貸，郎君可致謝。」李甲連連作揖。月朗便教十娘梳洗，一面去請徐素素來家相會。十娘梳洗已畢，謝徐二美人各出所有，翠鈿金釧[52]，瑤簪寶珥[53]，錦袖花裙，鸞帶繡履，把杜十娘裝扮得煥然一新，備酒作慶賀筵席。月朗讓臥房與李甲杜媺二人過宿。次日，又大擺筵席，遍請院中姊妹。凡十娘相厚者，無不畢集。都與他夫婦把盞稱喜。吹彈歌舞，各逞其長，務要盡歡，直飲至夜分。十娘向眾姊妹，一一稱謝。眾姊妹道：「十姊為風流領袖，今從郎君去，我等相見無日。何日長行[54]，姊妹們尚當奉送。」月朗道：「候有定期，小妹當來相報。但阿姊千里間關[55]，同郎君遠去，囊篋蕭條，曾無約束[56]，此乃吾等之事。當相與共謀之，勿令姊有窮途之慮也。」眾姊妹唯唯而散。是晚，公子和十娘仍宿謝家。至五鼓，十娘對公子道：「吾

[51] 禿髻：沒有戴首飾的髮髻。髻（ㄐㄧˋ），挽束在頭頂上的髮。
[52] 翠鈿（ㄉㄧㄢˋ）金釧（ㄔㄨㄢˋ）：鑲嵌翡翠的首飾和金質的手鐲。
[53] 瑤簪寶珥（ㄦˇ）：指玉簪和鑲珠的耳環。簪，婦女插髻的首飾。珥，婦女的珠寶耳飾。
[54] 長行：遠行。
[55] 間關：形容旅途崎嶇艱難。
[56] 曾無約束：沒有什麼準備。

等此去，何處安身？郎君亦曾計議有定著否？」公子道：「老父盛怒之下，若知娶姬而歸，必然加以不堪，反致相累。展轉尋思，尚未有萬全之策。」十娘道：「父子天性，豈能終絕。既然倉卒難犯，不若與郎君於蘇杭聖地，權作浮居㊼。郎君先回，求親友於尊大人面前勸解和順，然後攜妾于歸㊽，彼此安妥。」公子道：「此言甚當。」次日，二人起身辭了謝月朗，暫往柳監生寓中，整頓行裝。杜十娘見了柳遇春，倒身下拜，謝其周全之德：「異日我夫婦必當重報。」遇春慌忙答禮道：「十娘鍾情所歡，不以貧窶易心㊾，此乃女中豪傑。僕因風吹火㊿，諒區區何足掛齒！」三人又飲了一日酒。次早，擇了出行吉日，雇倩(61)轎馬停當。十娘又遣童兒寄信，別謝月朗。臨行之際，只見肩輿(62)紛紛而至，乃謝月朗與徐素素拉眾姊妹來送行。月朗道：「十姊從郎君千里間關，囊中消索(63)，吾等甚不能忘情。今合具薄贐(64)，十姊可檢收，或長途空乏，亦可少助。」說罷，命從人挈一描金文具(65)至前，封鎖甚固，正不知什麼東西在裡面。十娘也不開看，也不推辭，但殷勤作謝而已。須臾，輿馬齊集，僕夫催促起身。柳監生三杯別酒，和眾美人送出崇文門外，各各垂淚而別。正是：

他日重逢難預必(66)，此時分手最堪憐。

再說李公子同杜十娘行至潞河，舍陸從舟，卻好有瓜州差使船轉回之便(67)，講定船錢，包了艙口。比及下船時，李公子囊中並無分文餘剩。你道杜十娘把二十兩銀子與公子，如何就沒了。公子在院中闞得衣衫藍縷[68]，銀子到手，未免在解庫[69]中取贖幾件穿著，又製辦了鋪蓋，剩來只夠轎馬之費。公子正當愁悶，十娘道：「郎君勿憂，眾姊妹合贈，必有所濟。」乃取鑰開箱。公子在傍自覺慚愧，也不敢窺覷箱中虛實。只見十娘在箱裡取出一個紅絹袋來，擲於桌上道：「郎君可開看之。」公子提在手中，覺得沉重。啟而觀之，皆是白銀，計數整五十兩。十娘仍將箱子下鎖，亦不言箱中更有何物。但對公子道：「承眾姊妹高情，不惟途路不乏，即他日浮寓吳越間[70]，亦可稍佐吾夫妻山水之費矣[71]。」公子且驚且喜道：「若不遇恩卿，我李甲流落他鄉，死無葬身之地矣。此情此德，白頭不敢忘也。」自此每談及此事，公子必感激流涕。十娘亦曲意撫慰，一路無話，不一日，行至瓜州，大船停泊岸口，公子別雇了民船，安放行李。約明

57 浮居：流動不定的居處。
58 于歸：女子出嫁。
59 貧窶（ㄐㄩˋ）：貧陋。
60 因風吹火：比喻不費氣力，順便幫忙。
61 雇倩：雇求、雇用。倩，請。
62 肩輿：轎子。
63 消索：空乏。
64 薄贐（ㄐㄧㄣˋ）：贈給微薄的禮物或路費。
65 挈：提。描金文具：繪飾著金花的箱子。
66 預必：預先肯定。
67 差使船：替官府運送漕糧的船。
68 藍縷：破爛。
69 解庫：典當鋪。
70 吳越間：蘇州、杭州一帶地方。
71 佐：幫助。山水之費：遊山玩水的費用。

日侵晨㊆，剪江㊆而渡。其時仲冬中旬，月明如水，公子和十娘坐於舟首。公子道：「自出都門，困守一艙之中，四顧有人，未得暢語。今日獨據一舟，更無避忌。且已離塞北，初近江南，宜開懷暢飲，以舒向來抑鬱之氣，恩卿以為何如？」十娘道：「妾久疏談笑，亦有此心，郎君言及，足見同志耳。」公子乃攜酒具於船首，與十娘鋪氈並坐，傳杯交盞。飲至半酣，公子執卮⑭對十娘道：「恩卿妙音，六院⑮推首。某相遇之初，每聞絕調⑯，輒不禁神魂之飛動。心事多違，彼此鬱鬱，鸞鳴鳳奏，久矣不聞。今清江明月，深夜無人，肯為我一歌否？」十娘興亦勃發，遂開喉頓嗓，取扇按拍，嗚嗚咽咽，歌出元人施君美《拜月亭》雜劇上「狀元執盞與嬋娟」⑰一曲，名《小桃紅》。真個：

聲飛霄漢雲皆駐，響入深泉魚出遊。

卻說他舟有一少年，姓孫名富字善賚，徽州新安人氏。家資巨萬，積祖揚州種鹽⑱。年方二十，也是南雍⑲中朋友。生性風流，慣向青樓⑳買笑，紅粉追歡，若嘲風弄月㉑，到是個輕薄的頭兒。事有偶然，其夜亦泊舟瓜州渡口，獨酌無聊。忽聽得歌聲嘹亮，鳳吟鸞吹，不足喻其美。起立船頭，佇聽半晌，方知聲出鄰舟。正欲相訪，音響倏已寂然。乃遣僕者潛窺蹤跡，訪於舟人。但曉得是李相公雇的船，並不知歌者來歷。孫富想道：「此歌者必非良家，怎生得他一見？」展轉尋思，通宵不寐。捱至五更，忽聞江風大作。及曉，彤雲密布，狂雪飛舞。怎見得，有詩為證：

　　千山雲樹滅，萬徑人蹤絕；扁舟蓑笠翁，獨釣寒江雪。

因這風雪阻渡，舟不得開。孫富命艄公移船，泊於李家舟之傍，孫富貂帽狐裘，推窗假作看雪。值十娘梳洗方畢，纖纖玉手，揭起舟傍短簾，自潑盂中殘水，粉容微露，卻被孫富窺見了，果是國色天香。魂搖心蕩，迎眸注目，等候再見一面，杳不可得。沉思久之，乃倚窗高吟高學士[82]《梅花詩》二句，道：

　　雪滿山中高士臥，月明林下美人來。

李甲聽得鄰舟吟詩，舒頭出艙，看是何人。只因這一看，正中了孫富之計。孫富吟詩，

[72] 侵晨：凌晨。
[73] 剪江：橫渡江面。
[74] 執卮：舉杯。卮，古代一種盛酒器。
[75] 六院：明初南京的官妓集聚的地方。後泛指妓院。
[76] 絕調：絕妙的歌聲。
[77] 《拜月亭》：一名《幽閨記》。相傳為元代施惠（君美）所作，本為傳奇（南戲戲文），這裡誤認為雜劇。劇中演蔣世龍和王瑞蘭、陀滿興福和蔣瑞蓮悲歡離合的故事。
[78] 積祖：祖傳、幾代。種鹽：做鹽商。
[79] 南雍：南京的國子監。
[80] 青樓：指妓院。
[81] 嘲風弄月：指玩弄妓女。
[82] 高學士：高啟，明初著名詩人。

正要引李公子出頭，他好乘機攀話。當下慌忙舉手，就問：「老兄尊姓何諱？」李公子敘了姓名鄉貫，少不得也問那孫富。孫富也敘過了。又敘了些太學中的閑話，漸漸親熱，孫富便道：「風雪阻舟，乃天遣與尊兄相會，實小弟之幸也。舟次無聊，欲同尊兄上岸，就酒肆中一酌，少領清誨⑧³，萬望不拒。」公子道：「萍水相逢，何當厚擾？」孫富道：「說哪裡話！四海之內，皆兄弟也。」喝教艄公打跳⑧⁴，童兒張傘，迎接公子過船，就於船頭作揖。然後讓公子先行，自己隨後，各各登跳上涯。行不數步，就有個酒樓，二人上樓，揀一副潔淨座頭，靠窗而坐。酒保列上酒肴。孫富舉杯相勸，二人賞雪飲酒。先說些斯文中套話。漸漸引入花柳之事。二人都是過來之人，志同道合，說得入港⑧⁵，一發成相知了。孫富屏去左右，低低問道，「昨夜尊舟清歌者，何人也？」李甲正要賣弄在行，遂實說道：「此乃北京名妓杜十娘也。」孫富道：「既係曲中姊妹，何以歸兄？」公子遂將初遇杜十娘，如何相好，後來如何要嫁，如何借銀討他，始末根由，備細述了一遍。孫富道：「兄攜麗人而歸，固是快事，但不知尊府中能相容否？」公子道：「賤室不足慮，所慮者，老父性嚴，尚費躊躇⑧⁶耳！」孫富將機就機，便問道：「既是尊大人未必相容，兄所攜麗人，何處安頓？亦曾通知麗人，共作計較否？」公子攢眉⑧⁷而答道：「此事曾與小妾議之。」孫富欣然問道：「尊寵⑧⁸必有妙策。」公子道：「他意欲僑居蘇杭，流連山水。使小弟先回，求親友宛轉於家君之前。俟家君回嗔作喜89，然後圖歸，高明以為何如？」孫富沉吟半晌，故作愀然之色90，道：「小弟乍會之間，交淺言深，誠恐見怪。」公子道：「正賴高明指教，何必謙遜？」孫富道：「尊大人位居方面91，必嚴帷薄之嫌92，平時既怪兄遊非禮之地，今日豈容兄娶不節之人。況且賢親貴友，誰不迎合尊大人之意者？兄枉去求他，必然相拒。就有個不識時務的，進言於尊大人之前，見尊大人意思不允，他就轉口了。兄進不能和睦家庭，退無詞以回覆尊寵。即使留連山水，亦非長久之計。萬一資斧困竭93，豈不進退兩難！」公子自知手中只有五十金，此時費去大半，說到資斧困竭，進退兩難，不覺點頭道是。孫富又道：「小弟還有句心腹之談，兄肯俯聽否？」公子道：「承兄過愛，更求盡言。」孫富道：「疏不間親，還是莫說罷。」公子道：「但說何妨。」孫富道：「自古道：『婦人水性94

83清誨：教誨。向人領教的客套話。

84打跳：架起跳板。跳，跳板，引渡客人下船上岸的長木板。

85入港：指談說投機。

87躊躇（ㄔㄡˊ ㄔㄨˊ）：猶豫不決，拿不定主意。

86攢（ㄘㄨㄢˊ）眉：皺眉。

88尊寵：稱呼對方的小老婆。

89俟：等待。回嗔作喜：變怒為喜。

90愀然：憂愁的樣子。

91位居方面：管轄一個方面或一個地區。舊時以一省的最高級官吏為方面官，李甲的父親是布政使，不是最高的官，夠不上「位居方面」，孫富這樣說是阿諛之詞。

92必嚴帷薄之嫌：一定嚴格男女之間的禮防界限。帷是幔；薄是簾，都是間隔內外的用具。舊時官場常以「帷薄」代指家庭或婦女之事。

93資斧：旅費。

94水性：比喻女性用情不專一。

無常。』況煙花之輩，少真多假。他既係六院名姝，相識定滿天下；或者南邊原有舊約，借兄之力，挈帶而來，以為他適之地。」公子道：「這個恐未必然。」孫富道：「即不然，江南子弟，最工輕薄，兄留麗人獨居，難保無逾牆鑽穴之事[95]。若挈之同歸，愈增尊大人之怒。為兄之計，未有善策。況父子天倫，必不可絕。若為妾而觸父，因妓而棄家，海內必以兄為浮浪不經之人。異日妻不以為夫，弟不以為兄，同袍[96]不以為友，兄何以立於天地之間？兄今日不可不熟思也！」公子聞言，茫然自失，移席問計：「據高明之見，何以教我？」孫富道：「僕有一計，於兄甚便。只恐兄溺枕席之愛，未必能行，使僕空費詞說耳！」公子道：「兄誠有良策，使弟再睹家園之樂，乃弟之恩人也。又何憚而不言耶？」孫富道：「兄飄零歲餘，嚴親懷怒，閨閣[97]離心，設身以處兄之地，誠寢食不安之時也。然尊大人所以怒兄者，不過為迷花戀柳，揮金如土，異日必為棄家蕩產之人，不堪承繼家業耳！兄今日空手而歸，正觸其怒。兄倘能割衽席[98]之愛，見機而作，僕願以千金相贈。兄得千金，以報尊大人，只說在京授館[99]，並不曾浪費分毫，尊大人必然相信。從此家庭和睦，當無間言。須臾之間，轉禍為福。兄請三思，僕非貪麗人之色，實為兄效忠於萬一也！」李甲原是沒主意的人，本心懼怕老子，被孫富一席話，說透胸中之疑，起身作揖道：「聞兄大教，頓開茅塞[100]。但小妾千里相從，義難頓絕，容歸與商之。得其心肯，當奉復耳。」孫富道：「說話之間，宜放宛曲。彼既忠心為兄，必不使兄父子分離，定然玉成兄還鄉之事矣。」二人飲了一回酒，風停雪止，天色已晚。孫富教家童算還了酒錢，與公子攜手下船。正是：

逢人且說三分話，未可全拋一片心。

卻說杜十娘在舟中，擺設酒果，欲與公子小酌，竟日未回，挑燈以待。公子下船，十娘起迎。見公子顏色匆匆，似有不樂之意，乃滿斟熱酒勸之。公子搖首不飲。一言不發，竟自床上睡了。十娘心中不悅，乃收拾杯盤，為公子解衣就枕，問道：「今日有何見聞，而懷抱鬱鬱如此？」公子嘆息而已，終不啟口。問了三四次，公子已睡去了。十娘委決不下101，坐於床頭而不能寐。到夜半，公子醒來，又嘆一口氣。十娘道：「郎君有何難言之事，頻頻嘆息？」公子擁被而起，欲言不語者幾次，撲簌簌掉下淚來。十娘抱持公子於懷間，軟言撫慰道：「妾與郎君情好，已及二載，千辛萬苦，歷盡艱難，得有今日。然相從數千里，未曾哀戚。今將渡江，方圖百年歡笑，如何反起悲傷，必有其故。夫婦之間，死生相共，有事盡可商量，萬勿諱102也。」公子再四被逼不過，只得含

95 逾牆鑽穴之事：指男女不正當的行為。
96 同袍：朋友、同事。
97 閨閣：指李甲原配之妻。
98 衽席：床席。
99 授館：當家庭教師。
100 茅塞：比喻知識未開，如被茅草堵塞。
101 委決不下：猶豫不決。
102 諱：隱瞞。

淚而言道：「僕天涯窮困，蒙恩卿不棄，委曲[103]相從，誠乃莫大之德也。但反覆思之，老父位居方面，拘於禮法，況素性方嚴，恐添嗔怒，必加黜逐[104]。你我流蕩，將何底止[105]？夫婦之歡難保，父子之倫又絕。日間蒙新安孫友邀飲，為我籌及此事，寸心如割。」十娘大驚道：「郎君意將如何？」公子道：「僕事內之人，當局而迷。孫友為我畫一計頗善，但恐恩卿不從耳！」十娘道：「孫友者何人？計如果善，何不可從？」公子道：「孫友名富，新安鹽商，少年風流之士也。夜間聞子清歌，因而問及。僕告以來歷，並談及難歸之故，渠意欲以千金聘汝。我得千金，可借口以見吾父母；而恩卿亦得所天[106]。但情不能舍，是以悲泣。」說罷，淚如雨下。十娘放開兩手，冷笑一聲道：「為郎君畫此計者，此人乃大英雄也。郎君千金之資，既得恢復，而妾歸他姓，又不至為行李之累，發乎情，止乎禮，誠兩便之策也。那千金在哪裡？」公子收淚道：「未得恩卿之諾，金尚留彼處，未曾過手。」十娘道：「明早快快應承了他，不可挫過機會。但千金重事，須得兌足交付郎君之手，妾始過舟，勿為賈豎子[107]所欺。」時已四鼓，十娘即起身挑燈梳洗道：「今日之妝，乃迎新送舊，非比尋常。」於是脂粉香澤，用意修飾，花鈿繡襖，極其華艷，香風拂拂，光彩照人。裝束方完，天色已曉。孫富差家童到船頭候信。十娘微窺公子，欣欣似有喜色，乃催公子快去回話，及早兌足銀子。公子親到孫富船中，回覆依允。孫富道：「兌銀易事，須得麗人妝台為信。」公子又回覆了十娘，十娘即指描金文具道：「可便抬去。」孫富喜甚。即將白銀一千兩，送到公子船中。十娘親自檢看，足色[108]足數，分毫無爽。乃手把船舷，以手招孫富。孫富一見，魂不附體。十娘啟朱唇，開皓齒道：「方才箱子可暫發來，內有李郎路引[109]一紙，可檢還之也。」孫富視十娘已為甕中之鱉[110]，即命家童送那描金文具，安放船頭之上。十娘取鑰開鎖，內皆抽替[111]小箱。十娘叫公子抽第一層來看，只見翠羽明璫，瑤簪寶珥，充牣[112]於中，約值數百金。十娘遽投之江中。李甲與孫富及兩船之人，無不驚詫。又命公子再抽一箱，乃玉簫金管。又抽一箱，盡古玉紫金玩器，約值數千金。十娘盡投之於大江中。岸上之人，觀者如堵。齊聲道：「可惜可惜！」正不知什麼緣故。最後又抽一箱，箱中復有一匣。開匣視之，夜明之珠，約有盈把。其他祖母綠[113]，貓兒眼[114]，諸般異寶，目所未睹，莫能定其價之多少。眾人齊聲喝采，喧聲如雷。十娘又欲投之於江。李甲不

[103] 委曲：婉轉。
[104] 黜逐：斥責驅趕。
[105] 將何底止：到何時才算止境。
[106] 所天：丈夫。
[107] 賈豎子：對商人的輕蔑稱呼。
[108] 足色：銀子十足的成色。
[109] 路引：出行時所領的執照。這裡指國子監發給李甲的回籍證明。
[110] 甕中之鱉：比喻無處可逃之物。
[111] 抽替：抽屜。
[112] 充牣：充滿。
[113] 祖母綠：一種純色綠寶石，通體透明，又稱綠柱玉、子母綠。
[114] 貓兒眼：寶石的一種，又稱貓眼石，其光彩像貓眼。

覺大悔，抱持十娘慟哭，那孫富也來勸解。十娘推開公子在一邊，向孫富罵道：「我與李郎備嘗艱苦，不是容易到此，汝以奸淫之意，巧為讒說⑮，一旦破人姻緣，斷人恩愛，乃我之仇人。我死而有知，必當訴之神明，尚妄想枕席之歡乎！」又對李甲道：「妾風塵數年，私有所積，本為終身之計。自遇郎君，山盟海誓，白首不渝⑯。前出都之際，假託眾姊妹相贈，箱中韞藏百寶，不下萬金。將潤色⑰郎君之裝，歸見父母，或憐妾有心，收佐中饋⑱，得終委託，生死無憾。誰知郎君相信不深，惑於浮議⑲，中道見棄，負妾一片真心。今日當眾目之前，開箱出視，使郎君知區區千金，未為難事。妾櫝中⑳有玉，恨郎眼內無珠。命之不辰㉑，風塵困瘁㉒，甫㉓得脫離，又遭棄捐。今眾人各有耳目，共作證明，妾不負郎君，郎君自負妾耳！」於是眾人聚觀者，無不流涕，都唾罵李公子負心薄倖。公子又羞又苦，且悔且泣，方欲向十娘謝罪。十娘抱持寶匣，向江心一跳。眾人急呼撈救。但見雲暗江心，波濤滾滾，杳無蹤影。可惜一個如花似玉的名姬，一旦葬於江魚之腹。

三魂渺渺歸水府，七魄悠悠入冥途。

當時旁觀之人，皆咬牙切齒，爭欲拳毆李甲和那孫富。慌得李孫二人，手足無措，急叫開船，分途遁去。李甲在舟中，看了千金，轉憶十娘，終日愧悔，鬱成狂疾，終身不痊。孫富自那日受驚，得病臥床月餘，終日見杜十娘在傍詬罵，奄奄而逝。人以為江中之報也。

卻說柳遇春在京坐監完滿，束裝回鄉，停舟瓜步⑫④。偶臨江淨臉。失墜銅盆於水，覓漁人打撈。及至撈起，乃是個小匣兒。遇春啟匣觀看，內皆明珠異寶，無價之珍。遇春厚賞漁人，留於床頭把玩。是夜夢見江中一女子，凌波而來，視之，乃杜十娘也。近前萬福，訴以李郎薄倖之事。又道：「向承君家慷慨，以一百五十金相助，本意息肩之後⑫⑤，徐圖報答。不意事無終始；然每懷盛情，悒悒未忘⑫⑥。早間曾以小匣託漁人奉致，聊表寸心，從此不復相見矣。」言訖，猛然驚醒，方知十娘已死，嘆息累日。後人評論此事，以為孫富謀奪美色，輕擲千金，固非良士；李甲不識杜十娘一片苦心，碌碌蠢才，無足道者。獨謂十娘千古女俠，豈不能覓一佳侶，共跨秦樓之鳳⑫⑦，乃錯認李公子，

⑪⑤讒說：說破壞別人相互感情的話。
⑪⑥白首不渝：終老不變。
⑪⑦潤色：裝點。
⑪⑧中饋：舊社會妻子的代稱。
⑪⑨浮議：沒有根據的胡言。
⑫⓪櫝（ㄉㄨˊ）中：櫃子裡面。
⑫①不辰：生不逢時。
⑫②困瘁：困苦。
⑫③甫：始。
⑫④瓜步：鎮名，位於江蘇省六合縣東南，東臨長江。
⑫⑤息肩：原意為休息，此處應指安定下來。
⑫⑥悒悒：悶在心裡。
⑫⑦共跨秦樓之鳳：春秋時，蕭史善吹簫，秦穆公將女兒弄玉嫁給他。蕭史教弄玉吹簫作鳳鳴之意，鳳鳥居然感音而來。後來，蕭史乘龍，弄玉乘鳳一同仙去。此處比喻夫婦的美好生活。

明珠美玉，投於盲人，以致恩變為仇，萬種恩情，化為流水，深可惜也！有詩嘆云：

不會風流莫妄談，單單情字費人參；
若將情字能參透，喚作風流也不慚。

提示

一、本篇選自《警世通言》卷三十二，作者馮夢龍。馮夢龍（一五七四－一六四六），字猶龍、耳猶，號龍子猶、墨憨齋主人，長洲（今江蘇省蘇州市）人。崇禎三年貢生，曾任福建壽寧知縣。一生主要精力用於文學活動，特別是在通俗文學方面。他編選了《警世通言》、《醒世恒言》和《喻世明言》（即「三言」）等三部短篇小說集，不僅促進了話本小說的傳播，而且推動了擬話本的創作。

二、本篇《杜十娘怒沉百寶箱》，是「三言」中的優秀作品，也是我國古代白話短篇小說的傑作之一。內容寫妓女杜十娘的愛情悲劇，是明人的「擬話本」，依話本的體例，全文可以分為「入話」、「正話」和「結尾」三個部分。為節省篇幅，刪去了「入話」部分，直接從「正話」開始。

「正話」又可以分為四部分：

㈠從「話中單表萬曆二十年間」到「義重如山義更高」是「正話」的交代部分。「萬曆二十年」是西元一五九二年。這一年確實發生了日本「關白」豐臣秀吉侵略朝鮮的事，朝鮮請求明朝發兵救援，明朝派總兵官李如松率軍入朝鮮收復平壤、開城等地。後日軍因缺糧退兵，明朝派使與日本議和，撤主力回國。所以，文中所說「日本關白作亂」，「天朝發兵」是史實。這是作者借以作為杜十娘悲劇故事的時代背景。由「天朝發兵泛海往救」引出「暫開納粟入監」的事來，再引出李甲「援例入於北雍（在北京），得與教坊司名妓杜十娘相遇。」這裡明言「納粟入監」有「幾般便宜：好讀書，好科舉，好中」，因此「宦家公子，富室子弟」都紛紛「援例做太學生」，這暴露了明朝政治的腐敗和科舉制度的弊端；也說明了李甲並不是真正有才學的太學生。介紹李甲之後，作者又介紹了杜十娘的身世，這個教坊司的名妓，有驚人的美貌，但也有十分不幸的遭遇，「可憐一片無瑕玉，誤落風塵花柳中」，年僅十三歲就開始了被人蹂躪的生活，而今已經過了七年。其間多少公子王孫見了杜十娘後無不「情迷意蕩」，李甲見了更是「喜出望外」，迷戀不已，杜十娘則覺得李甲有「俊俏龐兒」，有「溫存性兒」等，而更重要的是她「見鴇兒貪財無義」，因此「久有從良之志」，在王孫公子之中無可寄託之人，相比之下見「李公子忠厚志誠」，才「甚有心向他」。但李甲「懼怕老爺」李布政，所以一直「不敢應承」，這就使他們之間的「海誓山盟」開始就建立在脆弱的基礎上。為杜十娘的悲劇結局埋下了禍根。

㈡從「再說杜媽媽女兒被李公子占住」到「擺尾搖頭再不來」是寫杜十娘千方百計設法跳出妓院火坑的經過。這一部分暴露妓院鴇母的貪婪、兇狠，妓院的黑暗污濁，交代了杜十娘所處的暗無天日的生活環境，表現了杜十娘的出污泥而不染的美好純潔的品格。杜十娘所以能跳出妓院的火坑，很明顯，並不是李甲努力的結果，而是杜十娘小心周細，果斷堅決，努力奮爭的結果。這個結果來之不易，同時結果也為杜十娘未來的前程帶來一線光明。

㈢從「公子教十娘且住片時」到「此時分手最堪憐」寫杜十娘告別妓院姊妹，起程離京。這一部分極寫「院中諸姊妹」之間的深厚感情，並拜謝曾予以幫助的柳遇春，向李甲提出「權作浮居」的過渡辦法，表現了杜十娘做事的深細，通情達理。臨了，交代衆姊妹贈以「一描金文具」，只見「封鎖甚固」，卻「正不知什麼東西在裡面」。「十娘也不開看，也不推辭，但殷勤作謝而已」。這種好似無心，其實有意的寫法，給讀者造成一種懸念。引人思索，催人續看。

㈣從「再說李公子同杜十娘行至潞河」至「人以為江中之報也」，是「正話」的情節發展和高潮部分。主要寫在行途中李甲受孫富的挑唆而出賣杜十娘，和杜十娘為抗議罪惡的社會，悲憤沉江而死的過程。故事在「李甲不覺大悔，抱持十娘慟哭」，及十娘大罵孫富「巧為讒說」，「破人姻緣，斷人恩愛」之罪，譴責李甲「惑於浮議，中道見棄，負妾一片真心」。「今日當衆目之前，開箱出視，使郎君知區區千金，未為難事。妾櫝中有玉，恨郎眼内無珠。命之不辰，風塵困瘁，甫得脫離，又遭棄捐。今衆人各有耳目，共作證明，妾不負郎君，郎君自負妾耳。」達到了最高潮。十娘剖白了心跡，怒斥了負心薄倖的李甲，懷著對這個不允許她自由生活的世界的深切詛咒，「抱持寶匣，向江心一跳」。「可惜一個如花似玉的名姬，一旦葬於江魚之腹。」

㈤從「卻說柳遇春在京坐監完滿」到末尾，是擬話本的「篇尾」。以浪漫主義方法寫杜十娘死後報答柳遇春過去慷慨相助之恩。

三、本篇是晚明時期具有強烈時代氣息的短篇白話小說。故事是在宋幼清的話本《負情儂傳》的基礎上加以改編而成的，它突出了杜十娘追求人身自由和愛情幸福的剛強不屈的性格，諷刺了晚明社會的傳統觀念，刻劃出鴇兒的貪財兇悍；李甲的忘恩負義；孫富的奸偽巧詐，對於追求愛情幸福的時代青年，應是一篇值得深思與借鑑的作品。

伍、明清文言小說

中國的文言小說，在唐宋人傳奇之後，由於受到話本小說的衝擊，便慢慢走向衰落的路子。金元時期，作品數量不多，除元朝清江人宋梅洞所撰《嬌紅記》，敘述宋徽宗宣和年間一對青年男女的愛情悲劇，情節婉曲、文筆細膩可與唐人傳奇媲美外，其餘皆成就不高。明初大文豪宋濂、高啟等都是參與編寫《元史》的正統文學家，他們也許無意從事傳奇小說的創作，但他們寫的某些人物傳記，卻富有傳奇色彩。如宋濂《杜環小傳》、《李顗傳》、《秦士錄》等，高啟《南宮生傳》、《胡應炎傳》等，傳奇小說的意味都很濃。至於既不熱心傳統文學的創作，也不屑致力於通俗話本文學的，很自然地對「文備眾體」雅俗共賞的文言小說感到興趣，因而傳奇風韻便又再度瀰漫天下。其中較著名的是《剪燈新話》和《剪燈餘話》。

《剪燈新話》作者瞿佑（一三四一—一四二七），字宗吉，錢塘人。洪武年間開始任官，後因作詩獲罪被謫，十年後遇赦放歸。《剪燈新話》作於洪武年間，共收小說二十一篇。其形式多摹仿唐人傳奇，情節新奇，詞藻綺麗。內容多數是關於婚姻戀愛、鬼神怪異的故事，其中有一些優秀的篇章，反映了古代婚姻制度的不合理和元明之際社會現實的黑暗。如《綠衣人傳》寫一個綠衣女鬼和書生趙源相戀的故事，反映了當時婦女追求美好生活的願望，揭露了賈似道荒淫殘暴，草菅人命的令人髮指的罪行。《翠翠傳》寫的是一對恩愛夫妻在元明之際的戰亂中的不幸遭遇。妻子翠翠在戰亂中為亂軍頭領據為侍妾，丈夫金定尋到軍中，以兄妹相稱，咫尺天涯，難得一見，最後他們在難以忍受的精神折磨中先後死去，只能把恢復夫妻名分的願望寄託於死後。這個故事控訴了戰亂給人民帶來的苦難，反映了人民久亂思安，希望有一個和平安定的社會環境，過安居樂業生活的迫切心情。

以鬼神怪異為題材的小說，多數滲透著濃厚的因果報應思想，如《三山福地志》揭露了達官貴人以怨報德的醜惡本質，提出當政的丞相、平章不過都是陰間無厭鬼王、多殺鬼王投生，因而在世間貪饕不止，賄賂公行，殘殺良民，反映了元末政治的腐敗。《令狐生冥夢錄》也通過令狐生之口尖銳地揭露了官吏之貪婪：「始吾謂世間貪官污吏受財曲法，富者納賄而得全，貧者無資而抵罪，豈意冥府乃更甚焉！」在揭露社會黑暗殘暴方面，表現得極為深刻。

《剪燈餘話》的作者李禎，字昌祺（一三七六－一四五二），廬陵（今江西吉安縣）人，曾任禮部郎中和廣西、河南布政使等官職。為人剛正嚴肅，學問淵博。全書共載三十一篇傳奇小說。這部作品完全是《剪燈新話》的仿作，許多作品題材命意、藝術構思都與《剪燈新話》相近，但文中羅列的詩詞韻語比《剪燈新話》要多，因此篇幅顯得更長。大體而言，《剪燈餘話》的思想、藝術成就比《剪燈新話》稍差，但有些篇章也寫得不錯，如《鳳尾草記》、《瓊奴傳》、《鞦韆會記》、《賈雲華還魂記》，都以愛情婚姻為題材，通過青年男女為爭取自由的愛情婚姻所作的努力和所遭受的苦難，斥責了吃人的封建禮教和惡勢力，讚美了純真高尚的愛情。另一篇《芙蓉屏記》則是一篇優秀的公案小說，作者在敘述破案的曲折性時，特別注意描寫受害者崔英夫婦間的深厚感情，並由這種真摯的夫妻之愛，推動情節的發展。作者一方面頌揚了為民除害、成人之美的清官，一方面又歌頌了夫妻間真摯的感情，這兩種主題交錯的寫法，與一般單純公案小說相比，內涵顯得更加豐富。

明中葉以後，文言短篇小說出現了很多比較優秀的作品。陶輔的《桑榆漫志》收小說五十二篇，《花影集》收小說二十篇。《花影集》仿《剪燈新話》，成書於成化、弘治年間。其中《心堅金石傳》通過李彥直、張麗容的愛情悲劇，反映了元代朝廷大臣和地方官吏營私舞弊、荒淫無恥、草菅人命的罪惡。馬中錫的《中山狼傳》是一篇生動的寓言小說，通過東郭先生和中山狼這二個寓言形象的典型性格，概括當時社會中存在的某種類型人物的共同特徵，顯示了作者的褒貶。用墨飾色，無不栩栩如生。此外，董玿的《東遊記異》、楊儀的《娟娟傳》、蔡羽的《遼陽海神傳》、邵景詹的《覓燈因話》，也都是明代中葉廣為流傳的傳奇小說。

明末，以宋懋澄的作品為最優秀。他的《九籥別集》收入文言小說四十四篇。其中《負情儂傳》和《珍珠衫記》描寫市民的愛情和家庭生活，為擬話本小說《杜十娘怒沉百寶箱》和《蔣興哥重會珍珠衫》的創作提供了素材。此外，明末還有署名戔戔居士的《小青傳》、無名氏的《劉堯舉》、無名氏的《張幼謙》、無名氏的《黃損傳》等幾篇描寫愛情生活的作品，也寫得很有特色。

入清以後，傳奇體文言小說在藝術上開創了兩條新路：一條新路是結合史傳和傳奇而成的人物傳記小說。這類小說，「其事多近代也，其文多時賢也，事奇而覈，文雋而工，寫照傳神，仿摹畢肖」（張潮《虞初新志·序》）。如侯方域的《馬伶傳》、《李姬傳》，魏禧的《大鐵錐傳》，邵長蘅的《閻典史傳》，吳偉業的《柳敬亭傳》，張明弼的《冒姬董小宛傳》，陸次雲的《圓圓傳》等，都選用新奇而真實的材料，通過典型性的情節和一些有關的細節描寫，塑造出具有高度可讀性的人物故事。

另一條新路是結合傳奇和志怪形成的傳奇體志怪小說，代表作品是使花妖狐魅人格化，幽冥世界現實社會化的《聊齋誌異》，它和代表清代筆記體小說，以質樸簡約的文風見長的《閱微草堂筆記》，同為中國文言小說的頂峰之作。之後，隨著白話文的興起，文言小說就開始沒落了。

《聊齋誌異》的作者蒲松齡（一六四〇—一七一五）字留仙，別號柳泉居士，山東淄川（今淄博市）人。出生在一個世代書香而漸趨破落的家庭。十九歲考中秀才後，便屢試不中，一直過著清寒的生活。直到七十二歲才援例出貢，補了個歲貢生，四年後便去世了。蒲松齡一生窮愁潦倒，在他三十一歲那年，曾應朋友孫蕙之請，到江蘇省寶應縣作了一年的幕僚，使他親身體驗到了官場的生活，次年便辭歸鄉里。他一生大部分時間都居住在淄博和濟南，「五十年以舌耕度日」，直到七十歲才撤帳返家。

蒲松齡坎坷的一生和特殊的生活經歷，使他廣泛接觸了社會各階層人物，上至官僚縉紳、舉子名士，下至農夫村婦、婢妾娼妓、賭徒惡棍、僧道術士等。這種豐富的生活閱歷對他寫作《聊齋誌異》有極大的影響，而科場的失意和生活的貧困，更使他在思想上對科舉制度的腐朽、封建政治黑暗有深刻的認識和體會。加上在他生活的那個歷史時代裡，文字獄極為嚴酷，因此，蒲松齡只能借助談狐說鬼的方式，把對政治黑暗的「憤氣」和對美好生活的追求，以浪漫主義的手法曲折表現出來。他在《聊齋誌異．自序》中寫道：「集腋為裘，妄續幽冥之錄；浮白載筆，僅成孤憤之書。寄託如此，亦足悲矣！」由此可見，《聊齋誌異》成書的深刻原因。

《聊齋誌異》前後共用三十年才最後完成，共收作品四百九十一篇。其中具有高度思想藝術價值的三類作品：一是歌頌自由幸福的愛情婚姻，這類作品有的是人和人的戀愛，有的是人和狐鬼精靈的戀愛。許多故事寫得淋漓酣暢，動人心魄，構成書中最精彩的部分。如《香玉》中的黃生愛上了白牡丹花妖香玉，使香玉復生宮中。《青鳳》寫耿去病與狐女青鳳相戀，耿生不避險惡，急難相助，對青鳳感情懇摯；青鳳也不畏禮教閨訓，愛慕耿生，終於獲得幸福結局。在古代沒有戀愛自由的封建社會裡，這些充滿幻想的故事，表達了青年男女對真正愛情的嚮往和憧憬。其他還有《嬰寧》、《蓮香》、《小謝》、《阿纖》、《竹青》、《紅玉》、《青娥》等也屬於這類作品。

二是揭露科舉制度的弊端。蒲松齡一生牢落名場，對科場的黑暗、試官的昏聵、士子的心理等都非常熟悉，所以寫起來便能切中要害，力透紙背。如《素秋》、《神女》等揭露科場的營私舞弊、賄賂公行；《司文郎》、《于去惡》等諷刺考官的不學無術、顢頇無能，大都感情激烈，愛憎鮮明。尤其是《司文郎》，文筆幽默，嘲諷更為尖刻。它寫一個瞎和尚能用鼻子嗅出文字的好壞，但發榜後，他認為可以考中的王生名落孫山，而他嗅之作嘔的文章的作者余杭生卻得以高中。於是和尚嘆息道：「僕雖盲於目，而不盲於鼻；簾中人並鼻盲矣！」又如《葉生》中的葉生「文章詞賦，冠絕當時」，但屢試不中，半生淪落，鬱悶而死。「黜佳士而進凡庸」，這就是當時科場取士的腐敗情況。

三是暴露現實社會的黑暗及澆薄的風氣。如《促織》通過一家為捉一頭蟋蟀「以塞官責」而經歷的種種離合悲歡，從一個側面暴露了封建統治者的荒淫昏庸。《席方平》則通過席方平魂赴地下、代父伸冤的曲折故事，寫了官吏的貪贓枉法，人民含冤莫伸。作品雖寫幽冥，其實是現實生活的投影。此外如《書痴》中的彭城邑宰史某為了一睹別人妻子的容顏，竟利用職權，拘人下獄，梏械備加。這些故事具體揭示出：當時的社會是一個「原無皂白」的「強梁世界」（《成仙》），「曲直難以理定」的「勢力世界」（《張鴻漸》）。其他如《羅剎海市》寫「顛倒妍媸，變亂黑白」的社會惡習，《夏雪》寫「下者益諂，上者益驕」的世道頹風。《雲翠仙》寫為貪圖金錢、要鬻妻逼娼的「翻覆無行」。《勞山道士》寫好逸惡勞、希圖僥倖成功的投機心理，都可警發薄俗，啟人心智，有深刻的批判意義。

《聊齋誌異》在藝術上有極高的成就，首先，蒲松齡成功地塑造了大量的人物形象，這些藝術形象不僅具有社會基礎和典型意義，而且生動、個性化。在優秀篇章中，幾乎每個人物都有其鮮明的思想性格。尤其是對於幻化為狐妖鬼魅的藝術形象的塑造，作者既使它們「多具人情，和易可親」，又注重巧妙表現其狐鬼本象的特點。因而這類栩栩如生、富於虛幻色彩的形象給人們留下的印象尤為深刻。其次，出色的情節安排是《聊齋誌異》成功塑造人物的保證。蒲松齡善於用精當的情節展示人物的內心世界，在矛盾衝突尖銳的情節高潮中刻劃人物的精神面貌。在短短的篇章中，他為了展示人間的悲歡離合，精心安排、出色駕馭著騰挪跌宕、波瀾起伏、繁複曲折、時張時弛、變化多端的情節。這也是《聊齋誌異》很多篇章引人入勝的重要原因。

《聊齋誌異》的基本樣式，採取歷史傳記和「傳奇」的結合。書中有一九〇餘篇作品，篇末綴有「異史氏」評語，類似《史記》中的「太史公曰」。從體裁看，《聊齋誌異》大部分作品有完整的故事、曲折的情節和鮮明的人物形象，具備短篇小說的體制。有一部分作品則篇幅短小，記述簡略，仍保留著魏晉「殘叢小語」的形式，如《蛙曲》、《鼠戲》、《劉亮采》、《狐入瓶》、《斫蟒》等。小部分記述作者自身見聞的作品，又像隨筆雜錄，具有素描的性質。

《聊齋誌異》問世之後，風行逾百年，出現了大批摹仿的作品，其中成績較突出的有沈起鳳的《諧鐸》，和邦額的《夜譚隨錄》，浩歌子的《螢窗異草》，宣鼎的《夜雨秋燈錄》等均屬志怪一類的作品。

《閱微草堂筆記》是在《聊齋誌異》風行一時之後，能自創特色的志人筆記小說。紀昀的作品「尚質黜華，追蹤晉宋」，「敘述簡古，力避唐人的作法」（《中國小說史略》）。是繼《世說新語》之後最有影響的古代筆記體小說。

紀昀（一七二四—一八〇五），字曉嵐，河北獻縣人，三十一歲中進士，官至禮部尚書，曾主持纂修《四庫全書》，是乾、嘉時期「位高望重」的學者。《閱微草堂筆記》書名由作者在北京的書齋名而來，在體制上屬筆記小說一系，大都篇幅短小，記事簡要，是紀昀晚年的作品，大約從乾隆五十四年到嘉慶三年之間陸續寫成，前後歷時十年，全書共二十四卷，計一千一百餘則。包括《灤陽消夏錄》六卷，《如是我聞》四卷，《槐西雜志》四卷，《姑妄聽之》四卷，《灤陽續錄》六卷。

從作品內容方面看，作者還是從儒家正統觀念出發，欲通過作品以達到「不乖於風教」，「有益於勸懲」的目的。他反對宋儒空談性理，苛察不情，對道學家的泥古不化，偽言卑行，多有諷刺揶揄式的批評。如卷二記以道學自語的塾師貪圖遊方僧之錢財，反被戲弄事；卷四記兩個道學家表面論性析理，嚴詞正色，背後卻謀奪寡婦田產事；卷二十三寫以氣節自許的某公冤杖奴婢事等等。同時，書中對澆薄世風，詐偽人情和淫惡習俗也多有微詞，如卷三寫一老儒使人鬧鬼以賤買人家房宅；卷九寫一猾吏聚賭作弊騙人錢財等事。所以，魯迅先生說：「他生在乾隆間法紀最嚴的時代，竟敢藉文章以攻擊社會上不通的禮法，荒謬的習俗，以當時的眼光看去，真算得很有魄力的一個人。」

《閱微草堂筆記》行世之後，也有不少刻意摹仿的著作，如許元仲的《三異筆談》、俞鴻漸的《印雪軒隨筆》、黃鴻藻的《逸農筆記》，俞樾的《右臺仙館筆記》等，其中除俞樾的作品足以與紀昀相埒外，相形之下，其他便不足觀了。

總之，《聊齋誌異》和《閱微草堂筆記》這兩部作品是清代志怪傳奇小說與志人筆記小說發展的兩個不同榜樣，它們各有自己的特點，也各有他的摹仿者，可惜的是，在清代中後期，文言小說的作者中，再也沒有出現過蒲松齡和紀昀這樣的才子和學者，所以此一領域的作品，基本上便再無所創新了。

33 杜環小傳

宋濂

杜環，字叔循，其先廬陵人，侍父一元游宦❶江東❷，遂家金陵。一元固善士，所與交皆四方名士。環尤好學，工書；謹飭❸，重然諾。好周❹人急。

父友兵部主事❺常允恭死於九江，家破。其母張氏，年六十餘，哭九江城下，無所歸。有識允恭者，憐其老，告之曰：「今安慶守譚敬先，非允恭友乎？盍❻往依之，彼見母，念允恭故，必不遺棄母。」母如其言，附舟❼詣❽譚，譚謝不納❾。母大困。念允恭嘗仕金陵，親戚交友或有存者，庶萬一可冀，復哀泣從人至金陵。問一二人，無存者，因訪一元家所在，問：「一元今無恙否？」道上人對以：「一元死已久，惟子環存；其家直❿鷺洲坊中，門內有雙橘可辨識。」

母服破衣，雨行至環家。環方對客坐，見母大驚，頗若嘗見其面者。因問曰：「母非常夫人乎？何為而至於此？」母泣告以故，環亦泣。扶就坐，拜之。復呼妻子出拜。

❶游宦：離家在外作官，轉遷不定，故云。
❷江東：指長江南岸地區。
❸謹飭：謹慎而有節制。
❹周：通「賙」，救助。
❺兵部主事：官名。明制兵部各司置主事，為正六品官。
❻盍：何不。
❼附舟：搭船。
❽詣：到。
❾納：收留。
❿直：當，在。

妻馬氏解衣更母溼衣，奉糜⑪食⑫母，抱衾⑬寢母。母問其平生所親厚故人，及幼子伯章。環知故人無在者，不足付⑭，又不知伯章存亡，故慰之曰：「天方雨，雨止，為母訪之；苟無人事母，環雖貧，獨不能奉母乎？且環父與允恭交好如兄弟，今母貧困，不歸他人而歸環家，此二父⑮導之也，願母無他思。」時兵後歲饑，民骨肉不相保。母見環家貧，雨止，堅欲出問他故人。環令媵女⑯從其行。至暮，果無所遇而返。坐乃定⑰。環購布帛，令妻為製衣衾。自環以下，皆以母事之。

母性褊急⑱，少不愜意⑲，輒詬⑳怒。環私戒其家人，順其所為，勿以困故，輕慢與較。母有痰疾，環親為烹藥，進匕筯㉑；以母故，不敢大聲語。

越十年，環為太常贊禮郎㉒，奉詔祠會稽㉓。還道嘉興，逢其子伯章。泣謂之曰：「太夫人在環家，日夜念少子成疾，不可不早往見。」伯章若無所聞，第㉔曰：「吾亦知之，但道遠不能至耳。」環歸半歲，伯章來。是日環初度㉕，母見少子，相持大哭。環家人以為不祥，止之。環曰：「此人情也，何不祥之有？」既而伯章見母老，恐不能行，竟給㉖以他事辭去，不復顧。環奉母彌謹，然母愈念伯章，疾頓加，後三年遂卒。

將死，舉手向環曰：「吾累杜君！吾累杜君！願杜君生子孫，咸如杜君。」言終而氣絕。環具棺槨㉗斂殯㉘之禮，買地城南鍾家山葬之，歲時㉙常祭其墓云。

環後為晉王府㉚錄事㉛，有名，與余交。

史官㉜曰：「交友之道難矣！翟公㉝之言曰：『一死一生，乃知交情。』彼非過論也，實有見於人情而云也。人當意氣相得時，以身相許，若無難事；至事變勢窮㉞，不

⑪糜：稀飯。
⑫食（ㄙˋ）：以食物與人。
⑬衾（ㄑㄧㄣ）：棉被。
⑭付：託付。
⑮二父：兩位老人家。指環父一元及常允恭。父，對尊老者之敬稱。
⑯媵女：婢女。媵（ㄧㄥˋ），陪嫁女子。
⑰坐乃定：才定居下來。坐，止，居。
⑱褊急：性情急躁。褊（ㄅㄧㄢˇ），狹隘。
⑲愜意：順心意。
⑳訶怒：生氣責罵。訶，責罵。
㉑進匕筯：指餵湯藥。匕，湯匙。筯，筷子。
㉒太常贊禮郎：官名。太常，太常寺，掌宗廟禮儀之官署。贊禮郎，太常寺屬官，職司禮儀之助理。
㉓祠會稽：祭會稽山。祠（ㄘˊ），祭祀。會稽，山名，在今浙江省紹興縣東南。古代天子祀名山大川，以祈祥瑞。
㉔第：但也。有「不在乎」之意。
㉕初度：始生時。此指生日。
㉖紿（ㄉㄞˋ）：欺騙、撒謊。
㉗棺槨：棺木。古人棺木雙層，內層叫棺，外層叫槨（ㄍㄨㄛˇ）。
㉘斂殯：入斂安葬。斂有大小，為死者穿衣服為小斂，屍體入棺為大斂。殯，停棺及下葬都稱殯。
㉙歲時：逢年過節。
㉚晉王府：晉恭王府邸。晉恭王朱棡為明太祖第三子，嘗學文於宋濂，學書於杜環。
㉛錄事：官名。掌文書。
㉜史官：宋濂自稱。濂曾任修元史總裁官。
㉝翟（ㄓㄞˊ）公：漢下邽人。文帝時為廷尉，賓客盈門；及罷，門可羅雀。後復用，賓客欲往，翟公署其門曰：「一死一生，乃知交情；一貧一富，乃知交態；一貴一賤，交情乃見。」見《史記．汲鄭列傳贊》。
㉞勢窮：指權勢喪失。

能蹈㉟其所言而背去者多矣！況既死而能養其親乎？吾觀杜環事，雖古所稱義烈之士何以過？而世俗恆謂今人不逮古人，不亦誣㊱天下人哉！」

㉟蹈：履行。

㊱誣：枉屈錯怪。

提示

一、本篇選自《宋學士文集》。作者宋濂，字景濂，金華浦江（今浙江省浦江縣）人。洪武初，任江南儒學提舉，授太子經書；官終翰林學士承旨，知制誥。事太祖，凡祭祀、朝會、詔諭、封賜之文，多出其手。其學識淵雅，文章雍容，當日推為文宗。有《宋學士文集》、《宋文憲全集》傳世。

二、本篇記杜環奉養父友常允恭母親的義舉。並對世態炎涼的情形深致其感慨。文中作者從四方面著筆刻劃杜環形象：一是以安慶太守譚敬先不念摯友之情拒收留老母，對比杜環的「大驚、扶就坐、拜之、復呼妻子出拜、更母濕衣、奉糜食母、抱衾寢母。」顯示杜環的善良、義氣。二是以老母的做客不安心情，反襯杜環的善通人情。了解老母心理，全家人「皆以母事之」，表明老母在杜環及全家人心目中的地位及享受的待遇。三是以老母脾氣不好，反襯杜環的孝敬有加。四是以老母幼子拒不奉養，反襯杜環的善始善終。

三、從太守及老母幼子身上，讓人感受到的是社會的冷酷無情，世風日下。而杜環的表現，則令人覺得溫暖處處，中華民族敬老尊賢、周急救困的傳統美德依然存在。古人主張「生，事之以禮；死，葬之以禮、祭之以禮。」若以杜環的對待常母來看，恐怕今世做人子女的都要汗顏了。

語譯

杜環，字叫叔循，他的祖先原是江西廬陵（今吉安縣）地方的人。後來因為陪侍父親一元先生到江南地方作官，便定居在金陵了。一元先生本來就是位秉性善良的讀書人，所交接的朋友也都是各地有名的書生。杜環特別好學，擅長書法，為人謹慎而有節制，重視承諾，喜歡救助人們的急難。

父親友人擔任兵部主事的常允恭先生在九江去世，家庭因而破碎。他母親張氏，六十多歲，孤苦一人哭倒在九江城下，沒有了歸宿。有認識允恭的，可憐她年老，建議她：「當今的安慶太守譚敬先，不是允恭的好朋友嗎？何不去投靠他，他見到你老太太，想到允恭的交情，一定不會遺棄妳的。」老太太便依照他的話，搭船去見譚先生，譚先生卻謝絕不肯收容她。老太太大為困頓，狼狽到極點。想到兒子允恭曾經在金陵做官，親戚朋友或許還有人在的，到那邊萬一也有個期望，便哀哭著隨同別人到達金陵。問了一二位從前的熟人，竟沒有一個還在的，因而打聽一元家的住處，問人家：「一元如今安好吧？」路上人告訴她：「一元去世已久，只有兒子杜環還在，他家就在鷺洲坊裡，門內有兩棵橘樹可辨識。」

常老太太穿著破舊的衣服，冒雨走到杜環家。杜環在家正與客人對坐交談，見到老太太非常驚訝，覺得很像見過的人，便問道：「老太太不是常夫人嗎？怎麼會到這裡來（或：怎麼會弄到這個地步）？」老太太流著淚告訴他原因，杜環聽了也跟著傷心流淚。攙扶她坐下，正式拜見，並喊出妻小拜見她。妻子馬氏拿了衣服為老太太換下淋濕的衣裳，端出稀飯給她吃，抱出棉被讓老太太躺下休息。老太太打聽自己平生親近熟識的老朋友，及幼子伯章的下落。杜環知道這些老朋友都已不在（金陵或已死去），不足以託付，又不清楚伯章的生死情況，只好安慰道：「外面正在下雨，等雨停了，再幫妳打聽；如果真沒有人事奉妳的話，我杜環雖然貧窮，難道就不能奉養妳嗎？況且家父與允恭先生交情友好有如親兄弟，如今老太太貧困，不投靠別人，而來投靠我，這明明是兩位老人家引導促成的。請妳不要再存其他念頭了。」當時正逢戰亂之後，年歲饑荒，一般人連骨肉至親都難以保護。老太太見杜環家貧窮（不想連累他），雨停後，堅決要出去打聽其他舊識朋友。杜環不放心，命婢女陪她出去找，一直到天黑，果然沒有找到任何人才回來，於是才正式住下來。杜環買了布帛，讓妻子為她縫製衣服棉被。從杜環以下，都把她當成母親般事奉她。

老太太性情急躁，平常稍不順心意，便常常生氣罵人。杜環私下告誡家人，盡量順著她，不要因為她困頓落魄，便輕視傲慢跟她計較。老太太有瘀痰的毛病，杜環親自為她熬藥，餵她吃；因為老太太的關係，都不敢大聲講話。

過了十年後，杜環擔任太常贊禮郎的官，奉命到浙江祭祀會稽山，回來時經過嘉興城，遇到了老太太的兒子伯章。流著淚告訴他：「太夫人在我家，想念你這個兒子都生病了，你不能不早些去見她。」伯章好像沒聽到似的，輕描淡寫道：「我也知道這事情，只是路途遙遠不能去罷了。」杜環回去後半年，伯章才來，這天剛好是杜環的生日，老太太見到自己兒子不禁抱著大哭。杜環家人覺得不吉利，阻止她們。杜環說：「這是人之常情啊，哪有什麼不吉利？」後來伯章見母親年紀衰老，恐怕無法遠行，竟拿別的事情作為藉口騙她，然後自行離去，再也沒有回來。杜環奉養老太太更為細心，只是老太太想念兒子伯章，疾病頓時又加重起來，三年之後，便去世了。

臨死的時候，舉手對著杜環說：「我拖累了杜先生，我拖累了杜先生，希望杜先生的子子孫孫，將來都像杜先生有好的報應。」說完便氣絕死了。杜環為她準備了棺木，依禮入斂安葬，在城南鍾家山買了塊地葬她，逢年過節還常常去祭掃她的墳墓。

杜環後來在晉恭王府擔任掌管文書的錄事官，很有名氣，跟我頗有交情。

史官評論道：「交朋友的道理真是太難了！從前翟公說過：『經過一番生死災難變化後，才會知道交情的真假。』他這個論調並不過分哪，實在是看透了人情冷暖才講出來的呀！一般人在意氣風發彼此友好的時候，為對方犧牲生命，似乎沒什麼困難；及至事情有了變化，權勢喪失時，不能實踐諾言，背叛離去的太多了！何況朋友死後還能奉養他父母親的人呢！我看杜環的事蹟，就算是古代人所謂的忠義節烈之士，也難以超過他，然而社會上一般人卻常武斷地認為今人（的忠義）不如古人，豈不冤枉了天下人嗎？」

34 綠衣人傳

瞿佑

天水❶趙源，早喪父母，未有妻室。延祐❷間，游學至於錢塘❸，僑居西湖葛嶺之上，其側即宋賈秋壑❹舊宅也。源獨居無聊，嘗日晚徙倚❺門外，見一女子，從東來，綠衣雙鬟，年可十五六，雖不盛裝濃飾，而姿色過人，源注目久之。明日出門，又見，如此凡數度，日晚輒來。源戲問之曰：「家居何處，暮暮來此？」女笑而拜曰：「兒家與君為鄰，君自不識耳。」源試挑之，女欣然而應，因遂留宿，甚相親昵❻。明旦，辭去，夜則復來，如此凡月餘，情愛甚至。源問其姓氏居址，女曰：「君但得美婦而已，何用強知。」問之不已，則曰：「兒常衣綠，但呼我為綠衣人可矣。」終不告以居址所在。源意其為巨室妾媵，夜出私奔，或恐事迹彰聞，故不肯言耳，信之不疑，寵念轉

❶天水：今甘肅省天水市。天水是趙姓的郡望。這裡舉趙源的郡望，他不一定就是天水人。
❷延祐：元仁宗年號（一三一四—一三二〇）。
❸錢塘：即今杭州市。
❹賈秋壑：即賈似道，南宋台州人，宋理宗賈貴妃之弟，度宗時權勢更盛，封太師、平章軍國重事，專權多年，是歷史上有名的奸相。他在西湖葛嶺起第宅，朝廷大政都在這裡裁決，中有堂名「秋壑」，故稱。
❺徙倚：徘徊、散步。
❻親昵：親近。昵（ㄋㄧˋ），同「暱」。

密。一夕，源被酒，戲指其衣曰：「此真可謂『綠兮衣兮，綠衣黃裳』❼者也。」女有慚色，數夕不至。及再來，源叩之。乃曰：「本欲相與偕老，奈何以婢妾待之，令人忸怩❽而不安！故數日不敢侍君之側。然君已知矣，今不復隱，請得備言之。兒與君，舊相識也，今非至情相感，莫能及此。」源問其故，女慘然曰：「得無相難乎？兒實非今世人，亦非有禍於君者，蓋冥數當然，夙緣未盡耳。」源大驚曰：「願聞其詳。」女曰：「兒故宋秋壑平章之侍女也。本臨安良家子，少善弈棋，年十五，以棋童入侍，每秋壑朝回，宴坐半閑堂❾，必召兒侍弈，備見寵愛。是時君為其家蒼頭❿，職主煎茶，每因供進茶甌⓫，得至後堂。君時年少，美姿容，兒見而慕之，嘗以繡羅錢篋⓬，乘暗投君。君亦以玳瑁⓭脂盒為贈，彼此雖各有意，而內外嚴密，莫能得其便。後為同輩所覺，讒於秋壑，遂與君同賜死⓮於西湖斷橋之下。君今已再世為人，而兒猶在鬼籙⓯，得非命歟？」言訖，嗚咽泣下。源亦為之動容。久之，乃曰：「審若是，則吾與汝乃再世因緣也，當更加親愛，以償疇昔之願。」自是遂留宿源舍，不復更去。源素不善弈，教之弈，盡傳其妙，凡平日以棋稱者，皆不能敵也。

每說秋壑舊事，其所目擊者，歷歷甚詳。嘗言：秋壑一日倚樓閑望，諸姬皆侍，適二人烏巾素服，乘小舟由湖登岸。一姬曰：「善哉，二少年！」秋壑曰：「汝願事之耶？當令納聘。」姬笑而無言。逾時令人捧一盒，呼諸姬至前曰：「適為某姬納聘。」

啟視之，則姬之首也，諸姬皆戰慄而退。又嘗販鹽數百艘至都市貨之，太學⑯有詩曰：

昨夜江頭湧碧波，滿船都載相公鹾⑰，
雖然要做調羹⑱用，未必調羹用許多。

秋壑聞之，遂以士人付獄，論以誹謗罪。又嘗於浙西行公田法⑲，民受其苦，或題詩於路左云：

❼「綠兮」二句：出自《詩經・邶風・綠衣》。衣，指上衣。裳，指下裙。封建時代以黃為正色，綠為間色。用間色為衣，而用正色做下裙，是上下顛倒之舉。這裡比喻婢妾顯貴，無意中點明了綠衣人的身分。

❽忸怩：難為情，面帶羞慚的神色。

❾半閑堂：賈似道在西湖葛嶺所建府第中的堂名。

❿蒼頭：僕人。因以蒼色巾包頭，故名。

⓫茶甌（ㄡ）：茶杯。這裡代指茶水。

⓬錢篋：錢包。篋（ㄑㄧㄝˋ），小箱子。

⓭玳瑁（ㄉㄞˋ ㄇㄟˋ）：海龜一類的爬行動物，其殼可做裝飾品。

⓮賜死：本意指皇帝逼令臣民自殺。這裡指在賈似道脅迫下自殺。

⓯鬼籙（ㄌㄨˋ）：鬼冊。亦作「鬼錄」。舊時迷信，謂冥間死人的名冊。

⓰太學：即國子監，國家的最高學府。這裡指裡面的讀書人，即太學生。

⓱鹾（ㄘㄨㄛˊ）：鹽。

⓲調羹：調和滋味。這裡語義雙關。

⓳公田法：賈似道推行的一種限田法，是南宋政府為增加財政收入，直接榨取農民地租而強制徵購土地的辦法。以實行祖宗限田制度、回買官戶逾限田產為名，下詔買公田。所給買價主要是官誥、度牒和增印的會子（鈔票）。派出購田的官員又專橫暴虐，因此民間大擾，怨聲載道，造成社會混亂，嚴重破壞了生產。

襄陽累歲困孤城，豢養湖山不出征⑳。
不識咽喉形勢地，公田枉自害蒼生。

秋壑見之，捕得，遭遠竄㉑。又嘗齋雲水㉒千人，其數已足，末有一道士，衣裾藍縷㉓，至門求齋，主者以數足，不肯引入，道士堅求不去，不得已於門側齋焉。齋罷，復其鉢㉔於案而去，眾悉力舉之，不動。啟於秋壑，自往舉之，乃有詩二句云：「得好休時便好休，收花結子在漳州㉕。」始知真仙降臨而不識也。然終不喻漳州之意。嗟乎！孰知有漳州木綿庵之厄㉖也。又嘗有梢人泊舟蘇堤，時方盛暑，臥於舟尾，終夜不寐，見三人長不盈尺，集於沙際，一曰：「張公至矣，如之奈何？」一曰：「賈平章非仁者，決不相恕！」一曰：「我則已矣，公等及見其敗也！」相與哭入水中。次日，漁者張公獲一鱉，徑二尺餘，納之府第，不三年而禍作。蓋物亦先知，數而不可逃也。源曰：「吾今日與汝相遇，抑豈非數乎？」女曰：「是誠不妄矣！」源曰：「汝之精氣㉗，能久存於世耶？」女曰：「數至則散矣。」源曰：「然則何時？」女曰：「三年耳。」源固未之信。

及期，臥病不起。源為之迎醫，女不欲，曰：「曩固已與君言矣，因緣之契，夫婦之情，盡於此矣。」即以手握源臂，而與之訣曰：「兒以陰陽之質，得事君子，荷蒙不棄，周旋許時，往者一念之私，俱陷不測之禍，然而海枯石爛，此恨難消，地老天荒，此情不泯！今幸得續前生之好，踐往世之盟，三載於茲，志願已足，請從此辭，毋更以為念也！」言訖，面壁而臥，呼之不應矣。源大傷慟，為治棺櫬㉘而殮之。將葬，怪其柩甚輕，啟而視之，惟衣衾釵珥㉙在耳。乃虛葬於北山之麓。源感其情，不復再娶，投靈隱寺㉚出家為僧，終其身云。

⑳「襄陽」二句：襄陽，今湖北省襄樊市，當時是抵抗元兵南下的軍事重鎮。從一二六八年起被元兵圍困六年。賈似道在各方面壓力下，表面說要親自出征，實際卻坐視不救。後又私下向忽必烈乞和，答應稱臣納幣，暗中進行投降活動。

㉑遠竄：流放到遙遠地方。竄（ㄘㄨㄢˋ），逃走。這裡作放逐解。

㉒雲水：指「行腳僧」或「遊方道士」。因其行蹤無定，如行雲流水，故名。

㉓藍縷：衣服破舊。同「襤褸」。

㉔鉢：僧徒用的食器。

㉕「得好休」句：能夠放手時就放手吧。收花結子：暗喻喪生。漳州：今屬福建省。

㉖木綿庵：在福建漳州。賈似道當權時殺死了太學生鄭隆。後來賈謫配漳州，恰巧是鄭隆的兒子鄭虎臣做監押官，在木綿庵中殺死了賈似道，為父報了仇。

㉗精氣：中國古代哲學術語，指一種精靈之氣。

㉘棺櫬（ㄔㄣˋ）：棺材。

㉙釵珥：玉釵及耳環，指婦女身上的首飾。珥（ㄦˇ），玉做的耳環。

㉚靈隱寺：在西湖西北面的靈隱山麓，始建於東晉，明重建。

提　示

一、本篇選自瞿佑《剪燈新話》卷四。瞿佑（一三四一—一四二七），字宗吉，號存齋，明代錢塘人。曾任教諭、訓導等學官。有《歸田詩話》、《天機雲錦》等詩集流傳於世。其短篇小說《剪燈新話》多寫煙粉靈怪故事，上接唐宋傳奇餘緒，下開《聊齋誌異》先河，在小說史上有一定的地位。

二、本篇描寫綠衣女子與趙源悲劇性的再世姻緣。作品對人物的某些刻劃相當傳神，往往簡潔幾筆，便能使人物音容笑貌躍然紙上，並準確揭示出人物內心。如趙源與女子初逢一段：「源戲問之曰：『家居何處，暮暮來此？』女笑而拜曰：『兒家與君為鄰，君自不識耳。』源試挑之，女欣然而應，因遂留宿，甚相親昵。」一個「戲問」，一個「試挑」，把趙源由最初的欲追求而又不敢造次，先玩笑似搭訕，後試探性挑逗的微妙心態唯妙唯肖描繪出來；而女子的「笑而拜曰」，「欣然而應」，更是令人如聞其聲，如見其人，把個少女蓄意相委、欣喜難耐的神情寫活了。另外「女慘然曰」、「源大驚曰」、「嗚咽泣下」、「姬笑而無言」等，都可謂傳神之筆。

三、小說中綠衣人歷數賈秋壑舊事一段，把賈似道的陰毒嘴臉勾畫得異常鮮明，既達到了揭露奸相賈似道禍國殃民罪行的目的，也反映了南宋王朝政治的腐敗昏暗和傳統奴婢制度的殘酷。可惜篇中無論是青年男女的姻緣，還是賈似道的垮台，都用「運」「數」之類的宿命論去解釋，反而降低了它的價值。

語譯

趙源是甘肅天水人，自幼死了父母，尚未成家。元朝延祐年間，到杭州求學，暫時寄居在西湖北岸的葛嶺上，住所旁邊就是宋代賈似道的舊宅。他一人獨居覺得很無聊，一天晚上，正在門外散步，見從東面走來一個女子，身穿綠衣，頭紮雙鬟，看上去大約十五、六歲，打扮雖不太講究，但容貌很動人，趙源目不轉睛地看了好半天。第二天出外散步又碰見了她，這樣有好幾次，每到晚上她就前來。有一次趙源半開玩笑地問她：「妳家住在哪裡，怎麼天天晚上到這兒來呀？」女子拜了一拜，笑著回答：「我家與您是鄰居，只是您不知道罷了。」趙源試著向她調情，她也高高興興地接受了，於是留住了一夜，兩人十分歡愛。第二天早晨離去，天黑了再來，這樣過了一個多月，彼此感情十分親密。趙源問她姓名、住所，她說：「你只要得到一個漂亮的妻子就行了，何必一定要問這些！」趙源還是不斷追問，她就說：「我常穿綠衣服，您就叫我綠衣人就可以了。」始終沒把住址告訴他。趙源估計她一定是富貴人家的婢妾，黑夜偷偷地跑出來，唯恐事情暴露，因此不肯說。他深信自己猜測得不錯，就更加寵愛她了。一天夜裡，趙源喝了酒，帶著醉意指指她的衣服開玩笑說：「妳真像古人所說的綠衣黃裙的婢女啊？」綠衣人聽了不太高興，以後有好幾天沒來。等她再來時，趙源問及原因，她說：「本想與您一起白頭到老，可是您為什麼把我當婢女看待呢？太讓人難為情了！所以很多天不敢再到您的身邊。現在您既然已經知道，我也不再隱瞞了，請允許我全都告訴您吧。我們兩個是老相識了，如果不是出於深摯的愛情，是不會到今天這種地步的。」趙源忙問其中的緣故，綠衣人悲痛地說：「您這樣追根問底不是太難為我了嗎？我實際上不是人，但也不會給您帶來什麼禍害。也許是命中注定，我們舊情未斷啊！」趙源非常驚異地說：「妳快詳細說說是怎麼回事。」綠衣人說：「我本是宋末賈（似道）平章的婢女。生在杭州的一戶清白人家，從小擅長圍棋。十五歲時，進賈府作棋童。每當賈平章下朝回來坐在半閑堂宴飲時，一定讓我陪侍下棋，備受寵愛。當時，您是他家的男僕，專管煮茶，每次由於送茶就有機會進入後堂。您那時年少貌美，我一見就產生了愛慕之心，偷偷投送了一個繡羅錢包給您，您也回贈我一個玳瑁的脂粉盒。我們雖然彼此都有情意，但賈府內外有別，非常嚴密，沒有機會傾吐心曲。後來還是被人發覺向賈似道告了密。於是我倆被雙雙賜死在西湖斷橋之下。今天您已轉生為人，而我仍然名在鬼冊，這豈不是命運決定的嗎！」說罷低聲哭泣起來。趙源聽了也悲傷不已，過了好半天，才說：「果真如此，那我倆是再世姻緣了，更應當相親相愛，來補償前世的夙願啊！」從此綠衣人就日夜與趙源生活在一起，再也不走了。趙源向來不大會下圍棋，綠衣人就教他，把圍棋的奧秘全都傳授給他。後來連那些著名的棋手都敵不過他了。

每當談到賈似道的舊事時，凡是她親眼見到的，都能說得很詳盡。她曾說：賈似道有一天在樓台上觀賞西湖景色，姬妾們都在旁邊侍候。恰巧有兩個戴黑方巾穿白衣服的人，乘小船從湖邊上岸。一個侍妾讚美說：「真漂亮啊，兩位少年！」賈似道問：「妳願意嫁給他嗎？我可以讓他給妳送聘禮來。」侍妾微笑而不說話。過了一會兒，賈似道讓人捧過一個盒子來，把姬妾們都叫到跟前，說：「這是剛剛給他送來的聘禮！」把盒蓋打開一看，原來是那個侍妾的頭，衆侍妾都嚇得瑟瑟發抖地退下了。還有一次，賈似道用幾百條大船載鹽到城裡集市上販賣，有個太學生作詩諷刺他說：

昨夜江頭湧碧波，　碧藍的江水昨夜湧起大波，
滿船都載相公鹺，　駛來的都是賈相公載鹽的船舶。
雖然要做調羹用，　食鹽雖可助宰相調味之用，
未必調羹用許多。　單單調味哪用得了這麼許多。

賈似道知道後，立刻把這個太學生逮捕審訊，以誹謗罪判刑入獄。賈似道在浙西一帶還推行過與民爭田的公田法，老百姓深受其害，有人在路旁題了這樣一首詩：

襄陽累歲困孤城，　襄陽這座孤城連年被元兵圍困，
豢養湖山不出征。　賈相公仍迷戀湖光山色不肯出征。
不識咽喉形勢地，　全然不瞭解這個咽喉之地的形勢險要，
公田枉自害蒼生。　只知道與民爭田殘害蒼生。

賈似道見了之後，搜捕到題詩人，把他流放到邊地。後來，賈似道有一次要供一千個道士齋飯，人數湊齊之後，門

外又來了一個衣衫襤褸的道士要求吃飯，由於人數夠了，主管不讓他進門。但道士一定要吃，不肯離去。沒辦法，只得讓他在大門外面吃。吃完後，他把缽反叩在桌子上就走了，可是大家用盡氣力都掀不起來。於是眾人把這件事稟告賈似道，他便親自前去把缽翻了過來，只見下面寫了兩句詩：「得好休時便好休，收花結子在漳州」。大家才知道是神仙降臨，只是認不出來罷了。但是始終不明白「漳州」的涵義。啊，當時誰能知道賈似道後來會謫配漳州，在木綿庵丟了腦袋呢！又有一次一個船夫停船在西湖蘇堤下，時值炎夏酷暑，船夫躺在船尾，熱得整夜難眠。忽見三個身長不到一尺的人坐在沙灘上，其中一人說：「張老翁就要來了，怎麼辦呢！」另一個說：「賈似道無情無義，他決不會饒過我們。」第三個人說：「我就要完了，你們將會親眼看到他的敗亡的！」說完，三人邊哭邊縱身投入水中。第二天，漁夫張老翁從這裡捕獲一個大鱉，身長二尺，獻給了賈府，不過三年，賈似道就完蛋了。可見，精物都能先知先覺，命運是不能逃脫的啊。趙源問她：「我們今天能夠在一起生活，或許也是命運決定的吧？」綠衣人說：「這話確實是不會錯的。」趙源又問：「妳的靈魂能像現在這樣永遠活在世上嗎？」女子回答：「運數到了就要完了。」趙源問什麼時候，女子說：「不過三年！」趙源怎麼也不相信。

三年一到，綠衣女子果然臥病不起了。趙源要為她延請醫生，她不肯，說：「以前我已經和您講過了，命運為我們安排的夫妻緣分已經到期，我們的夫婦生活該結束了。」說著，女子用雙手緊緊握著趙源的胳臂，與他訣別說：「感謝您不厭棄我，使我能夠以幽冥之體和您在一起生活這麼長時間。想想從前，我們之間因為有一點兒思慕之情，就一起橫遭慘死。縱使海枯石爛，我的抱怨也是不會停止的，縱使地老天荒，我對你的真情也是不會泯滅的。現在我們幸而有機會補足前世的恩愛，實現前生的盟誓，在這裡做了三年夫妻，應該心滿意足了。讓我從此告辭吧，您心裡不必再牽掛著我了。」說完，臉朝裡躺下，趙源再三呼喊她卻已經斷氣不會回應了。趙源非常悲痛，買了棺材安放她的遺體。將要下葬時，棺材卻很輕，大家覺得奇怪，打開一看，裡面只剩衣被首飾了。於是把棺材虛葬在北山腳下。趙源感念綠衣女的恩愛之情，也沒有再另娶，投奔靈隱寺出家當和尚，直到老死。

35 鞦韆會記

李禎

元大德❶二年戊戌，孛羅以故相齊國公❷子拜宣徽院❸使，奄都剌為僉判❹，東平❺王榮甫為經歷❻，三家聯住海子❼橋西。宣徽生自相門，窮極富貴，第宅宏麗，莫與為比。然讀書能文，敬禮賢士，故時譽翕然稱之❽。私居後有杏園一所，取「春色滿園關不住，一枝紅杏出牆來」❾之意，花卉之奇，亭榭之好，冠於諸貴家。每年春，宣徽諸妹、諸女，邀院判、經歷宅眷，於園中設鞦韆之戲，盛陳飲宴，歡笑竟日。各家亦隔一日設饌。自二月末至清明後方罷，謂之鞦韆會。

適樞密❿同僉⓫帖木爾不花子拜住過園外，聞笑聲，於馬上欠身望之，正見鞦韆競蹴，歡哄方濃，潛於柳蔭中窺之，睹諸女皆絕色，遂久不去，為閽者⓬所覺，走報宣徽，索之，亡矣。拜住歸，具白於母。母解意，乃遣媒於宣徽家求親。宣徽曰：「得非窺牆兒乎？吾正擇婿，可遣來一觀，若果佳，則當許也。」媒歸報，同僉飾拜住以往。宣徽見其美少年，心稍喜，但未知其才學，試之曰：「爾喜觀鞦韆，以此為題，《菩薩蠻》為調，賦南詞一闋，能乎？」拜住揮筆，以國字⓭寫之曰：

紅繩畫板柔荑⓮指，東風燕子雙雙起。誇俊與爭高，更將裙繫牢。牙床⓯和困睡，一任金釵墜。推枕起來遲，紗窗月上時。

宣徽雖愛其敏捷，恐是預構，或假手於人。因盛席待之，席間，再命作《滿江紅》詠鶯。拜住拂拭剡藤⑯，用漢字書呈宣徽。宣徽喜曰：「得婿矣！」遂面許第三夫人女速哥失里為姻，且召夫人，並呼女出，與拜住相見。他女亦於窗隙中窺之，私賀速哥失里曰：「可謂『門闌多喜氣，女婿近乘龍』⑰也。」擇日遣聘，禮物之多，詞翰之雅，喧傳都下，以為盛事。

❶大德：元成宗年號（一二九七—一三〇七）。

❷故相：原任丞相。齊國公：對該丞相的封號。按，元初封齊國公的四人都沒做過丞相，也無子孫名字羅的。

❸宣徽院：官署名，元時掌供御膳、燕享等職。

❹僉判：宣徽院的屬官。掌判公事。

❺東平：今山東省東平縣。

❻經歷：宣徽院屬官。掌出納文書。

❼海子：湖沼。今北京積水潭一帶 元時匯積了西北諸泉之水，汪洋如海，時人稱「海子」。

❽翕然稱之：眾口一致地稱讚他。翕（ㄒㄧˋ），相合。

❾春色滿園關不住，一枝紅杏出牆來：宋葉紹翁七絕〈遊小園不值〉中句。

❿樞密：即樞密院，官署名，元時掌管軍機，權力極大，是皇帝下面的最高軍事機構。

⓫同僉：樞密院的屬官。

⓬閽（ㄏㄨㄣ）者：守門的人。

⓭國字：蒙古文。寫元朝故事，故以蒙文為國字。

⓮柔荑：比喻女子手的纖細白嫩。《詩經・衛風・碩人》：「手如柔荑」。荑（ㄊㄧˊ），初生的茅草。

⓯牙床：象牙裝製的床。

⓰剡（ㄕㄢˋ）藤：用浙江剡溪的藤所製的紙，當時非常著名。

⓱門闌多喜氣，女婿近乘龍：杜甫五律〈李監宅〉中的詩句。原為「門闌多喜色，女婿近乘龍」。漢代黃憲、李膺都娶太尉桓焉的女兒，時人說，「兩女俱乘龍」，意謂得婿如乘龍一樣。

既而同僉豪宕，簠簋不飭⑱，竟以墨敗⑲，繫御史台獄⑳，得疾囹圄㉑間，以大臣，例蒙疏放㉒，回家醫治，未逾旬，竟爾不起。闔室染疾，盡為一空，獨拜住在；然冰消瓦解，財散人亡。宣徽將呼拜住回家，教而養之，三夫人堅執不肯。蓋宣徽內嬖㉓雖多，而三夫人者，獨秉權專寵，見他姬女皆歸富貴之門，獨己婿家反而凋敝如此，決意悔親。速哥失里諫曰：「結親即結義，一與訂盟，終不可改。兒非不見諸姊妹家榮盛，心亦慕之，但寸絲為定，鬼神難欺，豈可以其貧賤而棄之乎？」父母不聽，別議平章闊闊出㉔之子僧家奴，儀文之盛，視昔有加。暨成婚，速哥失里行至中道，潛解腳紗，縊於轎中，比至而死矣。夫人以其愛女輿回，悉傾嫁奩及夫家聘物殮之，暫寄清安僧寺。拜住聞變，是夜，私往哭之，且叩棺曰：「拜住在此。」忽棺中應曰：「可開柩，我活矣。」周視四隅，漆釘牢固，無由可啟。乃謀於僧曰：「勞用力，開棺之罪，我一力承之，不以相累，當共分所有也。」僧素知其厚殮，亦萌利物之意，遂斧其蓋。女果活，彼此喜極，乃脫金釧及首飾之半謝僧；計其餘，尚值數萬緡，因託僧買漆整棺，不令事露。

拜住遂挈速哥失里走上都㉕。住一年，人無知者。所攜豐厚，兼拜住又教蒙古生數人，復有月俸，家道從容。不期宣徽出尹開平，下車之始，即求館客，而上都儒者絕少。或曰：「近有士自大都挈家寓此，亦色目人㉖，設帳民間，誠有學問。府君欲覓西賓，惟此人為稱。」亟召之，則拜住也。宣徽意其必流落死矣，而人物整然，怪之，問：「何以至此？且娶誰氏？」拜住實告。宣徽不信，命舁㉗至，則真速哥失里，一家驚動，且喜且悲。然猶恐其鬼假人形，幻惑年少，陰使人詣清安詢僧，其言一同，乃發殯，空櫬而已。歸以告宣徽，夫婦愧嘆，待之愈厚，收為贅婿，終老其家。

拜住三子：長教化，仕至遼陽等處行中書省㉘左丞㉙，早卒。次子忙古歹，幼子黑

⑱簠簋不飭：簠（ㄈㄨˇ）、簋（ㄍㄨㄟˇ），均為古代祭器；不飭，不整齊。這裡以祭品的擺放不合乎規定比喻官吏貪污。這是一種婉詞，彈劾貪官常用此語。

⑲墨敗：因貪污而丟官。墨，通「冒」，即貪污。《左傳》：「貪以敗官為墨」。

⑳御史台：官署名。御史掌監察、彈劾官吏，被彈劾的官吏常奉旨發交御史台審訊，所以也設有監獄，以囚犯官。

㉑囹圄（ㄌㄧㄥˊ ㄩˇ）：監獄。

㉒例蒙疏放：按元朝律例，凡大臣在獄得病，可以暫請釋放回家休養。

㉓內嬖：內寵。指姬妾。嬖（ㄅㄧˋ），卑賤得寵。

㉔闊闊出：元世祖忽必烈第八子，封寧遠王，元成宗時任平章，總軍事。

㉕上都：即開平府。故址在今內蒙古多倫西北上都河北岸。中統元年（一二六〇）忽必烈即帝位於此，四年加號「上都」。

㉖色目人：元統治者把被統治的人民分為蒙古人、色目人、漢人、南人四等，色目人指欽察、唐古、回回等北方諸姓名族。

㉗舁（ㄩˊ）：兩人共抬一件東西。

㉘行中書省：元代於中書省外，又於各路設行中書省，叫作行省，作為分設於地方的中央政務機構。

㉙左丞：官名。元代行中書省最高長官為丞相，下設左右丞，位在丞相和平章之下。

廝，俱為內怯薛㉚，帶御器械。忙古歹先死。黑廝官至樞密院使㉛。天兵㉜至燕，順帝御清寧殿，集三宮后妃、皇太子，同議避兵。黑廝與丞相失列門哭諫曰：「天下者，世祖之天下也。當以死守。」不聽。夜半，開建德門而遁。黑廝隨入沙漠，不知所終。

㉚怯薛：蒙語，輪流值宿衛的人，每三天更換一次，是成吉思汗時設置的護衛軍。

㉛樞密院使：樞密院的最高長官。

㉜天兵：作者是明朝人，故稱明兵為天兵。

提示

一、本篇選自李禎《剪燈餘話》卷四。李禎（一三七六？—一四五二？），字昌祺，廬陵（今江西吉安縣）人，明初文學家。著有《容膝軒草》、《僑庵詩餘》等。《剪燈餘話》是模仿《剪燈新話》的小說集。

二、本篇寫的是一對蒙古貴族青年男女的愛情故事。他們本來是郎才女貌、門當戶對的一雙，但拜住的家境發生驟變之後，出現家長悔親的情況。作品譴責了這種傳統的成規，歌頌了青年男女對愛情的忠貞。所以，讓女主角死而復生，兩人異地結成姻緣，故事充滿了浪漫色彩。

三、本篇名《鞦韆會記》，在描寫宣徽院一年一度的鞦韆會處也特別引人遐思，僅用「盛陳飲宴，歡笑竟日」，「鞦韆競蹴，歡哄方濃」十六個字，就把這一盛會的情景有聲有色，有動有靜，有情有景地描畫出來，使人眼前展現出一幅優美的圖畫。春光明媚，花草爭妍，一個個美麗的女子身著漂亮鮮艷的服裝，有的在盪鞦韆，上上下下，像在花間草前來回飛舞的彩蝶；有的在嬉耍遊戲；人群中不斷地傳出陣陣哄笑聲。這是一幅生動有趣的仕女春嬉圖，給人以美好的藝術享受。

語譯

元成宗大德二年，孛羅因為是原丞相齊國公的兒子被任命為宣徽院使，這時宣徽院的僉判是奄都剌，經歷是東平路的王榮甫，三家人一起住在積水潭的石橋西面。孛羅自幼生長在相府之家，享盡榮華富貴，宅院十分宏麗，沒有人能與他相比。但他好讀書，通文墨，又很禮敬賢達之士，因此當時人都一致稱讚他。他的住宅後面有一所「杏園」，取的是「春色滿園關不住，一枝紅杏出牆來」的句意，各色各樣的奇花異草，精美華麗的亭台樓閣，在諸名家花園中堪稱第一。每年春天，孛羅的眾姊妹和女兒們都邀請僉判和經歷家的女眷前來，在杏園中玩盪鞦韆的遊戲，同時大擺酒宴，歡聲笑語，終日不停。其他兩家也隔一天設一次筵席，從二月末直到清明節之後才停止，叫做鞦韆會。

有一天，樞密院同僉帖木爾不花的兒子拜住正從園外經過，聽見傳出的說笑聲，就在馬上欠著身子向園裡張望，只見鞦韆一個比一個盪得高，歡聲笑語一陣高過一陣。於是他借柳蔭遮掩偷偷地向裡看，見一個個女子都是絕代佳人，於是好久沒有離去。不料被看門人發現，趕快報告給孛羅，等孛羅帶人來尋查時，他已經逃走了。拜住回到家中，把情況一一向他母親講了。母親明白他的意思，就託媒人到孛羅家來求親。孛羅說：「大概就是那個趴牆頭的孩子吧？我正在選擇女婿，可以讓他來給我看看，如果人確實好，我就把女兒許配給他。」媒人回去稟報，同僉把兒子打扮了一番，就讓他去了。孛羅見拜住是個美少年，心裡不由得高興，但不知道他的才學怎樣，就試探他說：「你既然喜歡看盪鞦韆，就以它為題目，用《菩薩蠻》作調，填一首詞行嗎？」拜住提筆用蒙文寫道：

紅繩畫板柔荑指，　紅繩繫著畫板，十指比柔荑更嫩細，

東風燕子雙雙起。　像在東風中展翅的燕子雙雙飛起。

誇俊與爭高，　美人兒爭容鬥貌，越盪越高，

更將裙繫牢。　那當風的裙帶啊繫得牢，繫得牢。

牙床和困睡，	回到繡房爬上牙床和衣睡去，
一任金釵墜。	困倦得任憑金釵落下也不願拾起。
推枕起來遲，	推枕醒來時夜幕早已垂降，
紗窗月上時。	綠紗窗上灑滿了皎潔的月光。

孛羅雖然喜歡他的才思敏捷，但又怕是預先擬好或是請別人代作的，於是又擺筵席招待他。酒席上，又讓拜住用《滿江紅》作調填一首「詠鶯」詞。拜住鋪開剡藤紙，用漢字工工整整地寫好呈上。孛羅看了高興地說：「我找到女婿啦！」於是當面答應讓第三夫人的女兒速哥失里與他成親，而且把夫人和女兒都叫出來與拜住相見。其他眾姐妹們也都隔著窗縫偷看，私下裡向速哥失里祝賀說：「這真像古人所說的『門闌多喜氣，女婿近乘龍』啊！」又選擇了一個黃道吉日送來聘禮，禮物的豐厚，拜住詞句的文雅，在都城盛傳一時。

過了不久，同僉因為生活奢侈放蕩，結果犯了貪污罪削去官職，被拘禁在御史台獄中得了病，由於原來是大臣，依照法律蒙恩釋放，回家就醫。沒過十天，竟病死了。全家人也都染病先後死去，只有拜住還活著。然而昔日的榮華已經冰消瓦解，只落得家破人亡。孛羅打算把拜住叫到自己家教養起來，三夫人堅決不同意。原來孛羅愛幸的姬妾雖然很多，卻獨有三夫人得到專寵，掌管著家中的事務。她見其他姬妾的女兒全都嫁到富貴人家，唯獨自己的女婿家裡貧困到這種地步，就決心悔親了。速哥失里勸導她的父母說：「結親就和結義一樣，一旦訂立婚約，永遠也不能改變。我並不是沒看見眾姊妹家裡的榮華興旺，內心也很羨慕她們，但是既然一根赤繩定了姻緣，那鬼神是不能欺騙的，怎麼能因為他家貧賤了就拋棄人家呢？」父母不聽她的意見，為她另外選定了平章政事闊闊出的兒子僧家奴，男方送來的聘禮比上一次還要豐盛。到了結婚那天，速哥失里在半路上，偷偷地解下腳紗，在轎子裡自縊了，等到了夫家已經身亡。三夫人把她愛女的屍體用車運回來，與全部嫁妝和男方送來的聘禮一起裝進棺材，暫時寄存在清安寺中。拜住聽到消息之後，當夜就私自來到寺裡哭靈，並且拍著棺材說：「拜住在這裡，拜住在這裡！」忽聽棺材裡回答說：「快打開棺材，我活了。」拜住看看棺材的四角，油漆和釘子塗封得非常牢固，沒法打開。就與寺裡的和尚商量說：「勞駕幫幫忙，開棺的罪責由我一個人承擔，絕不會連累您。打開以後裡面的所有東西我們平分。」和尚本來知道裡面陪葬的東西很多，也產生了謀取財物的邪念，就拿斧子劈開棺蓋。速哥失里果然活著，兩個人高興極了，於是摘下鐲子及首飾等，分一半給和尚作為酬謝，估計剩餘的財物還值幾萬貫。順便又託付和尚買漆把棺材重新油漆釘好，叫他不得走露消息。

拜住於是帶領著速哥失里來到了上都開平府，住了一年，也沒有人知道。由於來時攜帶的東西很多，加上拜住又給一些蒙古學生授課，每月都有薪俸，小家庭生活很寬裕。不料後來孛羅從宣徽院調到開平作府尹，剛剛到任就想請塾師，可是這裡能勝任的儒生極少。有人說：「最近有個書生帶著家眷從大都來此定居，也是色目人，在民間授業講學，確實很有學問。大人要想找塾師，只有這個人還算合適。」孛羅派人找他來，一看卻是拜住。孛羅原來猜想他一定流浪而死了，可是今天卻穿戴很整潔，覺得奇怪，就問他：「你怎麼會到這裡來了？又娶了哪一位做妻子呀？」拜住把實情告訴了他，孛羅不信，派人用轎子把她抬來，卻真是速哥失里，全家人都為之驚動，又高興又悲傷。然而還恐怕她是鬼變人形，出來迷惑年輕男子，就暗中派人前去清安寺詢問和尚，回答的情況與拜住所說完全一樣，於是就打開棺材看，裡面果然空空如也。派去的人回來後把情況報告了孛羅，老夫婦這才慨嘆愧對了他們，於是收拜住為入贅女婿，待他非常好，拜住最後終老於岳父家。

拜住共有三個兒子：長子教化，官做到遼陽等地行中書省的左丞，很早就死了。次子忙古歹，幼子黑廝，全做官廷護衛。忙古歹先去世，黑廝官做到樞密使。明兵進入河北之後，元順帝在清寧殿裡，把三宮后妃以及皇太子都找來，一起商議怎樣逃跑。黑廝與丞相失列門哭著勸諫說：「天下是我們世祖打下來的，應當死守才對。」順帝不聽，半夜裡，打開建德門逃走了。黑廝跟隨順帝進入沙漠，不知下落。

36 芙蓉屏記

李禎

至正辛卯❶，真州❷有崔生名英者，家極富。以父蔭，補浙江溫州永嘉尉，攜妻王氏赴任。道經蘇州之圌山❸，泊舟少憩，買紙錢牲酒，賽❹於神廟。既畢，與妻小飲舟中。舟人見其飲器皆金銀，遽起惡念。是夜，沉英水中，併婢僕殺之，謂王氏曰：「爾知所以不死者乎？我次子尚未有室，今與人撐船往杭州，一兩月歸來，與汝成親，汝即吾家人，第安心無恐。」言訖，席捲其所有，而以新婦呼王氏。王氏佯應之，勉為經理，曲盡殷勤。舟人私喜得婦，漸稔熟，不復防閑❺。

將月餘，值中秋節，舟人盛設酒肴，雄飲痛醉。王氏伺其睡熟，輕身上岸，行二三里，忽迷路，四面皆水鄉，惟蘆葦菰蒲❻，一望無際；且生自良家，雙彎❼纖細，不任跋涉之苦，又恐追尋至，於是盡力狂奔。久之，東方漸白，遙望林中有屋宇，急往投之。至則門猶未啟，鐘梵之聲隱然，少頃開關，乃一尼院。王氏徑入，院主問所以來故，王氏未敢以實對，紿❽之曰：「妾真州人，阿舅宦游江浙，挈家偕行，抵任而良人歿矣。孀居數年，舅以嫁永嘉崔尉為次妻，正室悍戾難事，箠辱萬端。近者解官，舟次於此，因中秋賞月，命妾取金杯酌酒，不料失手墜於江，必欲置之死地，遂逃生至此。」尼曰：「娘子既不敢歸舟，家鄉又遠，欲別求匹配，卒乏良媒，孤苦一身，將何所託？」

王惟涕泣而已。尼又曰：「老身有一言相勸，未審尊意如何？」王曰：「若吾師有以見處，即死無憾！」尼曰：「此間僻在荒濱，人跡不到，茭葑❾之與鄰，鷗鷺之與友，幸得一二同袍❿，皆五十以上，侍者數人，又皆淳謹。娘子雖年芳貌美，奈命蹇時乖，盍若捨愛離痴，悟身為幻，被緇削髮，就此出家，禪榻佛燈，晨餐暮粥，聊隨緣以度歲月，豈不勝於為人寵妾，受今世之苦惱，而結來世之仇讎乎？」王拜謝曰：「是所志也。」遂落髮於佛前，立法名慧圓。王讀書識字，寫染⓫俱通，不期月間，悉究內典⓬，大為院主所禮待，凡事之巨細，非王主張，莫敢輒自行者。而復寬和柔善，人皆愛之。每日於白衣大士前禮百餘拜，密訴心曲，雖隆寒盛暑弗替⓭。既罷，即身居奧室⓮，人罕見其面。

❶至正辛卯：元惠宗至正十一年（一三五一）。
❷真州：今江蘇省儀徵縣。
❸圌（ㄔㄨㄢˊ）山：山名，在今江蘇丹徒東北六十里處的長江邊。
❹賽：祭祀神佛，酬答護佑。
❺防閑：防範。
❻菰蒲：都是淺水植物。
❼雙彎：雙腳。
❽紿（ㄉㄞˋ）：欺騙。
❾茭葑：茭白一類的植物。
❿同袍：因志向相同而同甘共苦的伙伴。語出《詩經．秦風．無衣》：「豈曰無衣，與子同袍。」
⓫寫染：寫字畫畫。
⓬內典：佛教名詞。佛教徒自稱佛教的典籍為「內典」，佛教以外的典籍為「外典」。
⓭弗替：不荒廢。
⓮奧室：幽深的內室。

歲餘，忽有人至院隨喜⑮，留齋⑯而去。明日，持畫芙蓉一軸來施，老尼張於素屏。王過見之，識為英筆，因詢所自。院主曰：「近日檀越⑰布施。」王問：「檀越何姓名？今住甚處？以何為生？」曰：「同縣顧阿秀，兄弟以操舟為業，年來如意，人頗道其劫掠江湖間，未知誠然否？」王又問：「亦嘗往來此中乎？」曰：「少到耳。」即默識之。乃援筆題於屏上曰：

少日風流張敞⑱筆，寫生不數黃筌⑲。芙蓉畫出最鮮妍。豈知嬌艷色，翻抱死生冤！
粉繪淒涼疑幻質，只今流落誰憐！素屏寂寞伴枯禪。今生緣已斷，願結再生緣。

其詞蓋《臨江仙》也，尼皆不曉其所謂。一日，忽在城有郭慶春者，以他事至院，見畫與題，悅其精緻，買歸為清玩。適御史大夫⑳高公納麟退居姑蘇㉑，多募書畫，慶春以屏獻之，公置於內館，而未暇問其詳。偶外間忽有人賣草書四幅，公取觀之，字格類懷素㉒而清勁不俗。公問：「誰寫？」其人對：「是某學書。」公視其貌，非庸碌者，即詢其鄉里姓名，則蹙額對曰：「英姓崔，字俊臣，世居真州，以父蔭補永嘉尉，挈累赴官，不自慎重，為舟人所圖，沉英水中，家財妻妾，不復顧矣。幸幼時習水，潛泅波間，度既遠，遂登岸投民家，而舉體沾濕，了無一錢在身。賴主翁善良，易以裳衣，待以酒食，贈以盤纏，遣之曰：『既遭寇劫，理合聞官，不敢奉留，恐相連累。』英遂問路出城，陳告於平江路㉓，今聽候一年，杳無音耗，惟賣字以度日，非敢謂善書也，不意惡札㉔，上徹鈞覽㉕。」公聞其語，甚憫之，曰：「子既如斯，付之無奈！且留我西塾，訓諸孫寫字，不亦可乎？」英幸甚。公延之內館，與飲。英忽見屏間芙蓉，泫然垂淚。公怪問之。曰：「此舟中失物之一，英手筆也。何得在此？」又誦其詞，復曰：「英妻所作。」公曰：「何以辨識？」曰：「識其字畫。且其詞意有在，真拙婦所作無疑。」公曰：「若然，當為子任捕盜之責。子姑秘之。」乃館英於門下。

明日，密召慶春問之。慶春云：「買自尼院。」公即使宛轉詰尼：「得於何人？誰所題詠？」數日報云：「同縣顧阿秀捨，院尼慧圓題。」公遣人說院主曰：「夫人喜誦

⑮隨喜：佛語。遊覽寺院。

⑯留齋：留隨喜者吃齋飯。齋，僧尼所吃的素食。

⑰檀越：佛語。即施主。

⑱張敞：西漢平陽人，字子高。曾任京兆尹、冀州刺史等職。後世流傳著他曾為妻子畫眉的風流佳話。

⑲黃筌：五代宋初畫家。字要叔，成都人。擅畫花鳥，自成一派，斐聲一時。

⑳御史大夫：官名。隋唐以後專掌監察、執法，為御史台的長官。

㉑姑蘇：蘇州的別稱。因西南有姑蘇山而得名。

㉒懷素：唐代書法家，僧人。本姓錢，字藏真，湖南長沙人。精勤學書，以善「狂草」出名。

㉓平江路：即今江蘇省蘇州市。本為平江府，元改平江路。路，元代行省下面一級的地方行政機構。這裡指平江路衙門。

㉔札：古時寫字用的小木片。這裡指所寫的字。

㉕上徹鈞覽：被您所看見。徹，通。鈞，舊時用於下級對上級的敬辭。

佛經，無人作伴，聞慧圓了悟㉖，今禮為師，願勿卻也。」院主不許。而慧圓聞之，深願一出，或者可以借此復仇，尼不能拒。公命舁㉗至，使夫人與之同寢處，暇日，問其家世之詳。王飲泣，以實告，且白題芙蓉事，曰：「盜不遠矣，惟夫人轉以告公，脫得罪人，洗刷前恥，以下報夫君，則公之賜大矣！」而未知其夫之故在也。夫人以語公，且云其讀書貞淑，決非小家女。公知其為英妻無疑，屬夫人善視之，略不與英言。公廉得㉘顧居址出沒之跡，然未敢輕動。惟使夫人陰勸王蓄髮返初服。又半年，進士薛理溥化為監察御史，按郡。溥化，高公舊日屬吏，知其敏手也，具語溥化，掩捕之，敕牒㉙及家財尚在，惟不見王氏下落。窮訊之，則曰：「誠欲留以配次男，不復防備，不期當年八月中秋逃去，莫知所往矣。」溥化遂置之於極典㉚，而以原贓給英。

英將辭公赴任，公曰：「待與足下作媒，娶而後去，非晚也。」英謝曰：「糟糠之妻，同貧賤久矣。今不幸流落他方，存亡未卜，且單身到彼，遲以歲月，萬一天地垂憐，若其尚在，或冀伉儷之重諧耳。感公恩德，乃死不忘，別娶之言，非所願也。」公淒然曰：「足下高誼如此，天必有以相佑，吾安敢苦逼。但容奉餞，然後起程。」翌日，開宴，路官及郡中名士畢集。公舉杯告眾曰：「老夫今日為崔縣尉了今生緣。」客莫喻。公使呼慧圓出，則英故妻也。夫婦相持大慟，不意復得相見於此。公備道其始末，且出芙蓉屏示客，方知公所云「了今生緣」，乃英妻詞中句，而慧圓則英妻改字也。滿座為之掩泣，嘆公之盛德為不可及。公贈英奴婢各一，貲遣就道。

英任滿，重過吳門，而公薨矣。夫婦號哭，如喪其親，就墓下建水陸齋㉛三晝夜以報而後去。王氏因此長齋念觀音不輟。

㉖了悟：徹底領悟。佛家以明心見性為了悟。

㉗舁（ㄩˊ）：兩人共抬一件東西。

㉘廉得：查訪到。廉，查察。

㉙敕牒：任命官職的文書。

㉚極典：極刑。

㉛水陸齋：即「水陸道場」，一種遍施飲食以救渡水陸鬼眾苦惱的法會，為佛教宗教活動之一。

提示

一、本篇選自李禎《剪燈餘話》卷四。但刪去了篇末長長的一段〈芙蓉屏歌〉。內容敘述崔英與妻王氏乘舟赴任，途中賊人見財起意，將崔英推下水，並強迫王氏作兒媳。王氏趁隙逃走，出家作了尼姑。之後，因為被搶的一張芙蓉屏，終於又與潛水逃脫性命的丈夫崔英團圓的曲折故事。

二、作為一篇公案小說，作者在構思和情節安排上很下了一番功夫。全篇以芙蓉屏作為中心線索，組織了一連串的巧合：顧阿秀謀財害命，搶走芙蓉屏，又把它施捨給尼院；王氏逃脫性命，在尼院落髮為尼，正好看見了芙蓉屏，並題詞屏上，之後此屏被人買走，送給了高公；而崔英流落街頭，賣字到高家，正好為高公看中，請為塾師，看到了芙蓉屏和妻子的題詞。高公就以芙蓉屏為線索，找到了兇手，並使這對落難夫妻了卻了「今生緣」。一張芙蓉屏，一步步地把情節安排得井然有序，使事件的產生、發展和解決，既出人意料，又合情合理，寓必然於偶然之中，引人入勝而不落窠臼，收到了很好的藝術效果。由於行文的主旨在歌頌崔英夫婦之間生死不渝的真情，及為民除害、成人之美的清官。因此，在王氏的機警果敢，崔英的沉穩深情，和高老夫婦的古道熱腸且工於心計方面，寫得特別鮮明，堪稱是一篇感人的優秀公案小說。

語譯

元朝至正辛卯年間，真州有個叫崔英的書生，家境很富裕。他依仗著父親的餘蔭，補為浙江溫州永嘉縣尉，於是攜帶著妻子王氏前往赴任。途經蘇州到達圖山時，停舟略作休息，買了紙錢和酒肉，到山上神廟裡祭祀一番。祭畢，回到船上與妻子一起飲酒。船夫見他們使用的酒器都是金銀做的，頓時起了歹意。這天夜裡，把崔英扔進水裡，把丫鬟、僕人都殺了，然後對王氏說：「妳知道自己沒死的原因嗎？我的二兒子還沒娶媳婦，現在他與別人一起撐船去杭州了，過一兩個月回來，就與妳成親，妳就是我家的人了，只管安心好了，不用害怕。」說完便把崔英的所有東西都拿走了，而且稱呼王氏為新媳婦。王氏假裝答應他，勉強地為他料理家務，盡量顯出百般殷勤的樣子。船夫暗暗地慶幸自己得了個兒媳婦，漸漸熟悉了，也就不再加以防範。

過了一個多月，正是中秋節，船夫大擺酒宴，喝得酩酊大醉。王氏等他睡熟了，輕身爬上岸逃跑，走出二三里後，忽然迷了路，只見四周是無邊無際的水，一片蘆葦和水草；而王氏出生於好人家，一雙纖細的小腳，受不了長途跋涉的苦楚，但她又怕船夫追來，於是盡力快跑。過了很久，東方漸漸發白，遠遠地看見前面的樹林中有房屋，王氏趕快前往投奔。到屋一看，門還沒開，隱約聽到裡面有敲鐘念佛的聲音，一會兒門開了，原來是一座尼姑庵。王氏直接走進去，院主問她怎會來到這裡，她不敢回答實話，假說：「我是真州人，父親去江浙一帶做官，帶著我們全家一起赴任，到任所後我的丈夫病死了。守了幾年寡，父親把我嫁給了永嘉崔縣尉作妾，他的正房妻子兇狠暴戾難以侍候，我經常挨打受氣，備受虐待。最近丈夫解官回家，把船停在這裡。在中秋節賞月的時候，讓我去取金杯斟酒，想不到一失手杯子掉到了江裡。這一來非要把我打死不可，於是我逃生到此地。」尼姑說：「妳既然不敢回船上去，家鄉又很遠，想另外再嫁人，倉促之間又沒有媒人。妳這樣一個人，將依靠什麼生活呢？」王氏不言語，只是低聲哭泣。尼姑又說：「老身我有一言相勸，不知妳意下如何？」王氏說：「如果師傅能有什麼好主意教給我，即使死了也不後悔！」尼姑說：「這裡是偏僻的江岸，荒無人煙，周圍只有水草和水鳥，幸有一兩個同道人，年歲也都在五十以上了。有幾個女弟子，又都很恭謹樸實。夫人您雖然年輕美貌，怎奈命裡多難，時運不好，何不看破紅塵，捨棄人間的慾念痴情，身披黑衣，削髮為尼，就在這裡出家。睡禪床，對青燈，早晚兩頓粥，過一段安安穩穩的日子。這豈不比做人家的小妾，今世受無限的苦楚，又結下來世的冤仇強得多嗎？」王氏聽罷跪下致謝說：「這正是我的志向啊！」於是立即在佛前削髮，取個法名叫慧圓。王氏讀書識字，書畫都很在行，不到一個月，就熟悉了佛家的典籍，深得老尼的尊重。寺院中的事無論大小，不徵得王氏的同意，不敢擅自去做。而王氏待人又很寬柔和善，大家都很喜歡她。她每天都要在觀音菩薩像前跪拜百餘次，暗暗地訴說自己的心事，即使是嚴冬酷暑也不間斷。每次拜完之後，就回到幽深的居室中，別人很難見到她。

一年之後，忽然有人到寺院來遊賞，吃了齋飯後走了。第二天，又拿來一幅畫有芙蓉的卷軸來施捨，老尼姑把它張貼在白色的屏風上。王氏經過時見了這幅畫，認識是崔英的筆跡，就問是哪來的。老尼說：「是最近一位施主布施的。」王氏問：「這位施主姓什麼，叫什麼？現在住在哪裡？是幹什麼的？」老尼說：「施主是本縣的顧阿秀，他們兄弟倆以撐船為職業，近年生活很如意，人們都說他們來往江湖間行搶打劫，不知是真是假？」王氏又問：「他們也常到這裡來嗎？」老尼說：「很少來。」王氏默默地記下了。就提筆在芙蓉屏上寫道：

少日風流張敞筆，　依然是少年時你那美妙多情的張敞畫筆，
寫生不數黃筌。　狀物寫真簡直超過善畫的黃筌。
芙蓉畫出最鮮妍。　婷婷玉立的芙蓉畫得多麼鮮艷。

豈知嬌艷色，　誰知如此嬌美的顏色，
翻抱死生冤！　反倒成了生死奇冤的證見。
粉繪淒涼疑幻質，　面對淒涼的彩繪有如夢境一般，
只今流落誰憐！　而今我流落他鄉有誰愛憐？
素屏寂寞伴枯禪。　只有白絹屏風陪伴著寂寞冷清的禪院。
今生緣已斷，　啊，今生姻緣已中斷，
願結再生緣。　但願重結再生緣。

這是一首《臨江仙》詞，尼姑們都不明白裡面說的是什麼。有一天，忽然城裡有個叫郭慶春的人，因為別的事情來到寺院，見了這幅畫和題詞，喜歡它的精緻華美，就買回家玩賞。正巧御史大夫高納麟老先生退職後閑居在蘇州，他正在到處收集書畫，郭慶春就把芙蓉屏獻給了他，他也沒顧得細問來歷，就把屏放入內宅了。有一天，外面忽然有個人拿著四幅草書來賣，高老先生拿過來一看，字體風格有點像懷素，清峻有力，不同一般。先生問：「這是誰寫的？」那人回答說：「是我練習著寫的。」老先生見此人的長相，不像是庸碌之輩，於是就問他的籍貫姓名。那人雙眉緊鎖，回答說：「我姓崔名英，字俊臣，世代居住在真州。依仗父親的餘蔭補為永嘉縣尉，攜帶妻小前去赴任，不小心路上遭船夫暗算，把我扔進水裡，家財和妻小們就再也顧不上了。幸虧我自幼熟悉水性，在水下潛泳，估計已經游出很遠了，才登岸投奔了一處人家。這時渾身上下濕漉漉的，一文錢也沒有。多蒙這家老主人心地善良，給我換了衣裳，又拿出酒飯招待，還給了路費，送我上路時說：『您既然是被強盜搶劫，照理應到官府去告發，因此我不敢多留你，怕誤了您的事。』我這才邊走邊問路出了城，到蘇州去告發。至今聽候處理已有一年，仍然杳無音訊，我只好靠賣字糊口，實在不敢說是善於書法啊。想不到這樣拙劣的字幅，竟被您老看上了。」老先生

聽了他這番話，深表同情，說：「您既然有這樣的遭遇，對那些無可奈何的事先不用管它！暫且留在我這裡作塾師，教我的孫子們寫字，不也行嗎？」崔英深以為幸。老先生把他迎進內宅，與他一起飲酒。崔英突然看見屏風上畫的芙蓉，眼淚簌簌而落。老先生很是奇怪，問他緣故，他說：「這是我在船裡丟的一件東西，芙蓉就是我親手畫的。怎麼會在這裡？」再唸畫上的題詞，又說：「這是我妻子作的。」先生問：「您是怎麼辨識出的呢？」他說：「我熟識妻子的筆跡，再從詞意所指來看，也可確認是我妻子所作無疑。」高老先生說：「如果是這樣，我將負責為你捕捉強盜。你暫且不要聲張。」於是留崔英在家裡做了教席。

第二天，高老先生悄悄地把郭慶春找來詢問，慶春說：「芙蓉屏是從寺院裡買來的。」先生讓他再去委婉地問問尼姑：畫幅是從什麼人那裡得來的，上面的題詞又是誰寫的？過了幾天，慶春回報說：「畫幅是本縣顧阿秀施捨的，是寺院尼姑慧圓題的詞。」於是高老先生派人向院主老尼請求說：「高老夫人喜歡念佛經，可惜沒人陪伴。聽說慧圓修行很深，現在想拜她為師，望您不要推辭！」院主不答應。但慧圓聽到這個消息後，很願意出來，暗想或許可以借此機會報仇雪恨。老尼這才阻攔不成。老先生派轎夫把王氏接來，讓老夫人與她一起住，閑暇的時候，詳細地詢問起她的家世情況。王氏泣不成聲，把實情告訴了她，並說了在芙蓉屏上題詞的事，又說：「強盜並沒有走遠，希望夫人把情況轉告給高老先生，要是能夠捕獲罪犯，報仇雪恥，也好告慰九泉之下的丈夫。這樣高老先生的恩情就太大了。」這時王氏不知道她的丈夫還活著。老夫人把情況都告訴了高老先生，並且說王氏讀書識字，忠貞賢慧，決不是一般人家的女子。高老先生知道她必定是崔英之妻無疑，就囑咐老夫人好好照看她，對崔英卻不透露一點實情。老先生查訪了顧阿秀的住址和活動情況，但沒敢輕易地打草驚蛇，只讓老夫人暗中勸說王氏留起頭髮還了俗。又過了半年，進士薛理（字溥化）作了監察御史，巡行來到蘇州。溥化當年是高老先生的下屬，老先生知道他是個敏捷幹練的人，就把芙蓉屏的始末一一相告。溥化出其不意地逮捕了顧阿秀，崔英的任命狀和家財都還在，只是不見王氏的下落。經過多次拷問，他才說：「我確實想留下她配給我二兒子做媳婦，時間一長，也不再防備她，沒想到在當年八月中秋之夜逃跑了，去向不明。」於是溥化把他處以極刑，又把被劫的贓物都還給了崔英。

崔英將要告辭高老爺上任了，高老先生說：「請等我給先生作個媒，娶了親再去，也不晚啊。」崔英婉言謝絕說：「我與糟糠之妻，共度貧賤的生活已經多年。現在她不幸流落在外，生死不知，我暫且單身前往赴任，再等一段時間，萬一上天憐憫，她還活著，或許我們夫婦還能破鏡重圓。您的大恩我至死不忘，但再娶的建議，我實在不能依從啊。」老先生也很受感動，說：「您這樣看重夫妻感情，上天一定會護佑你們的，我怎能強迫呢。但讓我為您設筵餞行，然後再動身吧。」第二天，宴席擺好，平江路的官員和郡中的知名人士都到了。高老先生舉起酒杯向衆人說：「老夫我今天為崔縣尉了結今生姻緣。」來賓們都不明白什麼意思。老先生讓人叫慧圓出來，正是崔英的原配妻子。夫妻抱頭痛哭，真想不到又能在這裡見面。高老先生把事情的全部經過原原本本講了一遍，並且拿出芙蓉屏來給客人們看。這時大家才明白老先生所說的「了結今生緣」，原來是崔英妻子題詞中的句子，而慧圓正是崔英妻子的改名。在座的客人們都被感動得落淚了，大家一致讚嘆高老先生的大德真是天高地厚啊。老先生送給崔英男女僕人各一個，又拿出路費讓他們上路。

崔英作官任滿之後，歸鄉路上再過蘇州時，高老先生已經亡故了。崔英夫婦痛哭流涕，如同死去了父母一樣。他們在老先生的墓地做了三天三夜水陸道場作為報答，而後離去。王氏從此長年素食供奉觀音菩薩。

37 大鐵椎傳

魏禧

大鐵椎，不知何許❶人。北平陳子燦省兄河南，與遇宋將軍家。宋，懷慶❷青華鎮人，工技擊❸，七省❹好事者皆來學。人以其雄健，呼宋將軍云。宋弟子高信之，亦懷慶人，多力善射，長子燦七歲，少同學，故嘗與過宋將軍❺。

時座上有健啖客❻，貌甚寢❼；右脅夾大鐵椎，重四五十斤，飲食拱揖❽不暫去。柄鐵摺疊環複❾如鎖上練，引之❿長丈許。與人罕言語，語類楚聲⓫。扣⓬其鄉及姓字，皆不答。

既同寢，夜半，客曰：「吾去矣！」言訖不見。子燦見窗戶皆閉，驚問信之。信之曰：「客初至時，不冠不襪，以藍手巾裹頭，足纏白布。大鐵椎外，一物無所持；而腰多白金⓭。吾與將軍俱不敢問也。」子燦寐而醒，客則鼾睡⓮炕上矣。

一日，辭宋將軍曰：「吾始聞汝名，以為豪，然皆不足用。吾去矣！」將軍強留

❶何許：何處。許，處所。
❷懷慶：明朝時的府名，在今河南省沁陽縣一帶。
❸工技擊：擅長搏擊一類的武術。
❹七省：指河南及其臨近的河北、山東、山西、陝西、安徽、湖北七省。
❺與過宋將軍：和他一同到宋將軍那裡去。過，訪問。
❻健啖客：飯量很大的客人。健，善於。啖（ㄉㄢˋ），吃。
❼貌甚寢：容貌很醜陋。
❽拱揖：拱手作揖。
❾柄鐵摺疊環複：大鐵椎柄上的鐵鏈折疊環繞著。
❿引之：拉開它。
⓫語類楚聲：說話像楚地的口音。古楚地在今湖南、湖北一帶。
⓬扣：詢問。
⓭白金：銀子。
⓮鼾睡：熟睡。鼾（ㄏㄢ），睡覺時發出的鼻息聲。

之。乃曰：「吾嘗奪取諸響馬⑮物，不順者輒擊殺之；眾魁⑯請長其群，吾又不許；是以讎我⑰。久居此，禍必及汝。今夜半，方期⑱我決鬥某所。」宋將軍欣然曰：「吾騎馬挾矢以助戰。」客曰：「止！賊能且眾，吾欲護汝則不快吾意。」宋將軍故自負，且欲觀客所為，力請客⑲。客不得已，與偕行。將至鬥處，送將軍登空堡上，曰：「但⑳觀之，慎弗聲，令賊知汝也。」

時雞鳴月落，星光照曠野，百步見人。客馳下，吹觱篥㉑數聲。頃之㉒，賊二十餘騎四面集，步行負弓矢從者百餘人。一賊提刀縱馬奔客曰：「奈何殺吾兄？」言未畢，客呼曰：「椎！」賊應聲落馬，馬首盡裂。眾賊環而進；客從容揮椎，人馬四面仆㉓地下，殺三十餘人。宋將軍屏息㉔觀之，股栗㉕欲墮。忽聞客大呼曰：「吾去矣！」地塵且起，黑煙滾滾，東向馳去。後遂不復至。

魏禧論曰：「子房㉖得力士，椎秦皇帝博浪沙㉗中，大鐵椎其人歟？天生異人，必有所用之。予讀陳同甫《中興遺傳》㉘，豪俊俠烈魁奇之士，泯泯然㉙不見功名於世者，又何多也！豈天之生才，不必為人用歟？抑用之自有時歟？子燦遇大鐵椎為壬寅歲㉚，當年三十；然則大鐵椎今四十耳。子燦又嘗見其寫市物帖子㉛，甚工楷書也。」

⑮響馬：攔路搶劫的強盜。
⑯眾魁：許多頭目。
⑰讎我：以我為仇，恨我。
⑱方期：正約會。

⑲力請客：極力請求客人允許一同去。
⑳但：只。
㉑觱篥（ㄅㄧˋ ㄌㄧˋ）：古代一種用竹做管、蘆葦做嘴的管樂器。
㉒頃之：一會兒。
㉓仆：倒下。
㉔屏（ㄅㄧㄥˇ）息：害怕得不敢喘大氣兒。
㉕股栗：兩腿發抖。
㉖子房：張良，字子房。戰國末韓人，秦滅韓，張良欲為韓報仇，得力士，為鐵椎重一百二十斤。秦始皇東遊，張良與力士狙擊之於博浪沙，未中。
㉗博浪沙：在今河南省陽武縣東南。
㉘陳同甫：南宋陳亮，字同甫。著名的思想家、文學家。《中興遺傳》：共二十卷，凡南渡前後忠臣名將，下及游俠、劇盜等皆為之立傳。分大臣、大將、死節、死事、能臣、能將、直士、俠士、辯士、義勇、群盜、賊臣十二門。
㉙泯泯然：沒沒無聞的樣子。
㉚壬寅歲：清康熙元年（一六六二）。
㉛市物帖子：買東西的字條。

提示

一、本篇選自《魏叔子文鈔》，是一篇著名的人物傳記，因不知主角的名字，就用他的兵器代替，故稱《大鐵椎傳》。作者魏禧（一六二四－一六八一），字叔子，一字冰叔，寧都（現江西省寧都縣）人，清初著名散文家。與兄際瑞、弟禮皆以文章著稱，時人稱為寧都三魏，而禧尤著名。明亡隱居不仕。三魏詩文，後人匯刻為《寧都三魏全集》，又各有單刻本，魏禧著《魏叔子文鈔》。

二、本篇在行文中運用襯托手法表現人物性格。開端寫大鐵椎「不知何許人」，是個無名之輩，而宋將軍是「工技擊，七省好事者皆來學」的武藝高強的「雄健」者，初步介紹先作了抑揚對照，為下文鋪墊。決鬥前宋將軍要求為大鐵椎助戰，而大鐵椎說：「止！賊能且衆，吾欲護汝，則不快吾意」，以宋將軍的「皆不足用」襯托出大鐵椎的豪強。夜戰決鬥中，大鐵椎的英勇擊殺，使被安排在空堡上「但觀之」的宋將軍竟嚇得

「股栗欲墮」，對照鮮明，襯托出大鐵椎的英雄形象。

三、文末作者就大鐵椎身懷絕技然終不遇時抒發感慨，意在批評南明不能用人之誤，將一腔愛國之思，寄之於博浪椎式的英雄，點明了撰寫這篇傳記的目的。全文筆力遒勁，英氣逼人。

語譯

大鐵椎，不曉得是什麼地方的人。北平人陳子燦到河南探望哥哥，和他在宋將軍家中相遇。宋是懷慶青華鎮人，擅長搏擊一類的武術，七省愛好武術的人都前來學習。人們因為他魁梧健壯，所以叫他宋將軍。宋的徒弟高信之也是懷慶人，力氣大，擅長射箭，比陳子燦大七歲，小時候同學，因此曾經陪陳子燦拜訪過宋將軍。

當時席上有個食量很大的客人，面貌很醜陋，右腋下夾著大鐵椎，有四五十斤重，連吃喝、拱手作揖的時候也不放下。柄上的鐵鏈折疊環繞著，像鎖上的鏈子似的，拉開它有一丈多長。他很少跟人交談，說話像湖北一帶的口音。問他的籍貫和姓名，都不回答。

後來我們同住一個寢室，半夜裡，客人說：「我走啦！」說完就不見了。子燦見門窗都關著，驚訝地問信之。信之說：「客人剛來的時候，不戴帽子，不穿襪子，用藍布包著頭，腳上纏著白布，除了大鐵椎之外，什麼東西都沒有帶，可是腰帶裡裹著很多的銀子。我和將軍都不敢問他。」子燦睡醒的時候，那客人卻在炕上打著呼嚕酣睡了。

一天，他向宋將軍告別，說：「我起初聽到你的大名時，把你當作英雄豪傑，但你這套都不管用。我走啦。」將軍竭力挽留他，才說：「我曾經奪過強盜的貨物，抵抗不從的大多被我擊殺了，許多頭目要求我當他們的領袖，我又沒有答應，因此他們仇視我。我如長久住在這裡，災禍必會牽連到你。今晚半夜，他們正約我在某一個地方決鬥。」宋將軍興致勃勃地說：「我騎著馬帶著弓箭去幫您。」客人說：「不行！強盜本領強，人又多，我要保護你，就不能痛痛快快地殺賊。」宋將軍本來自以為很有本領，同時也想觀察一下客人的底細，就極力請求。客人不得已，和他一起去了。快要到決鬥的地方，客人就送將軍登上一座荒廢無人的堡壘，說：「只能看，小心不要作聲，別讓強盜發現了。」

這時，雞鳴月落，星光照著空曠的原野，百步以內看得見人影。客人騎馬飛馳而下，吹了幾聲觱篥。一會兒，二十多個騎著馬的強盜從四面聚集過來，徒步揹著弓箭跟在後面的有一百多人。一個強盜提著刀縱馬衝向客人道：「為什麼殺我哥哥？」話沒說完，客人喊聲「椎！」強盜應聲落馬，馬頭也被砸得碎裂。強盜們環繞著向前逼進，客人態度從容地揮舞著鐵椎應戰，四周的強盜和馬匹紛紛倒地，殺死三十多個人。宋將軍看得連大氣都不敢喘，兩條腿哆嗦著幾乎要跌下來。忽然聽見客人大叫說：「我走啦！」頓時塵土飛揚濃煙滾滾，客人已向東飛馳而去。以後就再也沒有回來。

魏禧評論說：「當年張良找到了大力士，在博浪沙用鐵椎擊殺秦始皇，大鐵椎大概也是這一類人吧？老天生下有奇異才能的人，一定有用得著他的地方。但我讀陳亮的《中興遺傳》，發現那些才智出眾、俠義剛烈、雄奇卓異的人，沒沒無聞不能在當代顯露功績聲名的，又為什麼這樣多呢？是不是上天降生的人才不一定被人任用呢？還是任用他們自有一定的時機呢？陳子燦遇見大鐵椎是壬寅年，當時是三十歲，那麼大鐵椎今年應該四十歲了吧。子燦又曾經看見他寫的購物條子，楷書寫得非常工整漂亮哩。」

38 勞山道士

蒲松齡

邑❶有王生，行七，故家子❷。少慕道，聞勞山❸多仙人，負笈❹往遊。登一頂，有觀宇，甚幽。一道士坐蒲團❺上，素髮❻垂領，而神觀爽邁。叩而與語，理甚玄妙。請師之。道士曰：「恐嬌惰不能作苦。」答言：「能之。」其門人甚眾，薄暮畢集，王俱與稽首，遂留觀中。

凌晨，道士呼王去，授一斧，使隨眾採樵。王謹受教。過月餘，手足重繭，不堪其苦，陰有歸志。

一夕歸，見二人與師共酌。日已暮，尚無燈燭。師乃剪紙如鏡，粘壁間。俄頃，月明輝室，光鑑毫芒。諸門人環聽奔走。

一客曰：「良宵勝樂，不可不同。」乃於案上取壺酒，分賚❼諸徒，且囑盡醉。王自思：「七八人，壺酒何能遍給？」遂各覓盎盂❽，競飲先釂❾，惟恐樽盡；而往復挹注❿，竟不少減。心奇之。俄⓫，一客曰：「蒙賜月明之照，乃爾寂飲，何不呼嫦娥⓬來？」乃以箸擲月中，見一美人，自光中出。初不盈尺；至地，遂與人等。纖腰秀項，翩翩作《霓裳舞》⓭。已而歌曰：「仙仙乎而還乎，而幽我於廣寒⓮乎！」其聲清越，烈⓯如簫管。歌畢，盤旋而起，躍登几上。驚顧之間，已復為箸。三人大笑。又一客曰：「今宵最樂，然不勝酒力矣。其餞我於月宮可乎？」三人移席，漸入月中。眾視三人，坐月中飲，鬚眉畢見，如影之在鏡中。移時，月漸暗；門人然⓰燭來，則道士獨坐而客杳矣。几上肴核尚存。壁上月，紙圓如鏡而已。道士問眾：「飲足乎？」曰：「足矣。」「足，宜早寢，勿誤樵蘇⓱。」眾諾而退。王竊忻慕⓲，歸念遂息。

又一月，苦不可忍，而道士並不傳教一術。心不能待，辭曰：「弟子數百里受業仙師，縱不能得長生術，或小有傳習，亦可慰求教之心；今閱兩三月，不過早樵而暮歸。弟子在家，未諳⓳此苦。」道士笑曰：「我固謂不能作苦，今果然。明早當遣汝行。」王曰：「弟子操作多日，師略授小技，此來為不負也。」道士問：「何術之求？」王曰：「每見師行處，牆壁所不能隔，但得此法足矣。」道士笑而允之，乃傳以訣，令自咒畢，呼曰：「入之！」王面牆不敢入。又曰：「試入之。」王果從容入，及牆而阻。

❶邑：行政區域單位。此指山東省淄川縣。
❷故家子：世家大族的子弟。
❸勞山：即山東即墨縣東南的道教勝地嶗山。
❹負笈：出外求學的代詞。笈，書箱。
❺蒲團：用蒲草編織的圓形墊子。
❻素髮：白髮。
❼賚（ㄌㄞˋ）：賞賜。
❽盎盂：兩種盛水酒的碗。
❾釂（ㄐㄧㄠˋ）：喝乾酒杯中的酒。
❿挹注：把液體從一個容器倒入另一個容器。
⓫俄：一會兒。
⓬嫦娥：傳說中月宮裡的仙女。
⓭《霓裳舞》：即《霓裳羽衣舞》，相傳是唐明皇與楊貴妃一起創製的。
⓮廣寒：神話中月亮裡的仙宮名。
⓯然：同「燃」。
⓰烈：優美。
⓱樵蘇：砍柴割草。
⓲忻慕：欣喜而羨慕。忻，同「欣」。
⓳諳：熟悉。此處是「曾受」的意思。

道士曰：「俯首驟入，勿逡巡⑳！」王果去牆數步，奔而入；及牆，虛若無物；回視，果在牆外矣。大喜，入謝。道士曰：「歸宜潔持㉑，否則不驗。」遂助資斧㉒遣之歸。抵家，自詡㉓遇仙，堅壁所不能阻。妻不信。王效其作為，去牆數尺，奔而入，頭觸硬壁，驀然而踣㉔。妻扶視之，額上墳起。如巨卵焉。妻揶揄之㉕。王慚忿，罵老道士之無良而已。

異史氏㉖曰：「聞此事未有不大笑者；而不知世之為王生者，正復不少。今有傖父㉗，喜疢㉘毒而畏藥石，遂有吮癰舐痔㉙者，進宣威逞暴之術，以迎其旨，紿㉚之曰：『執此術也以往，可以橫行而無礙。』初試未嘗不小效，遂謂天下之大，舉㉛可以如是行矣，勢不至觸硬壁而顛蹶不止也。」

⑳逡（ㄑㄩㄣ）巡：有顧慮而徘徊不敢前進。
㉑潔持：操守清白，去掉奢望。
㉒資斧：旅費、盤纏。
㉓詡：誇耀。
㉔驀然：猛然。踣（ㄅㄛˊ）：跌倒。
㉕揶揄之：嘲笑他。
㉖異史氏：此是蒲松齡的自稱。
㉗傖（ㄘㄤ）父：鄙賤的人。
㉘疢（ㄔㄣˋ）：病毒。
㉙吮癰舐痔：口吸毒瘡的膿液，舌舐痔瘡。此處用了兩個典故：「吮癰」（ㄕㄨㄣˇ ㄩㄥ）是引用《史記・佞倖傳》中鄧通為漢文帝吮癰的典故。「舐痔」（ㄕˋ ㄓˋ）是引用《莊子・列禦寇》有人為秦王舔痔瘡的典故。
㉚紿（ㄉㄞˋ）：欺哄。
㉛舉：全部。

提示

一、本篇選自蒲松齡《聊齋誌異》卷一。敘王生去勞山學道的故事。蒲松齡（一六四〇—一七一五），字留仙，一字劍臣，自號柳泉居士，世稱聊齋先生。山東淄川（今山東省淄博市）蒲家莊人。生平由於科舉接連告敗，先後與同鄉做幕僚和教書先生。七十一歲時援例入貢，成了一名貢生。著作除了《聊齋誌異》外，尚有《日用俗字》、《農桑經》等雜著五冊，及戲曲、詩文等多種。

二、這篇小說，作者一方面以奇特的想像，大寫勞山道士剪紙為月、擲箸化仙、一壺酒醉眾人、移席月宮等高妙法術；另一方面又寫王生好逸惡勞，目光短淺，急於求成。在此對比之下，寓意著深刻的諷刺含義。它告訴人們：無論做什麼事，都應用心純正，精誠專注，持之以恆，才能有所成就；否則，將一事無成。

語譯

本縣有個姓王的書生，排行第七，是大家子弟，從小羨慕道術。聽說勞山有許多仙人，於是就揹著書箱前往遊訪。他登上一座山頂，見有一座道觀，非常幽靜。一位道士盤腿坐在蒲團上，滿頭銀髮披在肩上，精神俊爽，意氣豪邁。王生向他打聽並與他交談，發現道士講得非常玄妙。王生便請求拜他為師。道士說：「恐怕你嬌生懶惰不能吃苦受累。」王生回說：「我能做到。」道士的門徒非常多，到了傍晚都回到觀裡，王生與他們一一叩頭相見，道士就把王生留在了觀中。

第二天早晨，道士把王生叫去，交給他一把斧頭，讓他隨著眾道徒去砍柴。王生謹慎接受教導。過了一個多月，王生的手和腳長了幾層繭子，再也不能忍受這種苦累，暗暗產生了回家的念頭。

一天晚上回來，看見有兩個人與師傅一起飲酒。太陽已經落山了，又沒有燈燭。師傅用紙剪了一個像鏡子般的圓形，貼到牆上。過了一會兒，那圓紙就變成月亮，照得滿屋光亮，如同白天一樣，連針尖大小的東西都看得清楚。眾弟子四面奔忙聽從使喚。

有一位客人說：「這樣好的夜晚，使人無比的快樂，不可以不讓大家一同享受。」道士於是從桌子上取過一把酒壺，分酒給眾徒弟喝，並囑咐大家喝個醉。王生心想：「七八個人，一壺酒怎能每個人都吃著呢？」於是大家各自尋找杯碗，搶著乾杯，惟恐壺裡的酒喝不夠；然而那壺酒反來覆去往各杯碗裡斟，竟然都不減少。王生心裡非常奇怪。過了一會兒，有一位客人說：「承蒙賞賜明月的光輝照耀，但如此寂寞地飲酒（沒有什麼趣味），為什麼不把嫦娥叫來呢？」道士於是把筷子往牆上的月亮一丟，立即現出一位美人，從月光中走下來。開始時美人不過一尺高。一到地面上，就與平常人一般高了。嫦娥纖細的腰肢，秀麗的頸項，翩翩起舞，跳了一曲《霓裳羽衣舞》。跳完又唱歌道：「神仙啊應該回到人間啊，怎能將我關在幽靜的廣寒宮啊。」她的聲音清脆悠揚，像吹簫管樂器那樣優美。唱完，她就盤旋飛起，跳在桌子上。正當大家驚奇觀看之際，她又變成了一根筷子。三人一齊大笑。又一位客人說：「今夜真快樂，可是我沒有酒量了。能移席到月宮去給我餞行嗎？」於是三人抬著酒席，慢慢地進了月宮。徒弟們看見，這三人坐在月亮中間飲酒，鬍鬚眉毛都清清楚楚，就像鏡子裡的人影一樣。不一會兒，月亮漸漸地暗淡了，當弟子點上燈燭來時，只有道士一人獨坐在觀裡，而客人都不見了。桌上的菜餚果品還擺著呢。牆壁上的月亮，只不過是圓圓的紙形像一面鏡子罷了。道士問眾弟子：「喝夠了嗎？」大家回答說：「喝夠了。」道士說：「喝夠了，就該早點去睡，免得耽誤了明天割草砍柴。」徒弟們應聲退下。王生暗自欣喜羨慕，回家的念頭也打消了。

又過了一個月，王生深感這種艱苦的生活實在不能忍受下去了，可是道士並沒有傳授他一點法術。他再也不能耐心等待，便向道士告辭說：「弟子從幾百里以外來到這裡跟仙師學道，縱然不能得到長生不老的法術，也該傳我一點小法術，安慰我這顆求教的心；如今經歷了兩三個月，不過是早晨出外砍柴，天黑才回來。弟子在家裡，從未受過這樣的苦。」道士笑道：「我本就說你不能吃苦，如今果然是這樣。明天早上就打發你下山。」王生說：「弟子在此操作多日，師傅略微傳授點小小法術，才不冤枉我到這裡來一趟。」道士問：「你想學什麼呢？」王生說：「我每次看見師傅無論走到哪裡，所有的牆壁都不能阻攔您前進，只要能得此穿牆術我就滿足了。」道士笑著答應了他，就傳他穿牆術的口訣，叫他照著唸咒，唸完，喊道：「進牆！」王生面對著牆不敢進去。道士又說：「試進去看。」王生確實想從容進去，但到了牆前又被阻住了。道士說：「你要低著頭，猛地衝進去，不要顧慮徘徊！」王生真的就離開牆幾步，奔跑著向牆衝入；跑到牆壁處，感覺空空的就像沒有任何東西一樣；再回頭看時，果然已到了牆外。他非常高興，進屋內叩謝師傅。道士說：「回去後要清心修養，戒除奢望。否則，法術就會不靈驗了。」於是給了他一些路費，讓他下山回家了。

回到家裡，王生炫耀自己遇到了神仙，任何堅硬牆壁都不能阻住他。他的妻子不相信。王生要在妻子面前露一手，就學道士的方法，離開牆壁幾尺遠，跑著衝過去，不料頭撞在堅硬的牆壁上，猛然跌倒在地。妻子扶起他來看，只見他前額上腫了雞蛋大的一塊。妻子嘲笑他。王生又羞又怒，直罵老道士好沒良心。

異史氏說：「凡聽過這個故事的沒有不大笑的，但卻不知世上像王生這樣的人，可真不少呢。現在有一些鄙賤的人，喜歡病毒似的阿諛奉承，而畏懼醫療似的忠告，於是就有吮癰舐痔（替主人吸膿瘡、舔痔瘡）的馬屁精，進獻宣威逞暴的主意，來迎合他們的所好，欺哄說：『按照這個辦法去行事，可以橫行無阻。』開始試作時或許有點效驗，於是便認為普天下的事情，都可以照這樣去做了，這種情形不到頭撞硬壁般摔倒是不會停止的。」

39 竹青

蒲松齡

魚容，湖南人，談者忘其郡邑。家綦貧❶，下第歸，資斧❷斷絕。羞於行乞，餓甚，暫憩吳王廟中。因以憤懣之詞，拜禱神座。出臥廊下，忽一人引去，見吳王，跪曰：「黑衣隊尚缺一卒，可使補缺。」吳王可。即授黑衣。既著身，化為烏，振翼而出。見烏友群集，相將俱去，分集帆檣。舟上客旅，爭以肉餌拋擲。群於空中接食之。因亦尤效❸，須臾果腹。翔棲樹杪，意亦甚得。

踰二三日，吳王憐其無偶，配以雌，呼之竹青。雅相愛樂。魚每取食，輒馴無機❹。竹青恆勸諫之，卒不能聽。一日，有兵過，彈❺之，中胸。幸竹青銜去之，得不被擒。群烏怒，鼓翼搧波，波湧起，舟盡覆。

竹青乃攝餌哺魚。魚傷甚，終日而斃。忽如夢醒，則身臥廟中。先是，居人見魚死，不知誰何，撫之未冰，故不時以人邏察之。至是，訊知其由，斂貲❻送歸。

後三年，復過故所，參謁吳王。設食，喚烏下集啗❼，乃祝曰：「竹青如在，當止。」食已，並飛去。

後領薦❽歸，復謁吳王廟，薦以少牢❾。已，乃大設以饗烏友，又祝之。是夜宿於湖村。秉燭方坐，忽几前如飛鳥飄落，視之，則二十許麗人，囅然❿曰：「別來無恙乎？」魚驚問之。曰：「君不識竹青耶？」魚喜，詰所來。曰：「妾今為漢江神女，返故鄉時常少。前烏使兩道君情，故來一相聚也。」

魚益欣感，宛如夫妻之久別，不勝懽戀。生將偕與俱南，女欲與俱西，兩謀不決。寢初醒，則女已起。開目，見高堂中巨燭熒煌，竟非舟中。驚起，問：「此何所？」女笑曰：「此漢陽也。妾家即君家，何必南！」天漸曉，婢媼紛集，酒炙⓫已設。就廣牀⓬上陳矮几，夫婦對酌。魚問僕之所在，答：「在舟上。」生慮舟人不能久待。女言：「不妨，妾當助君報之。」於是日夜談讌，樂而忘歸。

舟人夢醒，忽見漢陽，駭絕。僕訪主人，杳無信兆。舟人欲他適，而纜結不解，遂共守之。積兩月餘，生忽憶歸，謂女曰：「僕在此，親戚斷絕。且卿與僕，名為琴瑟⓭，

❶綦貧：極為貧窮。綦（ㄑㄧˊ），很、非常。
❷資斧：旅費。
❸尤效：就是效尤，本指學做壞事的意思，這裡作模仿、跟著學解釋。
❹機：機警。
❺彈（ㄊㄢˊ）：這裡作射擊解。
❻斂貲：聚集金錢。
❼啗：吃，同啖（ㄉㄢˋ）。
❽領薦：指科舉考中。薦（ㄐㄧㄢˋ），推舉。領薦，就是獲得推舉。
❾少牢：祭品中的豬和羊。
❿囅（ㄔㄢˇ）然：笑的樣子。
⓫炙：烤肉。這裡泛指菜餚。
⓬廣牀：大床。
⓭琴瑟：兩種樂器的合稱，比喻夫婦和合。這裡只指夫妻而言。

而不一認家門，奈何？」女曰：「無論⑭妾不能往；縱能之，君家自有婦，將何以處妾也？不如置妾於此，為君別院⑮可耳。」生恨道遠，不能時至。女出黑衣，曰：「君舊衣尚在。如念妾時，衣此可至；至時為君解之。」

乃大設肴珍，為生祖餞⑯。既醉而寢，醒，則身在舟中。視之，洞庭舊泊處也。舟人及僕俱在，相視大駭，詰其所往。生故悵然自驚。枕邊一襆⑰，檢視，則女贈新衣襪履，黑衣亦摺置其中。又有繡橐維縶腰際⑱，探之，則金貲充牣⑲焉。於是南發，達岸，厚酬舟人而去。歸家數月，苦憶漢水，因潛出黑衣著之。兩脇生翼，翕然⑳凌空。經兩時許，已達漢水。回翔下視，見孤嶼中有樓舍一簇㉑，遂飛墮。有婢子已望見之，呼曰：「官人至矣！」

無何，竹青出，命眾手為之緩結㉒，覺羽毛劃然盡脫。握手入舍，曰：「郎來恰好，妾旦夕臨蓐㉓矣。」生戲問曰：「胎生乎？卵生乎？」女曰：「妾今為神，則皮骨已更，應與曩異。」

至數日，果產，胎衣厚裹如巨卵然，破之，男也。生喜，名之漢產。

居數月，女以舟送之。不用帆楫，飄然自行。抵陸，已有人縶馬㉔道左，遂歸。由此往來不絕。

❿無論：不用說。
⓯別院：指舊社會中某些男子在正式夫妻所組成的家庭之外，暗地又與別的女子同居所組成的家庭，一名外室。
⓰祖餞：餞行。送行。
⓱襆（ㄆㄨˊ）：包袱。
⓲繡橐維縶腰際：繡花的袋子繫在腰上。橐（ㄊㄨㄛˊ），沒有底的袋子。維縶（ㄓˊ），維繫綑綁。
⓳充牣（ㄖㄣˋ）：充滿。
⓴翕然：很快的樣子。
㉑一簇：一堆、一叢。
㉒緩結：解開紐結。
㉓臨蓐：婦人生產。蓐（ㄖㄨˋ），席子。婦人臨產叫「坐褥」，也叫臨盆。
㉔縶馬道左：牽馬在路邊。縶（ㄓˋ），馬韁繩。道左，路旁。

提示

一、本篇選自《聊齋誌異》卷十一。篇末稍有刪節。內容敘述儒生魚容夢為烏鴉的神奇遭遇，故事顯然受《莊子．齊物論》中「莊周夢為蝴蝶，栩栩然蝴蝶也。」的啟發而作。

二、一個山窮水盡的旅人，看到成群的禽鳥自由自在地飛翔棲息，難免生出自己也能像鳥兒一樣有一對翅膀自由翱翔的念頭，而且希望也能用牠們的語言和牠們交談，一起生活，談情說愛。於是，作者便把這種幻想賦予動物以和人類同樣的喜樂愛憎，寫成了奇妙的故事，想像裡帶有兒童般的天真，因此使故事有了優美的性質和浪漫的情節。

語譯

魚容，湖南省人，說這故事的人忘記了他的縣份。他家裡很窮，考試落第，歸途中盤纏花光了，又不願意沿門乞討。肚子餓極了，便暫時在吳王廟裡歇息，就便向神座禱告，發洩他的滿腔怨憤。

禱告後，倦臥在走廊下面，忽然來了一個人，引他去見吳王，那人跪著說道：「黑衣隊裡還缺少一個隊員，可以叫這人補缺。」吳王同意了，立即給了他一件黑衣，一穿上，他就變成了一隻烏鴉，張開翅膀飛了出去。只見很多烏鴉同伴聚集在那裡，就同牠們一道飛行，紛紛停在船上的帆檣頂上。船上的旅客搶著把肉塊和乾糧向空拋擲，同伴們都在空中接著啄食，魚容也就學牠們的樣搶來吃，一會兒肚子就吃飽了。便飛到樹梢上棲息，心情也很輕鬆。

過了兩三天，吳王憐憫他沒有配偶，就把一隻雌的嫁給他，叫她竹青，彼此過得非常恩愛愉快。魚容每次搶吃食物，總是很馴順不太機警，竹青老是勸誡他，要他小心，他卻毫不在意。一天，有一個士兵經過，一彈射中了他的胸脯；幸虧竹青銜著他飛走，才沒有被捉住。同伴們看見自己夥伴給打傷了，都很憤怒，一齊展開翅膀，搧動江水，波濤頓時湧起，把所有船隻都沉沒了。

竹青銜了餅餌來餵魚容，但魚容受傷過重，一天就倒斃了。忽然就像做夢醒來似地，發現自己還是躺在吳王廟裡。原來最初當地人見他死了，也不知他是什麼人，摸摸他身上還有一絲熱氣，所以不斷叫人巡視。等他一醒，人們便問明了他的來由，捐集了一點旅費送他回家。

三年以後，他又路過這地方，參拜了吳王的神像，放了一些食物，請烏鴉下來吃。並且祝禱道：「竹青如果也來了，就請留下。」可是烏鴉們吃完以後，卻都飛走了。

後來他考中了回來，又參拜吳王廟，備了豬羊致祭，祭好以後大宴他昔日的烏鴉朋友，又向竹青作了一番祝禱。當夜他寄宿在一個臨湖的村子上，一個人在旅店中點著燈獨坐，忽然桌子前面像有一隻鳥飄落似的；一看，是一個二十來歲的美女。她微笑地問道：「分別以後平安吧？」魚容吃了一驚，問她是誰，她說：「你不認識竹青了嗎？」魚容高興極了，問她從哪裡來。她說：「我現在成了漢江的神女，回老家的時候很少。前些日子烏鴉使者兩次向我傳達你的深情，因此趕來和你相會。」

魚容益發高興和感激，兩個人好像是久別重逢的夫妻，愛戀得無以復加。魚容要帶她一道回南邊，竹青要他一同到西方，雙方意見不統一，魚容就睡下了，剛醒，竹青已經起來了，張開眼睛一看，大廳之上，燈燭輝煌，竟不是在船裡。他吃驚地坐起，問這是什麼地方。竹青笑說：「這裡是漢陽，我的家就是你的家，何必要回到南邊去呢？」天漸漸亮了，婢女和女僕都來伺候，酒菜已準備好，於是便在大床上放張矮桌，擺上酒菜，夫妻倆對酌起來。魚容問他同來的僕人在哪裡，竹青說還在船上。魚容怕船家不能久等，竹青說：「沒有關係，我可以幫你傳達。」於是他日日夜夜同竹青談笑、喝酒，快樂得忘了回去了。

船家從夢中醒來，忽然看見到了漢陽，大為驚駭，僕人去尋主人，一點消息也沒有。船家想開船到別處去，而纜繩又解不開。只好一同等在那裡。過了兩個多月，魚容忽然想家了，對竹青說：「我在這裡住，親戚都斷絕了，並且你和我名為夫妻，而你連家門都不去認一下，怎麼成？」竹青說：「且不說我不能同你去，即使能去，你家裡自有妻子，你將怎麼處理我呢？我還是留在這裡當作你的外室好啦！」魚容怕路太遠，不能常來；竹青取出黑衣服說：「你舊時的衣服還在，如果想念我，穿上它，一飛就到了。到了這裡，我就會替你脫掉。」

於是備了酒席，給他送行。魚容喝醉了就睡，醒來一看身子已經回到船裡，船就在洞庭湖以前停泊的地方。船家同僕人都在，大家你看我我看你，很驚異地問他去了那裡？魚容也故意表現出莫名其妙的樣子。枕邊發現一個包袱，打開一看，是竹青送的新衣服和鞋襪，黑衣也摺疊著放在裡面。還有一隻繡花錢袋繫在腰裡，一摸放滿了金銀。於是便開船回南邊去了。上了岸多給了船家一些錢。回到家住了幾個月，心裡老是想著漢水，就偷偷拿出黑衣來穿上了，頓時，胳下長出了兩隻翅膀，撲的騰上了高空，飛行了三四個鐘頭，就到了漢水。盤旋著向下方探視，只看見孤島上有一簇樓房，就落了下來。一個婢女早已發現了他，喊道：「官人回來了！」一會兒，竹青出來了，叫大家替他解脫衣服，覺得身上的羽毛畢畢剝剝地一齊掉落了下來，便和竹青握著手一起進屋，竹青說：「你來得正好，剛好這幾天我就要生產了。」魚容開玩笑地問她：「是胎生呢？還是卵生？」竹青說：「我現在是女神，體質都變了，自然和從前不一樣了。」

過了幾天，竹青果然分娩。胎包很厚，像一個大蛋，打破一看，是一個男孩，魚容很高興，給他取了個名字叫漢產。

住了幾個月後，竹青準備了船送他，不需張帆，也不用船槳，便飄飄然自己航行起來。到達陸地時，已有人牽著馬在路邊等著，於是回到了家。從此以後，他便兩邊往來不斷。

40 李生恨事

紀 昀

太白❶詩曰：「徘徊映歌扇，似月雲中見；相見不相親，不如不相見。」此為冶遊❷言也。人家夫婦有睽❸離阻隔而日日相見者，則不知是何因果矣。

郭石洲言：中州❹有李生者，娶婦甸餘而母病，夫婦更番守侍，衣不解結者七八月。母歿後，謹守禮法，三載不內宿。後貧甚，同依外家。外家亦僅僅溫飽，屋宇無多，掃一室留居。未匝月，外姑之弟遠就館❺，送母來依姊。無室可容，乃以母與女共一室，而李生別榻書齋，僅早晚同案食耳。

閱兩載，李生入京規❻進取，外舅亦攜家就幕❼江西。後得信，云婦已卒。李生意氣懊喪，益落拓不自存，乃附舟南下覓外舅。外舅已別易主人，隨往他所。無所棲托，姑賣字糊口。一日，市中遇雄偉丈夫，取視其字曰：「君書大好，能一歲三四十金，為人書記乎？」李生喜出望外，即同登舟。煙水渺茫，不知何處。至家，供張❽亦甚盛。及覩所屬筆札，則綠林豪客❾也。無可如何，姑且依止。慮有後患，因詭易里籍姓名。主人性豪侈，聲伎滿前，不甚避客。每張樂❿，必召李生。偶見一姬，酷肖其婦，疑為鬼。姬亦時時目李生，似曾相識，然彼此不敢通一語。蓋其外舅江行，適為此盜所劫，見婦有姿首⓫，並掠以去。外舅以為大辱，急市薄櫬⓬，詭言女中傷死，偽為哭殮，載以

❶太白：唐代詩人李白，字太白。
❷冶遊：與歌伎來往。
❸睽（ㄎㄨㄟˊ）：隔離。
❹中州：今河南省地區。
❺外姑：岳母。就館：上任當家塾教師。
❻規：謀劃。
❼外舅：岳父。就幕：到幕府裡去當幕僚。
❽供張：陳設布置。
❾綠林豪客：對強盜的雅稱。
❿張樂：奏樂。
⓫姿首：美麗的容貌。
⓬櫬（ㄏㄨㄟˋ）：棺材。

歸。婦憚死失身，已充盜後房[13]，故於是相遇。然李生信婦已死，婦又不知李生改姓名，疑為貌似，故兩相失。大抵三五日必一見，見慣亦不復相目矣。如是六七年。一日，主人呼李生曰：「吾事且敗，君文士，不必與此難。此黃金五十兩，君可懷之，藏某處叢荻間，候兵退，速覓漁舟返。此地人皆識君，不慮其不相送也。」語訖，揮手使急去伏匿。未幾，聞哄然格鬥聲。既而聞傳呼曰：「盜已全隊揚帆去，且籍[14]其金帛婦女。」一時已曛黑[15]，火光中窺見諸樂伎皆披髮肉袒[16]，反接繫頸[17]，以鞭杖驅之行，此姬亦在其內，驚怖戰栗，使人心惻。明日，島上無一人，痴立水次。良久，忽一人棹小舟呼曰：「某先生耶？大王故無恙，且送先生返。」行一日夜，至岸。懼遭物色[18]，乃懷金北歸。至則外舅已先返。仍在其家，貨所攜，漸豐裕。念夫婦至相愛，而結褵[19]十載，始終無一月共枕席。今物力稍充，不忍終以薄櫬葬，擬易佳木，且欲一睹其遺骨，亦夙昔之情。外舅力沮[20]不能止，詞窮吐實。急兼程至豫章[21]，冀合樂昌之鏡[22]。則所俘樂伎，分賞已久，不知流落何所矣。每回憶六七年中，咫尺千里，輒惘然如失。又回憶被俘時，縲紲[23]鞭笞之狀，不知以後摧折，更復若何，又輒腸斷也。從此不娶，聞後竟為僧。

戈芥舟前輩曰：「此事竟可作傳奇，惜末無結束，與《桃花扇》[24]相等。雖曲終不見，江上峰青[25]，綿邈含情，正在煙波不盡，究未免增人怊悵[26]耳。」

⑬後房：姬妾所居之處，也用為姬妾的代稱。

⑭籍：登記。

⑮曛黑：黃昏。曛（ㄒㄩㄣ），太陽落後的餘光。

⑯肉袒：去掉衣服，裸露身體。

⑰反接：手綁在背後。

⑱物色：形貌。這裡是指按照形貌查訪緝拿。

⑲結褵：褵（ㄌㄧˊ）是古代女子出嫁時所用的佩巾。結褵代指結婚。

⑳沮（ㄐㄩˇ）：阻止。

㉑豫章：江西南昌的別稱。

㉒樂昌之鏡：即俗稱「破鏡重圓」的故事。孟棨的《本事詩》記載：南朝陳將亡時，駙馬徐德言預料妻子樂昌公主將被搶走，於是將一枚銅鏡打破，與妻子各執一半，約定作為他日重見時的憑證。陳亡，樂昌公主為隋楊素佔有。後徐德言至京城，遇人賣鏡，取與己藏之半相合，感而題詩。公主見詩悲泣。楊素知道後，遂使公主與德言團圓。後世便以破鏡重圓比喻夫妻失散或離婚後重又團聚。

㉓縲絏（ㄌㄟˊ ㄒㄧㄝˋ）：拘繫罪人的黑色繩索。這裡是綑綁的意思。

㉔《桃花扇》：傳奇劇本，清代孔尚任作。劇中的男女主角被安排以入山修道作結，以後的事就不記載了。所以這裡說它「無結束」。

㉕「曲終」二句：「曲終人不見，江上數峰青」，是唐代詩人錢起〈湘靈鼓瑟〉詩中的句子。

㉖怊（ㄔㄠ）悵：悲傷失意的樣子。

提示

一、本篇選自紀昀《閱微草堂筆記》卷十五《姑妄聽之》一。寫李生結婚十年，始終無一月共枕席的離奇故事。紀昀（一七二四—一八〇五），字曉嵐，河北獻縣人。官至禮部尚書。曾任四庫全書總纂官，是乾嘉時期「位官望重」的學者。所著《閱微草堂筆記》，談狐說鬼，以詼諧諷世著稱。

二、李生與妻子本來是人間正常的夫妻，由於生活窮困和社會的動亂，遭致離散的苦難，雖然也曾相逢，但卻咫尺天涯，最後落得生離死別的悲慘結局。這樣的悲劇在古代社會中是屢見不鮮的。究其緣由，是傳統禮教的樊籠對人們思想行為的束縛和戕害。

當時道學家提倡「存天理，滅人欲」，將一切違背封建道德的言行都看成大逆不道的「人欲」，必須嚴禁萌生，李生夫妻守孝三載不內宿，投奔岳父家中以及後來咫尺天涯不敢相認，都認為是「天理」，其岳父將女兒被劫當作奇恥大辱，不敢對人明講，及其後李生終身不娶、削髮為僧，都認為是應有的「天理」，由於這種根深蒂固的觀念，竟扼殺了一對普通的夫妻，像正常人一樣享受家庭和婚姻幸福的權利，可見假道學與舊禮教害人之深與荒謬。當

三、本篇故事層次分明，詳略得當。如李生「侍母」、「守喪」，以及「思婦」、「為僧」等情節，均為簡略敘述，脈胳清晰；而李生夫妻在強盜營中的一段經歷卻寫得頗為詳盡，其目的是為了更加突出他們咫尺之間不敢相認的一幕和生死離別的悲劇場面與怊悵之情。對男主角的悲劇命運和生活遭際產生更深刻的同情。

語譯

李白詩：「徘徊映歌扇，似月雲中見，相見不相親，不如不相見。」這是為與歌妓交往的人寫的。至於一般人家夫婦有長期分離阻隔，卻又天天見面的，那就不知道是什麼因果報應造成的了。

郭石洲講了這樣一個故事：河南有個姓李的書生，娶親十多天，母親就病倒了。夫婦倆輪番守候侍奉，七八個月來衣不解帶；母親死後，李生謹守禮法，三年不到臥室和妻子同房。後來，他們變得十分貧困，李生便同妻子一起投靠到岳父家。岳父家也僅僅能過溫飽日子，房子不多，便打掃了一間居室留他們住下。不到一個月，岳母的弟弟要到遠地當教師，把他母親送來依靠姊姊。岳父家已經沒有空房讓她住了，於是只好讓她和女兒同住一室，而李生則另設床鋪在書房睡，夫婦倆僅早晚同桌吃飯時在一起罷了。

過了兩年，李生進京謀進取，岳父也帶了全家，到江西去做幕僚。後來李生接到信，說是妻子已經死了。他心

情懊喪，更加潦倒，無法維持生活，於是搭船南下找岳父，而岳父這時已換了主人，隨新主人到別處去了。李生沒了依靠，便暫且賣字維持生活。一天，在市上遇到一位身材雄偉的男子，那男子拿起他寫的字看了看道：「先生的書法十分好，能不能以一年三四十兩銀子的待遇，為人家做文書工作呢？」李生喜出望外，即與那人一同上船。路上煙靄水波，浩蕩渺茫，也不知到了什麼地方。到那人家裡，看見一切陳設布置都很華麗。及至看到他所委託寫的書信，才知道這人原來是個綠林豪客。李生無可奈何，也只好在此暫且棲身。但李生怕有後患，因此假造了籍貫和姓名。

主人性愛奢侈，歌妓排滿座前，也不大迴避客人。每逢演奏歌樂，必叫李生觀賞。李生偶見主人的一個姬妾，極像自己的妻子，懷疑她是鬼。那姬妾也常常注視李生，好像曾經認識。但彼此都不敢交談一句。原來當初李生的岳父坐船沿江行駛，剛巧被這強盜所劫，強盜見李生妻子貌美，便一同劫了去。岳父認為這是很大的恥辱，急忙買了一口薄板棺材，詐稱女兒遇劫時受傷而死，假作哭喪殯殮，載著棺材回家。李生妻子因怕死已委身做了強盜的妾了，所以夫婦倆在這裡相遇。但李生相信妻子已死，妻子又不知李生改換了姓名，估量只是容貌相似，所以兩人都錯過了相認的機會。他倆大約三五天必能見一次，見慣了也就不再互相注視了。

這樣過了六七年。一天，主人把李生叫去，說道：「我的事將要失敗，先生是文士，不必和我一起蒙受這災難。這裡有黃金五十兩，你可以帶上它，藏在某處蘆葦叢裡。等官兵退了，趕快找條漁船回家。這裡的人都認識你，不用擔心他們不相送。」說罷，揮手叫李生趕快藏匿起來。不久，李生聽到喧鬧的格鬥聲，隨後聽見有人大聲說道：「強盜已全隊駕船揚帆走了，暫且登記他們的財物和婦女。」這時已是黃昏，李生從火光中窺見一班歌妓都披頭散髮、衣衫不整地露出身體，反綁雙手和拴住脖子，被人用鞭子棍棒趕著走，那個姬妾也在裡邊，她驚懼發抖，讓人見了心裡十分同情。第二天，島上已經沒有一個人了，李生痴痴地站在水邊。過了很久，忽然有個人划著小船喊道：「你是某先生嗎？大王依然平安無事，現在且送先生回家。」船走了一天一夜到岸。李生怕遭到查訪，便帶著金子回到北方。到家後，岳父已先回來了。李生仍住在他家，將所帶的黃金賣掉，家境漸漸富裕了。他想到過去夫婦十分相愛，但是結婚十年，同房共宿的日子算起來也不夠一個月，現在財富稍多，不忍心還是用薄棺木葬妻，便打算換一副好棺木，並且也想見見她的遺骨，也是往日的情義。岳父極力阻止無效，無話可說了，只得吐露真情。李生於是日夜兼程趕往南昌，希望能和妻子破鏡重圓。到了南昌後，才知道所俘的歌妓早已分別賞賜給別人，也不知她流落到什麼地方去了。

李生每逢回憶起這六七年裡的事，和妻子近在咫尺卻猶如相隔千里，便悵惘得像失落了什麼似的。他又回憶起妻子被俘時，受捆綁鞭打的情形，不知她後來遭到的摧殘更會怎樣，又常常心傷腸斷。李生從此不再娶妻，聽說後來竟做了和尚。

戈芥舟前輩說：「這事簡直可寫成傳奇故事，可惜沒有結尾，和《桃花扇》劇本相同。雖說是『曲終不見，江上峰青』，含情悠遠，恰在那煙靄水波不盡之處，但終究不免令人增添傷感罷了。」

陸、明清章回小說

章回小說源於宋代的「講史」。講史原是篇幅較長，以講說歷朝興廢、戰爭始末為主的「平話」，與演唱短篇故事的「小說」同屬最受群眾歡迎的話本之一。後來，「小說」和「講史」逐漸合流，到了元末明初，民間藝人將那些短篇故事加以編纂聯綴，成為比較完整、有頭有尾的長篇小說，便形成了所謂的章回小說。

章回小說的特點是分回標目、首尾完整、故事連接，段落整齊，而且仍保有話本中說話人的一些特色。

話本對人物的描寫重在表現語言、行動；情節展開講求推進矛盾，故事的敘述注意有頭有尾的完整性；在刻劃人物外貌、寫景狀物時，常用詩詞或駢儷文字；在主體故事開始之前往往有「入話」。這些情況在章回小說中都得到充分發展。譬如章回小說常常有一個像「入話」一樣的「楔子」，作為主體故事開端之前，用以引起正文的部分；在全書的開場或收尾，往往以一首詩或一闋詞作起或作結，如《三國演義》開篇是：

詞曰：滾滾長江東逝水，浪花淘盡英雄。是非成敗轉頭空：青山依舊在，幾度夕陽紅。
白髮漁樵江渚上，慣看秋月春花。一壺濁酒喜相逢：古今多少事，都付笑談中。

接著「話說天下大勢，分久必合，合久必分。……」隨即引到故事上去。收尾時則引（七言五十二句長詩）古風一篇結束全書。而《水滸傳》也以一首邵康節的七言律詩開始：

紛紛五代亂離間，一旦雲開復見天。草木百年新雨露，車書萬里舊江山。

尋常巷陌陳羅綺，幾處樓台奏管弦。人樂太平無事日，鶯花無限日高眠。

另以二首七律作為全書的收尾，它的第二首是：

大抵為人土一丘，百年若個得齊頭。完租安穩尊於帝，負曝奇溫勝若裘。
子建高才空號虎，莊生放達以為牛。夜寒薄醉搖柔翰，語不驚人也便休。

章回小說儘管是文人作家的有意創作，是可供閱讀與欣賞的書面文學，但在一些具體用語上也依然承襲了「話說」、「卻說」、「且說」、「話表」一類說話人的習慣語，仍然保留了「講」故事的形式。如《水滸傳》第三十一回中：

那兩個女使正口裡喃喃吶吶地怨恨，武松卻倚了朴刀，掣出腰裡那口帶血刀來，把門一推，呀地推開門，搶入來，先把一個女使一刀殺了。那一個卻待要走，兩只腳一似釘住了的，再要叫時，口裡又似啞了的；端的是驚得呆了。——休道是兩個丫鬟，便是**說話的**見了也驚得口裡半舌不展！

則更是明顯的例子，在客觀的描寫中忽然插進一句主觀的敘述，這正是說話人講說時常有的情形。

其次，短篇的話本只講一次，而長篇的卻不能一次講完，要講好多次，一次稱作一「回」，所以叫「章回」。章回的題目，通常用七言或八言的一對聯語組成，提示該回的要義。如《西遊記》：

第一回　靈根育孕源流出　心性修持大道生
第九回　袁守誠妙算無私曲　老龍王拙計犯天條
也有少於七個字或多於八個字的。如《西遊記》：
第十四回　心猿歸正　六賊無蹤
第四十一回　心猿遭火敗　木母被魔擒
《水滸傳》：
第二十六回　母藥叉孟州道賣人肉　武都頭十字坡遇張青

似此，一回有一回的開場或收尾的詩詞之類，一回有一回的內容，一回有一回的矛盾，故事連接，層層推進。於是，每個回目各有重點，而在回目之間，也就是每回講畢之際，通常都是情節最嚴重關頭，聽者正聚精會神地聽著的時期，宣告明天再說。如《水滸傳》第十六回末，講楊志失了生辰綱後，他一個人

「如今閃得俺有家難奔，有國難投，待走那裡去？不如就這岡子上尋個死處。」撩衣破步，望著黃泥岡下便跳。正是：斷送落花三月雨，摧殘楊柳九秋霜。畢竟楊志在黃泥岡上尋死，性命如何？**且聽下回分解**。

這是說話人保留懸疑，藉以抓住觀眾的慣例。據傳有說武松醉打蔣門神一節的，武松腳踏蔣門神的身體，說了幾天，武松還沒有把手打下去；而聽者卻聽得津津有味，誰也不願半途而止。

以上是「章回體」在結構體制上的特點。

章回體是話本小說發展的成果。明、清時期出現了大部頭的長篇小說，這些長篇小說普遍採用了章回體的形式。因為長篇巨製，才能容得下豐富的內容和眾多的人物，才能展得開錯綜的矛盾和紛亂的爭鬥，取得輝煌的成就，產生偉大的作品。因此，在文學史上，小說原來根本不能與詩歌、散文等相敵的，但明、清的章回小說卻同唐詩、宋詞、元曲、漢文章一樣，取得了劃時期的主導地位。這是章回小說出現並蔚為大觀的真實意義所在。

從史的發展來看，明代章回小說初期，作品都是群眾創作與作家相結合的產物，有羅貫中的歷史小說《三國演義》、施耐庵的英雄傳奇《水滸傳》和吳承恩的神魔小說《西遊記》。這些作品基本上取材於歷史、傳說和神話。其中《西遊記》表現了更多的作家的再創造。

除了語言文學的因素外，還有一個時代的因素。元末明初是個動盪的時代，王朝衰敗，戰亂頻仍，於是人們通過小說來寄託自己的理想，在歷史故事中也烙上元末明初反映社會的時代印記。

後來，章回小說的題材由歷史推向現實，作家的獨創性更大。明代有蘭陵笑笑生的世情小說《金瓶梅》，清代有吳敬梓的諷刺小說《儒林外史》和曹雪芹的人情小說《紅樓夢》。清代中葉，考據學興盛，乃有李汝珍炫耀才學的小說《鏡花緣》。近代，由於社會走向半殖民地化，乃有狹邪小說、俠義公案小說和譴責小說。狹邪小說把文人狎妓當作韻事來寫，格調不高；俠義公案小說雖寫除暴安良，但其傾向卻是衛護封建王朝，不要倒塌；譴責小說雖也暴露了現實的諸多面相，但與諷刺小說相比，則是稍欠深度與力度。像李寶嘉的《官場現形記》、吳趼人的《二十年目睹之怪現狀》、劉鶚的《老殘遊記》和曾樸的《孽海花》，便是晚清的四大譴責小說。

《三國演義》、《水滸傳》、《西遊記》、《金瓶梅》和《儒林外史》、《紅樓夢》是明清長篇古典小說的六部名著，而《紅樓夢》則是我國古典小說的最高峰。以下略加介紹這六部小說。

一、歷史小說《三國演義》

《三國演義》的成書，有一個相當長的歷史過程。三國時期是一個大動盪的歷史時期，在複雜尖銳的爭鬥中，湧現出一批傑出的人物。這一時期既為歷史家所注目，人民大眾也喜聞樂道三國故事。於是隨正史《三國志》的出現，三國故事也在民間流傳開來。南朝裴松之為《三國志》作注時，就輯錄了不少三國人的奇聞軼事，而《世說新語》中也採集了許多三國故事和佳話。到隋唐時代，三國故事開始進入文學創作領域，有人將三國故事編為傀儡戲，三國故事也成了說話的重要素材。宋代三國故事更盛傳，以至說話中出現了「說三分」的專家霍四憲。金元時代、三國故事被大量搬上戲曲舞台，《錄鬼簿》就記載元雜劇中三國戲四十餘種，後來小說《三國演義》中的主要人物和重要情節都已具備。講說三國故事的話本《全相三國志平話》也保留下來了。全書約八萬字，分上中下三卷。其情節不受史實約束，有濃厚的民間傳說色彩。話本的基本輪廓，已初具《三國演義》的規模，是《三國演義》的母本之一。

羅貫中就是在前人的基礎上，吸取歷史、民間文藝中的材料，進行再創造，才寫成這部偉大的歷史小說。

今天我們所能見到的最早版本，是明嘉靖年間刊行的《三國志通俗演義》；今天所流行的版本，則是清初毛宗崗父子修改潤色過的本子，改名《三國演義》。

《三國演義》一百二十回，敘述從漢末黃巾起義到西晉統一一百多年間事，以魏、蜀、吳三國的興衰過程為重點，以曹、劉雙方的爭戰為主線，以蜀漢為矛盾的主導方面，在蜀漢政權中又以諸葛亮為重心，對他出山至逝世的二十七年間記敘最詳，而以後的四十六年只是粗線條的勾勒，帶著鮮明的尊劉抑曹的傾向，讚美聖君賢相，抨擊奸臣小人，揭露了當時社會的黑暗和腐朽，反映了人們在動亂時代要求過和平、安寧生活的願望。有極高的藝術成就。

作為歷史小說，《三國演義》最主要的特徵，是所謂的「**七分實事，三分虛構。**」（章學誠《丙辰札記》）。所謂「七分實事」，是指《三國演義》在大的史實骨架，主要事件，主要人物，主要情節上都基本符合歷史事實。但《三國演義》畢竟是小說而不是歷史，它還有藝術虛構，對史實有所調整和增刪，情節、人物都借助想像使之更豐富生動。許多人事雖有史實根據，但進行了藝術加工，有的甚至是虛構的。不過，這些都有一個限度，並未違背三國歷史，這就是所謂的「三分虛構」。

從藝術創作的角度說，《三國演義》既然是文藝小說，就要允許而且也應該有虛構，沒有虛構就沒有文藝，也就不成其為小說了。但《三國演義》又是歷史小說，它的一切虛構都要受到歷史的制約，不能離開歷史馳騁筆墨，比單純的小說創作要受到更多的限制。因為既然是寫歷史時代，寫歷史事件，用歷史人名，這種「歷史」的限制就非常必要。否則離開了歷史，也就不能算是歷史小說了。

其次，《三國演義》寫了四百多個人物，許多形象都寫得性格鮮明，栩栩如生。過去評價《三國演義》中的人物，有所謂「三絕」之說：**孔明智絕，關羽義絕、曹操奸絕**。確實，孔明的智慧忠貞，關羽的勇猛重義，曹操的奸雄，劉備的仁德，張飛的粗莽，魯肅的忠厚等等，均鮮明突出。不過這些形象也並不一成不變，曹操既奸又雄的性格本來是複雜的，張飛也並非一味莽撞，有時還粗中有細，關羽還驕傲，劉備也有城府，這又使這些人物性格更豐富多彩了。

《三國演義》常使用「略貌取神」的藝術手法塑造人物的神態，不單純追求細節逼真。刻劃人物時，往往借人物自身的言行或通過周圍環境對人物的思想性格特徵加以浪漫主義的誇張、渲染，大都靠粗線條的勾勒和環境氣氛的烘托來取得傳神的藝術效果。如「溫酒斬華雄」寫關羽，「三顧茅廬」寫孔明，「長坂橋大喝」寫張飛等。關羽斬華雄的大戰，並未正面寫如何廝殺，完全是通過對他人的描寫，對環境氣氛的渲染來烘托關羽的神威。先極寫華雄之威、他人之慎，來稱託關羽，然後虛寫戰場，實寫帳內，通過軍帳中緊張的氣氛，人物性態的迅速變化，來反映戰場上驚心動魄的鬥爭，更以一杯溫酒來貫穿，先以壯行色，後以見神速極大地突現了關羽的神威。這是「使貌取神」寫法的傑出範例。

第三，《三國演義》採用了「文不甚深，言不甚俗」的半文半白語言方式。「文不甚深」指的是語言的通俗化，「言不甚深」指的是語言的文學性。兩者結合，使作品的語言，既有文言文那樣簡略精煉，又比較生動淺近，雅俗共賞。表現在敘述描寫方面，即不以工筆重彩式的細膩的刻劃見長，而以粗筆勾勒見工。往往短短幾句話，就能寫得情景交融，如同圖畫，給人以身臨其境的感覺，人物性格也被表現出來。如「三顧茅廬」中寫隆中景物，只用了幾句話，就通過景物，寫出了諸葛亮的高雅不俗。赤壁之戰寫曹操橫塑賦詩，寥寥數語，就寫出了曹操的不可一世。

此外這種語言風格表現在人物對話方面，往往個性很鮮明，有聲有色。張飛的話，多半快人快語，一針見血；曹操的話，多顯豪爽機詐，變化莫測；關羽的語言，往往心高氣盛，目中無人；孔明的語言，則往往從容不迫，應付裕如。「舌戰群儒」中，七八個人的言語各具個性，且一個比一個有力，一個比一個精彩，但總的是充分顯出孔明的智謀超群和辯才無礙。

第四，《三國演義》是一部戰爭文學，全書寫了四十多次戰役，在這些大小戰役中，它突出討伐董卓，官渡之戰、赤壁之戰、彝陵之戰，七擒孟獲、六出祁山等幾次重點，而最重點的戰爭描寫則是規模宏大的赤壁之戰、而且各次戰爭描寫都各具特色，互不雷同。寫戰爭時，重點不是放在對戰爭過程、戰爭場面的描寫上，而是重在寫鬥智。這些鬥智鬥謀，都關係到成敗大局，關係到主要人物的生死存亡，因此有深度，有力度，有藝術魅力。如赤壁之戰是決定三國鼎立的關鍵一戰，作者並不大花氣力正面寫戰鬥的激烈場面，而把描寫重點放在兩條鬥智線上：一是孫吳與曹魏的隔江鬥智，包括「反間計」、「苦肉計」、「詐降計」、「連環計」等一系列環環相扣的鬥智；一是周瑜與孔明的鬥智，這實質上是孫、劉矛盾的集中表現，從舌戰群儒、智激孫權、智激周瑜，到草船借箭、借東風，以至後來的三氣周郎。這一場大戰描寫之精彩，並不在兩軍對壘，真刀真槍殺得熱鬧，而是寫出了豐富多彩的鬥爭策略的較量，靈活的戰術的抗衡，奇智異謀的競賽，關係全局、扣人心弦的始終是緊張萬分的鬥智。

《三國演義》一書對後世的影響非常大，它為以後的歷史小說奠下了基礎；而書中生動有趣的故事一直流傳於民間，也為戲曲、詩文增添了題材。小說中濃厚的「忠義」思想，影響後人，迄今劉、關、張的「桃園三結義」，「不願同年同月同日生，但願同年同月同日死」以及關羽的「降漢不降曹」、「千里走單騎」的忠義精神，是幾百年來一直受到後人所敬重的。

二、俠義小說《水滸傳》

《水滸傳》又名《忠義水滸傳》描寫北宋末年宋江起義的故事。宋江起義在史書中只有零星記載，但其事跡卻在民間廣為流傳。南宋時，水滸故事已成為「說話」的重要素材，宋末龔開的《宋江三十六人贊》已完整地記錄了梁山英雄的姓名綽號，宋元間的《大宋宣和遺事》已具備了《水滸傳》的雛形，元雜劇更有水滸故事二十餘種，因此，《水滸傳》是作者施耐庵（一說羅貫中也是作者之一）根據民間傳說、話本、戲曲等各種素材加工而成的。

《水滸傳》描寫的是一次「官逼民反」的農民起義事件，作者深刻地揭露了黑暗的社會現實，揭示出這次平民起義的歷史必然性。小說開頭便寫了高俅發跡和宋徽宗寵愛高俅的故事，開宗明義，表明了「亂自上作」的思想。一個潑皮無賴，靠踢得一腳好球，又善於奉承巴結，居然被皇帝看中，一下子當了主管全國軍事的太尉。然後就連連逼王進，害林沖，成了貫串全書的一條黑線。他依勢恃強，與蔡京、童貫之流朋比為奸，把持朝政，安插親信，從朝廷到地方，貪官污吏、土豪惡霸、鷹犬爪牙，上下一氣，串通害人，人民被逼得走投無路，只得奮起反抗，轟轟烈烈悲憤填膺的走向梁山。

水滸英雄上梁山前，一般是單人反抗，大部分是與個人切身相關的直接報復。如對魯智深、林沖、武松等的描寫。這些英雄個人反抗雖寫得有聲有色，但畢竟不足以形成對執政者的威脅。隨著抗爭形勢的發展，《水滸傳》描寫了英雄們由個人反抗，進而小規模聯合起來抗爭，至智取生辰綱可以說是集體反抗的開始。以後又分別寫梁山泊、二龍山、桃花山等地的聚義，及三聚義上梁山、消滅地主武裝、攻打州府、橫掃官軍的一系列武裝抗爭，到「梁山泊英雄排座次」而達到鼎盛階段，充分顯示出這支起義軍無敵不克、所向披靡的偉大力量，給統治者帶來巨大威脅。

《水滸傳》結構上的特點是情節複雜，主線分明。主要採用單線發展結構法，每組情節既有相對的獨立性，又是一環緊扣一環，環環勾連，直至忠義堂大聚義為止。它以各方英雄好漢怎樣匯集到梁山泊為主線，但許多情節都具有相當的完整性和獨立性，例如魯智深、林沖、楊志、武松等人的故事都能獨立的自成一個體系。晁蓋等人上梁山後，多次出現了眾英雄集體作戰的場面，但李逵、楊雄、石秀、燕青等人的單獨活動的片斷，仍然構成許多相對獨立的中篇或短篇故事。這些故事本身的結構都相當嚴密，而情節的安排則又變化多端。例如林沖被逼上梁山，作者便巧妙地安排了一個有緊有弛，步步緊迫的過程。這些情節，便一環扣住一環，逐步發展。

《水滸傳》結構上的第二個特點是大量利用虛實交叉的寫法，也使用插敘、倒敘等辦法。例如第八回《魯智深大鬧野豬林》後，就只按林沖這條線寫下去，至十七回才由魯智深對楊志追述自己與林沖分別後的遭遇。此外，每一回總是在情節發展的關節戛然而止，以「粘住」讀者。

《水滸傳》最突出的藝術成就，是塑造了許多個性鮮明、有血有肉的英雄形象。雖不能說一百零八人都性格各不相同，但許多水滸英雄確實是個性鮮明的，而且即使是性格相近的人也各有差異。例如李逵、魯智深、武松三人都是武藝高強，脾氣暴躁、見義勇為、忠貞果敢，但他們又各有分明的個性，魯智深出身行伍，閱歷頗廣，粗中有細；武松久闖江湖，見多識廣，城府甚深，但行動偏激，心狠手辣；李逵出身農家，天性憨直，義之所在，勇往直前，有時卻不免冒失誤事。

《水滸傳》寫人物的突出特點，是善於把人物置於具體的現實環境中，緊扣人物的身分、經歷來刻劃出不同的人物、性格。如林沖、魯達、楊志，雖然都是武藝高強的軍官，但由於身分的經歷不同，因而性格也不同，林沖是禁軍教頭，有優厚待遇，美滿的家庭；但他也有不甘屈辱的英雄本色，有屈沉小人之下的苦悶。這樣的環境、既形成了他安於現狀、怯於反抗的性格，但這種「忍」中蘊藏著的反抗因素，因而最後被逼上梁山。魯達也是軍官出身，但他既無家庭，又無產業，一無牽掛，他並不如林沖那樣受氣，而是自由慣了，但這也使他更多地接觸社會，在與統治階級周旋中認識到社會的真相，養成豪爽慷慨、愛打抱不平的性格。他主動向黑暗勢力挑戰，因無牽掛而無所顧慮，很容易地走上了反抗道路。楊志「三代將門之後」，應過武舉，一心只想「一刀一槍，博個封妻蔭子」。為了這一點，他委曲求全，甚至用盡心機投靠高俅。幾經波折，直到「生辰綱」被劫，萬不得已才上了梁山。他們雖都是軍官，但由於經歷和遭遇不同，反上梁山的道路也很不一樣，思想性格也各不相同。

《水滸傳》的內容豐富，藝術成就也是多方面的，它不僅是中國小說史上第一部純粹用白話文寫成的長篇通俗小說，而且也是第一部描寫中下層社會中世俗生活的小說。其中的一個情節且為《金瓶梅》採用作為引子，敷衍成書。同時，它也是後代英雄傳奇小說的奠基之作。對後代武俠小說有直接而重大的影響。

至於書中所宣揚的那種反叛朝廷的造反精神和掃蕩人間不平的理想主義，更成為後代人民不甘馴服的精神力量。明末李自成自稱「奉天倡義」，太平天國標榜「順天行道」，義和團以「替天行道」為旗幟，市井流氓借用水滸英雄的綽號，這些都可以看到《水滸傳》的深遠影響。

三、神魔小說《西遊記》

《西遊記》凡一百回，明代吳承恩所作。它的成書過程和《三國演義》、《水滸傳》有相似之處，也是根據數百年來的傳說，最後由一位作家作總結性的再創作而後寫成的。《西遊記》裡許多故事，都來源於民間流行的神話傳說。唐僧取經，本是真實的歷史事件，這件事本身就帶有傳奇性，所以當時取經故事已逐漸離開史實，有了越來越多的神異內容。到了宋代，取經故事已成了「說話」的專題，現存《大唐三藏取經詩話》就是南宋時說話人的話本。這話本故事情節雖粗略，但它首先把取經故事引入文藝創作，又開始把主角由玄奘轉為猴行者。元代已有《西遊記》話本小說，金院本中有《唐三藏》，元雜劇則有《唐三藏西天取經》和楊景賢的《西遊記》。吳承恩晚年將這些傳說，故事、劇本組織起來，加工成今天所見到的《西遊記》。

《西遊記》的取材，從玄奘自著的《大唐西域記》，其弟子慧立、彥宗所著的《大唐三藏慈恩法師傳》，宋元之間的《大唐三藏取經詩話》都是它的藍本。全書以孫悟空為中心，可分作三部分，首先寫孫悟空得道、鬧天宮、和被如來降服；其次寫釋迦做經，玄奘出世，魏徵斬龍，太宗入冥，玄奘應詔西行；最後寫前往西天途中所遇到的八十一難，和玄奘得成正果。各故事都有強烈的故事性，八十一難都可以成為短篇故事。全書佈局異常嚴謹，唯描寫多用平舖直敘手法。

《西遊記》的構思特色，是以神魔為主要描寫對象，創造了一個神奇的幻想世界，編織了許許多多離奇變幻而引人入勝的故事情節。全書自始至終無不馳騁著異常豐富的想像，從角色塑造到社會現象和大自然現象都充滿幻想色彩。作品緊緊扣住西行取經這條主要線索，突出孫悟空這個中心人物形象，安排下八十一難，羅織了四十一個趣味橫生的小故事，大都情節緊張，爭戰激烈。如「三打白骨精」、「三調芭蕉扇」，寫來變幻莫測，扣人心弦。各方使用的武器法術都具有超自然的魔力。淨重一萬三千五百斤的金箍棒，可以變做繡花針似地在耳朵裡面藏下；芭蕉扇能煽滅火焰山上的火，縮小了能噙在口裡。書中所有描寫儘管充滿濃厚的浪漫色彩，但又都具有合理的細節真實。

幽默和詼諧是《西遊記》的另一重要特色。作者常常通過人物詼諧的對話和筆墨不多的幽默描寫，增強作品的趣味性和吸引力。為了做到這一點，作品多運用極度的誇張手法，達到奇妙的效果。它使讀者在心情緊張之餘往往獲得一種特別輕鬆的笑樂享受，甚至使人不禁捧腹大笑。為「四聖試禪心」就是一個典型的例子。不過，作者也並不是一味的為了調侃耍笑，而有著明確的目的和意圖。根據不同的對象，時而是善意的嘲笑，時而是尖刻的揶揄，時而是辛辣的諷刺或是嚴峻的批判。詼諧、幽默、含蓄手法的運用，在豬八戒的形象中表現得最成功、最突出。同時，作者賦性詼諧，每於描述驚險場面之際，雜以諧言謔語，使緊張與輕鬆的氣氛相間，調節讀者情緒。作者還善於吸取民間說唱詞語和方言口語的精華，充分利用人物對話以表現不同人物形象的性格特徵，使每個人物的口語都切合他的身分。為了配合角色動態、各種場面以及自然風景的描寫，書中經常採用傳統的各種韻文形式，使語言表現顯得靈活而又豐富多彩。

《西遊記》最大的思想價值，體現在對孫悟空形象的塑造方面。孫悟空是大自然的產兒，有著獨特的外形特徵：猴的特點、人的性情、魔的威力。三者互相融合滲透，生物性、傳奇性、社會性融和為一體，昇華為一個神奇的英雄人。一部《西遊記》，處處都是他的英雄事跡。「大鬧天宮」突出了他在傳統舊秩序束縛下酷愛自由、頑強抗爭的思想性格；「西行取經」表現他在重重險惡的環境中嫉惡如仇、除惡務盡的鬥爭精神。誠然，孫悟空前後的身分和命運有著明顯差異，然而，在思想性格上卻可以說自始至終基本上是一致的。

剛強正直、愛憎分明，是孫悟空思想性格的本質特徵。他相信自己的力量並力圖完成掌握自己的命運。他敢於蔑視陳規陋習，衝決舊秩序。他不畏強權，不怕惡勢力，以驚人的智慧和非凡的能力大鬧三界。只要是他認為不正確、不合理、不正派的東西，就毫不留情地加以抗爭。對天宮至尊玉皇大帝和太白金星等是如此，就是對自己的頂頭上司，唐僧和觀音菩薩，也敢不客氣直陳己見，指出他們的某些錯誤行為。為對唐僧的懦弱不堪的表現，他時常毫不客氣地稱之為「膿包」。他有強烈而鮮明的愛憎感情，而且界線分明。對一切害人精、他恨之入骨，為了將他們斬盡殺絕，他甚至不惜犧牲自己的一切。而對善良弱小的人們和自己的同夥，則充滿深厚的感情。在花果山時，與群猴情同手足，在取經途中，對八戒、沙僧則患難與共。

機智勇敢、不屈不撓，是孫悟空思想性格的又一重要特徵。在他的心目中，從來沒有克服不了的困難。如果說在大鬧天宮中，主要是顯出他的頑強勇敢，那麼，在取經途中，則更多地突出了他的機智靈活。他善於看穿一切妖魔鬼怪的任何喬扮偽裝，無論上天入地都要調查清楚他們的來歷和看準其弱點，從而想出制服他們的對策，不獲全勝、決不罷休。既令被戴上「禁箍兒」之後，他也並不甘心完全馴服地成為玉帝佛祖的奴才。反之，只要需要，他還要值工功曹、山神土地、天兵天將供自己調遣，甚至連玉帝、佛祖也要為他效勞。胸襟開闊、性格樂觀也是他身上的突出特點。他公正無私，從不計較個人利害關係、即使是在最困難、最險惡的境遇下，他一邊設法取勝，一邊還跟同夥八戒調笑開心、反射出了必勝的信心。

總之，孫悟空是一個有著強烈叛逆精神的頂天立地的英雄。他那鮮明的性格特徵，在大鬧天宮中表現得十分具體出色。西天取經，是其性格的進一步發展，而絕非對大鬧天宮的鬥爭性的否定。作者塑造這一藝術形象有著巨大的進步意義和教育作用。它鼓勵激發人們不管在任何艱難險惡的環境中，都必須力爭自己掌握自己的命運，永遠樂觀；面對任何敵人和惡勢力必須講究策略，頑強抗爭，對崇高的理想，要大膽追求，鍥而不捨，一往無前，去奪取最後的勝利。

《西遊記》是作者運用積極浪漫主義的創作方法，通過豐富的想像、奇特的幻想和巧妙的象徵手法寫成的神話小說，由於它的藝術魅力，問世以後不僅受到人們的歡迎，也引起許多作家競相仿作，出現了許多續書，如《後西遊記》、《西遊補》等。如今更被譯成英、法、德、日等多種文字，正式走上世界舞台。

四、世情小說《金瓶梅》

《金瓶梅》約成書於明嘉靖、萬曆年間，是我國第一部由作家個人創作的長篇小說，也是我國第一部反映家庭生活的長篇小說。作者蘭陵笑笑生的真實姓名及生平事跡不詳，學術界歷來對此爭論不休。

《金瓶梅》最初以手抄本流傳，今存最早的刊本為明萬曆年間的《新刻金瓶梅詞話》，另外，天啟年間又有《原本金瓶梅》問世。二書差異較大，形成《金瓶梅》版本的兩個系統。

《金瓶梅》全書一百回，內容從《水滸傳》中西門慶誘姦潘金蓮一節鋪陳開去，敷衍了山東省清河縣一個破落浪蕩子弟的暴發史，並以西門慶荒淫的性愛生活為核心，揭露了現實社會道德的極端敗壞、荒誕貪暴；它雖然寫的是北宋徽宗政和二年至南宋建炎元年（一一一二—一一二七）十六年間舊事，實則假託往事，涵括現實，暴露了當時明代嘉靖、隆慶、萬曆時期的真實世象。由於這部小說既是一部世像風俗畫，也是一部西門慶的荒淫史，所以書名以他的三個妻妾的名字組成，即潘金蓮的「金」字，李瓶兒的「瓶」字，龐春梅的「梅」字。

小說中的西門慶是一個富商、惡霸、官僚三位一體的人物。他原是清河縣一個破落戶財主，後來「發跡有錢，專在縣裡管些公事，與人把攬說事過錢，交通官吏，因此滿縣人都懼怕他」。他夤緣賄賂，做了奸相蔡京的乾兒子，又與蔡狀元、安主事、宋巡按等過從甚密，倚仗他們的勢力，大肆販運，偷漏稅金，大發橫財，升為本縣提刑千戶後，更有了生殺予奪之權。他原有一妻三妾，但還宿妓院、玩包妓、騙寡婦、收丫鬟、私通朋友的母親，甚至把僕婦、奶媽、伙計的妻子都姦占了。他說「咱只消盡這家私，廣為善事，就便強姦了嫦娥，和姦了織女，拐了許飛瓊，盜了西王母的女兒，也不減我潑天富貴」（第五十七回）。《金瓶梅》將西門慶作為社會關係網的中心點，從西門慶這個人際關係的焦點出發，廣泛描寫了與之結交的「奸險好人」、「乖人」、「痴人」、「浮浪小人」、「死人」、「蠢人」、「不識高低的人」、「沒有良心的人」、「不得叫做人」的人、「枉為人」的人、「不是人」的人（張竹坡《金瓶梅讀法》）的種種惡行醜態，正如魯迅《中國小說史略》說的「著此一家，即罵盡諸色」。

這本以家庭生活為題材的長篇小說，描寫一個家庭的平凡瑣事而涉及廣闊的社會生活，以寫普通的市井細民而反映日常的人情世態。小說的主人公不是主宰國家的帝王將相，不是叱吒風雲的英雄豪傑，不是遠離人間的神仙鬼怪，也不是製造風流韻事的才子佳人，而是充滿各種世俗相的市井細民。小說不加選擇、不避瑣屑，把世俗社會生活風習的廣闊畫面展現在讀者的面前，甚至不惜筆墨去寫許多醜惡的、病態的東西。雖然因此減少了理想的成份，沖淡了傳奇的色彩，但卻突出了生活的真實性。這種變化，反映了當時人們的文學功能觀、創作觀的變化。

《金瓶梅》的出現，是中國小說藝術史上一件驚天動地的大事，它的藝術成就很高，主要表現在三方面：

第一，《金瓶梅》所寫的是一個家庭的日常生活。雖然也有一些大事件、大場面，但更多的是生活瑣事，而《金瓶梅》恰恰在描寫這些生活瑣事中表現了高超的藝術才華。這原因主要在於真實，特別是細節描寫的真實。無數的生活瑣事，就像生活本身一樣，有發生的原因，有發展的過程，有事情的結果。描寫細膩，繪聲繪色。

其次，《金瓶梅》以高超的技巧，突出表現了每一個人物的個性特徵。潘金蓮、李瓶兒等都是西門慶之妾，都作為西門慶的玩物終日生活在那個罪惡的家庭之中，但是，她們都有各自的性格特點。潘金蓮爭強好勝、嘴尖舌快、心腸狠毒，而且是一個淫婦，一心只想攏絡西門慶；而李瓶兒，卻又顯得較為和順、多情，而且有些軟弱。人物的性格特點，又十分符合人物的地位處境，如吳月娘，作為西門慶的妻子，卻是一個幾乎無情無慾的女子，她的全部生活興趣都集中在求得子嗣的問題上。這正符合正室的地位：因為西門慶周圍已經有了那麼多的妾和各色女子，月娘已不可能以色「固寵」，她只能寄希望於得子，以鞏固自己的「主母」地位。於是，她吃齋念佛，終日與尼姑在一起，形成了她特有的性格。

第三，《金瓶梅》的語言造詣極高，一是方言的成功運用：每個人物都以方言色彩極濃的語言表情達意；尤其婦女的口角，全用活的口語，並雜入方言、成語、土話、俗諺、歇後語等等，富有濃厚的生活氣息。二是人物語言的性格化，如潘金蓮滿口潑辣粗俗的語言，吳月娘盡是冷漠愚昧的語言；應伯爵口中，則充滿了無恥、諂媚、下流的語言。

《金瓶梅》在中國小說發展史上占有特殊而重要的地位。內容除西門慶偷娶潘金蓮這一情節是借用《水滸傳》的有關章節外，絕大部分情節內容都是由作者匠心獨運完成的，即使在它成書後，很可能又經過一些人的潤飾加工，但並未改變個人獨創的總格局。

這本書的價值，在於它能夠把那一個黑暗社會的真實內涵描繪出來給我們看。「它寫出了流氓市儈的本質和典型，寫出了妓女們苦痛的靈魂和外部生活的腐爛，描寫了在官商互相勾結下，許多人家傾家蕩產賣兒鬻女的社會現實。」（劉大杰《中國文學發展史》），它的缺點是由於過多地對醜惡現象作白描式的實錄，使全書缺乏理想的光彩，且作者津津樂道於病態色情、變態心理等穢褻的描寫，減弱了對傳統社會本質方面更深刻的暴露，也大大耗蝕了作品教育人的力量。

五、諷刺小說《儒林外史》

《儒林外史》是我國第一部有自己風格特色的諷刺小說。作者吳敬梓（一七〇一——一七五四），字敏軒，晚年號文木老人，安徽全椒人。他生在一個「名門望族」的大家庭，父親吳霖起，拔貢出身，任贛榆縣教諭。吳敬梓十四歲隨父到贛榆，二十二歲又隨父回到故鄉。父親去世，吳敬梓不善於經營家產，又慷慨好施，揮霍無度，經常賣田賣房，不到十年，家產蕩盡，族人以之為「敗類」，鄉紳常以他為「子弟戒」。三十三歲遷居到南京，靠典衣賣文生活，常為一日三餐困苦。後來自己種菜、做雜活。吳敬梓少年穎慧，十八歲為諸生，二十九歲參加鄉試不中，以後不再參加考試。三十六歲時安徽巡撫趙國麟舉薦他到北京應博學鴻詞科考試，他託病不去，並且連諸生名籍也不要了。大約在這一年，他開始寫作《儒林外史》，近五十歲時完成。五十一歲時，乾隆帝南巡，別人都去迎拜，他卻「企腳高臥」。五十四歲時他到揚州訪友，突然去世。

吳敬梓著述甚豐，但多數已經散佚，今存者除《儒林外史》外，還有《文木山房詩文集》、《金陵景物圖詩》等。《儒林外史》是他的代表作，成書以後，有抄本流傳。現存最早的刻本是嘉慶八年（一八〇三）的臥閑草堂本，計五十六回，末回寫「幽榜」，是否出自吳氏之手，尚有爭論，故通行本為五十五回。

《儒林外史》所寫的人物和事件，雖然是發生在明代，實際作者是假借明朝故事來影射清代的社會現實。小說的中心內容，一方面是對八股取士的科舉制度、功名利祿觀念進行批判，揭露封建禮教的虛偽，社會政治的黑暗，吏治的腐敗，社會道德的淪喪，以及地主、鹽商對人民的殘酷剝削；另一方面，也通過一些正面人物的塑造，表現作者對理想生活的探索和追求。因此，《儒林外史》固然是一部「儒林醜史」，但也因為它反映了作者在痛楚中尋找光明、寄託理想、以及為理想的難以付諸實現而帶來的無比沉痛，被視為是一部「儒林痛史」。

《儒林外史》五十五回，由楔子、主體、尾聲三部分組成。長篇小說有楔子和尾聲是吳敬梓的首創。楔子塑造了一個從根本上鄙棄功名富貴的人物王冕，為全書首先樹起一面正面理想的旗幟，又通過王冕對八股科舉制度的直接否定批判「敷陳大意」，「隱括全文」，為全書提出總綱。它是作者創作意圖、全書主旨的形象化概括，有突出主題的作用。楔子全書中的特點，是「借他事引起所記之事」，使「全書之血脈無不貫穿玲瓏」（臥閑草堂本評語）。尾聲又塑造四個「市井奇人」，以示理想並未泯滅，它既可與楔子中王冕形象呼應，又體現出全書思想和結構上的聯繫。主體最為龐大，共五十三回，從成化末寫到萬曆十八年，其間跨度長達百餘年；人物多達二百七十幾名，包括儒者名士，官紳吏胥、醫卜星相、娼妓劫竊、農工兵商、市井細民，真是形形色色，無一不在其中；而地域則幾乎遍及全國。對於如此廣闊的生活領域，只有運用高度概括的典型化手法，才能充分表現出來，於是這一嶄新的藝術結構就在作者匠心獨運的結撰下應運而生了。主體部分，大致分儒者、名士、賢豪、惡俗四個階段，以「功名富貴」、「文行出處」為線貫穿始終，層次清楚、脈胳分明、有起訖、有跌宕、有波瀾、有高潮，表現出作者構思的精嚴縝密。從二到十七回是第一段落，寫了舉業途中的三種人：㈠一種如二進（周進、范進），忍辱掙扎，總算功名如願；㈡一種如王惠，憑借功名權勢，剝奪凌辱人民；㈢一種如婁家公子，功名不成、牢騷滿腹，於是異想天開要做古賢人。通過這三種類型，揭露八股科舉制度造成的畸形現象和罪惡後果。從十八到三十回是第二段落，寫了杭州、揚州，南京三批名士的庸俗無聊，這些人實際上是科舉制度下的畸形兒。從三十一到四十三回是第三段落，寫了一批作者理想的人物，反映出以禮樂兵農改革社會的理想終於無法實行。其中杜少卿為一類，他輕財好義，結果落得家產蕩盡；虞育德等人為一類，他們修祭泰伯祠，製作禮樂，想維持人心風化，結果仍然風流雲散一無所得、他們拓邊平苗扶植農業，興辦學校，想要振興國家，結果是降職罷官；沈瓊枝為一類，這位反抗的女性，既不為社會所識，又不為官法禮教所容，最終身陷囹圄。作者對理想的不能實現，深表悲憤。從四十四到五十三回是第四段落，寫社會的腐敗不堪，通過五河縣人們的利慾薰心、唐二棒椎的中舉棄親、湯六的專事諂媚、毛二胡子的拐騙朋友、萬青雲的冒充中書等等，揭示出社會的墮落已到了無可救藥的地步。總之，主體部分從周、范二進得官，到名士們的自我陶醉，再發展到真儒的祭祠大典，形成高潮，然後集中揭出社會的千瘡百孔，表現了社會人心如江河日下，無法挽回。從而與楔子、尾聲構成鮮明的對照。

《儒林外史》最突出的藝術特色是諷刺。在中國小說發展史上，諷刺藝術有悠久的歷史。先秦寓言和晉、唐小說中都有諷刺的成份，宋、元話本、雜劇中，諷刺藝術有了進一步的發展。到明代和清初，諷刺手法得到了比較廣泛的使用，《西遊記》、《西遊補》、《醒世姻緣傳》、《聊齋誌異》等作品中，都有一些精妙的諷刺篇章和片段。吳敬梓繼承和發展了以往諷刺藝術的經驗，大膽衝破「溫柔敦厚」文學思想的束縛，創作了第一部長篇諷刺小說，以嘻笑怒罵、淋漓酣暢的文筆，對當時科舉制度、黑暗政治、程朱理學、封建道德進行了全面、深刻的嘲笑和鞭撻，樹立了中國文學史上第一座古典諷刺文學的豐碑。

《儒林外史》的諷刺特色，首先在恰如其分地以其諷刺反映出諷刺對象的本質之真實，亦即將諷刺對象的喜劇性與真實性結合起來。作品中許多典型人物，都有生活中的原型，如馬二（純上）先生取材於馮粹中，王玉輝取材於汪洽聞，並作了合乎本質真實的取捨和誇張，因而特別深刻有力。作者善於從極平常的細節中，發掘其中蘊含的典型意義，如胡三公子買板鴨，拔下簪子刺鴨肉的肥瘦；也善於從極不平常的細節中加以表現，如嚴監生死時因多點了一根燈草而伸著手指遲遲不肯斷氣，就突出地反映了慳吝的本性。

其次，它諷刺的鋒芒總是指向當時的社會，因而具有廣大的力量。作者對待不同階級、社會地位的人，常使用不同的諷刺態度。醉心科舉的既有剝削階級，也有下層人民。作品對於地主劣紳兼知識分子的王惠、二嚴（嚴貢生、嚴監生）、二王（王仁、王德），是無情揭露、嚴厲貶責；對深受封建思想毒害的封建制度維護者四愚，或既憐憫又批判，或既嘲諷又同情；即使對一個人如周進，在其中舉前是嘲笑他的卑屈和熱衷功名，基本態度是寄於同情，在其為官後則是揭露他的不學無術和道德虛偽，態度是仇恨的，顯得辛辣而尖刻。再就是，諷刺作家的熱情，具有強烈的愛憎感情和鮮明的褒貶態度。比如馬二先生遊西湖的描寫，短短數語，就把這個人物迂闊，無聊和空虛，極其生動地顯現出來，而無須再加評述，使讀者全部了然神會。

《儒林外史》的諷刺藝術在人物性格刻劃上也很獨特。首先是情節的典型化與提煉，加上合乎生活邏輯的誇張。如范進中舉後發瘋一段，突出了科舉謎的可憎、可憐；嚴貢生裝肚疼用雲片糕賴船錢一段，雖屬誇張，但卻更真實、更鮮明地揭露出嚴貢生挖空心思盤剝人民的無恥行徑；而范進居喪，不肯用銀鑲筷子，卻用竹筷「在燕窩碗裡揀了一個大蝦丸子送在嘴裡」的細節，就徹底暴露出這個人物的虛偽性，其次是巧妙集中許多典型情節。層層深入、挖掘人物靈魂隱秘。如范進應童子試的酸態、胡屠戶賀喜的對話及求貸的罵語、插標賣的窘狀，就把他的辛酸處境暴露無遺；而中舉發瘋、喪母，吃蝦丸及不知蘇軾為何人，又極寫他的迂腐、庸俗、無能、虛偽，揭示了人物本質，讓人清楚看到這個藝術典型的腐朽靈魂。再次是把矛盾事物加諸一人，讓其當場出醜。如匡超人大吹其名氣之大，五省儒生皆供奉「先儒匡子之神位」再讓牛布衣當面指出：「先儒」是已死之儒，你匡某還活著，何得如此稱呼？這種諷刺力量何等鋒利，何等巨大？最後一點是準確、簡樸、形象的諷刺語言，有畫龍點睛之妙。如二王意在詐取，當嚴監生議扶正一事時，二人「不則一聲」，而當面贈銀二百時，即刻「雙手來接」，然後立刻大發高論。一個「雙」字，就把二王的虛偽和貪鄙和盤托出，真是其情如畫，具有深刻的諷刺力量。

《儒林外史》還廣泛運用對比、對照增加諷刺效果。或者用人物自己的行動去否定自己的謊言，使其堂皇的言辭與卑劣的醜行形成鮮明對照；或者用正面人物與反面人物作對比，使反面人物愈加可笑；或者用一個人物前後不同的表現作對比，使之處於不能自圓的矛盾中，都大大地加強了諷刺的力量。例如，嚴貢生正在吹噓自己「為人直率，在鄉里之間，從不曉得占人寸絲半粟的便宜」時，小厮進來說：「早上關的那口豬，那人來討了。」當場揭穿了他的假面具，從而使讀者忍俊不禁。又如范進落魄時，胡屠戶罵他「現世窮鬼」，范進想考舉人，他把范進罵得狗血噴頭，說他「想天鵝屁吃」。等范進考中，他的態度馬上變了，說范進「才學又高，品貌又好」。「見女婿衣裳後襟滾皺了許多，一路低著頭替他扯了幾十回」。又如第七回寫陳禮扶乩，請出「關聖帝君」所寫的判詞居然是「調寄《西江月》」一首。漢末的關聖居然能判出唐五代才有的詞，這本身就是一大荒唐事，可是進士王惠、荀玫居然「悚然，毛髮皆豎」，信服得五體投地。其無知無識，一目了然。又如，婁家二公子的摯交張鐵臂，言之鑿鑿，五百兩銀子，即可換一人頭。兩位公子設席擺宴等他歸來大作「人頭會」，久等不來，打開革囊才知道，所謂人頭竟是個六、七斤重的豬頭。作者似乎在一本正經地給我們講某件日常生活瑣事，末了似乎不經意地抖出一個「包袱」，我們才知道作者的真意所在。

此外，作者常讓他的諷刺對象互相攻訐，從而抖出他們的「老底」。王德、王仁譏刺嚴貢生筆下乾枯，沒有才氣。嚴反唇相識：「才氣也須是有法則，假若不照題位，亂寫些熱鬧話，難道也算是有才氣不成？」他明知二王在周進「手裡都考的是二等」，就竭力讚揚「周老師極是法眼，取在一等前列，都是有法則的老手」，以此來諷刺二王筆下雜亂無章。這樣的攻訐，就彼此揭了底。至於相互吹捧，更是一種妙趣橫生的諷刺。西湖名士集會，分韻賦詩，衛體善、隋岑庵這兩位「二十年的老選家」，自視甚高，目空一切，眾名士也如眾星拱月，頂禮膜拜。豈知他們的詩作居然出現八股文中「且夫」、「嘗謂」一類的套話。連剛學寫詩的匡超人也覺得不甚佳。被吹捧者的「才氣」既然如此，那麼，吹捧者的才情也就可想而知。捧得越高，跌得越重，作者不著一字，而諷刺自在其中。

《儒林外史》在結構方面很有特色，它既是長篇小說，又很像短篇小說集。全書沒有像《西遊記》中孫悟空、唐僧一類貫穿始終的主要人物和中心事件，而是由許多各自獨立的故事聯綴而成，但又都圍繞著全書批判科舉制度這個主旨。故儘管人物眾多，事件紛繁，無鬆弛散亂之感。這種「雖云長篇，頗同短制」（魯迅《中國小說史略》）的結構是描寫儒林群相來廣泛反映社會現實這一內容所需要的，對晚清譴責小說有很大影響。

《儒林外史》的語言是純熟的白話，其顯著特點是準確、洗煉、幽默。往往用語不多，人物形象卻躍然紙上。描繪人物的細微動作，能深刻地揭示人物的內心世界；描寫人物語言，則個性鮮明，正如魯迅《中國小說史略》所說：「現身紙上，聲態並作」。

《儒林外史》問世以後，在社會上產生了強烈的反響。惺園退士序中說：「慎勿讀《儒林外史》，讀之乃覺身世應酬之間，無往而非《儒林外史》。」說明《儒林外史》像一把利劍，刺到了傳統社會上層人物的痛處。《儒林外史》是中國諷刺小說的奠基之作，晚清的《官場現形記》、《二十年目睹之怪現狀》等譴責小說，內容和形式都受到《儒林外史》明顯的影響。

六、人情小說的顛峰之作《紅樓夢》

《紅樓夢》是中國古典小說中最為傑出的作品。作者曹霑，字雪芹，滿洲正白旗人，先世為漢族。他出身於世代官宦家庭，從他的曾高祖曹璽開始，直至他父親曹頫，兄弟父子相襲，共做了六十年江寧織造，也就是掌管宮廷所需的各種織物的織造、採購、供應的官，是財政方面的重要職務。曹霑的祖父曹寅一代，是曹家的極盛時期，清聖祖康熙五次南巡，有四次以曹寅的江寧織造府為行宮。曹霑生時，他的父親曹頫仍在任上，後來雍正即位後，曹家因政治上的牽連被免職和抄家，南京的房屋全部被沒收。晚年他住在北京西郊，過著窮困潦倒的生活，靠賣詩畫和求助於親友來維持生活。

曹霑雖出身望族，但在被抄家沒收財產後已成赤貧，流落北京西郊破屋中，連飯都吃不飽。他在窮病中嘔心瀝血專心著作，直到獨子在貧病中死去，他也傷感病倒，才寫好八十回。後四十回由一個鑲黃旗滿人高鶚在曹氏死後約三十年續成。

《紅樓夢》以賈寶玉、林黛玉愛情悲劇為線索，以賈府興衰變化為中心，反映出世家大族的腐敗以致於沒落的現象和過程，向世人揭露這種家庭中的虛偽、欺詐、腐朽、糜爛，並憤怒地控訴和抨擊吃人的封建制度。

全書可分七個部分：㈠第一回至十八回，主要介紹榮國府、寧國府、大觀園的環境及賈寶玉、林黛玉、王熙鳳、薛寶釵、秦可卿等人物。㈡第十九至四十一回，主要寫賈寶玉和林黛玉對愛情的探索，賈寶玉對封建正統思想的反抗，以及薛寶釵、史湘雲、花襲人、妙玉、劉姥姥等人物。㈢第四十二至七十回，主要寫其他人物如探春、薛寶琴、邢岫煙、尤二姐、晴雯、鴛鴦、香菱等。㈣第七十一至八十回，主要寫賈府的衰敗之兆及晴雯的死。㈤第八十一回至九十八回，主要寫寶玉和黛玉的愛情悲劇及黛玉之死。㈥第九十九至一〇六回，主要寫賈府被查抄，以及賈母對天悔罪。第一〇七至一二〇回，主要寫賈府的衰敗和寶玉的出家。

賈寶玉是作者嘔心瀝血塑造的主人公。他是賈家的命根子，生活在「溫柔富貴鄉裡」，過著備受寵愛、百般嬌慣的貴公子生活。賈母、賈政等封建家長，一心盼望他讀經中舉，入仕做官，光宗耀祖，繼承百年望族的家業。但是，賈府中毫無自由、令人窒息的生活，大觀園內外尖銳對立的嚴酷現實，貴族們荒淫無恥，殘暴貪婪的醜行，下層人物特別是女性們優秀純潔的品格，以及前人反對封建禮教、宣揚個性解放的進步作品的影響，促使他厭惡自己出身的貴族家庭，痛恨強加在他身上的種種束縛，渴望著人生自由和個性解放，逐漸形成一套反對腐朽的封建制度和僵死的封建教條的思想體系：他鄙視功名富貴，深惡痛絕讀書做官的封建科舉「正道」，責罵那些追求利祿之徒為「祿蠹」，指斥儒家程朱理學是「無故生事」「杜撰」出來的，諷刺八股時文是「拿它誆功名混飯吃的」；他反對僵死的封建道德信條，要求擺脫精神枷鎖，按照每個人自己的性情去生活，甚至對「文死諫，武死戰」，「君子殺身以成仁」的最高道德，也斥為是「鬚眉濁物」的「胡鬧」；他具有相當程度的平等思想，漠視森嚴可怖的等級制度，對元春封妃毫不介意，自己「每每甘心為諸丫鬟充役」，還想把屋裡的女奴隸都放出去，同家人團圓；他特別反對「男尊女卑」的觀點，對被侮辱被損害的女奴隸們傾注由衷的尊重和同情，常說「女兒是水做的骨肉，男人是泥做的骨肉。我見了女兒便清爽，見了男子便覺濁臭逼人」；並為晴雯寫下「灑淚流血，一字一咽」的祭文；不滿

「父母之命，媒妁之言」的封建婚姻，要求戀愛自由，婚姻自主，是個對封建社會帶有鮮明叛逆性的青年。

林黛玉是超越世俗的人物。她是生活在精神天地中的詩人。在她的身上凝聚著中國歷代才人、奇士的狷介、清高和傲骨。她真正吸引人的地方，不是外貌，而是性格、氣質和才華。

在榮國府裡，她是一個無依無靠的孤女，她那當巡鹽御史的父親和侯門千金的母親還沒來得及教她怎樣做女人就雙雙亡故了。在人際關係複雜、又充滿金錢勢力的榮國府中，這位敏感、任性、聰明、熱情且極端自尊的才女不能不感到遍地荊棘，舉步維艱。儘管有賈母呵護，但她那敏銳的心靈仍深感那寄人籬下的孤寒。「一年三百六十日，風刀霜劍嚴相逼」，是她精神面對的現實。就此一點，我們就應該理解她為什麼不是愁眉，就是長嘆，長夜無眠，淚眼難乾。她不是只求溫飽、貪圖物質享樂的人，她比大觀園中的任何一個女子都更需要精神生活，然而，這個社會，這個家庭提供給她的恰恰是精神的沙漠和心靈的桎梏。她無親無靠，無錢無勢，因而更敏感於做人的尊嚴。而大觀園裡一聲冷笑、一個眼神、一個次序都顯示著那個社會對人的評價。她想像著能夠脫離這爾虞我詐、欺世盜名的環境，「願儂此日生雙翼，隨花飛到天盡頭，天盡頭！何處有香丘」？從這裡不難看出，她為什麼那麼小性，那麼尖刻，那麼「孤高自許，目下無塵」。這既是她性格中的一面，又是她維護自我尊嚴的方式。

她小性、尖刻卻純真坦誠。有時，她會當著老祖宗的面，責備寶玉，就連對其他女孩的妒嫉，她也不會掩飾。當她的情敵寶釵對她表示關心時，她立即被感動了，獻上了自己的一片坦誠：「你素日待人，固然是極好的，然我最是個多心的人，只當你有心藏奸。……往日竟是我錯了，實在誤到如今」。林黛玉就是如此的純真。

黛玉最大的魅力，是她那詩人的氣質和才情。她沒有那個社會需要的德行，卻充溢著那個社會不需要的才華。她詩才敏捷、詩心獨到，只有在詩的境界中，她才忘記了一切寵辱煩憂，這時候，她的性情也發生了奇異的變化，不再是那病病懨懨的嬌弱小姐，而是一個神思飄逸、元氣淋漓的女詩人，不再是性情乖張的小性兒，而是一個開朗、寬厚、豁達、倜儻的巾幗英雄。然而，在「女子無才便是德」的社會裡，她的才情卻只能給她帶來災難和痛苦，因此，她那孤寂的心，本就渴望愛情的滋潤，及至愛情被奪去，便唯有決然撒手塵寰，告別自已的青春和生命了。

薛寶釵是個爭議性極大的人物。第一，她貌壓群芳，性情和美。她臉若銀盆，眼同水杏，唇不點而含丹，眉不畫而橫翠。她不但具有絕代佳人般的美貌，而且氣度雍容、舉止嫻雅、如牡丹、鳳凰一般的華貴。

第二，她思想早熟。不但書香續世，而且財產巨萬，可謂出身高貴，但和黛玉一樣，她也是幼年喪父，寄住榮府。雖然她尚能在母親那裡尋求溫暖和安慰，但是她的家庭很不和諧。支配她家的是她那個任性無度又愚笨無能，毫無責任感的哥哥薛蟠。這種複雜的家庭生活造成了她思想的早熟，也歷煉了她的性格。面對著毫無責任感、恣意行樂的哥哥，她不得不承擔起維護家庭榮譽的責任，父母的教誨和賈府大家庭複雜的人際關係，把她變成一個洞明世事，人情練達的大家閨秀。在《女四書》、《列女傳》一類女子啟蒙讀物中，她懂得了做人的道理，接受了封建道德觀念。並自覺自願地奉行之。如孝敬長輩、待人謙和、氣度豁達、生活淡泊、儉樸、不以富貴驕人等等，她是遵守舊道德的楷模，因而也是一個犧牲品。

第三，她知識博洽，飽讀詩書。經史子集融會貫通，詩詞歌賦，廣收博覽。甚至禁書《西廂記》她也十分熟悉。另外，她還深諳繪畫理論，熟稔中醫藥理，棋藝、書法亦無不精。應該說，在

《紅樓夢》諸女子中，她的學識、才藝最精湛、最深廣。

此外，她還是一個篤於友情的朋友，一個完美的妻子，一個舊式婚姻制度的殉葬品。

不過，她也有讓人無法接受的「會做人」的一面。比如元春送來的燈謎，本無新奇可言，她卻只說難猜，故意裝作不知，為的是對貴妃表示最高的尊敬。王夫人因為金釧投井自盡，愧悔交併，深怕自己的惡行遭到報應。寶釵勸她說，金釧不是賭氣投井，多半是在井邊玩耍，不小心掉下去的。她還進一步寬慰王夫人：「縱然有這樣的大氣，也不過是個糊塗人，也不為可惜」。果然，王夫人的罪惡感大為減輕。她是被封建禮教毒害得最深的一個女子，也是最虔誠的一個女子。比起黛玉來，寶釵更是那個殘酷的掉包計的犧牲品。很顯然，賈府的太太們倉促安排婚禮，只不過是為了寶玉早日恢復健康。薛姨媽明知道女兒做了人家的一副醫治身心俱損的苦藥，卻也無法拒絕。就寶釵自己來講，母親的話就是最高法律。她聽到這個消息時，「始則低頭不語，後來便自垂淚」。有人認為這是虛假狡猾的偽裝？其實是不公允的。

成為情場上的「勝利者」的寶釵，結婚後的首要任務是幫助自己的丈夫恢復健康。可是當寶玉恢復知覺之後，她得到的卻仍是無法忍受的冷漠。最後，寶玉出家了，留給她的是永遠的孤寂和淒冷。

《紅樓夢》是思想性和藝術性結合得最好的一部中國古典小說。它的藝術成就是多方面的：㈠首先是嚴格的現實主義。作者在頭一回就說：「至若離合悲歡，興衰際遇，則又追蹤躡跡，不敢稍加穿鑿，饒為哄人之目而反失其真傳者。」作者對任何一人一事的描寫，既細緻入微而又高度概括地反映出生活的真實面目。魯迅說它「如實寫來，並無諱飾」。生活有多複雜，《紅樓夢》就有多複雜，生活有多真實，《紅樓夢》就有多真實，甚至它使讀者感到它比生活更真實。

(二)《紅樓夢》的藝術成就還突出地表現在眾多人物形象的創造上。它描寫的四百多個人物，達到典型化高度的至少有幾十個。其中寶玉、黛玉、寶釵、鳳姐、湘雲、探春等，都是世界文學史上第一流的藝術典型。因為：(1)作者按照實際生活塑造人物形象，既突出了他們性格的主要特徵，也寫出了他們性格的複雜性。又善於在廣闊的社會聯繫中，從不同角度，多側面地刻劃人物性格，如鳳姐的性格就是在她同賈府內外眾多人物的關係中顯示出來的。(2)作者在塑造人物時，還善於通過人物的強烈對比、相互映襯，來突現人物不同的性格特徵。思想傾向不同的，如黛玉和寶釵、晴雯和襲人；思想傾向相似的，如寶釵與襲人、黛玉與晴雯等。(3)通過大場面、大事件，把人物安置在生活衝突的漩渦裡，用人物自己的言行表現他們的性格。如「寶玉挨打、抄檢大觀園」等事件即是。(4)作者還善於運用白描手法，以洗練的筆墨來描摹人物的神態。如第二十七回黛玉感傷神態，第二十八回對鳳姐飯後神態的描寫等都是典型的例子。(5)此外，作者還善於創造種種意境，以烘托人物的性格和氣質，如黛玉、湘雲凹晶館月夜聯詩的描寫和黛玉的瀟湘館、寶釵的蘅蕪院、探春的秋爽齋等生活環境的描寫等等。《紅樓夢》的詩詞，大都具有個性的特色，有助於體現他們各自不同的性格特徵。這些表現人物的手法，真正豐富和發展了古典小說現實主義的藝術技巧。

《紅樓夢》的問世，象徵中國古典小說達到了一個高峰，在中國文學史上有著極其重要的地位。它問世不久，就以手抄本的形式廣為流傳，出版之後，更是家喻戶曉，引起了持久而狂熱的續書熱。《後紅樓夢》、《續紅樓夢》、《紅樓夢補》、《補紅樓夢》、《增補紅樓夢》、《紅樓再夢》、《紅樓圓夢》、《紅樓幻夢》、《紅樓重夢》、《紅樓殘夢》等等。直至今日，還有人在做新的紅樓夢，並因研究風氣之盛，蔚為大國，而有「紅學」之稱。

41 空城記

羅貫中

卻說孔明❶自令馬謖❷等守街亭❸去後，猶豫不定，忽報王平❹使人送圖本至。孔明喚入，左右呈上圖本。孔明就文几❺上拆開視之，拍案大驚曰：「馬謖無知，坑陷吾軍矣！」左右問曰：「丞相何故失驚？」孔明曰：「吾觀此圖本，失卻要路，占山為寨，倘魏兵大至，四面圍合，斷汲水道路，不須二日，軍自亂矣。若街亭有失，吾等安歸？」長史楊儀❻進曰：「某雖不才，願替馬幼常回。」孔明將安營之法，一一吩咐與楊儀。正待要行，忽報馬到來，說街亭、列柳城，盡皆失了。孔明跌足長嘆曰：「大事去矣！此吾之過也！」急喚關興、張苞❼，吩咐曰：「汝二人各引三千精兵，投武功山❽小路而行。如遇魏兵，不可大擊，只鼓噪❾吶喊，以為疑兵驚之。彼當自走，亦不可追。待軍退盡，便投陽平關❿去。」又令張翼先引軍去修理劍閣⓫，以備歸路。又密傳號

❶孔明：諸葛亮，字孔明。
❷馬謖（ㄙㄨˋ）：字幼常，襄陽宜城（今湖北省）人。
❸街亭：據《嘉慶一統志》載，街亭在今陝西省城固縣西十五里。
❹王平：蜀將。字子均。
❺文几：文書案桌。
❻長史：丞相府高級官職。楊儀：字威公，有才幹。
❼關興：關羽之子。張苞：張飛之子。
❽武功山：在今陝西省武功縣南。
❾鼓噪（ㄗㄠˋ）：擊鼓吶喊。
❿陽平關：故址在今陝西省勉縣西北。
⓫張翼：字伯恭，蜀將。劍閣：在今劍閣縣北，是大小劍山之間的棧道，又稱劍門關。

令，教大軍暗暗收拾行裝，以備起程。又令馬岱、姜維⑫斷後，先伏於山谷中，待諸軍退盡，方始收兵。又令心腹人，分路報與天水、南安、安定三郡官吏軍民，皆入漢中⑬。又差心腹人到冀縣⑭搬取姜維老母，送入漢中。

孔明分撥已定，先引五千兵去西城縣⑮搬運糧草。忽然十餘次飛馬報到，說司馬懿⑯引大軍十五萬，望西城蜂擁而來。時孔明身邊並無大將，止有一班文官；所引五千軍，已分一半先運糧草去了，只剩二千五百軍在城中，眾官聽得這個消息，盡皆失色。孔明登城望之，果然塵土沖天，魏兵分兩路望西城縣殺來。孔明傳令眾將，旌旗盡皆藏匿；諸軍各守城鋪⑰，如有妄行出入，及高聲言語者，立斬；大開四門，每一門上用二十軍士，扮作百姓，灑掃街道，如魏兵到時，不可擅動，吾自有計。孔明乃披鶴氅⑱，戴綸巾⑲，引二小童攜琴一張，於城上敵樓前⑳，凭欄而坐，焚香操琴。

卻說司馬懿前軍哨到城下，見了如此模樣，皆不敢進，急報與司馬懿，懿笑而不信，遂止住三軍，自飛馬遠遠望之。果見孔明坐於城樓之上，笑容可掬，焚香操琴。左有一童子，手捧寶劍；右有一童子，手執麈尾㉑。城門內外有二十餘百姓，低頭灑掃，傍若無人。懿看畢大疑，便到中軍，教後軍作前軍，前軍作後軍，望北山路而退。次子司馬昭曰：「莫非諸葛亮無軍，故作此態？父親何故便退兵？」懿曰：「亮平生謹慎，不曾弄險。今大開城門，必有埋伏。我軍若進，中其計也。汝輩焉知，宜速退。」於是兩路兵盡皆退去。孔明見魏軍退去，撫掌而笑。眾官無不駭然，乃問孔明曰：「司馬懿乃魏之名將，今統十五萬精兵到此，見了丞相，便速退去，何也？」孔明曰：「此人料吾平生謹慎，必不弄險；見如此模樣，疑有伏兵，所以退去。吾行非險，蓋因不得已而用之。此人必引軍投山北小路去也。吾已令興、苞二人，在彼等候。」眾皆驚服曰：「丞相玄機，神鬼莫測。若吾等之見，必棄城而走矣。」孔明曰：「吾兵止有二千五百，若棄城而走，必不能遠遁。得不為司馬懿所擒乎？」後人有詩讚曰：

瑤琴㉒三尺勝雄師，諸葛西城退敵時。十五萬人回馬處，後人指點到今疑。

言訖，拍手大笑曰：「吾若為司馬懿，必不便退也。」遂下令，教西城百姓，隨軍入漢中；司馬懿必將復來。於是孔明離西城望漢中而走，天水、安定、安南，三郡官吏

⑫姜維：字伯約，原為魏將，後被諸葛亮用計招撫。因功拜征西將軍。
⑬漢中：郡名，治所在今陝西省南鄭縣東。
⑭冀縣：當時屬天水郡的縣。
⑮西城：縣名，故城在今陝西省安康縣西北。
⑯司馬懿（ㄧˋ）：字仲達，有謀略。曹操時為太子中庶子。魏明帝時為征西將軍。《三國演義》中，他多次率兵與諸葛亮相爭。
⑰城鋪：城上巡哨的崗棚。
⑱鶴氅（ㄔㄤˇ）：用鳥羽製成的外衣。
⑲綸（ㄍㄨㄢ）巾：用絲做的頭巾，後人稱「諸葛巾」。
⑳敵樓：用以瞭望敵人的城樓。
㉑麈尾：拂塵用具，俗稱拂子。麈（ㄓㄨˇ），鹿一類的獸，它的尾可以做拂塵。
㉒瑤琴：琴的美稱。瑤，美玉。

軍民，陸續而來。

卻說司馬懿望武功山小路而走。忽然山坡後喊殺連天，鼓聲震地。懿回顧二子㉓曰：「吾若不走，必中諸葛之計矣。」只見大路上一軍殺來，旗上大書「右護衛使虎翼將軍張苞」。魏兵皆棄甲拋戈而走。行不到一程，山谷中喊聲震地，鼓角喧天，前面一杆大旗，上書「左護衛使龍驤將軍關興」。山谷應聲，不知蜀兵多少；更兼魏軍心疑，不敢久停，只得盡棄輜重㉔而去。興、苞二人皆遵將令，不敢追襲，多得軍器糧草而歸。司馬懿見山谷中皆是蜀兵，不敢出大路，遂回街亭。

此時曹真聽知孔明退兵，急引兵追趕。山背後一聲砲響，蜀兵漫山遍野而來：為首大將，乃是姜維、馬岱。真大驚，急退軍時，先鋒陳造已被馬岱所斬，真引兵鼠竄而還，蜀兵連夜皆奔回漢中。

卻說趙雲、鄧芝㉕，伏兵於箕谷道中。聞孔明傳令退軍，雲謂芝曰：「魏軍知吾兵退，必然來追。吾先引一軍伏於其後，公卻引兵打吾旗號，徐徐而退，吾一步步自有護送也。」卻說郭淮㉖提兵再回箕谷道中，喚先鋒蘇顒吩咐曰：「蜀將趙雲，英勇無敵，汝可小心提防。彼軍若退，必有計也。」蘇顒欣然曰：「都督若肯接應，某當生擒趙雲。」遂引前部三千兵，奔入箕谷。看看趕上蜀兵，只見山坡後閃出紅旗白字，上書『趙雲』。蘇顒急收兵退走。行不到數里，喊聲大震，一彪軍撞出，為首大將，挺槍躍馬，大喝曰：「汝識趙子龍否！」蘇顒大驚曰：「如何這裡又有趙雲？」措手不及，被趙雲一槍刺死於馬下，餘軍潰散。雲迤邐㉗前進，背後又一軍到，乃郭淮部將萬政也。雲見魏兵追急，乃勒馬挺槍，立於路口，待來將交鋒，蜀兵已去三十餘里。萬政認得是趙雲，不敢前進。雲等得天色黃昏，方纔撥回馬緩緩而退。郭淮兵到，萬政言趙雲英勇如舊，因此不敢近前。淮傳令教軍急趕，政令壯士數百騎趕來。行至一大林，忽聽得背後大喝一聲曰：「趙子龍在此！」驚得魏兵落馬者百餘人，餘者皆越嶺而去。萬政勉強來敵，被雲一箭射中盔纓，驚跌於澗中。雲以槍指之曰：「吾饒汝性命回去！快教郭淮趕來！」萬政脫命而回。雲護送車仗人馬，望漢中而去，沿途並無遺失。曹真、郭淮，復奪三郡，以為己功。

卻說司馬懿分兵而進，此時蜀兵盡回漢中去了。懿引一軍復到西城，因問遺下居民及山僻隱者，皆言孔明只有二千五百軍在城中，又無武將，只有幾個文官，別無埋伏。武功山小民告曰：「關興、張苞只各有三千軍，轉山吶喊，鼓譟驚追，又無別軍，並不

㉓二子：指司馬師和司馬昭。

㉔輜（ㄗ）重：軍中的糧草、營帳、器械等物資。

㉕趙雲：字子龍，蜀國著名將領，與關羽、張飛、馬超、黃忠並稱「五虎將」。鄧芝：字伯苗，蜀國將領。

㉖郭淮：字伯濟，魏將，當時任魏軍副都督。

㉗迤邐（ㄧˇ ㄌㄧˇ）：接連不斷，曲折連綿的樣子。

敢廝殺。」懿悔之不及，仰天長嘆曰：「吾不如孔明也！」遂安撫了官民，引兵逕還長安，朝見魏主。

提示

一、本篇選自羅貫中《三國演義》第九十五回，原標題是「武侯彈琴退仲達」。羅貫中（一三三〇？—一四〇〇？），名本，號湖海散人，太原（今山西太原西）人。元末明初傑出的小說家。撰有《三國演義》、《隋唐志傳》、《三遂平妖傳》、《殘唐五代史演義》等。

二、本篇敘述諸葛亮在西城以「空城計」智退魏將司馬懿十五萬大軍的前後經過，充分讚揚孔明的臨危不亂、鎮定自若、料事如神的軍事才能。此外，本文亦透過趙雲打敗魏軍的經過，表現了趙雲的勇敢機智。就內容來說，本文可歸納為四個層次：

㈠第一個層次由「卻說孔明自令馬謖等守街亭去後」至「送入漢中。」描述諸葛亮在西城一見王平自街亭送來的地圖後，即知街亭必將失守。當他正要派人前往營救時，街亭失陷的消息傳來。諸葛亮連忙安排應變策略，準備退回漢中。

㈡第二個層次由「孔明分撥已定」至「蜀兵連夜皆奔回漢中。」敘述魏將司馬懿引十五萬大軍，望西城蜂擁而來。時孔明身邊並無大將，而且僅剩二千五百軍在城中，於是決以空城計應變。作者敘述孔明佈置空城計的經過，以及嚇退司馬懿大軍的精彩過程。

㈢第三個層次由「卻說趙雲鄧芝伏兵於箕谷道中」至「以為己功。」敘述蜀將趙雲勇敢機智、威風凜凜地擊退魏軍。他護送車仗人馬，從西城撤退，沿途並無損失。

㈣第四個層次由「卻說司馬懿分兵而進」至「引兵逕還長安，朝見魏主。」敘述司馬懿折返西城，獲悉孔明所佈的是「空城計」後，衷心佩服，自嘆不如。其後引兵逕回長安。

三、本篇除了諸葛亮外，對司馬懿及趙雲兩人的描寫亦不少。

㈠司馬懿在文中，被塑造成一個深謀遠慮，但稍嫌多疑的人。他深知諸葛亮的性格，知道「諸葛亮平生謹慎，未敢造次行事。他非無謀，但恐有失，不肯弄險。」於是當他兵臨西城時，即以諸葛亮必有伏兵而全軍退卻。當他在武功山小路受蜀軍疑兵所驚後，更堅信自己退兵的決定是對的，跟兩個兒子說：「吾若不走，必中諸葛之計矣。」其後當司馬懿再到西城時，始知中了諸葛亮的「空城計」，又明白到武功山上的蜀軍只是虛張聲勢，以疑兵把他們嚇退。司馬懿後悔也來不及了，蜀兵已盡回漢中。他也只得仰天嘆道：「吾不如孔明也！」司馬懿中了諸葛亮的計謀，但並不憤怒，反而佩服諸葛亮，可見他心胸廣闊，磊落大度。

㈡趙雲的形象甚為突出。他勇猛精明，把敵人嚇得肝膽俱裂。當魏將郭淮引兵箕谷，追趕蜀兵時，趙雲英勇殺敵，殺死魏兩員大將。又勒馬挺鎗，立於路口，使敵人不敢前進，尤其那「大喝一聲：趙子龍在此！驚得魏兵落馬者百餘人。」數句誇張的筆法，充分顯示了他的神勇威猛。

42 智取生辰綱

施耐庵

此時正是五月半天氣，雖是晴明得好，只是酷熱難行。楊志這一行人要取六月十五日生辰，只得在路上趲行❶。自離了這北京五七日，端的只是起五更，趁早涼便行，日中熱時便歇。五七日後，人家漸少，行客又稀，一站站都是山路。楊志卻要辰牌❷起身，申時❸便歇。那十一個廂禁軍❹，擔子又重，無有一個稍輕；天氣熱了，行不得，見著林子便要去歇息。楊志趕著催促要行，如若停住，輕則痛罵，重則藤條便打，逼趕要行。兩個虞候❺雖只背些包裹行李，也氣喘了行不上。楊志也嗔道：「你兩個好不曉事！這干係❻須是俺的！你們不替洒家❼打這夫子，卻在背後也慢慢地挨。這路上不是耍處！」那虞候道：「不是我兩個要慢走，其實熱了行不動，因此落後。前日只是趁早涼走，如今怎地正熱裡要行？正是好歹不均勻！」楊志道：「你這般說話，卻似放屁！前日行的須是好地面；如今正是尷尬去處❽，若不日裡趕過去，誰敢五更半夜走？」兩個虞候口裡不言，肚中尋思：「這廝不值得便罵人！」

楊志提了朴刀，拿著藤條，自去趕那擔子。兩個虞候坐在柳陰樹下等得老都管❾來；兩個虞候告訴道：「楊家那廝❿強殺只是我相公門下一個提轄⓫！直這般會做大⓬！」老都管道：「須是相公當面吩咐道，『休要和他別拗』，因此我不做聲。這兩日也看他不得⓭。權且耐他。」兩個虞候道：「相公也只是人情話兒，都管自做個主便了。」老都管又道：「且耐他一耐。」當日行到申牌時分，尋得一個客店裡歇了。那十一個廂禁軍兩汗通流，都嘆氣吹噓，對老都管說道：「我們不幸做了軍健⓮，情知道被差出來。這般火似熱的天氣，又挑著重擔；這兩日又不揀早涼行，動不動老大藤條打來。都是一般父母皮肉，我們直恁地⓯苦！」老都管道：「你們不要怨悵，巴到⓰東京時，我自賞你。」眾軍漢道：「若是似都管看待我們時，並不敢怨悵。」又過了一夜。

❶趲（ㄗㄢˇ）行：急行，趕路。
❷辰牌：古代以銅壺滴漏的方法計時，滴漏上有「漏箭」和「時牌」，以標示時間。「辰牌」即辰時，相當於早晨七至九點鐘時候。
❸申時：相當於下午三時至五時。
❹廂禁軍：宋代駐防京城的軍隊稱「禁軍」，駐防地方各州、路的軍隊稱「廂軍」。後來廂軍和禁軍有互相調換的情形，因此，駐防地方州、路的軍隊就混稱為「廂禁軍」。這裡指警衛和雜役用的士兵。
❺虞侯：宋朝掌管禁衛的一種武官。此指梁中書府中聽候派遣或傳達命令的人。
❻干係：責任。
❼洒家：宋元時方言，相當於「我」。
❽尷尬（ㄍㄢ ㄍㄚˋ）去處：不好行走，容易出事的地方。
❾都管：府中總管雜務和僕役的人。
❿那廝：那傢伙。廝（ㄙ），對男子輕蔑的稱呼。
⓫提轄：負責訓練士兵、捉捕盜賊的軍官。
⓬直：竟、竟然。做大：擺架子。
⓭看他不得：看不慣他那樣子。
⓮軍健：即士兵。
⓯直恁地：竟然這樣的。
⓰巴到：掙扎到，趕到。

次日，天色未明，眾人起來，都要乘涼起身去。楊志跳起來喝道：「那裡去！且睡了，卻理會⑰！」眾軍漢道：「趁早不走，日裡熱時走不得，卻打我們！」楊志大罵道：「你們省得甚麼！」拿了藤條要打。眾軍漢忍氣吞聲，只得睡了。當日直到辰牌時分，慢慢地打火⑱吃了飯走。一路上趕打著，不許投涼處歇。那十一個廂禁軍口裡喃喃吶吶⑲地怨悵。兩個虞候在老都管面前絮絮聒聒地搬口⑳。老都管聽了，也不著意㉑，心內自惱他。

話休絮煩。似此行了十四五日，那十四個人沒一個不怨悵楊志。當日客店裡辰牌時分，慢慢地打火吃了早飯行。正是六月初四日時節，天氣未及晌午㉒，一輪紅日當天，沒半點雲彩，其實十分大熱。當日行的路都是山僻崎嶇小徑，南山北嶺，卻監著那十一個軍漢，約行了二十餘里路程。那軍人們思量要去柳陰樹下歇涼，被楊志拿著藤條打將來，喝道：「快走！教你早歇！」眾軍人看那天時，四下裡無半點雲彩，其實那熱不可當。楊志催促一行人在山中僻路裡行。看看日色當午，那石頭上熱了腳疼，走不得。眾軍漢道：「這般天氣熱，兀的不晒殺人！」楊志喝著軍漢道：「快走！趕過前面岡子去，卻再理會。」

正行之間，前面迎著那土岡子，一行十五人奔上岡子來。歇下擔仗，那十一人都去松林樹下睡倒了。楊志說道：「苦也！這裡是甚麼去處，你們卻在這裡歇涼！起來，快走！」眾軍漢道：「你便剁做我七八段，也是去不得了！」楊志拿著藤條，劈頭劈腦打去。打得這個起來，那個睡倒。楊志無可奈何。只見兩個虞候和老都管氣喘急急，也巴到岡子上松樹下坐了喘氣。看這楊志打那軍健，老都管見了，說道：「提轄！端的熱了走不得！休見他罪過！」楊志道：「都管，你不知。這裡正是強人出沒的去處，地名叫做黃泥岡，閑常太平時節，白日裡兀自㉓出來劫人，休道是這般光景㉔。誰敢在這裡停腳！」兩個虞候聽楊志說了，便道：「我見你說好幾遍了，只管把這話來驚嚇人！」老都管道：「權且教他們眾人歇一歇，略過日中行，如何？」楊志道：「你也沒分曉㉕了！如何使得？這裡下岡子去，兀自有七八里沒人家。甚麼去處，敢在此歇涼！」老都管道：「我自坐一坐了走，你自去趕他眾人先走。」楊志拿著藤條，喝道：「一個不走的吃俺二十棍！」眾軍漢一齊叫將起來。數內一個分說道：「提轄，我們挑著百十斤擔子，須不比你空手走的。你端的不把人當人！便是留守相公自來監押時，也容我們說一

⑰卻理會：再說。
⑱打火：點火做飯。
⑲喃喃訥訥：斷斷續續地低語、牢騷。
⑳絮絮聒聒：說講不完的樣子。搬口：搬弄口舌。
㉑不著意：不在意。
㉒晌（ㄕㄤˇ）午：正午。
㉓兀自：還，尚且。
㉔休道是這般光景：不要說是這樣（不太平）的情況了。
㉕沒分曉：不明事理，做事糊塗。

句。你好不知疼癢！只顧逞辯[26]！」楊志罵道：「這畜生不慪死俺[27]！只是打便了！」拿起藤條，劈臉又打去。老都管喝道：「楊提轄，且住，你聽我說！我在東京太師府裡做奶公[28]時，門下軍官見了無千無萬[29]，都向著我喏喏連聲[30]。不是我口淺[31]，量你是個遭死的軍人[32]，相公可憐，抬舉你做個提轄，比得芥菜子大小的官職，值得恁地逞能！休說我是相公家都管，便是村莊一個老的，也合[33]依我勸一勸！只顧把他們打，是何看待！」楊志道：「都管，你須是城市裡人，生長在相府裡，那裡知道路途上千難萬難！」老都管道：「四川、兩廣，也曾去來，不曾見你這般賣弄！」楊志道：「如今須不比太平時節。」都管道：「你說這話該剜口割舌！今日天下怎地不太平？」

楊志卻待要回言，只見對面松林裡影著[34]一個人，在那裡舒頭探腦價望。楊志道：「俺說甚麼，兀的不是歹人來了！」撇下藤條，拿了朴刀，趕入松林裡來，喝一聲道：「你這廝好大膽，怎敢看俺的行貨！」趕來看時，只見松林裡一字兒擺著七輛江州車兒[35]，六個人脫得赤條條的，在那裡乘涼；一個鬢邊老大一搭朱砂記，拿著一條朴刀。見楊志趕入來，七個人齊叫一聲「阿也！」都跳起來。楊志喝道：「你等是甚麼人？」那七人道：「你是甚麼人？」楊志又問道：「你等莫不是歹人？」那七人道：「你顛倒問！我等是小本經紀，那裡有錢與你！」楊志道：「你等小本經紀人，偏俺有大本錢！」那七人問道：「你端的是甚麼人」楊志道：「你等且說那裡來的人？」那七人道：「我等弟兄七人是濠州㊱人，販棗子上東京去；路途打從這裡經過，聽得多人說，這裡黃泥岡上時常有賊打劫客商。我等一面走，一頭自說道：『我七個只有些棗子，別無甚財貨，只顧過岡子來。』上得岡子，當不過這熱，權且在這林子裡歇一歇，待晚涼了行。只聽得有人上岡子來，我們只怕是歹人，因此使這個兄弟出來看一看。」楊志道：「原來如此，也是一般的客人。卻才見你們窺望，惟恐是歹人，因此趕來看一看。」那七個人道：「客官請幾個棗子了去。」楊志道：「不必。」提了朴刀，再回擔邊來。

老都管坐著道：「既是有賊，我們去休！」楊志說道：「俺只道是歹人，原來是幾個販棗子的客人。」老都管別了臉對眾軍道：「似你方才說時，他們都是沒命的！」楊志道：「不必相鬧；俺只要沒事便好。你們且歇了，等涼些走。」眾軍漢都笑了。楊志也把朴刀插在地上，自去一邊樹下坐了歇涼。

㉖逞辯：賣弄口舌。

㉗慪死俺：氣死我。

㉘奶公：指蔡夫人乳母的丈夫。

㉙無千無萬：不知幾千幾萬，不知多少。

㉚喏喏連聲：恭敬地連聲招呼。

㉛口淺：多嘴，口直。

㉜量你是個遭死的軍人：楊志在東京賣祖傳寶刀，潑皮牛二無賴，要搶他的刀，他在氣頭上殺了牛二，到官府自首，充軍到大名府。梁中書赦了他的罪，把他提拔做提轄。

㉝合：應該。

㉞影著：隱隱約約地藏著，遮掩著。

㉟江州車兒：相傳是諸葛亮在川東江州（今四川巴縣西）所造一種獨輪車，便於在山地運送貨物。

㊱濠州：在今安徽省鳳陽縣東。

沒半碗飯時，只見遠遠地一個漢子，挑著一副擔桶，唱上岡子來，唱道：

赤日炎炎似火燒，野田禾稻半枯焦。
農夫心內如湯煮，公子王孫把扇搖！

那漢子口裡唱著，走上岡子來，松林裡頭歇下擔桶，坐地乘涼。眾軍看見了，便問那漢子道：「你桶裡是甚麼東西？」那漢子應道：「是白酒。」眾軍道：「挑往那裡去？」那漢子道：「挑出村裡賣。」眾軍道：「多少錢一桶？」那漢子道：「五貫足錢。」眾軍商量道：「我們又熱又渴，何不買些吃？也解暑氣。」正在那裡湊錢，楊志見了，喝道：「你們又做甚麼？」眾軍道：「買碗酒吃。」楊志調過朴刀杆便打，罵道：「你們不得洒家言語，胡亂便要買酒吃！好大膽！」眾軍道：「我們自湊錢買酒吃，干你甚事？也來打人！」楊志道：「你理會得甚麼！到來只顧吃嘴！全不曉得路途上的勾當艱難！多少好漢被蒙汗藥㊲麻翻了！」

那挑酒的漢子看著楊志冷笑道：「你這客官好不曉事！早是㊳我不賣與你吃，卻說出這般沒氣力的話來！」

正在松樹邊鬧動爭說，只見對面松林裡那伙販棗子的客人，都提著朴刀走出來問道：「你們做甚麼鬧？」那挑酒的漢子道：「我自挑這酒過岡子村裡賣，熱了在此歇涼，他眾人要問我買些吃，我又不曾賣與他。這個客官道我酒裡有甚麼蒙汗藥。你道好笑麼？說出這般話來！」那七個客人說道：「呸！我只道有歹人出來，原來是如此。說一聲也不打緊。我們正想酒來解渴，既是他們疑心，且賣一桶與我們吃。」那挑酒的道：「不賣！不賣！」這七個客人道：「你這漢子也不曉事！我們須不曾說你。你左右將到村裡去賣，一般還你錢，便賣些與我們，打甚麼不緊[39]？看你不道得[40]捨施了茶湯，便又救了我們熱渴。」那挑酒的漢子便道：「賣一桶與你不爭[41]，只是被他們說的不好。又沒碗瓢舀吃。」那七人道：「你這漢子忒認真[42]！便說了一聲，打甚麼不緊？我們自有椰瓢在這裡。」只見兩個客人去車子前取出兩個椰瓢來，一個捧出一大捧棗子來。七個人立在桶邊，開了桶蓋，輪替換著舀那酒吃，把棗子過口，無一時，一桶酒都吃盡了。七個客人道：「正不曾問得你多少價錢？」那漢道：「我一了不說價[43]，五貫足錢一桶，十貫一擔。」七個客人道：「五貫便依你五貫，只饒[44]我們一瓢吃。」那漢道：「饒不得，做定的價錢！」一個客人把錢還他，一個客人便去揭開桶蓋，兜了一

[37] 蒙汗藥：使人麻醉昏迷的藥物，用曼陀羅花所製。

[38] 早是：幸虧。

[39] 打甚麼不緊：有什麼要緊。

[40] 不道得：豈不是。

[41] 不爭：不要緊，無所謂。

[42] 忒認真：太認真。

[43] 一了不說價：一向不講價錢，從不討價還價。

[44] 饒：多給，加添。

瓢，拿上便吃。那漢去奪時，這客人手拿半瓢酒，望松林裡便走。那漢趕將去。只見這邊一個客人從松林裡走將出來，手裡拿一個瓢，便來桶裡舀了一瓢酒。那漢看見，搶來劈手奪住，望桶裡一傾，便蓋了桶蓋，將瓢望地下一丟，口裡說道：「你這客人好不君子相㊺！戴頭識臉的㊻，也這般囉唣㊼！」

那對過眾軍漢見了，心內癢起來，都待要吃。數中一個看著老都管道：「老爺爺，與我們說一聲！那賣棗子的客人買他一桶吃了，我們胡亂也買他這桶吃，潤一潤喉也好。其實熱渴了，沒奈何；這裡岡子上又沒討水吃處。老爺方便！」老都管見眾軍所說，自心裡也要吃得些。竟來對楊志說：「那販棗子客人已買了他一桶吃，只有這一桶，胡亂教他們買吃了避暑氣。岡子上端的沒處討水吃。」楊志尋思道：「俺在遠遠處望這廝們都買他的酒吃了；那桶裡當面也見吃了半瓢，想是好的。打了他們半日，胡亂容他買碗吃罷。」楊志道：「既然老都管說了，教這廝們買吃了，便起身。」眾軍健聽了這話，湊了五貫足錢，來買酒吃。那賣酒的漢子道：「不賣了！不賣了！這酒裡有蒙汗藥在裡頭！」眾軍陪著笑，說道：「大哥，值得便還言語？」那漢道：「不賣了！休纏！」這販棗子的客人勸道：「你這個漢子！他也說得差了，你也忒認真，連累我們也吃你說了幾聲。須不關他眾人之事，胡亂賣與他眾人吃些。」那漢道：「沒事討別人疑心做甚麼？」這販棗子客人把那賣酒的漢子推開一邊，只顧將這桶酒提與眾軍去吃。那軍漢開了桶蓋，無甚舀吃，陪個小心，問客人借這椰瓢用一用。眾客人道：「就送這幾個棗子與你們過酒。」眾軍謝道：「甚麼道理㊽！」客人道：「休要相謝，都是一般客人，何爭㊾在這百十個棗子上？」眾軍謝了，先兜兩瓢，叫老都管吃一瓢，楊提轄吃一瓢。楊志那裡肯吃？老都管自先吃了一瓢，兩個虞候各吃一瓢。眾軍漢一發上，那桶酒登時㊿吃盡了，楊志見眾人吃了無事，自本不吃，一者天氣甚熱，二乃口渴難熬，拿起來，只吃了一半，棗子分幾個吃了。那賣酒的漢子說道：「這桶酒被那客人饒一瓢吃了，少了你些酒，我今饒了你眾人半貫錢罷。」眾軍漢湊出錢來還他。那漢子收了錢，挑了空桶，依然唱著山歌，自下岡子去了。

那七個販棗子的客人立在松樹旁邊，指著這一十五人，說道：「倒也！倒也！」只見這十五個人，頭重腳輕，一個個面面廝覷，都軟倒了。那七個客人從松樹林裡推出這七輛江州車兒，把車子上棗子都丟在地上，將這十一擔金珠寶貝都裝在車子內，遮蓋好了，叫聲「聒噪[51]！」一直望黃泥岡下推去了。楊志口裡只叫苦，軟了身體，掙扎不

㊺君子相：體面的樣子。
㊻戴頭識臉：有臉面身分。
㊼囉唣（ㄌㄨㄛ ㄗㄠˋ）：饒舌，找麻煩。
㊽甚麼道理：哪有這個道理。
㊾何爭：哪在乎。
㊿登時：立刻、馬上。
[51]聒噪（ㄍㄨㄚ ㄗㄠˋ）：打攪、打擾。

起。十五人眼睜睜地看著那七個人都把這金寶裝了去，只是起不來，掙不動，說不得。

我且問你：這七人端的是誰？不是別人，原來正是晁蓋、吳用、公孫勝、劉唐、三阮這七個。卻才那個挑酒的漢子便是白日鼠白勝。卻怎地用藥？原來挑上岡子時，兩桶都是好酒。七個人先吃了一桶，劉唐揭起桶蓋，又兜了半瓢吃，故意要他們看著，只是叫人死心塌地。次後，吳用去松林裡取出藥來，抖在瓢裡，只做走來饒他酒吃，把瓢去兜時，藥已攪在酒裡，假意兜半瓢吃，那白勝劈手奪來，傾在桶裡。這個便是計策。那計較都是吳用主張。這個喚做「智取生辰綱」。

提示

一、本篇選自施耐庵《水滸全傳》第十六回。施耐庵（約一二九六—約一三七〇），名子安，一說名耳。興化（今江蘇興化縣）人。元末明初傑出小說家。曾在錢塘（今杭州）任官，後因與當道權貴不合，棄官歸鄉，閉門著述，著有《水滸傳》等。

二、本篇描寫晁蓋、吳用等英雄好漢智取生辰綱的故事。所謂「生辰綱」，指成批運送壽禮的運輸隊。「綱」，是成批運送貨物的組織。

㈠故事的明線是寫楊志押送生辰綱，暗線則是晁蓋、吳用以及三阮兄弟的「智取」，兩條線索在黃泥岡買賣酒時交匯，遂將故事推向了高潮。故事開始就交代了「五月半天氣」，「酷熱難行」，而楊志又急著要趕在六月十五日蔡京生辰前到達目的地。反覆渲染天氣之熱，處處描寫楊志的小心和謹慎，造成了一種押運艱難的氣氛。楊志要趕路，虞候、都管及衆軍漢要避熱休息，他們內部先鬧起了衝突，這就為晁蓋等七人留下了可乘之隙。作者先寫兩個虞候對楊志動輒打人罵人的不滿，又寫老都管的一忍再忍，終於也惱怒起來。後來到了黃泥岡上，衆軍漢一齊躺倒了，任憑楊志如何用藤條抽打，自是不起來。這時，忽出一人在對面松林裡探頭探腦，遂將故事又引入新的糾葛。楊志十分機警，也更覺得自己的謹慎是有道理的。他趕入松林，與七人相見，一番問答，不見什麼破綻，便「把朴刀插在地上，自去一邊樹下坐了歇涼」。這中間穿插了老都管的說風涼話，譏誚楊志多心以及衆軍漢的哄笑附和，突出了楊志的孤立：「自去坐了歇涼」，心中仍是不踏實，只是萬般無奈，才忍氣吞聲的。就在這其熱難熬，其疲不堪的當兒，白勝口唱山歌挑酒上岡，軍漢們豈能無動於衷？於是作者寫了軍漢們「正在那裡湊錢」的情景，一個細節寫來如畫，不必再去描摹一個個咋嘴咋舌、垂涎欲滴的樣子了，白描手法之妙處正在於此。待到楊志大動肝火，脫口說出蒙汗藥時，軍漢們根本不在意，有趣的倒反是挑酒漢子介意了：「你這客官好不曉事！早是我不賣與你吃，卻說出這般沒氣力的話來！」三句話三層意思，三個轉折，真乃妙人妙語。其一，說楊志說話不懂道理，在生意人面前說人家貨不好，如同打人家的臉；其二，我根本就不想賣給你，哪來的如許廢話；其三，這沒來由的說法完全不屑一駁，純是胡說八道。

下面一段尤為精彩。作者迤邐寫來，不緊不慢，不繁不簡，寫了衆多的人物和各異的神態，俱是栩栩如生，如在目前。販棗人們買酒饒酒，一來一去，生動細微。一隻椰瓢竟作

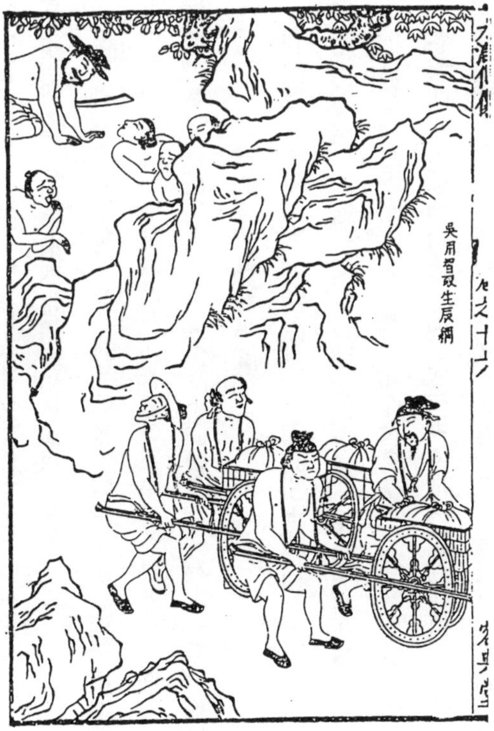

了絕大一篇文章，瓢上文章又偏不揭底，牽纏熱鬧中寫得卻是一絲不亂。容與堂刻本眉批云：「好圈套，如何識得破。」七人好圈套，作者好文章，讀者好享受，這段文字之妙是須細心體會和反覆品味的。

下文疾接「那對過衆軍漢見了，心内癢起來」，都指望老都管發話，楊志心裡也嘀咕：想必那酒是沒問題的。於是都管發話、楊志默許，軍漢可望吃到酒了。然而，臨到關鍵時刻，作者之筆勢又忽然做一個迭宕。原來賣酒人又拿起班來：「不賣了！不賣了！這酒裡有蒙汗藥在裡頭！」這不能不使讀者情緒為之一震；細想就裡奇謀，又要為之忍俊不禁。可謂「臨去秋波那一轉」，文至妙處又添許多騰挪。

㈡故事結局，還保留有說話藝術的痕跡。「我且問你：這七人端的是誰？」由此引出解扣的一段儉省明了的文字，故事在讀者的豁然開朗中收束了。全篇結構之完整，脈絡之分明，層次之清楚，都是無懈可擊的。

三、本文在藝術上最值得注意的，是人物性格描寫和語言藝術兩個方面。如作者寫楊志的機警和謹慎非常細緻，也相當真實。楊志英雄失路，又為梁世杰小恩惠所惑，以圖報達，加之他有失掉花石綱的前科，因此分外小心，十分謹慎。楊志愈是機警、謹慎，就愈能襯出七人奇謀的嚴密、高妙。作者無處不寫楊志的警惕，時時有一種預感，到頭來還是被算計進去了。即使在軍漢們立時就要買酒喝時，楊志仍然是精細無比的。作者寫道：「楊志尋思道：『俺在遠遠外望這廝們都買他的酒吃了；那桶裡當面也見吃了半瓢，想是好的。打了他們半日，胡亂容他買碗吃罷。』」這段内心獨白，把楊志的警惕和精細寫得淋漓盡致，他的個性化特徵生動凸現出來。我們知道，楊志也喝了酒，但喝得很少，這說明他到最後一刻也不放心。至於寫二虞候的刁鑽使氣，老都管的老奸巨猾，更是寫活了，聲吻姿態，俱極神妙。另外，語言藝術在《智取生辰綱》故事中也體現得相當充分，所謂人物語言的個性化，各有各的聲吻，如寫白勝與楊志鬥口，就是明例。總之，《智取生辰綱》故事所以吸引人，給人極深的印象，除了它情節的曲折，場面的緊張之外，主要還在於作者塑造了一系列個性鮮明的人物形象，在於其藝術語言的沁人心脾，獨具魅力。

43 美猴王

吳承恩

東勝神洲，海外有一國土，名曰傲來國。國近大海，海中有一座名山，喚為花果山。那座山，正當頂上，有一塊仙石。內育仙胞，一日迸裂，產一石卵，似圓球樣大。因見風，化作一個石猴，五官俱備，四肢皆全。那猴在山中，卻會行走跳躍，食草木，飲澗泉，採山花，覓樹果；與狼蟲為伴，虎豹為群，獐鹿為友，獼猿為親；夜宿石崖之下，朝遊峰洞之中。真是「山中無甲子，寒盡不知年」❶。一朝天氣炎熱，與群猴避暑，都在松陰之下頑耍。一群猴子耍了一會，都去那山澗洗澡。見那股澗水奔流，真個似滾瓜湧濺。古云：「禽有禽言，獸有獸語。」眾猴都道：「這股水不知是哪裡的水。我們今日趕閑無事，順澗邊往上溜頭尋看源流，耍子去耶！」喊一聲，都拖男挈女，呼弟呼兄，一齊跑來，順澗爬山，直至源流之處，乃是一股瀑布飛泉。眾猴拍手稱揚道：「好水！好水！原來此處遠通山腳之下，直接大海之波。」又道：「那一個有本事的，鑽進去尋個源頭出來，不傷身體者，我等即拜他為王。」連呼了三聲，忽見叢雜中跳出

❶山中無甲子，寒盡不知年：住在深山裡面，與外界隔絕，沒有記載月日，只知道寒冬已過去了，卻不知道究竟已過了多少年。形容生活悠閒，時光易逝。甲子，古人用干支記年、月、日的第一個名稱。原詩是「山中無曆日，寒盡不知年。」（唐．太上隱者〈答人〉）

一個石猴，應聲高叫道：「我進去！我進去！」
你看他瞑目蹲身，將身一縱，徑跳入瀑布泉中，忽睜睛抬頭觀看，那裡邊卻無水無波，明明朗朗的一架橋樑。他住了身，定了神，仔細再看，原來是座鐵板橋。橋下之水，沖貫於石竅之間，倒掛流出去，遮閉了橋門。卻又欠身上橋頭，再走再看，卻似有人家住處一般，真個好所在。

看罷多時，跳過橋中間，左右觀看，只見正當中有一石碣❷。碣上有一行楷書大字，鐫❸著「花果山福地，水簾洞洞天」。石猴喜不自勝，急抽身❹往外便走，復瞑目蹲身，跳出水外，打了兩個呵呵道：「大造化❺！大造化！」眾猴把他圍住，問道：「裡面怎麼樣？水有多深？」石猴道：「沒水！沒水！原來是一座鐵板橋。橋那邊是一座天造地設的家當❻。」眾猴道：「怎見得是個家當？」石猴笑道：「這股水乃是橋下沖貫石橋，倒掛下來遮閉門戶的。橋邊有花有樹，乃是一座石房。房內有石窩、石灶、石碗、石盆、石床、石凳。中間一塊石碣上，鐫著『花果山福地，水簾洞洞天』。真個是我們安身之處，裡面且是寬闊，容得千百口老小。我們都進去住也，省得受老天之氣。」

眾猴聽得，個個歡喜。都道：「你還先走，帶我們進去，進去！」石猴卻又瞑目蹲身，往裡一跳，叫道：「都隨我進來！進來！」那些猴有膽大的，都跳進去了；膽小的，一個個伸頭縮頸，抓耳撓腮，大聲叫喊，纏一會，也都進去了。跳過橋頭，一個個搶盆奪碗，占灶爭床，搬過來，移過去，正是猴性頑劣，再無一個寧時，只搬得力倦神疲方止。石猴端坐上面道：「列位呵，『人而無信，不知其可。』你們才說有本事進得來，出得去，不傷身體者，就拜他為王。我如今進來又出去，出去又進來，尋了這一個洞天與列位安眠穩睡，各享成家之福，何不拜我為王？」眾猴聽說，即拱伏❼無違。一個個序齒❽排班，朝上禮拜。都稱「千歲大王」。自此，石猴高登王位，將「石」字兒隱了，遂稱美猴王。美猴王領一群猿猴、獼猴、馬猴等，分派了君臣佐使，朝遊花果山，暮宿水簾洞，合契同情❾，不入飛鳥之叢，不從走獸之類，獨自為王，不勝歡樂。

❷石碣（ㄐㄧㄝˊ）：石碑。
❸鐫（ㄐㄩㄢ）：雕刻。
❹抽身：脫身離去。
❺造化：幸運。
❻家當：家財。這裡指灶、碗、床、凳等家庭用具。
❼拱伏：拱手伏地。
❽序齒：按照年齡大小排定先後的次序。
❾合契同情：即情投意合的意思。

提示

一、本篇節選自吳承恩《西遊記》第一回。吳承恩（約一五〇〇—一五八二），字汝忠，號射陽山人。山陽（今江蘇省淮安縣）人，祖籍漣水（今江蘇漣水縣），明代小說家。著有《西遊記》、《射陽山人存稿》

等。

二、《西遊記》是中國文學史上著名的神話小說，它以神仙怪異故事來曲折表達作者的思想傾向。主角孫悟空是隻受天真地秀、日月精華孕育而成的石猴。牠「五官俱備，四肢皆全」、「眼運金光，射沖斗府」，不論行走跳躍、食草飲泉、採花覓果等都具有人的情態，及動物的習性。像「伸頭縮頸，抓耳撓腮」是頑劣的猴態，「列位呵，人而無信，不知其可……」是人格化了的語言，「瞑目蹲身，徑跳入瀑布泉中」、「復瞑目蹲身，跳出水外」，是猴子靈敏的動作。而這些就是靈異、神奇猴王的開端，飄渺世界、仙異氛圍中孫悟空的發跡史。

三、本文在敘述描寫中很有法度，層層深入，但並不瑣屑累贅。在寫美猴王的來歷時，作者緊緊抓住石猴的特點，突出了他的天生地成，膽識過人，同時也寫了他的本領高強，深孚重望。一闖水簾洞，復入水簾洞，都寫得次第清楚，一絲不亂。尤其是巨石迸裂，石猴出世的描繪，相當細膩，如同剝筍，層層透現，漸漸明晰；如鑿石為象，輪廓雛形，細部雕鏤，都井然有序，條分縷析。

44 嚴監生疾終正寢

吳敬梓

自此，嚴監生❶的病，一日重似一日，再不回頭。諸親六眷❷都來問候，五個侄子穿梭的過來陪郎中❸弄藥。到中秋已後，醫家都不下藥了。把管莊的家人都從鄉裡叫了上來，病重得一連三天不能說話。晚間擠了一屋的人，桌上點著一盞燈。嚴監生喉嚨裡痰響得一進一出，一聲不倒一聲的❹，總不得斷氣，還把手從被單裡拿出來，伸著兩個指頭。大侄子走上前來問道：「二叔，你莫不是還有兩個親人不曾見面？」他就把頭搖了兩三搖。二侄子走上前來問道：「二叔，莫不是還有兩筆銀子在那裡，不曾吩咐明白？」他把兩眼睜的滴溜圓，把頭又狠狠搖了幾搖，越發指得緊了。奶媽抱著哥子插口道：「老爺想是因兩位舅爺不在跟前，故此記念。」他聽了這話，把眼閉著搖頭，那手只是指著不動。趙氏❺慌忙揩揩眼淚，分開眾人，走近上前道：「爺，別人都說的不相干，只有我能知道你的心事。你是為那燈盞裡點的是兩莖燈草，不放心，恐費了油。我

❶嚴監生：名嚴大育，字致和，是個膽小有錢，卻極端慳吝的人。監生，入國子監（太學）肄業的生員。

❷六眷：與「六親」同。指父子、兄弟、姑姊、甥舅、婚媾姻婭六種親屬關係。

❸郎中：醫生。

❹一聲不倒一聲的：一聲連一聲地。

❺趙氏：嚴監生的側室，因元配王氏去世，才剛被扶為正房。

如今挑掉一莖就是了。」說罷，忙走去挑掉一莖。眾人看嚴監生時，點一點頭，把手垂下，登時就沒了氣。合家大口號哭起來，準備入殮❻，將靈柩停在第三層中堂內。

❻入殮（ㄌㄧㄢˋ）：納屍體於棺中叫入殮，也叫大斂。

提示

一、本篇節選自吳敬梓《儒林外史》第五回、第六回，文字有更動，是書中最為簡短的故事。吳敬梓（一七〇一—一七五四），字敏軒，號粒民，又號秦淮寓客，晚號文木老人，安徽全椒人。清代小說家。著作除《儒林外史》外，還有《文木山房集》、《詩說》等。

二、《儒林外史》全書共五十五回，雖沒有貫串始終的主要人物和主要故事，但批判傳統禮教、抨擊科舉制度，諷刺社會習俗，反映知識分子的醜陋群像，則是它的主要精神。本篇諷刺嚴監生臨死時還因多點了一根燈草而伸著兩根手指，遲遲不肯斷氣，從極平常的細節中反映了他慳吝的本性。筆法雖似平淡無奇，卻將人性的卑劣描繪得入木三分。

45 寶玉挨打

曹雪芹

卻說王夫人喚上金釧兒❶的母親來，拿了幾件簪環，當面賞了；又吩咐：「請幾位僧人念經超渡他。」金釧兒的母親磕了頭，謝了出去。

原來寶玉會過雨村❷回來，聽見金釧兒含羞自盡，心中早已五內❸摧傷，進來又被王夫人數說教訓了一番，也無可回說。看見寶釵進來，方得便走出，茫然不知何往，背著手，低著頭，一面感嘆，一面慢慢的信步走至廳上。剛轉過屏門，不想對面來了一人，正往裡走，可巧撞了個滿懷。只聽那人喝一聲：「站住！」寶玉唬了一跳，抬頭看時，不是別人，卻是他父親。早不覺倒抽了一口涼氣，只得垂手一旁站著。

賈政道：「好端端的，你垂頭喪氣的嗐❹什麼？方才雨村來了，要見你，那半天才出來！既出來了，全無一點慷慨揮灑的談吐，仍是委委瑣瑣❺的，我看你臉上一團私欲愁悶氣色！這會子又噯聲嘆氣，你那些還不足、還不自在？無故這樣，是什麼原故？」

❶金釧兒：王夫人的丫鬟，因被王夫人打了幾下攆回家去，投井而死。

❷雨村：賈雨村，本是個潦倒文人，中進士後當了縣官，不久因「貪酷」而被革職。後借助賈府勢力，得到「起復」，升任應天府尹。

❸五內：五臟（心、肝、脾、肺、腎）。這裡指整個精神。

❹嗐（ㄏㄞˋ）：同「咳」，嘆息聲。

❺委委瑣瑣：行為鄙俗，志氣不高。這裡指精神萎靡不振。

寶玉素日雖然口角伶俐，此時一心卻為金釧兒感傷，恨不得也身亡命殞，如今見他父親說這話，究竟不曾聽明白了，只是怔怔❻的站著。

賈政見他惶悚，應對不似往日，原本無氣的，這一來，倒生了三分氣。方欲說話，忽有門上人來回：「忠順親王府裡有人來，要見老爺。」賈政聽了，心下疑惑，暗暗思忖道：「素日並不與忠順府來往，為什麼今日打發人來？……」一面想，一面命：「快請廳上坐。」急忙進內更衣。出來接見時，卻是忠順府長府官❼，一面彼此見了禮，歸坐獻茶，未及敘談，那長府官先就說道：「下官此來，並非擅造潭府❽，皆因奉命而來，有一件事相求。看王爺面上，敢煩老先生做主。不但王爺支情，且連下官輩亦感謝不盡。」

賈政聽了這話，摸不著頭腦，忙陪笑起身問道：「大人既奉王命而來，不知有何見諭？望大人宣明，學生好遵諭承辦。」那長府官冷笑道：「也不必承辦，只用老先生一句話就完了。我們府裡有一個做小旦的琪官❾，一向好好在府，如今竟三五日不見回去，各處去找，又摸不著他的道路，因此各處察訪，這一城內，十停人❿倒有八停人都說：他近日和銜玉的那位令郎相與甚厚。下官輩聽了，尊府不比別家，可以擅來索取，因此啟明王爺。王爺亦說：『若是別的戲子呢，一百個也罷了，只是這琪官，隨機應答，謹慎老成，甚合我老人家的心境，斷斷少不得此人。』故此求老先生轉致令郎，請將琪官放回：一則可慰王爺諄諄奉懇之意，二則下官輩也可免操勞求覓之苦。」說畢，忙打一躬。

賈政聽了這話，又驚又氣，即命喚寶玉出來。寶玉也不知是何原故，忙忙趕來，賈政便問：「該死的奴才！你在家不讀書也罷了，怎麼又做出這些無法無天的事來！那琪官現是忠順王爺駕前承奉的人，你是何等草莽⓫，無故引逗他出來，如今禍及於我！」寶玉聽了，唬了一跳，忙回道：「實在不知此事。究竟『琪官』兩個字，不知為何物，況更加以『引逗』二字！」說著便哭了。

賈政未及開口，只見那長府官冷笑道：「公子也不必隱飾：或藏在家，或知其下落，早說出來，我們也少受些辛苦。豈不念公子之德呢？」寶玉連說：「實在不知。恐是訛傳，也未見得。」那長府官冷笑兩聲道：「現有證據，必定當著老大人說出來，公子豈不吃虧？——既說不知，此人那紅汗巾子怎得到了公子腰裡？」

寶玉聽了這話，不覺轟了魂魄，目瞪口呆，心下自思：「這話他如何知道？他既連

❻怔忡（ㄓㄥ）：恐懼。
❼長府官：總管王府府內事務的官吏。
❽潭府：對他人住宅的尊稱，指深宅大院。潭，深的意思。
❾琪官：即蔣玉函。一位唱小旦的優伶，風雅能詩，與賈寶玉交往甚厚，後娶花襲人為妻。
❿十停人：把總數分成若干份，其中一份叫一停。
⓫草莽：低賤的意思。

這樣機密事都知道了，大約別的瞞不過他，不如打發他去了，免得再說出別的事來。」因說道：「大人既知他的底細，如何連他置買房舍這樣大事倒不曉得了？聽得說：他如今在東郊離城二十里有個什麼紫檀堡，他在那裡置了幾畝田地，幾間房舍。想是在那裡，也未可知。」那長府官聽了，笑道：「這樣說，一定是在那裡了！我且去找一回，若有了便罷；若沒有，還要來請教。」說的，便忙忙的告辭走了。

賈政此時氣得目瞪口歪，一面送那官員，一面回頭命寶玉：「不許動！回來有話問你！」一直送那官去了。才回身時，忽見賈環帶著幾個小廝一陣亂跑，賈政喝命小廝：「給我快打！」賈環見了他父親，嚇得骨軟筋酥，趕忙低頭站住。賈政便問：「你跑什麼！帶著你的那些人都不管你，不知往那裡去，由你野馬一般！」喝叫：「跟上學的人呢？」

賈環見他父親甚怒，便乘機說道：「方才原不曾跑，只因從那井邊一過，那井裡淹死了一個丫頭，我看腦袋這麼大，身子這麼粗，泡的實在可怕，所以才趕著跑過來了。」賈政聽了，驚疑問道：「好端端，誰去跳井？我家從無這樣事情，自祖宗以來，皆是寬柔待下。——大約我近年於家務疏懶，自然執事人操克奪之權⑫，致使弄出這暴殄輕生⑬的禍來！若外人知道，祖宗的顏面何在！」喝命：「叫賈璉、賴大來！」

小廝們答應了一聲，方欲去叫，賈環忙上前，拉住賈政袍襟，貼膝跪下，道：「老爺不用生氣。此事除太太屋裡的人，別人一點也不知道，我聽見我母親說……」說到這句，便回頭四顧一看；賈政知其意，將眼色一丟，小廝們明白，都往兩邊後面退去。賈環便稍稍說道：「我母親告訴我說：『寶玉哥哥，前日在太太屋裡，拉著太太的丫頭金釧兒，強姦不遂，打了一頓，金釧兒便賭氣投井死了。』」

話未說完，把個賈政氣得面如金紙，大叫：「拿寶玉來！」一面說，一面便往書房去，喝命：「今日再有人來勸我，我把這冠帶家私⑭一應就交與他和寶玉過去，我免不得做個罪人，把這幾根煩惱鬢毛剃去，尋個乾淨去處自了，也免得上辱先人、下生逆子之罪！」

眾門客僕從見賈政這個形景，便知又是為寶玉了，一個個咬指吐舌，連忙退出。賈政喘吁吁直挺挺的坐在椅子上，滿面淚痕，一疊連聲：「拿寶玉來！拿大棍拿繩捆來！把門都關上！有人傳信到裡頭去，立刻打死！」眾小廝們只得齊聲答應著，有幾個來找寶玉。

那寶玉聽見賈政吩咐他「不許動」，早知凶多吉少；那裡知道賈環又添了許多的話？正在廳上旋轉，怎得個人往裡頭捎信，偏偏的沒個人來，連焙茗⑮也不知在那裡。

⑫克奪之權：決定棄取的定奪之權。
⑬暴殄（ㄊㄧㄢˇ）輕生：恣意糟蹋、不愛自己生命。
⑭冠帶家私：指官爵、財產。
⑮焙茗：賈寶玉的貼身男僕，原名茗煙。

正盼望時，只見一個老媽媽出來，寶玉如得了珍寶，便趕上來拉他，說道：「快進去告訴：老爺要打我呢！快去，快去！要緊，要緊！」寶玉一則急了，說話不明白；二則老婆子偏偏又耳聾，不曾聽見是什麼話，把「要緊」二字，只聽做「跳井」二字，便笑道：「跳井讓他跳去，二爺怕什麼？」寶玉見是個聾子，便著急道：「你出去叫我的小廝來罷！」那婆子道：「有什麼不了的事？老早的完了，太太又賞了銀子，怎麼不了事呢？」

寶玉急的手腳正沒抓尋處，只見賈政的小廝走來，逼著他出去了。賈政一見，眼都紅了，也不暇問他在外流蕩優伶，表贈私物，在家荒疏學業，逼淫母婢；只喝命：「堵起嘴來，著實打死！」小廝們不敢違，只得將寶玉按在凳上，舉起大板，打了十來下。寶玉自知不能討饒，只是嗚嗚的哭。賈政還嫌打的輕，一腳踢開掌板的，自己奪過板子來，狠命的又打了十幾下。

寶玉生來未經過這樣苦楚，起先覺得打的疼不過，還亂嚷亂哭，後來漸漸氣弱聲嘶，哽咽不出。眾門客見打的不像了，趕著上來，懇求奪勸。賈政那裡肯聽？說道：「你們問問他幹的勾當，可饒不可饒！素日皆是你們這些人把他醸壞了，到這步田地，還來勸解，明日醸到他弒父弒君，你們才不勸不成？」

眾人聽這話不好，知道氣急了，忙亂著覓人進去給信。王夫人聽了，不及去回賈母，便忙穿衣出來，也不顧有人沒人，忙忙扶了一個丫頭，趕往書房中來。慌得眾門客小廝等避之不及。賈政正要再打，一見王夫人進來，更加火上澆油，那板子越下去的又狠又快。按寶玉的兩個小廝，忙鬆手走開，寶玉早已動彈不得了。

賈政還欲打時，早被王夫人抱住板子。賈政道：「罷了，罷了！今日必定要氣死我才罷！」王夫人哭道：「寶玉雖然該打，老爺也要保重。且炎暑天氣，老太太身上又不大好，打死寶玉事小，倘或老太太一時不自在了，豈不事大？」賈政冷笑道：「倒休提這話！我養了這不肖的孽障，我已不孝；平昔教訓他一番，又有眾人護持；不如趁今日結果了他的狗命，以絕將來之患！」說著，便要繩來勒死。王夫人連忙抱住哭道：「老爺雖然應當管教兒子，也要看夫妻分上。我如今已五十歲的人，只有這個孽障，必定苦苦的以他為法，我也不敢深勸。今日越發要弄死他，豈不是有意絕我呢？既要勒死他，索性先勒死我，再勒死他！我們娘兒們不如一同死了，在陰司裡也得個倚靠。」說畢，抱住寶玉，放聲大哭起來。

賈政聽了此話，不覺長嘆一聲，向椅上坐了，淚如雨下。王夫人抱著寶玉，只見他面白氣弱，底下穿著一條綠紗小衣，一片皆是血漬。禁不住解下汗巾去，由腿看至臀脛，或青或紫，或整或破，竟無一點好處，不覺失聲大哭起「苦命的兒」來。因哭出「苦命兒」來，又想起賈珠來，便叫著賈珠，哭道：「若有你活著，便死一百個，我也不管了。」

此時裡面的人聞得王夫人出來，李紈、鳳姐及迎、探姊妹兩個，也都出來了。王夫人哭著賈珠的名字，別人還可，惟有李紈禁不住也抽抽搭搭的哭起來了。賈政聽了，那淚更似走珠一般滾了下來。正沒開交處，忽聽丫鬟來說：「老太太來了——」一言未了，只聽窗外顫巍巍的聲氣說道：「先打死我，再打死他就乾淨了！」

賈政見母親來了，又急又痛，連忙迎出來。只見賈母扶著丫頭，搖頭喘氣的走來。賈政上前躬身陪笑說道：「大暑熱的天，老太太有什麼吩咐，何必自己走來，只叫兒子進去吩咐便了。」賈母聽了，便止步喘息，一面厲聲道：「你原來和我說話！我倒有話吩咐，只是我一生沒養個好兒子，卻叫我和誰說去！」

賈政聽這話不像，忙跪下含淚說道：「兒子管他，也為的是光宗耀祖。老太太這話，兒子如何當的起！」賈母聽說，便啐了一口，說道：「我說了一句話，你就禁不起！你那樣下死手的板子，難道寶玉兒就禁的起了！你說教訓兒子是光宗耀祖，當日你父親怎麼教訓你來著！」說著，也不覺淚往下流。賈政又陪笑道：「老太太也不必傷感，都是兒子一時性急，從此以後，再不打他了。」賈母便冷笑兩聲道：「你也不必和我賭氣，你的兒子，自然你要打就打。想來你也厭煩我們娘兒們，不如我們早離開了你，大家乾淨！」說著，便命人：「去看轎！——我和你太太、寶玉兒立刻回南京去！」家下人只得答應著。

賈母又叫王夫人道：「你也不必哭了，如今寶玉兒年紀小，你疼他；他將來長大，為官作宦的，也未必想著你是他母親了。你如今倒是不疼他，只怕將來還少生一口氣呢？」賈政聽說，忙叩頭說道：「母親如此說，兒子無立足之地了！」賈母冷笑道：「你分明使我無立足之地，你反說起你來！只是我們回去了，你心裡乾淨，看有誰來不許你打！」一面說，一面只命：「快打點行李車輛轎馬回去！」賈政直挺挺跪著，叩頭謝罪。

賈母一面說，一面來看寶玉，只見今日這頓打，不比往日，又是心疼，又是生氣，也抱著哭個不了。王夫人與鳳姐等解勸了一會，方漸漸止住。

早有丫鬟媳婦等，上來要攙寶玉，鳳姐便罵：「糊塗東西！也不睜開眼瞧瞧，這個樣兒，怎麼攙著走的？還不快進去把那藤屜子春凳⑯抬出來呢！」眾人聽了，連忙飛跑進去，果然抬出春凳來，將寶玉放上，隨著賈母王夫人等進去，送至賈母屋裡。

彼時賈政見賈母怒氣未消，不敢自便，也跟著進來。看看寶玉果然打重了，再看看王夫人一聲「肉」一聲「兒」的哭道：「你替珠兒早死了，留著珠兒，也免你父親生

⑯春凳：長條的比較寬大的凳子。

氣，我也不白操這半世的心了！這會子你倘或有個好歹，撂⑰下我，叫我靠那一個？」數落一場，又哭「不爭氣的兒」。賈政聽了，也就灰心自己不該下毒手打到如此地步。先勸賈母，賈母含淚說道：「兒子不好，原是要管的，不該打到這個分兒！你不出去，還在這裡做什麼！難道於心不足，還要眼看著他死了才算嗎？」賈政聽說，方諾諾的退出去了。

此時薛姨媽、寶釵、香菱、襲人、湘雲等也都在這裡。襲人滿心委屈，只不好十分使出來。見眾人圍著，灌水的灌水，打扇的打扇，自己插不下手去，便索性走出門，到二門前，命小廝們找了焙茗來細問：「方才好端端的，為什麼打起來？你也不早來透個信兒！」焙茗急的說：「偏我沒在跟前，打到半中間，我才聽見了，忙打聽原故，卻是為琪官兒和金釧兒姐姐的事。」襲人道：「老爺怎麼知道了？」焙茗道：「那琪官兒的事，多半是薛大爺素昔吃醋，沒法兒出氣，不知在外頭挑唆⑱了誰來，在老爺跟前下的蛆⑲。那金釧兒姐姐的事，大約是三爺說的。——我也是聽見跟老爺的人說。」

襲人聽了這兩件事都對景⑳，心中也就信了八九分，然後回來，只見眾人都替寶玉療治調停完備。賈母命：「好生抬到他屋裡去。」眾人一聲答應，七手八腳，忙把寶玉送入怡紅院內自己床上臥好，又亂了半日，眾人漸漸的散去了，襲人方才進前來，經心服侍細問。

⑰撂（ㄌㄧㄠˋ）：撇開，放下。
⑱挑唆（ㄙㄨㄛ）：挑撥指使。
⑲蛆（ㄑㄩ）：蒼蠅的幼蟲。這裡指毒蟲，比喻壞語、中傷。
⑳對景：情況符合。

提　示

一、本篇選自曹雪芹《紅樓夢》三十三回「手足眈眈小動唇舌，不肖種種大受笞撻」。曹雪芹（約一七一五—約一七六四），名霑，字夢阮，號雪芹。清代小說家。《紅樓夢》是他以畢生精力所創作。先後凡「披閱十載，增刪五次」，可惜卻因貧病早卒，只留下前八十回的定稿，未能完成全書。今本《紅樓夢》一百二十回，一般認為後四十回是高鶚所續。

二、本篇大致可劃分為二個部分：一是寫寶玉挨打的起因，二是寫挨打的經過。如需完整的看完「寶玉挨打」的故事，應續讀三十四回「情中情因情感妹妹，錯裡錯以錯勸哥哥」，瞭解寶玉挨打後衆人探望寶玉的情景。由於篇幅太長，此處未加選錄。

三、賈寶玉是個鄙棄仕途經濟、背離傳統禮教的叛逆，而賈政則是個傳統禮教與封建制度的衛道者，父子二人在處世態度與生活觀念上本就已截然不同，加上寶玉與戲子平等交往，賈環又出於嫡庶間的嫉恨而挑撥是非，因而就發生了一場沸沸揚揚的父親毒打兒子的事件。

四、本文的最大成功，在於通過寶玉挨打這一事件，刻劃了賈政、賈寶玉、王夫人、賈母等一系列人物形象，入木三分地披露了他們的內心世界：賈政為消除「弒父弒君」的後患，不惜下狠心痛打自己的親生兒子，表現出一個衛道士對封建制度的忠耿和對叛逆思想的恐懼；賈寶玉雖被打得遍體鱗傷，但卻毫無悔改之意，反而在叛逆的道路上越走越遠；王夫人一面哭「孽障」寶玉，一面懷念死去的孝子賈珠，披露了她既愛子如命，又怨恨寶玉叛逆，而為了維護自己在賈府的實權又不得不拼命保護這個「孽障」的複雜心理。三十四回中更寫了薛寶釵既愛寶玉，又不滿他鄙棄仕途經濟，因而在探病時，一方面向寶玉表露愛慕之心，一方面又借機對他進行規勸，暗示了一個少女的真情，一顆被封建禮教制約著的心；至於林黛玉同病相憐，真情難禁，雖迫不得已說了句勸悔的話，骨子裡卻有著與寶玉相通的叛逆心性。

作者將衆多人物置於同一情景之中，讓他們不得不表露出各自應有的不同反應，從而在對照中使人物形象顯得更加千姿百態、個性鮮明；通過言語、動作、心理、神態的白描來顯現人物的內在心理，不僅使形象鮮明生動，栩栩如生，而且使內蘊豐厚含蓄，耐人尋味。

國家圖書館出版品預行編目資料

中國古典小說選讀 / 邱鎮京編著. -- 初版
. -- 臺北市 : 文津, 2003[民 92]
面 ; 公分. -- (大專院校通識叢書)

ISBN 957-668-723-3(平裝)

1. 中國小說 - 評論

827.8　　92011042

·大專院校通識叢書·

邱鎮京主編

中 國 古 典 小 說 選 讀

邱鎮京 編著

發行者：邱 家 敬
出版者：文津出版社有限公司
地址：台北市 106 建國南路二段 294 巷 1 號
E-mail: twenchin@ms16.hinet.net
http://www.wenchin.com.tw
電話：(02)23636464　傳眞：(02)23635439
郵政劃撥：00160840（文津出版社）
登記證：行政院新聞局局版台業字第 5820 號

初版：二〇〇三年八月一刷　ISBN：957-668-723-3
定價：320 元